若い詩人の肖像

Sei
iTO

伊藤整

P+D
BOOKS
小学館

目次

一　海の見える町

1

私が自分をもう子供でないと感じ出したのは、小樽《おたる》市の、港を見下す山の中腹にある高等商業学校へ入ってからであった。その学校は、落葉松《からまつ》に蔽《おお》われた山の中腹を切り崩して、かなり広い敷地を取って建てられてあった。校舎は薄い緑色に塗った木造の二階建で、遠く海に面していた。建物の裏手に三つの棟が山の方に伸びていた。校舎の主屋《おもや》の中央は三階の塔になっていた。その真下の玄関を入った所のホールには、平行した二本の階段があって、それを登ると、更に二階から、三階の塔に登るラセン形の鉄製階段が、半ば装飾の役をして、ハリガネ細工のように取りつけられてあった。数え年十八歳の私には、その校舎がずいぶん立派に見えた。玄関の左右にひろがる主屋から後方の崖下まで延びた三つの棟は、階下が小教室や事務室になっていて、合併教室と呼ばれる大きな教室がそれぞれの棟の二階にあった。

校舎全体を薄緑色に塗ってあるのが、しゃれた感じがした。この学校は三年制の専門学校で、各学年が四つのクラスに別れ、それが五十名ずつであったから、一学年が二百人、学校全体で六百人の生徒がいた訳である。生徒は、五年制の中学校や商業学校を終えたもので、その新入生の平均年齢は数え年で十八九歳であった。私はこの港町の中学校を終えたばかりで、数え年十八歳であり、同じ中学校から一緒に入った仲間が七人ほどいた。その同じ町の商業学校から入ったのは、もっと多く、十五人ぐらいはいた。その外は、全国各地から、この北国の専門学校を自分にふさわしいものとして選んで入学して来た青年たちであった。受験者は入学者の四倍ほどあり、大正末年の官立の専門学校としては二流の学校であった。この学校は開設後まだ十年ぐらいにしかなっていなかったが、生徒の気風が素直で、都会ずれしていないためか、就職率は良い方であった。だからここを卒業した青年たちは、安全な勤め人の生活を半ば保証されたようなものであった。

海沿いに長く伸びた小樽市の背後を囲んでいる山の中腹まで、かなり急な坂を二十分ほど登ったところの左手に校門があった。門を入ると、左方の海側には、テニス・コートを前にした二階建の寄宿舎があり、右の山側には生徒控室にも使われる講堂があった。その寄宿舎と講堂の間のゆるい坂をのぼると、右手に二階建の主屋があり、左手は芝生の生えた校庭で、小樽の市街と港の水面がそこから見下された。主屋の正面の真中に、芝生とその下方の港に面して玄関があった。この主屋の向う端から鍵の手に校庭を囲むように左方に突き出ているのが、赤煉《れん》瓦《が》二階建の商品陳列館であり、またその陳列館から、もう一つ校庭の端の方に伸びているのが、平家の大きな図書館であった。遠い国から来ている生徒が多いので、寄宿舎は、その門のそばにあるので足りず、もう三棟、これはずっと坂の下の、高台になっている町の家並の中に、教師たちの官舎と並んであった。半ば工業学校的な所のあるこの学校は、その外に、石鹼工場を持っていて、それもこの官舎の近くにあった。

学校内にある寄宿舎にいる生徒をのぞけば、半分以上の生徒たちは、毎朝下の町の寄宿舎から、または下宿屋や自宅から、二十分あまりかかる長い坂をのぼって、登校した。彼等はこの坂を地獄坂と言った。坂を登った生徒たちは、校門を入った右手、寄宿舎の向い側にある生徒控室に入り、そこで靴を脱いで草履かスリッパに取りかえる。その生徒控室の入口には、掲示板がある。生徒たちは、そこから階段廊下を上って、一段高いところにある主屋の横手から教室に入るようになっていた。階段を上って主屋に取りついた所に、売店とか購買組合とか言われる室があって、男女の事務員が居り、そこで教科書、ノート、煙草、雑貨類を買うことが出来る。そこからリノリウムを張りつめた一間幅の廊下を左方に折れてまた右に折れると、この建物の主屋の玄関の、二列の階段のあるホールに出る。売店の所から右方へ折れると、主屋から別れた一番右手の棟の尾の所に達する。そこからまた長い登り坂になった廊下があって、校舎の一番裏側にある別な建物に入る。そこには化学実験室や階段教室などがあり、また、この実業学校で教える工業的な特殊課目に関係する教師たちの研究室がある。

私がこの学校に入るまで学んでいた中学校は、ここから見下ろされる港町の右方の端の谷間にあった。その中学校の、むき出しの板張りの廊下や、そこで週一回位ずつ当る拭き掃除の当番や、意地悪く名指して黒板の前に立たせる数学教師や、牢屋番人のような強制力で私たちに機械体操や撃剣をやらせた体育の教師などのことを考えると、この高等商業学校では、私たちは戸まどいするぐらい寛大に扱われた。

入学式の日、半白のイガグリ頭に、霜降りの服を着て、小さな金縁眼鏡をかけた伴《ばん》という校長が、生徒への祝辞として「本校においては諸君を紳士として扱うのでありますから、諸君もまた、紳士という言葉にふさわしい行動をされることを希望いたします」と言った。壇の両側に並んでいる教授たちも、ある人はいかにも若々しい学者風であり、ある人は重厚な紳士風であった。中学校の式の日のように、囚人を監督するような眼で生徒を見ているものはなかった。生徒の方もまた入学早々なのに、髪を伸ばし、ポマードの匂いをさせているのがいた。上級生は、殆んどみな髪を伸ばし、ポマードをつけていた。リノリウムを張った廊下や、スチーム・ヒーターのラディエーターのある教室の中で、そのポマードがよく匂った。それは大人の匂いであった。いま自分は詰襟金ボタンの制服を着てはいるが、やがて間もなく勤人になるのだという意識を持っている青年たちの身だしなみの匂いであった。私は、自分がもう子供として、また囚人のような中学生として扱われていないことを感じた。そして、初めはオズオズと、やがて外形だけは当り前に、同級生たちの大人ぶりを真似るようになった。

私は、同じ中学校から入った同級生たちと一緒に髪を伸ばしはじめた。髪を伸ばすと、友人たちの童顔が、急に大人に見えて来た。私と同じ中学校から入った仲間のこの変化は、私を驚かせた。彼等と同じように、自分の顔も大人になって来ているのだ、と私は考えた。私たちは、その中学校の三四年生、数え年で十五六歳になった頃、一様に、自分の性に悩まされた。そして自分たちは、本当はもう大人なのではないか、と考えはじめていた。しかも生活の形は、囚人的な中学生という子供じみた枠に閉じこめられていた。私たちは、その矛盾をたがいに認め合った。そして仲間の誰かが自分の性を笑い話にするようなことがあると初めて息をつくという、あの少年期から青年期に移る男性に特有な、汚れと自棄の混った救いのない気持を日常抱いていた。

この学校で自分が大人として扱われる事が、その自棄的な気持から私を、また私の仲間を解き放った。私たちは髪を伸ばしはじめ、自分たちの顔が大人に見えることをたがいに認め合った。もう私たちは、檻《おり》に押しこめられ、その中で自分の排泄物に汚れている外に生きようのない動物じみた少年ではなくなった。私たちの性は汚れや屈辱でなく、異性に働きかける恋愛であってもいいし、放蕩の形をとってもいいのであった。私たちはまだそれを実践しなかったが、それをしてもいいことを理解し、その故に、檻から解放されたように感じ、四月から五月にかけての北国の桜や青葉の季節を、さわやかに膚《はだ》に感じながら学校へ通った。学問はまた詰め込まれるものでなく、自分の学問として生徒が築いて行くのでもいいし、就職のための具体的な身支度であってもいい、というのが学校の方針であった。私たちは、それぞれ、自分の判断に従って生きていいのであった。

私は身のまわりが自由になり、したいことは何をしてもいい立場になったのを感じた。しかし私の大人の意識は、私の内側を満たすほどには伸びなかった。私は友達の間にあって、ただ彼等と同じように自分を大人だと信じているような顔をしていた。

この学校には、私たちの中学校の卒業生である小林象三という若い教授がいた。私たちが中学校の五年生の時、京都大学の大学院を終えてこの専門学校に赴任して来た二十七八歳のこの教授は、母校であるその中学校にも講師として週に一回ずつ教えに来た。色が白く面長で、少し出歯であった。叱りつけたり、訓戒したりする中学教師風のところが全くなく、学問にのみ心を使って来た人に特有の、明るい、濁りのない目をしていて、外の中学の教師たちとすっかり違って見えた。最初の時間に小林教授は十分間ばかり英語で挨拶した。英語を自由にあやつるこの先輩を、私たち中学生は、眩《まぶ》しいように眺めた。その頃この町にいたジョーンズというイギリス人がこの中学校へ会話を教えに来ていたので、私たちは英語には多少耳なれていた。しかし小林教授の英語の方が、かえって分らなかった。イギリス人の教師は、中学生向きに短いセンテンスで話したが、小林教授は容赦なくその実力を発揮したせいらしかった。

この高等商業学校へ入ってからの小林教授の最初の時間に、私は購買組合で買ったシングのアイルランド劇のテキストを机の上に置いて、壇の上の教授を見上げ、先生は後輩であり教え子であった中学生のうち、私と藤田小四郎と崎井隆一の三人がこのクラスにいることを知っているだろうか、と考えた。小林教授は、最初の時間に入学試験の英語の成績の話をして、どの生徒も出来なかった所を説明した。そして最後に、このクラスでは伊藤君がよく出来た、と言った。私は嬉しさに顔が熱くなった。そして自分が出来る方なのだろうか、と思った。私はウィリアムという固有名詞をWm.としてあったのが分らなかった外は、大体出来たと思っていたが、皆の中から選み出して指摘された時、私はうれしかったばかりでなく、小林教授が後輩としての私を覚えていたことを知った。私は自分が入学できたのは、英語や国漢のせいでなく、出来ない筈の数学が七十点ほどとれたからだと思っていた。しかし、私はこの時、英語は自分が出来る方らしい、と思うことによって、私よりも大人びて見える同級生や都会育ちの才走った同級生に感じていた劣等意識から救われた。それが私がこの学校で落ちつきを覚えたはじめであった。

私はこのとき、満で十七歳と三カ月ほどになっていた。中学校から一緒に来た友人と一緒に髪を伸ばしはじめていたけれども、私は自分があらゆる事に少年らしい躊《ため》らいを感ずるのを隠していた。私は学問とか学校の組織とかいうものは怖れなかった。それは、学問という形の枠がきまっていて、それを埋めて行けばいいことが分っていた。しかし私は、他人にものを言う時に、どういう表情をし、どういう言葉の約束を守ればいいのか分らなかった。大人たちの使う普通の物の言い方は、私には、非常に粗雑な、空っぽな、鉄面皮な表現法に思われた。そして同級生たちは、大人びたものごしの生徒ほど、その大人らしい粗雑な表現を使った。いずれは自分もあの世間並みな言い方や考え方を身につけなければならないだろうが、いまの所自分にはとてもできない。そう思って私は、自分が精神的に発育不全の少年であるように感じた。

私は自分を、大人のふりをしている子供、または普通人の言動をする能力のないニセ者と感じていた。私がそれ等の普通人の型に入って行けなかった理由は、私の言葉には自分の育った漁村の東北訛《なま》りが混っていて、全国から集まった級友たちの使う「内地」の言葉に較《くら》べて躇いを感ずるせいらしかった。しかしそれだけでなく、私は十五六歳から近代日本の象徴詩や自由詩やヨーロッパ系の訳詩を読み、自分でも詩を書き、詩の表現を自分の心の本当の表現だと信じていたからであった。詩の表現以外の言語表現を、私は真実のものと見ていなかった。

私は、自分が近代のヨーロッパや日本の詩人たちの見方で周囲を見ていることを、人にあらわに示すのを怖れた。詩の中の感情や、詩の中の判断を日常生活の中に露出すれば、人を傷つけ、自分も傷ついて、この世は住み難くなることを、私は本能的に知っていた。私は詩を読み、詩を書くことにだけ結びついている自分の心の本当の働きを、人目に曝《さら》すのを怖れた。しかもその心は、この学校の自由な校風というものや、大人びた同級生たちの言動を、次第に判断しはじめ、それ等のものが直ちに勤人気質や学問や体験の衒《てら》いと結びついているのを知った。私は自分の外の形を、勉強好きの、内気な、一番年弱の生徒、というものに作っておき、それによって級友たちの世間並みの型に落ちこまないように自分を守った。私が彼等のように大人びた言葉で女の噂をしないのも、いやな匂いをまき散らすポマードを髪につけないのも、やがて入るであろう商事会社や銀行の噂をしないのも、同級生たちの俗物性が耐えがたいからではなく、私がウブでもの知らずだからだ、という形を私は選んだ。そして私は、「ウブ」で「オクテ」な一人の生徒という自分の姿の中に、ヴェルレーヌの傷つき痛む幼な子のような心、萩原朔太郎の色情と憂愁を通しての生の認識、千家元麿の悲しいほど無垢な眼、イエーツの幻想による造型などから学んだ感じ方や表現の仕方を、本能的な自己防衛の衝動に従って、押し隠していた。

内気、ウブさ、オクテ、それ等の外形はずいぶん私の役に立った。私はこの高等商業学校の廊下を、そのような外形に包まれて、ひっそりと目立たぬように歩いた。しかも時々私は、自分の詩の心を疑った。自分が本当にオクテではないのか、実社会で、いな、この学校で使う言葉や考え方もまだ手に入れていない発育不全の少年ではないのか、という劣等感に襲われた。それは、大正の終りに近い一九二二年のことであった。

2

入学後間もないある日、生徒控室のそばの掲示板のある所から本屋に上る階段の中途に、学校新聞が張り出されていた。それには大きな見出しに赤インキで印がつけてあり、ある教授の攻撃文がのっていた。私は立ちどまってそれを読んだ。それは、その教授の講義が、どこかの大学の教授の講義と全く同じであり、その教授は、大学生時代に自分の書き取った教師の講義をそのまま喋《しやべ》っているだけである、という意味のものであった。それを読んだ時、私は、この学校にはあの思想を持った生徒が何人もいるにちがいない、と考えた。

私の入る前の年、全国の高等学校や専門学校に軍事教練が行われることになった。その年は、第一次世界戦争が終ってから四年目に当り、世界の大国の間には軍備制限の条約が結ばれていた。世界はもう戦争をする必要がなくなった。やがて軍備は完全に撤廃される、という評論が新聞や雑誌にしばしば書かれた。軍服を着て歩く将校が失業直前の間の抜けた人間に見えた。そういう時代に、軍隊の量の縮小を質で補う意味と、失業将校の救済とをかねて企てられたこの軍事教練は、強い抵抗に逢った。この企ては、第一次世界戦の終了とロシア革命の成立によって、自由主義、共産主義、無政府主義、反軍国主義などの新思想に正義を認めていた知識階級や学生の反感を煽《あお》った。いまその一九二一年の歴史を見ると、それは日本共産党が創立された年であり、社会主義の文芸雑誌「種蒔く人」が発刊された年であり、日本労働総同盟が誕生した年である。私の幼年時代からの知人であった小林北一郎《きたいちろう》という青年は、私がこの学校に入るのと入れちがいにこの学校を卒業して、東京の商科大学へ入った。私の村出身の最も目立った秀才と言われたこの青年は、この年に、中学五年生の私に、ブルジョアとプロレタリアという新しい言葉を教え、この二つの言葉を覚えておかないとこれからの世の中に遅れる、と言った。

そしてその年、即ち私が入学する前の年に軍事教練が実施された時、この高等商業学校の生徒たちは軍事教練への反対運動を起した。それに続いてその運動は各地の高等学校や大学に飛び火し、全国的な運動になった。北国の港町の、この名もない専門学校は、その事件のために存在を知られるようになった。しかし、その軍事教練は、結局実施された。そして私たちも入学早々週に一度、菅大尉という、この学校の事務をしていた五十歳すぎの老大尉にそれを受けた。大きな口髭を生やし、痩せて顎と頬骨の出張った菅大尉は、その軍事教練の時に、私たちがどんなにダラシなくしても叱ることがなく、君たちが形だけやってくれれば教える方も義務がすむんだという、悟った坊主のような態度で教練をした。私たちは中学校の体操教師の前で感じた緊張感を全く失っていた。私たちは、軍事教練をバカバカしいと思い、のらりくらりと動きながらも、その菅大尉に腹を立てる事がどうしても出来なかった。

私は、その階段廊下の壁に張られた某教授攻撃の学校新聞を読んだとき、すぐにその軍教反対事件を思い出した。この学校には、あの連中がいる。ここではまた何が起るか分らない。そして、自分もまたその騒ぎの中に引き込まれるのではないかという、怖れとも期待とも分らない胸騒ぎを私は感じた。その新聞を読んでから四五日後のことだった。私はまたその階段廊下を上って、本屋の正面の方の教室へ行こうとしてリノリウムの廊下を左へ曲った。すると向うから、髪を伸ばして七三に分けた小柄な生徒が、青白い細面の顔に、落ちついた、少し横柄な表情を浮べ、廊下の真中を、心持ち爪先を開いて、自分を押し出すように歩いて来た。

その時、私はハッとした表情をしたにちがいなかった。小林多喜二という名がすぐ私の頭に浮んだからである。その生徒は、私を知らなかったが、私の表情には気がついたようであった。

なぜなら、その時、彼の方は、見知らぬ他人に自分を覚えられている人間のする、あの「オレは小林だが、オレは君を知らないよ」という表情をしたからである。

その時私は、あの新聞で教師攻撃をしているのは小林の仲間にちがいない、と直感的に悟った。それは、その時彼が、攻撃にはいつでも応じてやる覚悟がある、というような、必要以上に強い表情をしているように私が感じたせいであった。しかし、それから後に廊下や教室で逢った時の彼の顔は、いつもそんな表情をしていたから、それはもっと根本的に、その時代の彼の生活意識から発したものであったかも知れない。はじめて廊下で逢った時から小林に気附いたのは、私の方が彼の顔を見知っていたからである。

この、若くして人生に疲れたような青白い顔をした小柄な青年を、私は三年ほど前から毎朝のように見ていた。私よりも一年前にこの学校へ入るまで、彼はこの町の北海道庁立の商業学校の生徒であった。庁立商業学校は、この高等商業学校のすぐ崖下にあった。つまり、この港町は、海から後方の山に向って、何段にも高まっていって居り、山懐の一番高い所にこの高等商業学校があり、その下に庁立商業学校があり、更にその下に、緑町という細長い高台の町があって、そこには高等商業学校の寄宿舎や教員官舎や裁判所や私立の女学校や私立の商業学校などがある。そしてその細長い緑町を海からさえぎるように、小高い丘があって、その全体が公園になっている。公園の丘を越えると、更に下方には花園町、稲穂町という賑やかな中心市街があり、その花園町や稲穂町から更に低くなった海沿いの地に、倉庫や汽船会社や銀行や貿易商や漁具問屋のある色内《いろない》町という一劃《いっかく》がある。その色内町、花園町、稲穂町などという賑やかな区域を中心として、この港町は海に沿って左右に一里ほどの長さに延びている。日本海に面していながら、海岸線の関係で、殆んど東に向っているその海岸通りの南方の町端《はず》れには、私がこの間まで通っていた古い中学校が谷間に隠れるような形で建っていた。そこは、高等商業学校のある高い所から海の方へ下りて行って、花園町から右の方へ折れ、三十分ほど歩いた札幌寄りの町外れの山際である。

私は中学校へ入った始め、同村出身の小林北一郎が母と二人緑町に暮していた家に同居し、その次に姉と自炊生活をしていたが、その中学校の三年生になった時から、隣りの塩谷《しおや》村の自家から汽車で通学しはじめた。塩谷村は、その中学校と反対側の函館行きの汽車の次の駅になり、この町から二里ほど離れていた。私たちの通学列車は、小樽市から三つ目の余市《よいち》町から出て、蘭島《らんしま》村、塩谷村を通り、小樽市の中央停車場へ着くのである。小樽市の中央停車場は、高等商業学校から坂を下りて、少し左に折れた所にあった。だから、中学生のときの私は、毎朝、その停車場から海と並行した幾つかの町を通り、南方に三十五分ほど歩いて、その中学校に通った。

朝、私が中学校に近づくに従って、その中学校へ登校する生徒の数が増し、かなり広い町通りが中学生で埋まるようになる。毎朝きまって、その頃、小柄な、顔色の蒼い商業学校の生徒が、肩から斜に下げたズックの鞄を後ろの腰の辺へのせるように、少し前屈《まえかが》みになり、中学生の群の流れをさかのぼる一匹の魚のように、向うから歩いて来た。毎朝のことなので、私はその少年を見覚え、今日はこの辺で逢うから、あいつは朝寝坊をしたとか、今日は私の方の汽車が遅れたから、こんな所であいつに逢った、と考えるようになった。

そのうちに、私は、その商業学校の生徒が、私たちの中学校の坂の下にある小林というちょっと大きな菓子屋兼パン製造工場から出て来ることに気がついた。あのパン屋の息子だな、と私は考えた。その蒼白い細面の商業学校生徒は、広い街上を一面に群れてやって来る中学生たちの真中をさかのぼって歩きながら、いつも何となくナマイキな顔をしていた。この港町は、商業地なので、後で出来た商業学校の方が受験率が高かった。中学校の受験者が採用人員の三倍ある時、商業学校は三倍半ある、という程度に、少しずつ商業学校の方が難かしいので、商業学校の生徒は中学生よりもイバる傾向があった。あいつはそれで少しナマイキな顔をしているのだ、と私は思った。しかしその少年は、何となく風采が上らず、貧弱で、いつも疲れたような顔をし、鞄を後ろに背負って、配達夫のようにセッセと歩いた。

私が、汽車で通学しはじめた中学三年の時、一番遠い余市町から、鈴木重道《しげみち》という五年生の級長が一緒に通うようになった。鈴木重道は、もうすっかり大人で、下級生の私たちを監督し、指導するような態度をし、しかもどことなく暖かな人柄であったので、私はずいぶん人見知りするタチであったのに、忽ち彼の部下のようにされてしまった。私はタアイもなく上級生の部下になることに屈辱を感じて、彼に近づくまいと多少抵抗したけれども、彼の方がニコニコして話しかけるので、私の幼稚な抵抗は用をなさなかった。私ともう一人、私の村から通っていた私の二級下の一年生の川合友重というのが同時に彼の部下になった。川合友重は色が少し黒かったが、十四歳位で美しい童児のような中学生だったから、鈴木重道は、いくらかチゴさんを可愛がる気持で川合を手ナズケた形があった。

中学三年の私も幾らか美少年であったから、あるいは私もそんな意味で彼の部下にされたのかも知れない。しかし、私の方がまたその川合少年の顔を見ると胸がドキドキしたのだから、三人はたがいに妙な形で結びついたのであったろう。しばしば私たちは、鈴木の家である余市町の大きな神社の社務所へ行って泊ったり、海水浴をしたりして、絶えず一緒にいるようになった。しかし同性愛らしい本当の気配も実行も、この三人組の中では遂に実現せず、一二年のうちにその川合友重がぐんぐん大きくなって、岩乗《がんじょう》な青年の恰好になったので、結局親しさだけが三人の間に残った。

私が鈴木重道と最初知った頃、鈴木は薄緑色の菊半截形の『藤村詩集』を私に読ませた。彼は文学青年で、それは彼の愛読の書であった。彼は短歌を作って学校の校友会誌に出していた。川合はそんな書物には何の反応も示さなかったが、私はほとんど自分の運命にめぐり合った人間のようにその詩集に取りつかれた。その詩集には、小さい鉄縁らしい眼鏡をかけた三十歳ほどに見える島崎藤村の、神経質な写真が口絵に載っていた。そして、その中の次のような詩句は、私を恍惚とさせ、私自身の生命をはじめて見出したと感じさせるような魅力があった。

都鳥浮く大川に
流れてそゝぐ川添《かはぞひ》の
白菫さく若草に
夢多かりし吾身かな

また

おのれも知らず世を経《ふ》れば
若き命に堪へかねて
岸のほとりに草を藉《し》き
微笑みて泣く吾身かな

また

をかしくものに狂へりと
われをいふらし世のひとの
げに狂はしの身なるべき
この年までの処女《をとめ》とは

その詩集に対する自分の熱中の度があまり強かったのを恥じて、私は、鈴木の前では『藤村詩集』に冷淡な振りをしたほどであった。何日か借りていた後で、彼にその本を返すと、私は町の本屋で同じ本を買って来た。私は自分の生命の泉を発見したようにそれに熱中した。そして一月ほど経《た》った時、私は、どうにかしてこの本の魅力から抜け出さなければ、学校の勉強もウワノソラになってしまう。一体どうしたらこの詩集から自由になれるだろう、と思って、当惑を感じた。そして私は、外の詩人たちの詩集をさがし、もっと新しい蒲原有明《かんばらありあけ》や三木露風《ろふう》や北原白秋の詩を知った。それ等新しい詩人たちを知ることで、私はやっと藤村の詩を客観的に眺めることが出来るようになった。鈴木重道は、私と知り合ってから一年後には、伊勢の皇学館へ入学したので、春や夏の休みの外には、私たち三人はあまり逢うことがなくなった。私の詩への熱狂は、一人で読みあさっているうちに段々強くなった。私は詩を書きはじめ、その発表場所をさがした。三木露風が詩の選者をしている「中央文学」という投書雑誌があって、それにしばしば当選する平沢哲夫というのと、小林多喜二というのが、小樽市に住んでいることに私は気がついた。私もその雑誌に投書して見た。すると選外佳作という欄に自分の名だけが出た。伊藤整という私自身を現わす三字の漢字が天下の文芸雑誌の片隅に活字になって載っている、ということを発見した時、私は全身がガクガクと震えるような気がした。私は、一中学生であるということ以外には、ケシ粒のような無に近い自分の名が活字になり、その雑誌の一隅に私自身よりも確実に存在していることに驚愕した。かつその伊藤整なる少年の書いた詩は天下の投書家たちと力を競うことも出来、もう少しでその作品が掲載されるところであったのだ。それは確かに戦慄的なことであった。私は非常に恥かしく、かつイヤらしいことだと思いながらも、ちょうど家にいた父に、その頁を開いて、ホラと言って見せずにいられなかった。父はホホウと言って、笑った。その三字の小さな活字がその後、彼の長男をどんな目に逢わせることになるかに父は気がつかなかったのだ。自分が「時事新報」を東京から取り寄せて読んだり、村の小学校長や村会議員たちの仲間になって俳句を作っているのと同じことだ、と父は思ったのかも知れない。私の方は、父に見せてすぐ、何という恥かしいことをしてしまったのだろうと、心から当惑した。その後私は、詩を読み、詩を書くことを、父の目から、母の目から、姉の目から隠すことに専ら心を注いだ。詩に心を奪われて、盲目のようになっているという事実を隠すためには、学校で当り前の成績を取り、上の学校へも入れる位でなければならない。私は詩への自分の耽溺《たんでき》を人の目から隠すために、努力して勉強をし、学校の成績がむしろよくなった。

もう一度私は「中央文学」に詩を投書した。今度は四行の短い詩がその投書欄の尻尾の方にのせられた。それがあまりに容易であったので、その時、ふっと私の気持は変った。私は何となく分った、という気持がした。自分が偉いのでなく、このような雑誌が低いのだ、と知った。私はその雑誌に投書することをやめた。私は漠然とだが、こんな簡単なことなら、投書なんかしていては駄目だ、と思ったのである。そしてその頃、その投書で毎月のように一二位を得ていた平沢哲夫が、私の姉の友達の弟だ、ということが分った。そして私は平沢と手紙のやりとりをした。多分彼の返事によって、私は毎朝中学校の坂下のパン屋から出て来る顔の青い少年が、その投書家の小林多喜二であることを知った。私はしかし、生来の内気さから、その頃遂に平沢哲夫にも逢わず、従って彼の仲間なる小林にも紹介されなかった。しかも私は毎日その小林多喜二とすれちがっていた。私が中学校の五年生になった時、小林はその高等商業学校の一年生になった。私はまだ白線の一本入った中学生帽をかぶっているのに、小林はそれまでの白線三本の商業学校の帽子とちがって蛇腹を巻いた矩形《くけい》の徽章のついた高等商業学校の帽子をかぶっていた。

その翌年に当るこの年の春、私がその高等商業学校のリノリウムを敷いた廊下で彼を見た時、彼は、もう投書などをしなくなっていた。小樽市の文学青年の間で仲間から重く見られているという噂のあるのを私は知っていた。そして、高等商業学校の廊下で私と逢って、二人のうちどちらかが身をかわさねばならないようになった時、私が身体をわきによけた。彼の方は当り前の事のように、私が何者であるかに気もつかずに廊下の真中を歩いて行った。私は学校の教師や普通の上級生なら、頭を下げることも、道を譲ることも何とも思わなかったが、どうやら文学に心を集中しているらしい人間としてのこの上級生に道を譲るのには、奇妙な抵抗感があった。この男は、将来他人になり切ることの出来ない唯一の人間かも知れない、と、私は歩み去る彼を背後に感じながら、ぼんやりとそう思った。

私はこの二三年の間に、詩を理解し、詩人の名とその特色を覚え、自分でも相当に詩を書いて、かなりの進歩をしていた。私がこの学校に入る前年の大正十年に新潮社から創刊された「日本詩人」は、その時の詩壇の代表的な雑誌であった。川路柳虹《かわじりゅうこう》、萩原朔太郎、室生犀星、百田宗治《ももたそうじ》、佐藤惣之助、福士幸次郎などが編輯《へんしゅう》に当った。彼等は「詩話会」のメンバーであり、「日本詩人」はその会の機関雑誌であった。北原白秋や三木露風という、このグループよりも少し早く、大正期の初期に名を成した詩人たちは、この会に加わっていなかった。白秋はアルスから「近代風景」という詩と歌と小説を合せて載せる雑誌を出していた。また日夏耿之介《ひなつこうのすけ》は「奢覇都《さばと》」という雑誌を出し、友人の柳沢健、堀口大学、佐藤春夫などがそれに執筆していた。堀口大学は近代フランスの詩の翻訳に熱中し、大正十四年に厖大な訳詩集『月下の一群』を出した。私はこの訳詩集の愛読者であった。「詩話会」は大正六年に始まって、その当初は日夏、白秋、露風等も加わっていて年刊の「日本詩集」というのを新潮社から出していたらしいが、後に内部分裂を起して、象徴詩系統のハイブラウの詩人北原、三木、日夏たちは脱退し、民衆派か自由詩派の系統の詩人たちが残って雑誌「日本詩人」を刊行していたのであった。そしてこの雑誌に書いていた民衆派、または自由詩派の系統の詩人の作品は、その初期の情熱を失って、多くは粗大なものであったが、その中で萩原朔太郎と佐藤惣之助とがその仕事の円熟期に当り、この雑誌の魅力の中心になっていた。

萩原朔太郎は大正六年に『月に吠える』を出して、森鷗外と、ヨーロッパから帰ったばかりの野口米次郎《よねじろう》とに賞讃された。鷗外の批評は当時の最高の権威であった。また野口米次郎は明治の末頃にイギリスとアメリカで英詩を発表して注目され、インドのタゴールやナイズとともに東洋の三大詩人と言われたのであったから、その評言には権威があった。朔太郎はその後四年間ほど沈黙していたが、「日本詩人」の創刊とともに数年間蓄積した詩を毎月四五篇ずつ発表して行った。大正十一年彼は、「題のない歌」という次のような詩をこの雑誌に書いた。

南洋の日にやけた裸か女のやうに
夏草の茂つてゐる波止場の向ふへ　ふしぎな赤錆びた汽船がはひつてきた
ふはふはとした雲が白くたちのぼつて
船員のすふ煙草のけむりがさびしがつてる。
わたしは鶉《うづら》のやうに羽ばたきながら
さうして丈《たけ》の高い野茨の上を飛びまはつた
ああ　雲よ　船よ　どこに彼女は航海の碇をすてたか
ふしぎな情熱になやみながら
わたしは沈黙の墓地をたづねあるいた
それはこの草叢《くさむら》の風に吹かれてゐる
しづかに　錆びついた　変愛鳥の木乃伊《みいら》であつた。

それは、白日夢のような奇妙な空しい実在感を、日本の詩で誰も描いたことがないほど明晰に、しかも読むものの心に抵抗しがたく入るように書いた詩であった。私はその実在感の把握と表現の確かさとのために、今まで眠っていた心のある部分が目覚まされるような衝動を感じた。しかしこの詩の最後の行の「変愛鳥」というのは、どうしても「恋愛鳥」でなければならない、と私は思った。どうしてこんな、この作品の感動を決定するような最後の行の一番大切な字を誤植したのだろう、と私は、その詩をノートに書き写しながら考えた。そして、多分この雑誌の編輯当番になっていた詩人が、詩の出来を嫉妬して、わざと変愛鳥という誤植をそのまま残しておいたのだろう、と決めた。私は、若しこの雑誌を編輯し校正した誰かが詩人であるならば、彼はどうしてもこの詩を繰り返して読み、感動せずにいることが出来ない筈だ。その男はまたこの詩を嫉妬せずにいることができない筈だ。だから「変愛鳥」というのをわざと直さないでおいたにちがいない、と思った。

これと同じ頃に、佐藤惣之助は「琉球諸嶋風物詩」という一連の詩の中で、琉球語法を生かして、奇妙な新しい作品を発表していた。

今宵も影よさびしき我身《わみ》の
うしろにしそとしのでたぼうれ

咲き照る宵の茉梨花《むいくわ》のほとり
風ふく阿旦《あだん》の丘にも立ちて
ましろきよけき御月よ拝ま
我たまこがね渡海や行ちゆて
おなし御月よ拝みてあらば
わみのきよけき今宵の情やしのば
わみもたまこがねいと美しと
御月の齢よかぞへて拝ま

この一連の詩は、星と漁夫と女と月と花と潮の流れとをちりばめたような連作として、「日本詩人」の誌上を十頁あまりも埋めていた。引き続いて発表されたこの二人の詩人の最盛期の作品が私をこの雑誌に引きつけた。

私は小林多喜二なる文学青年をそれと知りながら、近づかなかった。従って私は、彼とその同級生で、どういう都合かでこの田舎の学校に入っていた高浜虚子の息子の高浜年尾《としお》とが中心人物であった校友会誌編纂《へんさん》部に近づかなかった。私の同級生では、背が高くって、いつも眠そうな、あたりに無関心な顔をして、一目見て、「文学」というものに取りつかれていると私に分った佐佐木重臣が、その編纂部に入った。その白い表紙の無愛想な雑誌は、学校の運動部などの色々なニュースの外に、歌や小説や詩などをのせて、年に二回発行されていた。入学して間もなく原稿募集案内が張り出されたが、私はそれに応じようとする目分の衝動を押えた。私は学校にまだ慣れていず、この学校で学びはじめたスティーヴンスンやシングやラムの英文に直面してかなり緊張していた。私はひっそりとして、誰にも気づかれずに、詩と自分との間にもっと確かなつながりを作り出したいと思った。そして私は、放課後や、休講の時間には、この学校の主屋から崖縁の方につき出た建物の端にある静かな図書館へ通うようになった。そこの窓からは、眼の下にひろがった町と海が見え、長い突堤に抱かれた水面には汽船がいつも五六隻浮んでいた。その図書館で私はまた、ほとんど常に、広い閲覧室のどこかに、あの蒼白い、自信ありげな顔をした小林がいるのを発見した。また来ている、とその度に私は彼の存在を意識し、うるさいように感じた。ともかく、あいつはまだオレのことを知らない。だがオレは一年生なんだから、何も気にする事はない、と私は考え直した。

3

私が入る前に死んだ経済学の教授大西猪之介が、生徒には広い教養を与えるべきだという意見で本を集めたので、この図書館には文学書が多いと言われた。新本の陳列棚には、大正十年前後の有力な新しい小説家たちの作品集が一面に並んでいた。それは谷崎潤一郎、室生犀星、里見弴《とん》、芥川竜之介、豊島与志雄《とよしまよしお》、志賀直哉、広津和郎《かずお》、菊池寛、宇野浩二、佐藤春夫、武者小路実篤というような人たちであった。またその同じ顔ぶれが毎月のように書いている雑誌「中央公論」、「改造」、「新潮」などが雑誌の棚に並び、外に評論雑誌「我等」があった。この一九二二年頃、これ等の小説家は、春夫、竜之介の数え年三十一歳を中心として、それより一つ二つ若いか、二つ三つ年上かの若い流行作家の群であった。彼等は志賀、武者小路等をのぞけば、一九一七年か八年頃からジャーナリズムの世界に登場したばかりの新作家であったが、その頃創刊された「改造」や「解放」などの新しい雑誌に次々と書き、またそれに対抗して新方針をとった「中央公論」や「太陽」に書き、それ以前の藤村や秋声や花袋たちを圧する花々しさで大正期の新しい文壇を代表していた。

私はそれまで、この時期の新しい小説というものを、ほとんど読んでいなかった。雑誌面で優遇され、大きな場所を占めるところの、中身も表現も粗雑な小説というものを、私はいくらか憎んでいた。私は「日本詩人」や「詩聖」を購読し、また明治から大正にかけての日本の近代詩をかなりよく読んでいた。私は北原白秋、萩原朔太郎、高村光太郎、佐藤惣之助、室生犀星等の詩集を集めて愛読していたが、その室生犀星が『性に眼覚める頃』などという題で、詩の書き方を応用した小説を書き、『毒草園』などという小説集を出しているのをこの図書館で知って、私は彼をいくらか軽蔑した。詩人がだらだらした散文を書いて小説家の仲間入りをするのは堕落ではないか、と私は思った。佐藤春夫は、私は初めから小説家として知った。しかし彼が詩を棄てて小説書きになった男だと分った時、私はやっぱり彼をいくらか軽蔑した。

詩集、それはこの図書館には、私が月々五円ずつ母にもらう小遣で買いためて、私の三畳間の本棚に並べてある程度のものもなかった。しかし英語の詩集があった。私はイエーツの詩集、デ・ラ・メアの詩集、シモンズの詩集を読んだ。私はイエーツの『葦間《あしま》の風』を愛して、その前から多くの詩や訳詩を書き写していたのと同じ仕方で、それをノートに書き写した。しかし私は退屈すると、犀星の『毒草園』とか、志賀直哉の『夜の光』とか、佐藤春夫の『美しき町』とか、芥川竜之介の『傀儡師《かいらいし》』などという小説集を借り出して読んだ。

すると私は、それ等の本のどれもが、私が借りる前に、あの顔の蒼白い小林多喜二に読まれていることを、自然に意識した。外の教師や生徒たちならば、いくら多くの人が読んで本が汚れていても、私は平気だった。どうせ彼等には何も分る筈がないのである。ただハヤリだから、他人も読むから読んでいるにすぎない。しかし、あいつが読んだ後では、私は自分の読んでいる本の本当の中身がもう抜き去られているような気がした。それに、その頃には、私は小林の関心が専ら小説にあること、彼が小説を書いていることを知っていた。詩ならともかく、小説を読んでいる時は、私に分らないカンジンの所を、小林の方が分っていて、それをみんな吸収してしまっているにちがいなかった。私が小説を嫌ったのも、この気持のせいであったかも知れない。ただ私は、軽蔑するという安全ベンを持っていたので、これ等の新作家たちの小説を何となく読みなれて、相当の数をこの図書館で読んだ。しかし、私はそれ故に、本気になって小説を読むことができなかった。私は自分が困るような問題をそれ等の散文の中に発見しなかった。そして私には、彼等小説家の誰よりも詩人萩原朔太郎が偉い、という印象を消すことは、どうしても出来なかった。

私は、他人に見せる自分を本当の自分と別なものにしておくという自分の傾向について、自分は極めて小心な人間だから仕方がないのだと、その頃考えていたし、それから後も長い間そう思っていたが、実は極めてシット深い人間であったと言った方が正しいように思う。私は本質的に優秀だと思う人間に近づきたがらなかった。しかも私は、久しい間、自分のそういうシット深さに気がつかなかった。自分のシット深い性格に気がつき、その自分をゆるし、アキラめることが出来るようになったのは、ずいぶん後のことだったと思う。神よゆるしたまえ。私はこの言葉をここでたわむれのように書いたが、消さないでおこう。消すことは、それがそのシット心かも知れないのだから。たとえば、私はどんなに好きな女性がいても、その女性に私を軽蔑する気配がほんの少しでもあれば、決して近づかなかった。友人については、私は多くの場合、私に近づく人々の愛を盗んだのである。私が彼等を結果として愛するようになったとしても、そして事実私はしばしば本当に何人かの友人たちを愛するようになったけれども、それは決して本当の償《つぐな》いにはならなかった。私はあらゆる人に対して心が重かった。

そのような私が、鈴木重道や川崎昇のような友人を得たことは、異常な幸運であった。この二人は私より心の広い、私より気持の暖い、本当の人間であった。そして私は、この二人のような人間に、その後あまり逢わなかった。

4

私はこの高等商業学校へ入ってからも汽車で通っていた。その通学列車は、この小樽市の郊外の三つの町村から、子弟を小樽市の学校に送っている親たちが連署して願い出た結果、特に設けられたものであった。私の父も、その運動に加わった一人であった。父は、明治の早い時代に設置された下士官養成所であった陸軍教導団出身の広島県人で、二十歳頃に日清戦争に出、その後、北海道の西南端にある白神《しらかみ》という岬で燈台守か、燈台の看守兵かになっていた。そして、その村の漁師の娘であった母と結婚した。姉が生れ、私が母の胎にいたとき、父は、日露戦争に出た。その留守に私は生れた。戦後、父は退役になり、恩給や勲章の年金をもらいながら村の役場に勤めていた。父の言葉は広島ナマリなので、東北ナマリの言葉を使って育った私には、父はいつも半分ぐらい他人のような気がした。父もまた私が成人するに従って、私を他人のように、遠慮がちに扱った。私が人に指図されたり、批評されることをひどく嫌う気持を持っていることが、父に分ったのだろうと思う。あるいは、父の中に、多分私と同じような気質があって、私の表情が父自身の青年時の気持を思い出させたのかも知れない。

私は父を軽蔑はしなかったが、嫌った。この他国の言葉を使う、口髭を生やした、田舎の村役場の吏員《りいん》が自分の父であることを、私は好かなかった。しかし私は、外に、こんな人が自分の父であったらよい、と思うような人間を考えることができなかった。男の大人というものが悉《ことごと》く私には厭《いと》わしく、粗暴で、汚らしく、動物じみて見えた。しかし、それは我慢しなければならない事であった。男の大人たちが汚らしい不精鬚《ぶしょうひげ》を生やして、ノソノソと村や町を歩きまわっていることは、忍耐すべきことであった。私は人間の子として生れたのであったから。父は、おちぶれた古い家族の末っ子で、学問はなかったが、自分の敏感さを守るためのような引っ込み思案な所があった。父は私の妙な考え方に気づいてでもいるように、私の気持をかき乱すようなことはしなかった。

姉と私の下に弟や妹が六人出来ていたので、生活は楽でなかった。父は月給の外に二種の年金を得ていたから、その収入は他の吏員の二倍ほどであったらしいが、この年の四年前に終った第一次大戦は、世界的なインフレーションを日本にも波及させ、物価が三倍ほどに上った。俸給生活者が一様に困った。私が中学校を出る時、父は私を官費の師範学校へ入れるつもりであった。私は官立の高等学校か札幌の官立大学予科へ行くつもりであった。私は文学に心を占められていながら、医者になりたいと思っていた。それは実現しそうもなかったので、私は妥協して、自家から通える小樽の高等商業学校を選んだ。私は医者になれなかったことを、長い間心残りにした。

母は私に遠慮しなかった。母は漁場育ちで気が強く、子供の愛しかたも叱りかたも積極的であった。しかし私はいつも、母に愛されているという意識を失うことがなかった。私は気むずかしい性質のためか、それとも長男の私には勉強させるためか、北向の三畳間を自分の室として与えられた。

朝、私は、薔薇の垣根をめぐらした家を出て、二十分ほどかかる丘を越え、通学列車に間に合うように駅に行く。その汽車には、私たち学生の外に、十人ばかりの勤人がきまって乗った。また野菜や魚を市場へ運ぶ村の人たちが乗った。村から高等商業学校へ通うのは私一人で、あとは中学校、商業学校、水産学校などの生徒が五六人居り、小樽の三つの高等女学校へ通う少女たちが四五人いた。七時十分位になると、小樽と反対の蘭島村寄りの山の間から、旧式な小型汽罐車《きかんしゃ》に引かれた三台の古風な客車が、軽便汽車のような軽い音を立てて走って来る。その汽車の中には余市町や蘭島村から乗って来る学生や勤人がいて、ほとんどみな顔見知りであった。

私が川崎昇を知ったのは、私が高等商業学校に入って一年経った頃、その汽車の中でであった。彼は余市町の林檎園の息子で、小樽の貯金局に勤めていた。彼は私より二つ年上であったが、私ははじめ彼を五つほど年上だと思っていた。鉄縁の眼鏡をかけ、頭は勤人らしくない坊主刈にして、五尺五寸ほどある骨太の身体を、いつも少し前屈みにし、カスリの着物に汚れた袴をつけ、鳥打帽をかぶっていた。そのフトコロには、たいてい本が入ってふくらんでいた。彼が羽織を着ている時は、彼はコヨリを紐にしていた。コヨリの紐のついた羽織を着ていない時は、彼の眼鏡のツルの片方は壊れて、糸で耳へ吊られていた。即ち粗末なものを身につけていたけれども、彼は注意深いオシャレであった。彼のオシャレは坊主刈、コヨリの羽織紐、糸のツルなどに現れていたのである。後に私も色々オシャレを工夫して見たが、当時の川崎昇の身におびていた材料では、それが最上の演出法であって、それ以上は不可能であった。

私は、いつどうして彼に話しかけられたか記憶しない。用心深い私の方が彼のような油断できない身なりの男に話しかける訳はないのだから、それは彼の方からであったろう。いま私はぼんやりと思い出す。小樽の冬、街に三四尺の雪がつもり、黒い空から、風に吹かれた雪が白い粉のように吹きつけて来る。または風のない日は大きな平べったい雪が無数の蛾が飛ぶように降って来る。そういう時、炭鉱や土方の監獄部屋から逃げて来た浮浪者が、唖の動物のようにボロで着ぶくれて、駅の大型ストーヴのまわりに輪を作っている。旅客、勤人、学生たちは、彼等の汚なさを怖れ、彼等の襟もとを這いまわっているシラミを怖れ、また暖く幸福に着物を着ている自分の身なりを彼等のそれに較べられるのを怖れて、窓際のベンチや軒下などに立って寒そうに足ぶみしている。そんな時、大分前からたがいに見知っていながら話し合ったことのない川崎昇が、静かな、ためらうような、軟い言い方で、私に話しかけたように思う。そして、それまでに、私が文学青年であることが、誰かの口を通して彼に伝わっていたものと思う。それは鈴木重道が伊勢の皇学館へ去り、川合友重が札幌の大学予科へ入った後で、私が何となく、しょんぼりしていた頃だったと思う。

彼のような若さで、彼のように静かに落ちついて、そして一言一言が人に与える感じを気にしながら物を言う人間を私は知らなかった。彼は話をする時は、自分のことでなく、私のことをたずね、私の気分を気にしながら物を言った。彼の言い方を聞いていると、私は、これまで誰にもいたわられなかったような形でこの男にいたわられている、というような感じがした。私は最初から彼に引きつけられたのだ。私は人の中で彼の姿を目でさがし、彼のカスリの着物と汚れた袴を、他の勤人たちの月賦で作ったらしい洋服よりも意味あるものと見るようになり、要するに、この青年の人柄の魅力に取りつかれたのである。彼はある日、いつも袴を低く腰の所に結んでいるので大きく開いているフトコロから「青空」という名の、薄っぺらな、六号活字で三段に短歌ばかりをベタ組みに組んだ雑誌を出して見せた。それには彼の短歌が一頁分載っていた。私は彼の人柄を敬愛していたが、その時の私の詩的感覚から言って、その「青空」に載っている多数の短歌は、うまいとはどうしても考えることが出来なかった。しかし私は、世間に多数の男どもが生きて歩きまわっている風景を我慢している以上、川崎昇の仲間のこれ等の短歌を我慢できない筈はない、と思ったので、それを鄭重《ていちょう》に読んで、なるべく正直な評言を言わないようにした。川崎昇の歌も決してうまくはなかった。しかし彼の歌の中に「朝にけに心におきつうつし世の言葉交はさず人を死なせたり」というのがあって、そのモチーフはよく分らないが、大変よく出来ていると思った。私はその歌を、詩を写す自分のノートの中に、一流詩人たちの詩と並べて写しとる、という名誉を川崎昇にひそかに与えた。

ある朝彼は、通学列車の中で、自分の従兄で、雑誌「青空」の主宰者であり、また歌においても学問においても、自分が一目おいている人間として、同姓の川崎尚という青年を私に紹介した。川崎昇が面長なのに、川崎尚は丸顔で、私を軽視するような目つきをした。川崎尚は立派な洋服を着て、テキパキと物を言ったが、全体として明らかに勤人風の人間であって、川崎昇のような仙人じみた風格がなかった。しかし、川崎昇が尊敬している以上、相当な歌人なのであろうと思ったので、私は高等商業学校の蛇腹のついた帽子を取って丁寧に挨拶した。川崎尚がその雑誌に書いていた短歌は「……きみの白足袋夕闇に消ゆ」というような甘美なもので、いくらか若山牧水風であった。川崎尚は汽車で一時間の距離にある札幌に住んでいた。

私はウカツで、世間的な物事に対する注意がいつも遅れた。ある日、私と同時に高等商業学校へ入って、余市から汽車で通っていた鈴木信が、川崎昇の恋愛事件を知っているか、と私に言った。鈴木信は小学校で川崎昇と同級生であった。鈴木信は、小樽の商業学校で小林多喜二の一級下級生であった。彼は商業学校生徒の頃野球のショートで、その商業学校が私のいた中学校を野球で負かした時に大変活躍した。また彼は商業学校の五年生の時ストライキの指導をして、その学校の校長を追い出した。彼の言葉の端々からすると、彼は明らかに左派的な思想を持っていた。同時に彼は野球選手という派手な存在であった。自分で詩を書きながら、それを人の目から隠そうとするような子供っぽい生き方をしている私に較べて、彼の方はすっかり大人だった。日に焼けた赤い丸顔で、ちょっと見たところ、少年のような可愛らしい顔であったが、鈴木信は何事にもよく気がつき、ユーモラスな挿話をいくつもつづけて話すという特技をも持っていた。ゴトゴトゴトゴトと山間を揺れて走る通学列車の中で、彼はたとえばこんな話をした。ある西洋の革命家が女装をして汽車に乗っていた。探偵がその女を見て、どうもくさい、と思って、その前に席をとった。そのうちに、その女は林檎を剝いてナイフをしまう時、膝へ落した。その時その女は思わず両方の膝をピタリとくっつけた。探偵はそれを見て、これは男だ、と分って逮捕した、と。更に鈴木信は言った。女はいつもスカートをしているから、膝へものを落した時、膝をひろげて、スカートで受けとめようとするものだよ、と。その話は少しエロティックで、まわりの者の注意を集める力があった。

私は鈴木信に言われるまで、川崎昇の恋愛事件を知らなかった。

「だめだね」と鈴木信は言った。そして、この頃、小樽駅に通学列車がつくと、毎朝きまって美しい少女が川崎昇を出迎え、彼と一緒に歩いて行くじゃないか、君は知らないのか、と言った。翌朝、私は気をつけて川崎昇のそばに腰かけていた。汽車が小樽に着いて、皆がプラットフォームに出ると、川崎昇は私をおいてどんどん歩いて行った。すると、改札口から出た所で、人込みの中に、卵形の白い顔をした美しい少女がいて、腰をかがめて川崎昇に挨拶し、何か話しながら駅前の坂を一緒に下りて行った。その少女は、その頃の代表的な美人だと言われた活動俳優の栗島すみ子に似ていて、面長で目が細かった。その身なりはあまりよくなかった。

その次の朝も、その少女は駅に出ていた。またその次の朝も同じであった。そして一週間目頃には、皆がその事件に関心を持ちはじめ、川崎昇が改札口を出て行く時、彼のまわりから通学生や通勤者たちは意識して立ちのいた。皆の立ちのいた空地の真中に、川崎昇とその少女がいると、それは舞台にいる一組の男女のように目立った。噂によると、その少女は川崎昇を真剣に愛しているのに、川崎昇がそれに応じないので、少女が悩んでいるのだ、という事であった。私はその噂話に感動し、その少女のために胸を痛め、ほとんど川崎昇を憎んだ。しかし、それだけ一層また川崎昇を尊敬した。その少女の川崎に対する朝毎の態度には段々苛立《いらだ》たしいものが目につくようになり、そして、多分私が気づいてから二週間ほどして、その少女は駅に川崎昇を出迎えることをやめた。彼は、そのような事件があっても、その態度にも服装にも、少しも変化が生じなかった。袴の結び目に手をあて、片方を糸で耳へ吊った小さな鉄縁の眼鏡をかけて、深刻な、同時につつましい表情で、少し前屈みに彼は歩いた。遠くから私を認めると、ほとんど「やあ」という声が聞えるように心持ち顎をあげ、右の腕をカスリの袂から差し上げる。彼には若い修行僧か宗教家のような感じがあった。私はまだ知らなかったが、彼には金光教にこった叔母さんがいて、その頃彼もまたその信者であり、教会へ通っていたのだった。

5

少女たち、そうだ、その通学列車で一緒だった女学生たちのことを書かねばならない。その少女たちは、この北国の田舎では、中位以上の生活をしている家族の娘たちだった。たとえば私の村の小学校では、五十人の中で三人ぐらいの少女たちだけが持つことの出来た高等女学校へ入るという幸運を彼女等は持っていたのである。あとの四十何人の少女たちは、女中になり、漁場の傭女になり、小樽の酒場の女給やソバ屋（銘酒屋）の売女になり、女工になり、または自家で畑を耕した。汽車で通学している少女たちは、それぞれの学校の徽章になる白や黒の筋を何本か裾に入れたカシミヤの袴をはき、本を入れた包みを胸に抱くようにして、選ばれた女性という意識から、皆少し澄ましたり気取ったりしていた。その髪は、たいていお下げにして背中に垂れていた。洋装の制服が使われはじめた頃で、三分の一ほどは、紺サージの制服を着て、黒い靴下に包んだフクラハギを見せて歩いた。その黒い靴下に包まれたフクラハギは、細いのも太いのもあったが、私の目にはそれぞれ刺戟的であり、また特定の三四人の少女の脛《すね》は、太すぎも細すぎもせず、それ等が私の目の前を通りすぎる時には、うっとりするような後めたい想像を私の中に呼び起した。

少女たちは、専用の客車を一箱占領しているし、駅員や通勤の大人たちの目があるので、私たちは彼女等に近づくことが出来なかった。それでも毎日、私は停車場で彼女等に逢い、汽車に乗ってからも、窓から顔を出すと、前の女学生の箱の窓から、少女たちの手が出ていたり、彼女等がたわむれに作った紙の吹き流しが窓から流れ出ていたりした。時にはどの少女かが窓に乗り出して、男の学生の箱の方に笑いかけたり、手を振って見せたりした。そういうことが私の胸をどきどきさせた。

汽車に乗る前に、彼女等は駅で一つか二つのベンチを占領して、自分たちだけでオシャベリしていた。そういう少女たちの中には、時々頭をあげてちらと男の学生の方を見るような子がいた。また男の学生の中での、不良がかっている誰かが、彼女等に話しかけた。通勤の大人たちは公然と彼女等に話しかけ、キャッキャッと笑わせたり、彼女等の中の茶目な子に背中を打たれたりしていた。私は彼女等に話しかけるキッカケが殆んど無く、男の学生の仲間からも離れてポツンとしている事が多かったけれども、二三十人もいる彼女等の一人一人の特徴を知り、たいていの少女の姓を覚えていた。私はある少女の白い頰を愛し、ある少女の黒い髪を愛し、ある少女の形のいい脛に執着した。そして私は、彼女等を盗み見ることを抑制することができず、ある少女の黒い袴の裾からのぞいている白い足袋を見ると胸がどきどきし、またある少女の目が、ほとんど意識して私の方に時々じっと注がれるのを知った。私はその少女の目を毎日期待し、その少女の後姿を目で追った。またある少女は時々、極くさり気ない形ではあるが、しかしきまって一日に一度は、その仲間の中にいて、チラと私の方を眺めた。しかし、私がその頰と目なざしに大変心を引かれた少女と、私がその靴下に包まれたすらりとした脚に何とも言えない魅力を感じた少女は私に無関心のようであって、それが私の毎日を不幸にした。私は、彼女等の全体とは言わないまでも、その中の、魅力のある四五人の少女たちに同時に愛着を感じていた。夕方の帰りの汽車は一時間おきに三度あるので、帰りには私は、今日はどの少女と一緒になるか、と夢想したり、またある少女を心待ちにして一汽車遅らせたりした。中学生のときは、彼女等が三四人群れて来るのと一人ですれちがうことがあると、私はほとんど必ず顔が真赤になるので大変当惑した。私は彼女等に軽蔑されているように感じた。しかし私と鈴木信とが、高等商業学校の生徒になると、彼女等の私を見る目が前と変ったことを私は知った。中学生や商業学校の生徒ばかり三十人ほどいるこの通学列車の中で、私と鈴木信とが選ばれた秀才であり、彼女等の関心の対象になっていることを、私は自然に理解した。

私はその頃、近眼になったのに気がついた。私は川崎昇のような鉄縁の不細工な眼鏡でなく、卵形の縁なしの玉に、黒く見える細い赤銅のツルのついたのを買ってかけ、その縁なしの眼鏡の白い反射によって、自分の顔がずいぶん引き立つことが分った。しかし、私はわざと機会を作って少女たちに話しかける勇気もなく、また川崎昇のように自分を待ち受けて自分に話しかける少女を持つこともできなかった。一九二三年、大正十二年、私は数え年十九歳で高等商業学校の二年生になった。

私は、川崎昇との交際の中に、そういう少女たちに対して抱いていた夢想をも自然にこめていた。私は川崎昇と、斎藤茂吉や北原白秋や若山牧水の歌の話をし、吉田絃二郎《げんじろう》の美しい随筆や、倉田百三《ひやくぞう》の求道精神や武者小路実篤の人道主義について、随分話し合った。しかし、それだけでは足りなかった。彼と彼の従兄の川崎尚たちが出していた短歌雑誌「青空」はその頃休刊になっていた。その雑誌を復活させて、それに川崎昇が歌を書き、私が詩を書こうという話が二人の間で相談された。彼も私も、その雑誌を作るための三四十円の金を手に入れる方法がなかった。そして大変トッピなことであったが、二人は夏の休みになったら夜店で石鹸を売ろうと相談した。そんな大胆なことに私たちを駆り立てたのは、私の行っている高等商業学校の生徒たちには、夏休みに牧場や工場へ働きに行く習慣があって、その年の六月頃、その志願者募集のビラが学校の掲示板に張り出されたのに刺戟を受けたのであったろう。それに川崎昇が世なれた態度で、そういう企てについての私の不安を消してくれたのも原因の一つであったろう。

私と川崎昇との間にきまった話は、小樽の一番賑やかな町である花園町の公園通りという大通りに夜店を開き、高等商業学校の工場で作っている石鹼を仕入れて来て売ろう、ということであった。それが六月の頃で、塩谷村の私の家のまわりの垣根の薔薇が咲きかけていた。毎年、小樽から花屋がその薔薇の花を買いに来るのであった。あの薔薇もその夜店で売ろう、と私が提案した。花を売るということは、その計画に美的な感じを与えた。川崎昇もそれに賛成した。その夜店を開く場所は、川崎昇が交渉して見つけると言った。だが、まさか実現はしないだろう。夜店の商人たちの間に空いている場所なんかないだろう、と私はその計画に乗りながらも、ひそかに思っていた。

その頃小樽で「クラルテ」という雑誌が出たことも私たちを刺戟した。その同人は平沢哲夫、小林多喜二、武田暹《すすむ》などであった。彼等は東京の文芸雑誌の投書家としてその実力を知られて居る人間か、でなければ、短歌の盛んなこの町での、文学のヴェテランたちであった。「クラルテ」というのは第一次大戦に参加して、後に、急進社会主義者となったフランスのアンリ・バルビュスの同名の小説から取った題にちがいなかった。彼等はこの田舎町で、言わば権威のある存在であった。私はその平沢哲夫とは文通はしていたが逢ったことがなく、小林多喜二とは毎日逢っていたが交際がなかった。その雑誌は、真白い表紙に赤い大きな片仮名で「クラルテ」と横に書いてあり、大変新鮮な感じがした。その時私は殆んど知らなかったが、小林多喜二はこの頃から社会主義的傾向を持つと同時に、志賀直哉に傾倒し、雑誌に載った自分の作品を志賀直哉に送って批評を受けていたのである。彼の志賀崇拝は大変強烈なもので、あるとき仲間の誰かが、志賀の名前で、近く小樽に旅行するから逢いたいという手紙を小林に出した。小林はそれを真に受けて本気になって待っていた、というエピソードのあった時代である。この雑誌には小林多喜二が小説を書き、大熊信行が詩を書いていた。大熊信行は私の学校の若い教授で、経済原論を教えていた。私たちはテキストとしてスチュアート・ミルの『プリンシプルズ・オヴ・ポリティカル・エコノミイ』という紺表紙の分厚い原書を買い、合併教室で、彼の講読を聞いた。大熊信行は、背が高く、面長で、顎が少しシャクれ、その頬が美しく紅潮していた。大熊信行は、その頃二十七八歳に見え、胸が悪いので独身でいるのだという噂であった。彼は合の長いオーヴァーを着て、学校の坂を登り、また下る時に、ゆっくりと歩いた。そのオーヴァーは大変ゆったりと作られていて、彼が歩く度にその裾が大きく揺れた。その特別仕立らしいオーヴァーの揺れ方が、彼にダンディーという印象を与えた。教室では彼はテキストの上にその紅潮した顔を傾け、クセのない黒い長い髪が前に垂れ下るのを、絶えず左手でかき上げながら、福島辺の訛りのある言葉で喋り、英語の文章を講義した。彼の教えるミルの原論の英文は、極端に理詰めに出来ていて、近代の産業では分業がどのような過程で生産を増大するか、そして分業と機械による生産方式がいかに熟練工を作り、その熟練を増し、手工業時代と全く違った近代の工場組織を作り出すか、それが社会の将来にいかなる光明をもたらすものか、ということを、近代産業の上昇期の理論家に特有の、明るい判断で述べたものであった。関係代名詞を能率的に使ったその論文の構造の明晰さが、私のウブな理解力に沁み込んだ。私はそのテキストによって、社会の経済的構造の原理を、一小部分ではあるが、忘れがたい確かさで理解した。

その大熊信行が文芸雑誌「クラルテ」に詩を書いているのだった。私は工藤書店という、鈴木重道の親戚で、そこの家の、少し歯ならびの悪い可愛らしい少女を鈴木重道が愛しているらしいと推定していた古本兼業の書店の店先で立ち読みした。大熊信行の詩は、福士幸次郎の『展望』か、室生犀星の『愛の詩集』の影響のある、同義語の反復の多い長い詩で、「君は君自身の美しさを知らない、君は君の目なざしが、どんなに無垢な光で輝いているかを知らない、君は君の……を知らない」というようなスタイルの少女讃歌であった。

大熊さんは短歌を作る人だと聞いていたが、詩も作るのか、と思い、私は立ち読みしながらその詩に評点をつけ、七十五点かな、と思った。福士と室生、ひょっとすると千家元麿《せんげもとまろ》と武者小路実篤と中川一政の詩の影響も受けている。少し文学の分る連中は、大熊さんのこの詩をうまいと思うだろう。しかし大熊信行が影響を受けているのが、誰と誰とであるかを、本人と同じ位、または本人よりもよく分るのは、この町ではオレと平沢哲夫ぐらいのものだろう。要するに詩人としての大熊信行は井の中の蛙だなと、おとなしそうな顔にハイカラな縁無し眼鏡をかけた十九歳の私は、鈴木重道の愛人だと疑われるその少女が店番をしている工藤書店の、少し前のめりになった陳列台からその雑誌を手に取って読みながら考えた。そして私はその雑誌を買わなかった。古本屋が本業のこの書店で、私はこの二三年の間に、横瀬夜雨《やう》の『二十八宿』や高村光太郎の『道程』や伊良子清白《いらこせいはく》の『孔雀船』や佐藤惣之助の『正義の兜』などを見つけて買っていた。大熊信行がこの田舎の高等商業学校の教授という地位に満足している人間でないらしいのを、私はその一二年前、この学校に入らぬうちから知っていた。私が中学生の一二年の頃同居していた塩谷村出身の小林北一郎は、このときはもう東京の商科大学に入っていた。小林北一郎が高等商業学校の生徒だった頃、彼は大熊信行を崇拝して、小熊という同級生と二人、しょっちゅう大熊の所へ行っているんだ、と言っていた。今日はイプセンを大熊信行と一緒に読んで、芝居のマネ事をしたとか、学識の素晴らしい先生だ、などと言っていた。大熊信行はいまある論文を書いていて、それが間もなく東京の雑誌に発表されるそうだ、とも小林北一郎は言っていた。私はこの学校に入ってからも、学校の図書館で雑誌を見る時に、ひょっとしたら大熊さんのあの論文が出ているかも知れない、と時々思った。

その工藤書店の前から、公園の方へ上って行くと、つき当りの公園の真下に小樽の市役所があり、その少し手前の左側に、弁護士法学士増川才吉という看板を出した文化住宅風の家があった。その弁護士は私の学んだ中学校の先輩で、東京帝大の出身者であった。その増川弁護士の細君は大変美人だということが中学生たちの間で評判であった。私は中学生の時、市役所の中に設けられてあった市の図書館へしばしば行き、その弁護士の家の前を通ったが、一度もその細君を見たことがなかった。しかし私は、その鼠色に塗った二階建の洋館の前を通る度に、ここに幸福な人が住んでいる。東京帝大を卒業し、そんな美人を妻にして、こんなシャレタ家に住み、弁護士をしているというのは、多分オレたちの中学の卒業生の中で一番幸福な人かも知れない、と思った。

私の学んだ中学の卒業生の中では、第三回か第四回かの卒業生の岡田三郎がフランス帰りの新進小説家として名を成していた。私が中学五年の時、学校は開校二十年の記念祭をした。その前に清永実隆校長が上京して岡田三郎を訪ね、校歌の作詞を依頼した。その岡田三郎の歌詞による校歌が、私の卒業する少し前に出来、私たちはそれを体操の教師の弾くオルガンで稽古した。もう一人芸術家では、テンペラ画という、油絵と少し違う方法の絵では日本一だそうだ、と私の友達が言っていた平沢大暲《たいしょう》が私たちの中学の卒業生であった。その二人の芸術家と並んで、増川才吉や高等商業学校教授の小林象三が、私の頭に浮ぶ輝かしい先輩たちであった。

ちょうどこの頃、小樽の中央停車場を出てすぐ右へ折れた所にある北門日報というこの町の二流新聞に、その増川夫人の写真が大きく出た。それは順子という名の増川夫人が、近く小説家として「文壇に登場する」ことになった、というニュースであった。私は登校の途中、その新聞の掲示板でそれを読んでショックを感じた。増川順子夫人は「文壇のキシュク」徳田秋声に師事していて、時々上京してはその指導を受けていたが、目下その最初の長篇小説『流るるままに』を執筆中で、そのため増川夫人は特に駅前大通りの新築の北海ホテルに一室を借り受け、そこで作品の仕上げにかかっている、というのがその記事の要点であった。そのニュースは私にとってひどく不愉快であった。小林多喜二と平沢哲夫がこの土地で小綺麗な同人雑誌を出していることは、要するに地方の文学青年の遊びごとで、どうせ大した事ではない。しかし、あの増川弁護士の美人として有名な細君が、秋声の指導を受けて、近く文壇に発表する小説を、現実にいまあの駅から海の方に下る大通りの左側にあるホテルの一室で書いている、というのは、ただ事でない、と思われた。あの二階建の大きなホテルの一室で、その美しい女性が、いま一字ずつそれを書いているのだ、と思うと、私は落ちつきを失った。美しく、その上余裕のある生活をしている幸福な女性が、それだけでなく、更に文壇の大家のヒイキまで独り占めして流行作家にもなるというのは、私にはひどく妬《ねた》ましいことであった。一人の人間が、同時にそのような幾つもの幸福を手に入れるということは、許すべからざる不公平なことだ、と思った。私はショックを受け、苛々した。その頃、川崎昇が私に言っていた。この市から一時間ほどかかる札幌のある会社員の妻が、小説を書いて東京に出、「中央公論」にこの頃作品を発表している。藤村千代というのがそれだ、と。なるほど、学校の図書館で見ると、前年の大正十一年五月号の「中央公論」の巻頭に、藤村千代という女が『墓を発《あば》く』という小説を書いていた。ひょっとしたら増川順子夫人は、その藤村千代夫人の影響を受けて、小説を書くなどと考え出したのではないか、と私は思った。そういう、世間を知った女たちの文学に対する大胆さを私は怖れた。小説などというものは、文章が不完全でも、島田清次郎のように、なにか大胆なことを書けばいいものらしいから、あの女たちは成功をするかも知れない。女たちが小説を書いて男性の文士たちにチヤホヤされるのか。何ていやなことだ、と私は思った。

6

もう夏の休みになるというある日、川崎昇は、公園通りで露店の場所を手に入れた、と私に言った。大変なことになったと私は思ったが、彼と二人で立てた計画に従う外はなかった。商品の仕入れは私の責任になっていたのである。彼は昼間は勤めがあるので、私は一人でそれに当った。私は非常にいやな思いで、緑町にある学校直属の石鹼工場に行き、そこの年配の職工に、石鹼を買う方法をたずねた。職工は石油箱で一箱ずつしかここでは売らないと教え、工場の指導教官である西田教授のゆるしを得る必要がある事も教えた。私は工場に近い官舎に西田教授を訪ねた。坊主頭で鼻の下にチョビ髭を生やした丸顔の西田教授が簡単に印を押してくれた紙切れを持って行って、私は川崎昇と二人で作った金で石鹼の大箱を買い、荷車を借りてそれを公園通りの夜店の場所まで運んだ。道路に置くことも出来ないので、その場所の後ろに当る店にたのみ、店の片隅へそれを置いてもらった。

夏の夕方、白い浴衣を着た人々が出歩く中を、学校の制服制帽をつけた私は、緊張のため汗まみれになって、その場所で川崎昇の来るのを待っていた。広い通りの両側には商人たちが台をおいて露店を張りはじめた。私には台もなく、看板もなかった。やがて川崎昇がやって来た。私は、どうせ何の支度もできてないのだから今夜は駄目だろう、と思った。それに、夜店で物を売るということの恥かしさが、激しい力で私を襲った。とても自分にそんなことはできない、と私は思い、仕入れの金を無駄にしてもいいから、川崎昇がこの計画をあきらめるようにと祈った。

「ああ、ここだね」と言って彼は、両隣りの商人たちがもう店を開いている中間に残った私たちの地面を眺めた。それから彼は、石鹸を預けてある後ろの店へ行き、そこで道具を借りて、器用に箱を開け、一つ一つ石鹸を取り出した。それから彼は、ハガした箱の板を、そこの地べたに並べ、その上に石鹸を陳列した。どうしてもこの男はやる気なのだろうか、と私は石鹸の箱に腰かけ、彼の後方にうずくまっていた。

午後八時まで暗くならない北国の夏のその繁華街は夕方に人が出盛った。坊主頭の川崎昇は、袴の結び目に手をあて、その貧弱な商品を前にして立っていた。突然私は、彼が大きな声で通行人たちに向って喋り出すのを聞いた。

「皆さん、高商の石鹸をお使い下さい。品質は、他のどんな石鹸にも負けないものであり、学校直営の工場で学生の手で作ったものであります。」私は恥かしさのあまり、出来るだけ小さく身を屈めた。そのまま縮んで、人の目に見えない小さな一寸法師か何かになりたいと思った。しかし川崎昇は片手を袴の結び目にあて、また大声で通行人に呼びかけた。

「皆さん、高商の石鹼をお使い下さい……」

私は大変恥かしかったが、このとき、本当に川崎昇を尊敬した。何という男だろう。本当に売る気だ。そして更に驚いたことには、本当に買手が寄って来たのだった。一人が来ると、次々と買手が続いた。私は金を受けとり、小銭を隣りの露店のオカミサンに借りて釣を返し、また受け取った。この町では学校の石鹼は有名で、その品質のいいことは誰でも知っていた。石鹼はよく売れ、右隣りや左隣りの露店より、私たちの店の方が繁昌した。

石鹼を一箱売ってしまうと、私たちは空箱を後ろの商店にたのみ、この日から泊ることになっていた駅に近い稲穂町の衣斐さんという質屋の二階へ引き上げた。石鹼の利益は一個で二銭位のもので、大したことはなかったが、一晩で二円ぐらいの純益があった。中学教員の月給が百円ほどであり、学生の下宿代が二十五円か三十円の時であるから、その収入は少いとは言えなかった。金光教信者の老人夫婦のその質屋の二階の四畳半で、私は川崎昇と金の計算を始めた。川崎昇は窓枠にもたれて坐ったまま、私の勘定する手もとを見ているうちに、コクリコクリと居眠りをはじめたが、やがて横になると、疲れ果てた兵隊のようにグウグウ眠り出した。川崎はずいぶんくたびれているんだなあ、とその彼を見ながら私は金を勘定し、元金と利益とを分けた。川崎昇も私も、その金で酒を飲みに行くという訳でもなく、コーヒーを飲みにゆくということすらしなかった。酒も煙草もコーヒーもまだ私たちの生活の中に入り込んではいなかった。

そうして石鹸売りを二三日続けてから、私は、前に話し合っていたとおり、薔薇の花も売ろうと川崎に言った。店が賑やかになるし、それに何となく石鹸より芸術的な感じの店になるだろう、と私は思った。私は塩谷村の家へ帰り、植木鋏を持ち出して、垣根の薔薇の蕾のついた枝を切り、それを新聞紙で厚く包んで小樽へ運んだ。それを、バケツ三つほどに入れて、夜店で石鹸と並べておいた。そしてまた川崎昇が演説をすると、石鹸も花も売れた。花は元手が只なのに一本二銭か三銭で売ると、実によく売れた。花を売ることで、収益は目立って多くなった。

その頃、私は花を取りに一日おきに家へ帰る外は、衣斐さんの二階で暮した。昼間私は散歩に町を歩いた。ある日私は、街上で、白い帽子を頭に乗せたコック姿の青年に逢った。

「おい、ヒトシさん、ヒトシさん」とそのコックが呼びとめた。それは村の小学校で私の一級上にいた植木繁富であった。

「何だ、シゲちゃんか」と私は言った。彼は小さい頃の私の仲間で、最も小才の利いた、最も芸のうまい少年であった。

「おれの店へ来いよ、御馳走するぜ。」

そう言って彼は私を、駅前大通りの、増川弁護士夫人が執筆していると言われていたホテルの階下の横手から入る西洋料理店へ連れて行った。昼間のことで、客は誰もいなくって、膝の辺まである胸あてエプロンをした女給仕が四五人いた。植木繁富は私を窓ぎわの白いテーブルクロスのかかった席に坐らせ、集まって来た女給たちに、私を幼な友達で、高商へ入った秀才だと言って紹介した。私は赤くなり、モジモジし、植木繁富に連れられて来たことを後悔した。女給たちは私を客のようでなく、友達のように、またウブな弟か何かのように取り扱い、植木繁富が作って来たトンカツやオムレツを、私が不器用にナイフとフォークで食べるのを見ながら、ソースのかけ方やトンカツの切り方を注意し、何処に下宿しているかとか、何を勉強しているか、などと聞いた。私は彼女等に友達扱いされているのを感じて、段々楽しくなった。その中の一人、私の前に坐って頬杖をついていた、目は細いが、頬の形に大変魅力のある女の子が、外の女が居なくなった時を待って、私に、その衣斐さんの二階へ遊びに行ってもいいか、と聞いた。いいよ、と私が答えた。外の客が入って来たので、私が立ち上ると、その女は、じゃ、すぐ行くから待っててね、と小声で言って、私を送り出した。私が衣斐さんの二階へ戻ってしばらくすると、その娘が訪ねて来た。私が迎えて二人で二階へ上り、その娘が窓際に頬杖をついて話をしていたとき、その家の老人が階段をみしみしと上って来て、「ちょっと」と私を下に呼んだ。下りて行くと、老人は、「まあお坐り」と私を火のない炉端に坐らせ、「あなたはまだ修業中の身だ、ああいう娘を室に引き入れてはお為になりません」と言った。私は恥かしさと腹立たしさにカッとなって、「そんなお指図は受けたくありません」と言った。すると老人は声を高くして、「とにかくあの室はうちの神様を祭ってある所の真上に当るのですから、女を引き入れるのは御免をこうむります。若しどうしてもと言うなら、昇さんにも、昇さんの叔母さんにもお話して、今日からでも引き払ってもらいます」と言った。

私はすごすごと二階へ戻った。その娘はもう老人の話を知っていて、少し悲しげな顔をし、私帰ります、と言って、下りて行き、玄関まで送って行った私に、目で老人のいる室の方を示し、何ていやらしいジジイでしょう、と言うように顔をしかめて見せた。私は小説によく現れる西洋料理店の女給というものと知り合って、しかもその娘が、ちょっと可愛らしく、また私を好いていることが分っていたので、もう一度逢いたいと思った。しかし植木繁富を訪ねて行けばまた御馳走になりに来た形になるし、植木繁富と関係なくその店へ行くこともできなかったし、行く勇気もなかったので、それっきり私はその女給に逢わなかった。しかも私は、老人が気にした程でなくても、私の身にはじめて起りかけたそのロマンスめいたもののために、その女給の顔や姿を何度も思い出した。

7

ある日、私は家へ薔薇を取りに行くために汽車に乗った。もう八月に入っていたが、五六人の女学生がその汽車に乗っていた。彼女等は緑町にある私立の女学校に通っている少女たちばかりであった。公立の学校は七月の末で休みになるが、私立の学校は八月の中頃まで授業をし、二学期を公立より十日遅れて九月の十日頃から始めるのであった。それは八月分の授業料を取るための手段であった。その少女たちは一緒に通う学生が全くいない時に、私一人がひょっこり乗り合わせたので、気軽に私に話しかけた。私の方も、この半月位のうちに、夜店の女客を相手に話をすることに慣れていたので、軽く彼女等と話をすることができた。

「川崎さんと花屋をしてるんですってね」とその中の二年生位の小さな元気のいい子が言った。その子は隣りの蘭島駅から山を越えてゆく忍路《おしよろ》村の浅田という家の子で、私はその子の姉の女学生を好いていた。私はその浅田絶子という名の少女を、汽車の中や停車場で、ひそかに時々見つめていた。彼女は頰の白い、丸顔の、ぼんやりと夢想しているような表情の娘であった。私が何度か見ていることがあっても、浅田絶子は私の目に応じようとしなかった。その娘はこの時そこにいなかった。もう一人、少し前によその町から転校して来て余市町から通っている重田という四年生の少女がいた。目の大きい、橙色の頰をした大柄の少女であった。その少女は、駅で私を時々じっと見つめる癖があった。私は、自分の家の薔薇の花が足りなくなって困っている、と浅田絶子の妹に言った。するとその少女は、うちの庭にうんと咲いているから取りにいらっしゃい、と言った。すると目の大きい重田さんという少女が、ねえ行きましょう、私も一緒について行って見る、と言った。私は急に少女たちと親しくなったのがうれしかった。そしてそのまま自分の村の駅を乗り越して蘭島村へ下車した。

私は腕に花を入れる手籠を下げ、四人の少女たちと歩いて行った。するとその村に住んでいる二人の少女たちは、自分の家の近くで、次々と別れて行った。それで、蘭島村から山を越えた所にある美しい小さな入江を持った忍路村の町並の浅田家へ着いたときは、私と目の大きな重田さんの二人が、浅田家の末娘に案内されて来たような形になった。浅田家の姉娘が出て来て、私の後に重田さんという彼女の仲間が立っているのを知ると、彼女はちょっとの間、私の方をじっと見た。その時、私は急に重田さんとこの家へ来たことの重大さに気がつき、この二人の少女の間にあった秤のようなものが一方に傾いてしまったのを感じた。その秤の意味を私は強く感じて、どうしよう、どう説明しようもない、と思い焦った。しかし、そこの家の庭にそのまま私と重田さんは連れて行かれて、薔薇だけでなく、色々な花を切ってもらい、籠に満たした。私はいま、はじめて、自分の好いていた少女の家へ来、その少女と話をし、その少女に花を切ってもらっていた。それなのに、いま自分の好きなその浅田絶子の目には自分が重田さんという少女と何か関係があるかのように写っているにちがいなかった。私はこの重大な、取りかえしのつかないこの出来ごとに圧しひしがれていた。今日のこの行動のために、もう自分は永久に、どんなに好きであっても、この絶子という頬のふっくらと白い少女とかかわりを持つことはなくなるのだろう、という気持で、私は大きな躓《つまず》きを感じていた。しかも私は、今では何の意味もない薔薇の花を、三人の少女を相手に、切り、籠に入れ、礼を言っていなければならなかった。日の照っている夏の花畑を歩きまわりながら、私は自分の運命の大きな変化のただ中にあって挨拶や微笑や礼儀の約束を守っていることの矛盾に打ちのめされるように感じた。私は自分の存在自体が嘘であり、ここで花を籠に集めている自分が、まぶしい日光の中で間違って出来た夏の幻影ででもあるように感じた。

浅田家の娘たちは、私から金を受けとらなかった。そして私は浅田家を辞し、重田さんと二人、また小さな山を越えて蘭島村の駅まで歩いた。私は、自分のそばにその無口な目の大きい少女がいるのを意識しながら、日が照りつけて草いきれのする山のなぞえの赤土の道を歩いていると、喉が乾いて、からからになるような気がした。重田さんが手を出して籠の片方を持ってくれた。重田さんは黄色い西洋菓子のような匂いがした。そしてシンと静まりかえった崖下の道のあたりで、私は重田さんと二人皆に見棄てられて、世の果てのような所を歩いて行くような気がした。あちこちに見える村の農家も、そのハネツルべの長い棹も、みんな非現実の幻の風景のようであった。

停車場へついた時、私と重田さんは待合室の中へ入らず、外の窓の下に立っていた。私は小声で重田さんに、「君の下の名前は何て言うの?」と聞いた。重田さんは「根見子って言います」と言って、指でその少し風変りな名前の文字を書いて見せた。重田さんは私の下の名前と私の家の番地とを聞いた。そして私に「お手紙あげてもいい?」と言った。その時、私は大変胸がドキドキしたが、「うん、いいよ」と答えた。

余市町行きの汽車の来る時間になったので、重田さんは白く乾いた向う側のプラットフォームに渡った。線路を越える時、彼女の黒い袴の下に白い足袋が見え、段を上る時、足首とふくらはぎが少し見えた。彼女の皮膚は、健康で生き生きとし、何となくしめっているように私は感じた。汽車が左手のトンネルの方から下り気味の線路を、白い煙をなびかせながら走って来た。そしていま重田根見子一人を乗せ、四五人の客を下ろして、また余市町の方へ走り去った。

それから二三日して、私が塩谷村の家へ帰ると、私の三畳間の机の上に、重田さんから来た白い封筒の手紙がおいてあった。私の胸はとどろいた。私はその手紙の封を切り、パリパリする西洋紙の便箋をひろげて読んだ。たのしかった、とか、なつかしい、とかいう文字が続いて、その終りの方に、「私はあなたのホシのようなヒトミにあこがれています」と書いてあった。何て月並な表現、旧式なラヴ・レターだろう、と私は思った。私は大熊信行の詩を「クラルテ」で読んだ時のように、この手紙に点をつけようと思った。つければ六十点だが、とちょっとの間考えた。私は文章の表現の巧拙の差にのみ、この人生の真実と嘘との違いを見出せる、という信念をいつの間にか身につけてしまっていたのだった。私にとって表現のみが真実であった。しかし私はそう思った直後に、この手紙は文章がいかに下手であっても、下手なことはその意味と関係がない、ということに気がついた。つまり、それは詩や小説ではないから、下手であることと価値とは無関係のものであった。この手紙は、あの橙色の膚をした、目の大きな、魅力ある少女が、その心を私に傾けたという事実を伝えたものであった。この下手な手紙は、私が女に愛されていることを語っているものだ、と私は思った。あの小説や詩にある、シャトオブリアンの、エルテルの、マリウスの、伊藤左千夫の『野菊の墓』のような、島崎藤村の詩のような、あの恋愛が、いま自分の身の上に起りかけているのだ。私はボーッとなり、自分が光に包まれているように感じた。

私は家の中で一種の不可侵権を持っていたので、その女文字の手紙について父も母も私に何も言わなかった。そして私は、その少女根見子と手紙のやりとりを始めた。しかし私が臆病なためか、重田根見子が文章が下手なためか、その手紙の内容は初めと同じ調子を持ったまま、あまり発展しないで繰り返されているだけであった。川崎昇と私の夜店は、川崎昇が過労のため高熱を出して、衣斐さんの二階で寝込み、私が看病しなければならなくなった為、自然にやめになった。それまでの収益は三十円か四十円あって、私と川崎昇とは、それをもとにして秋には「クラルテ」に負けないものとして「青空」を出そうと計画を建てはじめた。

重田根見子と手紙のやりとりをするようになってから後のある日、私は海岸で、私よりも三四歳年上の勤人である高峰大太郎と二人で、磯舟という三人乗り位の小舟に乗って遊んでいた。高峰大太郎は漁師の息子で、海に慣れていた。彼は、今日は風がいいから帆をかけて見よう、と言って、どこからか帆と帆柱を持ち出して、その舟に張った。そして私たちは、村の砂浜の沖を、右に行き左に行きして帆走した。帆走は初めての経験であったが、私はその帆走の楽しさに取りつかれた。波の上に、きまったリズムをもって軽く揺れながら、舟は少し傾いて走り、また戻って走った。私はズボンにシャツを着ただけで日に照らされ、うっとりとなりながら、舟の速度と動揺に身をゆだねていた。そして、そのリズムの快さに身をまかせているうちに、私は、実質が何であるか分らないが、自分に近づいて来る不安定な未来の生活に対する怖れのようなものと、過ぎた幼年時代の色々なものの追憶と、自分の青春の時がいま一刻一刻と失われて行くという意識の与えるかすかな傷みが、心の中にむらがり起るのを感じた。舟の揺れるリズムの快さが、それと決定的に違う生の不安を私に思い起させたのだ。裾に白い波を嚙んでいる右方の岬に舟を近づけたり、また離したりしながら、私たちは、村の沖を行き来した。海岸に並んでいる板屋根の白い村の家々は遠ざかって、水面に沈みかけ、その背後の青い山々が大きく海面の向うに浮び上って見えた。私はいつまでもその帆走を続けたかった。

その時、トモの方で操舵していた高峰大太郎が、忍路の部落の入江まで行って見よう、と言った。その部落の入江をはさんでいる岬が、左の方に長くつき出ていた。行って見よう、と私も言った。忍路は、さき頃、私が重田根見子と訪れて花をもらった浅田家のある部落である。その入江は、この辺の海岸で知られた美しい湾で、古い民謡の中に歌われている昔の海港であった。しかし、その入江は小さいものだったため、汽船などには使われなかった。附近の小樽港が発展して大きな港となったとき、この古い海港は先ず衰え出し、また汽車が通じた時に駅が隣りの蘭島村に出来たために、すっかりさびれて、今では漁船の避難港として使われるだけだった。私の村からは海上を一里ほど走らねばならなかった。風のある日、この小舟でそこまで行くのは少し危険であったが、私は、あの美しい入江に帆走して乗り入れて見たい、そこへ行けば、もう一度浅田家の娘たちに逢えるかも知れない、と思った。高峰大太郎も同じことを考えていたらしく、浅田家へ行って見ようと言った。高峰大太郎は男友達には少し軽く見られていたが、のんきな話し好きの青年で、汽車の中で誰彼と言わず少女たちと話し合う癖があり、彼女たちの共通の友達という風があった。私は揺れる舟の上で、浅田絶子のいつも夢想しているような白い頬と、少し色の赤い髪と、花を切ってくれた時の、ふっくらとした手の甲とを思い出していた。

少し強くなった風の中を、私たちの船は、波に乗り、波に躍《おど》りながら、その忍路の岬の方へ真直に走った。その岬の崖が、これまで見たこともない巨大な襞《ひだ》をはっきりと見せて目の前に迫り、私たちの頭の上にそびえてしばらく左手に続いた。その高い黒い崖の尖端を、私たちの舟は、深さの分る青黒い波の上でゆれながら、次第にまわって行き、その湾の中へ入った。風が急になくなり、水面が油のように滑らかになった。私たちは、帆を下ろして、その入江を漕いで奥の方へ進んだ。四五十戸の小さな古びた家並が入江の奥に見え出してからもずいぶん漕いだ後に、私たちは、その村の渚に着いた。

私と高峰大太郎とは、初めから計画していたことのように、そこの渚に舟を引き上げて、浅田家の方へ歩いて行った。自分の身体が弾力のない地面の上に立ったことを感じると、急に私の心の中に、色々な配慮が浮んで来た。自分が余市町の重田根見子と恋文と言うより外のない手紙をやりとりしていること、何のきっかけもなく浅田家へ、そこの娘たちを訪ねて行くことの不自然さ、自分が不良少年のように浅田家の人たちに思われるのでないか、という気づかいなどを。しかし私は高峰大太郎について、小石の歩きにくい村道を、ズボンに下駄ばきという姿でのぼって行き、浅田家の硝子《がらす》戸の前に立った。高峰が訪《おとな》うと、絶子と妹の少女とが出て来て、私たちと少し話をしたが、気おくれのしていた私には、何も言うことがなかった。そうして娘たちと家の前に立っていることが、ひどく不自然で、悪いことのように思われた。絶子は、私に何も特殊な関心を示さず、ほとんど高峰大太郎とばかり話をしていた。私は自己嫌悪感にやり切れなくなり、帆走していた間のたのしい夢想が一カケラも実現しないことで、悲しむというよりも、厭世感のようなものに襲われた。それは、この世で本当に起ることは、いやらしい事ばかりにちがいない、といつも思っていたが、そのとおりだということや、そして自分のように詩の美しさにとりつかれて、それと同じものをこの世で追う人間には、現実の世間はいやなものばかりを見せるものらしい、ということであった。そしてまた、絶子のような美しいやさしい顔をした少女も、一番話しやすいのは、高峰大太郎のような、ヒョウキンな所のある俗人なのであって、私がこの少女に見出しているこの美しさ、またその美しさの故に私が彼女に近づくことをためらっている感情などは、結局この少女には縁もなく、分る筈もないということ、そしてこの辺の農民や漁民たちの間で誰もがする下品な笑い話や、他人の噂話以外には、彼女等に面白がられる話がないのだ、ということであった。それに、私はもう重田根見子と近づいてしまっているではないか。その私が、何のために用ありげにここまでやって来たのだろう？　この少女が、この二三年、どんなに私の情感を動かしていたとしても、現実には自分と彼女とは、生きている間に何のかかわりも持たないことは、もう分っているのだ。

私は、あとから後からと襲って来るやり切れない物思いに閉じこめられて、一人はなれて、ジクジクと腐った海藻の積った汀を歩きまわった。私はその何カ月か前に、小樽の図書館で、何かの本の中に、ティチアノ筆の「白衣の女」という、白い肌着を胸のところに片手でおさえ、片手に花を一輪持った絵の写真を見つけた。それは、浅田絶子に私が見出していた印象とそっくりであり、私はその絵がどうしても欲しくなった。私はひそかにその写真を切りとって、自分の本の間にはさんでおいた。そして、その複写を私は何度も眺め、その度に私は自分は本当に絶子を好きなんだと思い込んでいたのだった。しかし、いま、現実の絶子は、浴衣を着た田舎の漁村の娘で、私の情感に何のかかわりもなく、高峰大太郎と笑い興じていた。そのとき私は、急にあの橙色の、しめったような膚をした余市町の重田根見子のことを思い出し、また彼女の洋菓子のような匂いを思い出し、その重田根見子が生き生きと自分の心を私に伝え、私もまた手紙でそれに応じていることを、ほとんど生理的なナマナマしさで考えた。自分には、自分を愛している少女がいる、と私は心の中で言った。すると、重田根見子の大きな目や、その橙色の膚や、その袴の裾から見えた白い足袋や、みんなが女性の現実の魅力となって、一度に私に殺到した。重田根見子が女であり、肉体を持っていることを、私は目が覚めるように、現実の味気なさに対する復讐のように、ありありと考えた。

二　雪の来るとき

1

その二三日後、私は重田根見子と蘭島村で逢う約束をした。蘭島村というのは、私の村と、余市町との中間にあって、この附近の代表的な海水浴場村であった。風のない暑い日に、数え年十九歳の私は、浴衣を着、白いテニス帽をかぶって、村の駅で切符を買い、汽車に乗った。十九歳の私が、十七歳の少女と逢うつもりで、その日出かけるのに、誰にもとがめられないということが、私には何となく不思議に思われた。私はいま、人にかくれて少女に逢おうとしている。それは悪いことだ、とはっきり考えていた。その日、私は朝から、今日は根見子と逢いに行く約束の日だ。オレは本当に行くのだろうか、と思ったり、何か故障が起るかも知れない、と思ったりした。これは悪いことにちがいないから、父か母か、駅長のような人間が、自分の様子からそれと気がついて、とめるのではないか、という危惧《きぐ》を感じていた。私は思いまどいながら、村の駅で切符を買った。切符は売ってくれた。駅で顔を合わせた知り合いの人たちも、私を疑いの目で見ず、私に何もきかなかった。プラットフォームに汽車が来て、私は乗った。

それから先は自動的に運んだ。三つ続いたトンネルを通り抜け、私は蘭島村の駅に下りた。

八月の中頃の暑い日のことで、私はプラットフォームに下りて、そこに敷いてある細かな砂利を下駄でギシギシと踏んだ時、軽い目舞いを感じた。いま、ここへ来ている自分は本当の自分でない。自分の影だ、というような、私の幼年時代から、何かの時によく起る幻覚のような気分を私は味った。そういう時、私は、自分が紙のような日方のない薄いものになって、その薄い板のような自分の身体の上に、白い絣《かすり》の浴衣が一枚かかっているだけのような気持になるのであった。

私はここまで来て、行き暮れた気持になったのだ。来る途中で、誰かが止めてくれるとよかったのだ。重田根見子と逢うことを、自分が納得できるように私が考え切っていない事から起る躊《ため》躇《ら》いであった。重田根見子を自分で本当に愛しているかどうか私にわからなかった。しかし私は、もうあの浅田絶子に近づく見込みを失ったのだから、あのふっくらした橙色の頬をし、大きな目を開いて、じっと自分の前を見つめる癖のある重田根見子に逢わねばならないと思ったのだ。女性の肉身を持って、私と交際したいと言っている、西洋菓子のような匂いのする重田根見子に逢わねばならないという衝動が、私をここまで駆り立てて来た。だがそれは何だろう、オレは衝動に駆られているだけで、本当は逢う理由がないのではないか？　それは怖るべき事ではないか、という反省が、突然そのプラットフォームで、私をその衝動から脱落させたのであった。しかし私は、プラットフォームに残って立っているわけに行かなかった。

私はプラットフォームを下り、ブリッジのない駅だったので、線路をまたいで、駅の待合室へ入って行った。すると、その片隅の木のベンチに重田根見子が、髪をお下げにし、赤い大きな絣のついた浴衣を着、緑色の帯を男の子のように結んで腰かけていた。

私は根見子のその娘らしい姿を見たときびっくりした。私はそれまで根見子を、汽車で毎日通学する時の、着物に黒い袴をつけた姿でしか見たことがなかった。その袴をつけ、本や裁縫の道具を風呂敷に包んで胸に抱いた時の根見子は、「女学生」という、学校というものに結びつけられた何か神聖なところのある少女の姿だった。だが、今日の根見子は、村や町の家並の間を、用足しに歩いたり、お祭の日には着かざって白粉を塗り日本髪を結ったりする娘たちの一人であった。私がびっくりするほど彼女は女らしく見え、私がはっと思うほど魅惑的であった。

ね、ナイショね、というように根見子は私に笑顔を見せた。私たちは、一言ものを言い合わず、駅の人たちに見とがめられるのを怖れるように、カッと日の照っている砂の多い外の道へ出た。根見子は白い木綿のパラソルをひろげた。私は、自分たちが一つの所にじっとしていることはできない、と思った。どこかへ行かなければならなかった。つき当りの海の方へ出る道には、氷水屋の赤い旗が見えて、今下りた人々が五六人何か荷物を下げて歩いて行った。その人たちには、きまった用があり、はっきりした行き先がある。私と根見子にはそれがなかった。女性と二人、世間の人の目を怖れて歩くという、追われるような気持を私は初めて味った。

この村には、私や根見子と同じように小樽まで汽車で通学している中学生や女学生たちがいる。駅を出て右の方へ折れれば、この村の海水浴の中心地帯になる賑やかな一劃へ行く。その辺には、根見子と同級生の少女の家である旅館があり、また絶子の家のある忍路部落へ行く道があった。その方向へ行くのを私も根見子も避けた。私たちは小声で、余市町の方へ歩いて行こうと言い合った。そして海水浴場のある賑やかな方向と反対の、左方へ国道を歩いて行った。

村のはずれまで、家並が十軒ほどひっそりとして続いており、砂のまざった乾いた土が埃を立てた。赤い絣の浴衣を着、髪をお下げにした根見子がそばを歩いているのが、私の感覚にチカチカし、私は落ちつきを失い、追われているように感じた。私は自分に思い込ませようとした。何でもないことだ。私の高等商業学校の同級中の、大人びた、容貌に自信のありそうな二三人は、授業の合間に、教室で、芸者や女給たちの噂をいつもしているではないか。また中学校にいる私の後輩の竹田は、私の小学校時代の下級生で、少年時代に私が長いことひそかに好いていた彼の従妹の竹田とよと、いつも一緒に歩いている。高等商業学校の私の同級生で少年かさらしい寺田は、ある商家の婿になって、やっぱり生徒として学校に通っている。オレが友達の少女と一緒に歩くことは何でもない、と。

国道はその村の端れで、岬をくり抜いたトンネルに入った。トンネルをくぐり抜けると、小舟の入るぐらいの幅のある川口に小さな部落があった。橋を渡るとき、裸の子供が二三人、水の静かな川の中で遊んでいた。右手に海が見え、ほとんど波がなく、沖の方には船の航跡か潮流か分らない白い筋が霞んだように浮き、水平線のあたりで汽船が煙を吐いていた。私たちは、国道をはずれ、幅が一町ほどある広い砂浜を、歩きやすい波打際を選んで歩いた。砂浜の左側は、一段高くなって、灌木《かんぼく》地帯が続いて居り、所々に若いトド松の植林地があったり、大分離れた国道沿いの方には、ハネツルベの棒や孤立した農家の屋根が飛びとびに見えた。一里以上も続くかと思われる砂浜の前方には、根見子の家のある余市町の端れの、二階建ての小学校の校舎のかなり大きな屋根が見え、白い煙が所々に羽根のようにあがっていた。

私たちは、何も話し合う事がなかった。しかし、黙って歩いていることにも耐えがたかった。いまここに、私のそばに、私に逢うためにやって来た十七歳の、橙色の膚をし、赤い絣の浴衣を着た少女がいる。その少女は、すこし困ったように、そして私に何か言ってもらいたいように、ほとんど何かされるのを待つように、大きな黒い目に、謎のような、何か言いたげな表情をして、時々私を見ている。

それで、私は、あの余市町の学校の所まで歩くには一時間かかるだろうか？　と言った。二十分ぐらいじゃないかしら、と根見子は答えた。ここ歩いたことあるの？　と言うと、歩いたことないわ、と答えた。彼女は私よりも不確かであった。海水浴の季節に海岸を歩いているのだから、海へでも入ることにすればよいのだが、私も根見子も水着の支度がなかったし、そんなことを口に出す勇気もなかった。

私はさっき、駅の待合室で浴衣姿の根見子を見た時から、彼女が気に入っていた。彼女は、絶子のような、私を幻想のなかに誘い込む夢見がちな顔をしてはいなかった。しかし根見子のしめったような感じの橙色の膚、あまりものを言わずに、私の方を大きく見開いて見る目、その少し大き目の赤い唇、その丸味のある顎は魅力があった。女学生と言うよりは、一人の若い女性という感じのする根見子が、いま私と逢いに来てここにいるということを、ひっそりとした広い砂浜の中で、私は切ないほどに感じた。私は、自分はいま幸福だ、と思った。すると私は、それに続いて、今のこの幸福を不安に感じた。いまあの余市町まで歩いて、さよならと言って別れれば、忽ちこの少女は無縁のものとして、取りかえすすべもなく私から失われて、戻らないのかも知れない。

しかし、同時に私は、かすかな怖れとともに思った。この少女が私の求めていた永遠の女性に当るのだろうか？　私はすぐに、否と自分に答えた。この少女はそういう少女ではない……と。それが根見子の容貌なのか、全体の印象なのか、話しかたなのか、その理由は分からなかった。私の心の中にある永遠の女性の像は、浅田絶子だとも言えなかった。どこか遠くに、いま私の知らない所に一人の女性がいる。その女性は、私たちの使いなれたこの辺の下卑た方言でない言葉を使い、この辺の少女の表情の仕方と違う表情をする。その少女はよその国の女性でなければならない、と私は漠然と思っていたのだ。

しかしいま、根見子は、私を愛していると初めてはっきり言った女性であり、彼女は私に逢うためにここへ来て、いま私と一緒に歩いている。自分は彼女の手に触れることも、口づけることもできないかも知れない。そんなことはできないかも知れない。多分できないだろう。できる訳がない。海を渡る微風のなかで、ほつれる髪をなでつけているこの橙色の少女に触れることは、私にはできない、と私は感じた。すると私は、根見子とただ歩いていることの空しさ、いら立たしさに当惑して、無口になって行った。

一里ほどの長さのその砂浜には、全く外に人影がなかった。近づくとも見えない遠景の町の屋根を目標にして、全くもの影のない波打ちぎわを、殆んど言うこともなく歩いていることは、現実から切り離されて無限の中に足ぶみしているように息苦しかった。彼女が黙っているほど、彼女の女という実在が拡がって私を包み、私を圧倒しそうになった。その砂浜を三分の一ほど歩いた時、私はそれに耐え切れなくなった。私は根見子に、向うへ行って腰かけよう、と言った。根見子がだまってついて来た。砂浜から三四尺高くなって灌木の生えた草原があった。その端に私は上った。根見子が上ろうとするのを、私は手を取って助けた。根見子は上って来て、私と並んで坐った。私はそこへ根見子を引き上げてやった手をそのまま握って、彼女と並んで坐っていた。水平線で煙を吐いている恰好の悪い貨物船らしい沖の汽船は、まだ同じ所にいるように見えた。

私は突然、いまおれは何をするのだ、という声が自分の内部でわめき出すように思いながら、大きな怖れをもって手をのばし、横にいる根見子の肩を抱いた。根見子の上体は抵抗なく寄って来て、私は根見子の髪が自分の頰に触れるのを感じた。私は彼女の唇に自分の口をつけた。

それはぬれていて軟く、熱かった。私は、怖れのわめき声がまだ自分の内部にガンガン鳴りひびいているように感じ、カーッとなっていた。だが根見子もまた、私に口づける意志をもって、進んで唇を開いていることが分った。そのとき、私は大きな安らぎを感じた。そして、ああこれが接吻だ。接吻ってこういうものなのか、何というういいものだろう、と思った。

ずいぶん長いことそうしていたが、根見子が身じろぎをしたので、私ははなした。すると海の方を見た私の目に、一人の中年の男が一町ほど向うの砂浜の渚を、蘭島村の方から余市町の方に向って歩いているのが見えた。私はぎょっとした。さっきはどこにも人影がなかったのに、あの男が蘭島村の方からここまで歩く間、私は根見子と口づけをつづけていたのか、と私は驚き、また見られたのではないか、と気づかった。しかし、その男は、何かものを思っているさまで、灌木の間に坐っている私たちに、気づかぬように、渚を歩きつづけて行った。その男の姿が、よほど遠くなるまで見送ってから、私はまた根見子と接吻した。

二度目の接吻は私を少しずつ大胆にした。すると、根見子は私の大胆さを、その度に許した。そして私は、こんなことが起り得るのだろうか、起っていいのだろうか、と感じながら根見子を横にし、根見子に触れていった。根見子は自分の女の性を私に放棄して、目をつぶっていた。社会の、世間の、教育の絶対的なこのタブーを破るのは、戦慄的なことであった。しかし私は、彼女に強いるというよりは、拒《こば》まれないままで、そこまで来てしまったのだった。彼女は融けた蠟が虫を捕えるように私をとらえ、私の力を終りにした。あっけない、些細なことが起って過ぎ去ったようであった。しかし今行われたことの意味は、これから後に分って来るように感じられた。

私は根見子と並んで坐った。汽船は水平線の同じところで、同じ形の頼りない煙をはき、広い砂浜には人影がなく、日が照りつけて、眠ったように静かであった。すると、私と根見子の間に、性がありありと、なまなましく、消しがたく実在したことが感じられて来た。それは肉体における怖るべき犯罪のようにも見え、恋愛という秘密な宗教の祭式のようにも思われ、大人に見つけられては困る幼児の遊びのようでもあった。

私は恥じながらも、根見子と居て心安らかに感じた。私と彼女は、そこへ来るまでよりも、もっと親密に、しかし今二人の間に起ったことについて触れることはさけて話し合った。私たちは砂浜を歩いたり、喉が乾いて山側の農家で井戸の水を飲んだりしながら、余市町まで歩いた。

私と根見子とは、恋愛小説の中にきまって描かれている愛の言葉を語り合わなかった。卒業してから結婚しようとか、永遠に君をしか愛さないとか、結婚のためにどういう手段をとる、などということを話さなかった。私はただ髪長く、唇の赤い少女の恋人を持って、彼女を自分のものと感じ、彼女に触れ、人に知られることなく彼女と逢った、という喜びにおののいていた。そこに私は新鮮な生き甲斐を見出し、そのことの結末から目をそらしていた。

私は、時には、自分を不真面目だと感じ、根見子もまた結婚しましょうね、と言い出さないことから、根見子をも不真面目なのかも知れない、と考えた。しかし、そう思うことの方が、世俗の心であったろう。それは、十代の少年期と少女期の終り頃の二人が、たがいに選み合い、他人の目をさけて逢い、感覚し、触れ合い、求め合う命の喜びを持ったことであった。危険な向う見ずなことだったが、その限りで純粋であった。男は月給を計算し、勤め先を気にかけ、女は嫁入り道具を数えながら、永遠の愛という言葉によって、職業としての妻の地位を固めようとする、あの愛の誓いという外形を持った打算から、私も根見子もその時免れていたのである。危険、浮気、不良、いたずら、などの言葉で呼ばれるにちがいないこの愛の形のなかで、私たちはほとんど無邪気に、逢う約束が面白く、知人の目をさけることが楽しく、触れ合うことが新鮮であった。私はその形をえらみ、根見子もその形をえらんだ。地上に、草や木の中で、少年と少女とが逢い、認め合い、ふれ合う、というプリミティヴな形で、私と根見子はその夏の休みに何度か逢った。

夏の休みが終り、また通学がはじまった。朝、汽車が小樽に着くと、根見子は黒い袴をつけ、学校道具を風呂敷に包んで胸の所に抱き、他の少女たちと群れて汽車から下りて来た。根見子だけが、その少女たちの一群の中で、飛び出すような確かさで私の目に入った。彼女は黒い大きな目で、ちらと私の方に合図を送り、その大きな目の赤い唇に笑を浮べかけ、その笑をそのまま連れの少女たちの方に移して、一緒に笑い興じながら、黒い袴の裾に白い足袋と橙色の足首の皮膚を見せ、心持ち大跨に歩いた。その秘密、その存在、その合図が私には楽しかった。私は詰襟の制服を着、白いズックの手鞄を下げ、少し胸ときめかして彼女とその仲間の後から歩いた。私には恋人がいる。その恋人は色の濃いボタンの花のようで、他の少女たちの仲間にいても、決して見おとりはしなかった。私が前から好きであった頬の白い、目の細い、夢見るような印象の絶子が、根見子とちがうグループにいるのが見えた。絶子の姿はやっぱり私の心を引いた。しかし、次第に私には、その絶子が生の喜びを知らない、貧血性の、侘《わび》しい少女のように見えて来た。そう思って絶子を見ることが可能になったことを感じて私は心を慰めた。

私は根見子と、小樽の北はずれの公園でしばしば逢った。そこは赤土の崖がむき出しになっている人気のないグラウンドがあり、すぐ裏は雑木林や畑になっていた。その赤土の崖の下が港の北隅になっていて、そこに石炭積み込みの高架桟橋があり、石炭を積みとる汽船が、少し傾いて腹をふくらまし、その桟橋によりかかっているのが、上から見下された。私たちは何時間もそこで、一株の灌木のそばに坐って、日に照らされて気が遠くなるほど、その桟橋と汽船を眺めていた。小さく見える汽車が、石炭貨車を曳いてその桟橋の上を用心して進み、石炭を汽船の船艙に落してやるという仕事を繰り返していた。その桟橋の外側に長い防波堤がつき出ていて、その突端に白い燈台があった。日本海を航海して来る汽船が、大きな形を目の下に見せながら、その燈台の所をまわって港に入って来た。

半日位ずつ、私と根見子は学校をサボって、そういう逢い方をしていた。私は根見子の教科書の英語を教えてやったり、友達の批評をしたり、根見子から、彼女の母の神経痛の話を聞いたりした。

私と根見子は小樽の市内や郊外を、よく歩いた。港の埋立地の倉庫の前に積んだ材木の上で、船員や人夫たちのよく通る所に何時間も腰かけて、小蒸汽船やハシケの動くさまを眺めていたりした。私と根見子とは、ほとんど友人たちに見つけられなかった。私は汽車の中や停車場ではいつも本を読んでいる真面目な型の学生であったので、他の学生たちが女友達や恋人を作った時に受ける不良という悪評を受けなかった。多少の噂はあっても、私が不良じみた恋愛をするような青年だとは、誰も考えることができなかったようであった。もし根見子が妊娠すると私は結婚しなければならなくなる、ということを、私はほとんど考えなかった。そして彼女は妊娠しなかった。

2

そのようにして私は根見子とときどき逢い、手紙のやりとりをしていた。そのころ私は友人の川崎昇と同人雑誌を出す計画をしていた。それはなかなか捗《はかど》らなかった。それは詩と短歌との雑誌であった。私はその雑誌のために小樽図書館へ通って、橘千蔭《たちばなちかげ》の『万葉集略解』の第一巻を筆写して、三十枚ほどの原稿を作った。私は、詩を書くことに専ら心をそそいでいた。私は歌を十首ぐらいも作って見たが、その形式に従うのが伝統への屈服のように感じられて、すぐやめてしまった。しかし、一緒に雑誌を計画した川崎昇が歌に熱心だったので、私は、それへの基礎づけの意味や、自分の勉強の意味もあって、「万葉集の解説」を進んで引き受けたのだ。私はその雑誌へのせるつもりで、自分の詩を数篇ノートから書き写して川崎昇に見せた。私は汽車で一緒に通う川崎昇と交際しはじめてから幾月か経っており、文学についての話をずいぶん彼と交わしていたけれども、その雑誌にのせる原稿をつくるまで、自分の詩を彼に見せなかった。

川崎昇は、鉄縁の眼鏡をかけた丸刈りの面長な顔をすこしかしげて、私の原稿を読み、「君の詩はいいなあ」と心からそう感じたように言った。彼はその時、数え年二十一歳で、私より二つしか年上でなかったけれども、その挙止は重厚であった。特に彼は、話し相手の気分に影響を与えるような言葉は年に似合わない慎重さで言った、だから、時として彼の言い方には礼儀だけのものも交ることがあった。しかし、その時私は、彼が心からそう言ってくれたことを信じた。私の年が若いこと、私が中央の雑誌に投書していないこと、そんなことを抜きにして、私の詩を喜んでくれた最初の人間を、私はこの鉄縁の眼鏡をかけ、絣の着物に袴をつけた青年の姿の中に見たのである。それから後長い交際の間に、私は彼に迷惑をかけ、彼を悲しませ、困らせたことがあるが、私が文学をやって行く資格のある人間だという確信を私に与え続けることでは、彼は変らなかった。世間が私を認めることと認めないことに関係なく、彼は一貫して私に確信を与える態度を持ちつづけた。私が芸術家であれば、私を発見したのは彼であった。妙なことだが、私の詩が他人の好評を得ているらしいことを、川崎昇の次に知らせてくれたのは、日本文を読めない英人教師であった。私が小樽の高等商業学校へ入って半年ほどした時、ラウンズというイギリス人の三十歳ほどの教師が来て、英語や英文簿記を教えた。少しナマリのある英語で喋り、ペーパーをパイパーと言って、初め私たちをまごつかせたが、ロンドン大学を出た優秀な若手の経済学者だという噂であった。

私は、その高等商業学校の二年生になり、重田根見子と恋愛し、川崎昇と雑誌の計画をしていたこの年の秋頃、学校の校友会雑誌に四五篇の詩を投書した。多分それは、川崎昇が私の詩を読んで、私を勇気づけた後のことであった。私はその頃、学校の雑誌の編輯をしている三年生の高浜年尾や小林多喜二やその同級生たち、それから私の同級生で短歌会を作ったり、編纂部に加わったりしていた片岡亮一や佐々木重臣などに近づいていなかった。人みしりの強い私は、郵便で自分の詩の原稿をその編纂部に送りつけた。しかし私は、彼等はどうしてもオレの詩をのせざるを得ないハメに陥るだろう、と考えていた。

この年小林多喜二は、いよいよ自信ありげな顔をして、学校の中を歩いていて、私にはいつも気になる存在であった。ある時、法学通論か手形法か何かの講義を聞くために私たち二年生が合併教室に入って行くと、そのすぐ前の時間は、大熊信行が上級生のためにする経済原論か何かの時間に当っていたらしく、教壇の上に大熊信行が赤らんだ長い顔を机の上に傾けて立っており、小林多喜二が壇の下にいて、彼の顎ぐらいの高さのその机に手をかけて、熱心に何かを尋ねている場面に出会った。

それは小林多喜二が最も熱心な生徒であるか、小林多喜二が特に大熊信行と仲がいいか、どちらかであった。前の事情であれば、彼は、反マルクス主義的な思想を持っているらしい大熊信行をマルクス主義について、問いつめているのであり、後の事情であれば小林はこの短歌や詩を作る経済学の若手教授と二人教室に居残って、文学についての私談をしているのにちがいなかった。いずれにしても、その様子は、私にねたましかった。私は小林に近づきもせず、大熊教授に近づきもしなかったが、その二人の意味ありげな熱心な居残り会談をしばしば合併教室で見た。そして私はそれを気にかけた。

またこの年、東京外国語学校を卒業した蒔田《まきた》栄一という若い講師が赴任して来た。この学校は商業英語が重要な課目で、苫米地《とまべち》英俊という、その頃洋行から帰ったばかりのヴェテランの教授がいた。苫米地教授は校内の実力派で、自分の出身校から語学教師を何人か招いた。その上、彼は教室で、同僚の文学系の英語教授の悪口を言って、「この学校にはs/s Asama-maruのs/sの意味を知らない英語教師もいるんでして」と公然と言ったりした。柔道の達人で、競争意識の激しい、チョビ髭を生やした四十すぎの男であった。その苫米地教授のメガネにかなって講師として赴任して来た蒔田栄一は、多分まだ二十三四歳で、小林たちの同人雑誌「クラルテ」にシモンズやポーの詩を、上田敏まがいの凝った訳文でのせていた。私たちのクラスには蒔田講師は教えなかった。彼は小林より一年か二年前に同じ小樽の商業学校を出たという噂であり、しばしば学校の長い廊下の角においてある喫煙用の大火鉢のまわりで、小林や片岡亮一と一緒に煙草を吸いながら話し合っていた。同じ商業学校出身の片岡は、ちょっと大熊信行に似た面長の紅潮した顔の美青年で、私と組はちがっていたが同級であった。彼は短歌がうまかった。その三人が一緒にいる所を通る時、私はここに小説書きと、歌よみと、英語の達人と三人そろっている。彼等はこの学校の文学はオレ達がショッているると思っているんだ、と考えて、中学校出身の私は一層対抗意識を感じた。そのため、又は、それにも拘らず私は、やっぱりこの学校で、自分の詩を人に知られたいと考えて、詩を四五篇その編纂部に郵便で送ったのであった。

私の四五篇の詩は、白い表紙にゴチック字体で校友会誌と書かれた雑誌に、全部、一段組というよい待遇でのせられた。私はうれしかった。高浜も小林も片岡も、じかに私には何も言わなかった。しかしその時から彼等は私を知ったらしく、彼等のタムロしている廊下の角の喫煙火鉢のそばを私が通ると、彼等は私に気づくふりをした。私は態度を変えるキッカケがなく、前と同じにだまってそこを通り抜けた。

英人のラウンズ教師は、ある時、生徒たちに英文のエッセイを書くことを命じた。私は万葉集論を書き、誰かの万葉集の思想研究を参照して、仏教が根を下ろす前の日本人の思想は、明るいもので、それ以後の仏教的なペシミスティックな暗いものとは違っていた、本来の日本人はむしろギリシャ的と言うべき明るさを持っていた、というエッセイを、覚つかない英文で書いた。

教室でラウンズは、いつもの癖で、上衣の袖口からハンカチを出してハナをかんでから、生徒をアトランダムにあてて、書いて来たものを読ませた。一人が立って経済の論文めいたものを読み終えると、ラウンズは、それは先頃の『神戸クロニクル』のエディトーリアルの影響がある、と言い、もう一人が読むと、よく出来たがオリジナルなものとは思えない、と言った。何かの本の引きうつしにちがいない、という意味であった。そのあとで私があてられて立って読んだ。私は中学生の時以来、教室で本を読むとき、いつも声がふるえて困るのであった。その時は、英語だと思って、別な意識が働いたのか、さして震えずに読み終えた。そしてこれはイギリス人が聞いたら、ずいぶん拙いものだろう。しかし仕方がない、と思いながら坐った。するとラウンズは、今までとうって変った口調で、私のエッセイがスプレンディッドであり、クワイト・オリジナルだと言って、興奮した面持ちでほめた。彼はそれに続けて、“As a poet, Mr. Ito has made some reputation already in this school. Some day, he will make himself famous in this country.”と言った。私は、はっと思った。私が校友会誌に発表した詩のことで私に何か言った教師など、一人もいなかった。それに、一学級に二百人もいる生徒の中で、私を特定のイトウだとラウンズが知っていることすら不思議であった。教員室で英詩好きの小林象三教授か、スティーヴンスンやハーディーを私たちに教えている浜林生之助教授が、私の詩のことをほめてラウンズに話していたにちがいない、と私は思った。私は大変うれしく感じ、顔がポーッとほてった。蒔田栄一はオレに悪意を持っているだろうから、私の詩のことをラウンズにほめて言う筈がない、と私は思った。私は、うれしく思った次に、反動で、はかなく悲しくなり、心の中で考えた。イギリスという地球の遠い反対側の国からやって来たこの経済学者が、オレの英文のエッセイを称讃し、おれの日本語の詩を推称し、おれが将来有名になるなどと予言したって、彼は日本文を読めるわけではない。おれの将来についての彼の予言が当るだろうなどと考えて喜ぶのは、空しいはかないことだ。あてにすることのできない称讃の言葉を聞いて、おれは徒らに禁欲の重荷を一つふやしただけだ、と私は思った。にもかかわらず、私はやっぱりうれしかった。しかし私は、ラウンズ教師に近づくことをせず、その後間もなく、彼の妻が産後の病気で入院したと聞いた時も、廊下ですれちがう彼に見舞の言葉を英語で述べる勇気も持てなかった。

3

この一九二三年、大正十二年の九月の一日、私は小樽の花園町第一大通りの、入舟町の方へ下る坂道を、制服に制帽をかぶって歩いていた。そのとき、その道路の右側の「一六銀行」という看板を出した質屋の石塀の上に、乱暴に筆で書かれた新聞社の速報を私は読んだ。東京を中心とする関東一帯に空前の大地震が起った。火事と津浪が襲って東京は全滅したらしく、電信も鉄道も不通になり、詳細が不明だ、という意味であった。それを読んだ時、私は、いつかは自分がそこへ行く予定になっていた幻のような大都市が、美と悪徳と誇りとを持ったまま、バビロンのほろびた時のように、人間の予見できない大きい力に打ちのめされて滅びたのだ、と思った。私は、その幻のような都会を見ないうちに、それが滅びたことを残念に思った。そしてその時にはじめて、私は、自分が東京へ行くことを長い間夢想していたことに気がついた。こんなに東京の滅びたのを残念がるようでは、おれは東京に憧れていたにちがいない、と私は思って、そのことを、私は自分の弱点として認め、それを残念に思った。東京に憧れる、などという単純な青春病に自分がかかっていることを、私は認めたくなかったのである。

私のその東京に憧れる気持は、多分、その花園町第一大通りという名の、狭い賑やかな商店街の、鉄道踏切りの少し下にある左文字書店で「日本詩人」という白表紙の上品な詩雑誌を買う毎に、その年の春頃からそのそばに並べられていた「文芸春秋」という雑誌に誘発されたものであった。表紙の上部の「文芸春秋」という題字の上に、菊池寛編輯という字を入れ、表紙の下半分には細かい字で、盛り沢山な内容をギッシリと印刷してあるその五十頁ほどの薄い雑誌は、ほかの雑誌が四五十銭平均なのに、定価が十二銭か三銭であり、それは飛ぶように売れるらしく、この書店の店さきにも何十冊と積み上げられてあった。その雑誌は月毎に少しずつ厚くなるとともに、定価もまた十四銭、十五銭と上って行った。私は、その雑誌のことをよく話す川崎昇に影響されて、その十三銭ぐらいの号を一冊買った。その中には、文士たちが仲間について述べた諷刺、文壇生活の随筆、文士の日常生活風景、文士のゴシップ、文士の論争、文士の美男番附、というようなものが一杯に三段か四段に組まれて載っており、巻末に短い小説がのっていた。そこに溢れるように書き立てられた文士の生活の華やかな様子や、智慧と名声とによって色づけられた生活が、私を誘惑したのである。近代詩を読み、詩をひそかに作っていた私は、そのような文士という名で呼ばれるところの小説家になる意志は全くなかった。私が自分のために考えた詩人としての姿は、もっと狭く、孤立的で、ひっそりと暮している人間であった。だが私は、「文芸春秋」によって理解される文士たちの賑やかな生活に、反撥しながらも誘惑されていたのである。

学校の図書館の入口には、新聞閲覧室があって、東京の大新聞が四五種と地方の代表的新聞二種とが、立って読めるように作った斜の台の上に並べられてあった。九月のはじめ、東京の新聞は何日かそこに現れなかった。それが現れると、それは地震と火災と焼けあとの写真と、大きな活字による被害の数字とで埋められてあった。

内地の郷里に帰っていた同級生たちのうち、関東地方出身者の語る体験談、震災のときに流布された朝鮮人襲撃騒ぎの噂の恐怖などが、しばらく話題になった。殺された社会主義者大杉栄のことや、無実の理由で斬られた朝鮮人や、池の中で焼かれた吉原の娼妓の話などが珍しがられなくなった頃、この町にまた秋がやって来た。そして忽ち冬が近づいた。小樽の港のまわりを三方から取り巻いている山々の雑木の葉は、十月の末頃、寒い夜が一夜二夜すぎると、鮮明な赤と黄に変った。その燃えるような紅葉との対比で、空は、真青に澄んだ色で、この町の上に、ドゥームのようにかぶさって見えた。北風に吹き送られる日本海の波が、組み合わせようとする両腕のように港を抱いている細く長い防波堤につき当る。すると波は、薄い緑色の貝殻のような半月形になって盛りあがった。それから波は、その形のままで、防波堤に沿って横の方へ滑って行き、そのフチの方から次第に白く乱れて形が小さくなり、防波堤の上に崩れ落ちた。

冬が近づいた。女たちは緑や赤や黒の、まわりに房の着いたカクマキという大きな毛布を二つ折りにし、それをマントのように着て歩いた。その女たちは、街角の呉服屋で、冬支度のための布類を買いあさった。青い空に浮いて、早く走る白い雲から時々降って来る霰《あられ》のために、この街の往来はひどいぬかるみになった。色々な種類のストーヴが、稲穂町大通りの金物屋の店さきに、歩道にまで溢れるように並べられた。馬がピカピカ光る巨大な尻に力を入れて、石炭を積んだ大型馬車を引いてその街を通った。

その一九二三年の秋の季節の移りゆきを、私は説明しようもない感傷的な気持で感じた。その頃まで私は、一週間に一度か十日に一度ぐらい根見子と逢った。ときどき、市の北端れの公園まで行った。市街は奥行きがなく、いくつもの小丘陵やその間の小川にまたがって海に面して細長く出来た町であった。その細長い町の中には、石炭桟橋へ行く汽車のための支線もあって、駅が五つあったが、私たちは時間の間遠い汽車には乗らず、歩いた。汽車や町中の小工場や、冬のあいだ各戸で焚く石炭ストーヴのため、羽目板が真黒になっている裏町を、鉄道線路に沿ったり、踏切りを渡ったりし、時には町の中に岬のように突き出た丘陵の崖下をめぐったり、その丘陵の高い急な切り通しを越えたりして、一里近くも私たちは歩いた。私は制帽で、根見子は黒い袴をはいていた。根見子は無口であったが、学校ではランニングの選手をしていて、しっかりした身体つきだった。遠い道を、足の早い私について、しなやかな歩き方で根見子は疲れずによく歩いた。

この町では、高等商業学校は、言わば最高学府であったし、学校の方針も自由主義的だったので、生徒たちは酒場に入っても、芸者遊びをしても、ほとんどとがめ立てられなかった。だから昼間学校を休んで、私が根見子と一緒に町を歩いても町の人が目をそばだてることはなかったし、またその時刻には、口のうるさい汽車通学生たちが学校に閉じこめられているので、彼等の目からも安全だと思っていた。夏から秋にかけて、私と彼女は逢う場所に困らなかった。

黒い袴をはいた根見子は、無口で、目が大きく、しめった皮膚をして、ひっそりした感じの少女であった。甘い菓子のような匂いのする身体を持ったこの少女は大胆で、しかも、何を考えているか分らないところがあった。彼女に逢って、たがいにたしかめ合うまでは、私はしょっちゅう彼女の心を、そして自分の立場を疑った。私に恋人があるというのは、本当だろうか？　私と何の関係もないかのように汽車の中で同級生たちと笑ったり小声で話し合ったりしているあの根見子は、あれは、私と逢う時のあの根見子にちがいないのか？　私との結びつきが、現実に今、あの根見子の中に生きているのだろうか？　という現実の信じがたさに、私は苛立った。そのために、汽車や停車場で私に知らぬふりをしている根見子が、かえって私に新鮮で生き生きと見えた。

ある時、根見子たちのグループの少女たちのそばに、私の村から小樽の銀行に通っていた私より五つほど年上の妻帯者で、チョビ髭を生やし、金縁眼鏡をかけた、オドケ屋で、女学生たちをからかうことの好きな岩木卓造がいた。私が少し離れた所から見ていると、根見子はふと手をのばして、岩木卓造の洋服の襟が立っているのを直してやった。すると、私が生れてから全く経験したことのない怒りか憤激か分らないものが、私の内部で沸き立った。嫉妬だ、と私はすぐ気がついた。私は根見子に腹を立てるよりも、また根見子を疑うよりも先に、自分を恥じた。こういうものなのか？　人間はこんな事に根本から揺り動かされるものなのか？　何という弱いものだろう。私は度を失った。根見子を疑ったのではなく、自分の動揺しやすさにびっくりしたのだった。よその男にあんな事をするものでない、岩木は危険な男だ、というような言葉を、今度逢ったとき言わねばならない、と私は思った。しかし私は、根見子に逢った時に何も言わなかった。どんな事が起って、根見子を失う羽目になっても、卑俗な嫉妬の激情に左右されるままの自分を、女の目にさらすまい、と私は思った。私は恋人を失うことよりも、平静さを失った自分を人目にさらすことを怖れた。そして、こんな覚悟をするようではおれは弱い人間かしら、と思った。この時、偶然に目ざめて、すぐ私によって蔽いをかけられた人と人との間に生ずる怖ろしい深淵は、この時から十年以上も経つまで、それを人間世界の本質的な核心として認識することが私にはできなかった。そんなことは、心構えとか、心掛けとか、真心というもので、どうにでもなるものだ、と私はその後も、久しいこと考えていたのだった。

私は間もなく、その根見子と岩木のシーンを忘れた。

私と根見子はよく、市の裏山のかげにある軍用道路という、ひっそりとした林や畑の間を貫いた広い道を歩いた。その道は、二里ほどの長さで、私の村に続いていて、途中に飛び飛びに十軒位の開拓農家があった。しかし、今、秋の終りがこの北国に早目にやって来て、ある日は空が真青に晴れるかと思うと、ある日は霰が降り、また霙《みぞれ》が降った。あの山や、郊外の公園の木々や、草原や、海の見える峠道や、ひっそりとした崖下の道は、もう私たちの訪うことのできない場所になった。やがて間もなく、雪がやって来て、あの木々も草原も峠の道も、みな埋められてしまう。私と根見子の世界はなくなってしまう、と私は思った。あの草や木や崖道などに、自分たちの生き生きとした世界を見出していた私と根見子は、やがて、逢うための場所が全くなくなるだろう。それを私は、自分の恋の終りであるかのように感傷的に考えた。それほど、私は根見子の魅力を、海の見える峠道や、草の匂いや、カゲロウの立つ赤土の崖道のひっそりした気配などと結びつけて、分ちがたく感じていた。

私は根見子に詩や文学の話をしなかった。私にとっては、詩や文学は、そういうものを理解しないこの根見子という少女の心をやわらげ愛に誘う手段として使うべきものではなかった。それは、あまりに専門家的なものであり、その厳しい神聖さは、女性によって乱されるのを拒むべきものであった。私に対して愛情を持ったからと言って、また私が愛情を抱いたからと言って、言葉や情感の扱いかたやとらえ方に習熟していない一少女が踏み込めるような安易なものではない、と私は信じていた。私は詩や文学の話を全く根見子にしなかった。私は根見子を全人格的な恋愛で愛していたのでなく、感覚的に愛していたのだった。その愛の内容は、自分の存在が根見子に魅力的に見えることを信じ、根見子の容貌や姿の魅力的なところを愛している、ということであった。結婚や家庭という考えをそれに結びつけると壊れるような形で私は彼女を愛していたのだった。数え年十九歳の私にとっては、それがゴマカシでなく、自然であった。そして私は、この恋愛の仕方のなかで、自ら意志することなく真面目であった。私は詩を作ることのみ考えている少年の感覚において真剣だったのである。それ故、自然の変化、草木や雨や青空や霙は、一つ一つ、女性に触れることによって鋭くされた私の感覚を刺戟した。冬の来る十月の北国の自然の変化を、私は、恋を失うときのような感傷でもって意識した。「秋が来た。木の葉は散り、君の額は蒼ざめた。今は別れるべき時だ」というイエーツの詩が、その詩句の感覚的な真実さのために根見子と別れなければならない、と感ずるほど、この季節の中で、実感をもって私を動かした。

十五歳から十九歳までの四年のあいだ、あまり詩の感受様式や発想法に心を集中した私は、ほとんど純粋な感覚人になっていたため、女性の魅力に敏感になりすぎ、女性の魅力と結びついた自然の魅力に動かされやすくなり、そして感覚人という冷酷なエゴイストになっていたのだ。それ故、私は根見子の姿形を愛し、いとおしんでいただけで、根見子の心をほとんど理解することがなかった。私は紅葉する木々や蒼い空や防波堤に崩れる波を見、根見子の白い足袋を見て、涙を流さんばかりになる自分を、何という弱い傷つきやすい人間だろうと感じた。そして自分を、不真面目な恋をする不良だと思ったことは一度もなかった。感覚的純粋人であることの危なさを、私はその後も長いこと悟れなかった。しかしそれは、私が運命にめぐり逢ったように感じて引き込まれて行った詩なるものが掘り起した私自身の第一の素質でもあったのだ。

十一月の末、本当に冬が来た。降っては消える雪のためにひどいヌカルミが何日も続いていた道路は、急にカチカチに凍り、その上に、乾いた粉のような雪が降った。私の村の家々は、筵《むしろ》やドングイで作られた雪囲い、また雪囲いの代用になる積み上げた薪の山のかげに息をひそめたようになり、人々は頭巾つきのオーヴァーやマントやカクマキに身を包み、長いゴム靴をはいて道を急いだ。そういう冬の初めの朝、根見子は、仲間の女学生たちと同じようにマントを着、真赤なビロードのショールを巻いていた。そしてそのショールの中から熱っぽい大きな目で、ちらと私を見た。それは、もうあの草原も、あの山の道も、岬の見える林の空地もなくなったわね、みんな雪に埋もれたわね、もうお別れね、と話しかけているようであった。

「われらが深く眠りしは、見えがたき日の何時なりし……わが膚の上に鳴りひびかん」という三木露風の詩句や、「我は揺りかごなり、暗き墓穴の上に、手もてゆらるる揺りかごなり」という荷風訳のヴェルレーヌの詩句を私は口ずさんだ。夏の輝く日の、秋の汗ばむような山道の思い出を葬う散華《さんげ》のように、小樽の暗い空から、雪が生命のある無数の小動物のように、私たちの上に降って来た。港の中で、雪のために視界をさえぎられた汽船は、家々の屋根越しに、おそろしく長く引く吠えるような悲鳴に似た汽笛を鳴らした。雪は街角から吹きつけて襟に入り、私のシャレた縁なしの眼鏡を曇らせ、オーヴァーの胸に白くまぶしたように張りついた。少女たちは、マントの頭巾をかぶって身を屈め、歩きにくそうな赤いツマ皮のかかった足駄や、黒い靴下に包まれたその形のよいフクラハギを半分以上包んでしまうゴムの長靴をはいて、雪道を歩き、勢いよく鈴をならして走って来る馬橇《うまぞり》を避けて身を寄せ合った。冬になるとともに、私と根見子とは、逢うための場所がなくなり、駅や汽車の中で燃えるように目を見合わせるだけの日が、何週間も続いた。

4

私と川崎昇の計画した雑誌は、その頃、三十二頁の、真赤な表紙をつけて出来た。私は学友の中から小林多喜二や片岡亮一のグループに属さない文学好きな生徒である池主隆治や白井孝一や水谷潔などを仲間に引き入れた。彼等はその素質や習練において片岡たちより明らかに劣っていた。その中で、センチメンタルな童謡的な詩を作る池主隆治と私は親しくなり、彼の下宿へよく遊びに行き、川崎昇に紹介した。川崎昇は、その勤め先である貯金局にいる、佐藤実というい つも恥かしそうな表情をしている小柄の青年を仲間に入れた。

川崎昇は、その冬、小樽の花園町の、小林という知り合いの家の一室を借りて下宿していた。私は午後十時に出る最終列車の時まで、しばしば彼の室にいて彼と話し合った。私も私の恋愛のことは話さず、彼もまた、もう終ってしまったらしい、彼が通勤中に起った恋愛のことを話さなかった。彼は真面目で熱心で、私を色々なことでそそのかして、私に自信を持たせるような態度をとった。彼はそのとき、私を愛したのである。私は根見子の前では、詩の一行をも口ずさむことができなかった。しかし、川崎昇が火鉢に手をかざし、しぶい声で「白鳥はかなしからずや空の青海のあをにも染まずただよふ」という若山牧水の詩を、あまり上手でなく朗吟して見せると、私もまた、真剣に詩の話のできるこの友人の前で勇気を出し、「中仙道は山の国、常陸鹿島は海の国、これがたまだま五十里の、山を越えたる別れかよ」という野口雨情の詩を口ずさんで見せた。その後私は、川崎昇以外の、どんな男の前でも、女の前でも、詩を朗吟したことがない。

川崎昇は、私の朗吟が気に入り、私の字体が気に入り、私が詩を原稿に書くと、「その字体でなく、こないだ君が書いた、あの丸味のある方の字体で書いてくれ」という注文までつけた。すると私はまた彼に気に入ろうとして書き直した。私は川崎昇の前にいる時だけ、私がそうありたいと思う詩人として振舞うことができた。私は、短歌なるものをひそかに軽蔑していたけれども、川崎昇が短歌作りであったので、彼の気に入るためにだけ、短歌を十首位作って、私たちの雑誌「青空」にのせた。短歌というものは形に合せて中にツメモノするものだ、と自由詩の不安定な語法を尊重していた私は、ひそかに思っていた。

しかしその頃、私と川崎昇とは、遠藤勝一という名を知らない歌人の『林檎の花』という歌集を、花園町の第二大通りの古本屋なる工藤書店で見つけた。その歌集を読んだとき、私は、短歌に心を引かれることを大変残念だと思いながらも、心から感心した。歌よみの川崎昇も知らなかったこの無名歌人は、歌集の奥附を見ると、不思議なことに東京の一流出版社である新潮社から、その時の三年ほど前にその歌集を出していた。その歌風は啄木《たくぼく》的なものが基調であって、それに牧水か白秋かの調子を加味したものであった。しかも、私たちが感動したのは、その歌人がこの市のことを、いま川崎昇がいるこの花園町を歌っているのであった。

遠藤勝一は歌っていた。

「海見ゆる花園町の高台に住みて悔なき人と思はず」

更に遠藤勝一は、この北国の各地のことを歌っていた。

「波あらき津軽の海を渡るとき涙落ちしは母のためなりし」

「父亡きは母亡きよりも悲しきとあやふく母に語らむとせし」

遠藤勝一は父なくして育った人にちがいなかった。

私たちは、その一冊の薄い歌集の中から、遠藤勝一なる人間の身分を追跡した。

「人の金十万円に枕してねむられざりし北見の夜汽車」

遠藤勝一は銀行員か会社員だろう、と私たちは推定した。もう一度川崎昇は朗吟した。

「海見ゆる花園町の高台に住みて悔なき人と思はず」

私は興奮して言った。

「遠藤勝一のもとの恋人は、この花園町のどこかに人妻になっていま住んでいる。」

「そうだ」と川崎昇が言った。

川崎昇の目は感動のためにうるみ、彼自身の身の上を思いめぐらしているようであった。私は、その時、髪のゆたかな、面長で色の白い美しい人妻が、この花園町の、もう少し山手の公園のすぐ下の辺に住んでいて、そこの二階からは、汽船の浮んでいる港やあの防波堤が見える、という場面を想像し、遠藤勝一のためか自分のためか川崎昇のためか分らない情感のために、胸をかきむしられるように感じた。

しかしその頃、この小樽や隣りの札幌で出ていた五六冊の短歌中心の雑誌のどこにも遠藤勝一の名は出ていず、東京の雑誌にもその名は見えず、遠藤勝一なる人間を探し出すことは私たちはその後三十年間できなかった。

名声とは何だろう、と私はその頃よく思った。名声とはデタラメなものではないか。この『林檎の花』は、ほとんどその力において北原白秋の不滅の歌集『桐の花』に匹敵している。しかも一方には、人を感動させる力を何も持っていない著名な歌人どもが大家として師匠として東京や地方の雑誌に割拠《かっきょ》して、歌をよむもの、作るものに尊敬と服従を要求している。彼等の大部分は、何かの理由で空位空名を保っているにすぎない。啄木には後継者がない。啄木の開いた道を生かしたものは、遠藤勝一ではないか、とまで、私は思った。

私は、前に川崎昇がもとの「青空」にのせた「朝にけに心におきつうつし世の言葉交はさず人を死なせたり」という歌を称讃して、「君はほとんど遠藤勝一ぐらいうまい」と言った。そして私は思った。これ位の歌を作る遠藤勝一が世に埋もれているのだから、オレは無名の詩人として終っても我慢しよう。むしろ、世に目立たない何か地味な職業を持って、ただ一冊の、自分でナットクのできる詩集をこの世に残そう。そして誰かが後になって、私と川崎昇が遠藤勝一を発見したような形で私の詩集を見つけて、この詩人はなかなかいい詩を書いているが、いまどこで何をしているのだろう、と考えることがあれば、それでいい。私がそれを知らなくっても。そういう読者をあてにして、一生のうちに一冊の詩集を出そう。そうすれば、生田春月が『近代日本名詩集』に石上露子の詩一篇を拾い上げたように、誰かが後に、何かの詩華集に、私の詩を一篇位拾い上げてくれるかも知れない。私は本気でそう思い、そういう決心をした自分自身をほめてやりたい気持になり、涙ぐんだ。私は、そのことだけは、川崎昇にも言わなかった。そしてこの時から二三年の間、その決心を変えなかった。

川崎昇の所で何時間か話し込んでいる間に、しばしば雪がサラサラとかすかな音を立てて、家の建てこんだその一劃の羽目板や硝子に当り、また風のある時は、そこの狭い路地の中で、雪を含んだ風が重たく渦巻いた。そして出ようとする時、雪は長靴の半分位も埋めて積っていることがあった。その雪を踏み、「気をつけてなあ」と言う川崎昇の言葉を後にして、私は雪の街に白く電燈が反射し、店を閉めようとしている時刻の花園町、稲穂町の町々を通り抜け、停車場に急いだ。遠い旅をするらしく大きな荷物を持った人々の中に立ち混って、私は、凍って滑りがちなプラットフォームで、湯気を吐きながら重々しく札幌の方から到着する夜汽車に乗るのであった。

私は村の駅で下り、二人か三人しかない他の下車客とは一緒にならないように気をつけて、飛び飛びの電柱毎に電燈のついている駅から村へ出るまでの、少しの登りと長い下りのある坂道を、海からマトモに吹きつける吹雪に逆らって歩いた。新しい吹き溜りのために、踏み固められた道がわからなくなって、私は時々軟かい深い雪の中へスポリと踏み込んだ。しかし私は川崎昇と交わした話のために熱していて、何かを一心に考えつづけているのが常であった。

私は、たとえば、こんな事を考えた。川崎昇は、どうも女性を尊重しすぎる。あすこの、小林さんの家の、お茶を持って来たお幸さんという娘さんのことを、彼は、どんなに彼女が気のつく心の優しい人であるか、とオレに説明した。それはそうだろう。あのお幸さんは美人とは言えないけれども、本当に優しそうな人だ。しかし彼が、「君の姉さんはいい人だなあ」と言って、彼と同じ役所に勤めているオレの姉に対して本当に敬意を感じているらしく言ったのは、これはどうもマユツバものだ。いつも母に口答えばかりして、オレにはひどい皮肉を言い、それでいて外へ出る時は、口を小さくむすんで、シャンと気取っていかにもシトヤカそうな形で歩く姉さんが「いい人」だとは、これはどうだ。川崎昇は、あれは、生れつきの鄭重癖を持っていて、見さかいなくそれを適用するというのが唯一の欠点ではないのか、云々。

しかし、私は、川崎昇がその生来のものらしい鄭重癖に災されて、女性評価において誤りを犯しているとしても、彼が私の才能を保証してくれたことだけは信じた。そして、更に私は考えた。彼は、彼が汽車で通勤していた時、あんなに毎朝駅へ彼を出迎えに来たあの美しい少女の愛を、どうしてとうとう拒み続けてしまったのだろう？　あの少女はお幸さんよりも美しいし、ウチの姉さんなんかに較べたらダンチに美しい。あれは一体何故だったのだろう？　どうも川崎昇には、分らない所がある。一体、「言葉交わさず」死なせた人、って誰だろう！　その人のことをアイツはどうしてもオレに言わなかった。あんなにあの歌をほめてやったのに、云々。

そうして私は、母が、いつも不規則な時間に帰る私のために、上手に炉の火をいけて鍋の尻がその灰の山の頂きに当るようにして温めておいてくれた味噌汁と、皿の魚か何かで、こっそりと食事をして、自分の三畳間の寝床に入り、枕もとに小型の赤表紙の手帳をおいて、その日思いついた印象、その日心に浮んだ詩句を書きとめた。その時を、私は、自分の詩、または自分の心と自分が向い合う、もっとも神聖な時間として、一日のうちで一番重視した。私は詩句を書きとめて眠り、夜中に目覚めては、夢の中で思いついた一行か二行かを書き、また眠った。

5

学校に入って二年目になると生徒たちは、その学校でアット・ホームに感じ、教師を大胆に批評し、自分が学校の主人であるように感じ出す。そして学校に対する批判力を、何かの形で行動に現わすことを喜ぶ。私たちの学年では、それをマッキンノンというアメリカ人の教師の授業をボイコットするという形で行った。マッキンノン教師は、日本人を妻として、もう何年もこの町に住みついている、長身で金髪で、マーク・トウェーンの肖像よりはいくらか小さいが、かなり大きめの口ヒゲを生やし、その顔は若々しい童顔であった。彼はほとんど半帰化人としてこの町に住んでいたのである。学校が、特にこの学校に多い外人教師のために何軒かの官舎を建てた時、マッキンノン教師は、自分のために特に設計の注文をして、円形の、ガスタンクのような家を建ててもらった。

彼はそのことを教室で、私たちに説明した。一定の壁面積を持つ建物として、その容積の最大のものは円である、と。そして彼は更に自分の家を図解して、その円の中心にホール又はパーラーがあり、周囲の壁にそって幾つものプライヴェート・ルームやキッチンなどがあるのであった。生徒たちは笑ったが彼は真面目であった。

更にマッキンノン教師は、自分の服装について説明した。自分は服を作るとき、必ずズボンを二着ずつ作る。上衣が破れないうちに、ズボンは必ず破れるものである。またマッキンノンさんは、特に一時間をさいて、西洋人の女性の服装がどのような構成のものであるかを、黒板に図を描いて説明した。彼は真面目な顔で言った。私は日本女性を奥さんにしているが、諸君が西洋の女性を奥さん又は恋人に持たないとは言われない、と。黒板にはズロースが先ず描かれ、それからコルセットとブラジャーが描かれ、コルセットという不思議なものの働きと、靴下釣りの関係については、特に念入りに説明が行われた。

私たちは、アハハと笑い、誰かがキューッという奇声を発し、しかも熱心にそれを見つめた。

しかしマッキンノンさんは、神聖なものを扱う態度で丁寧に説明した。それは、彼の全授業を貫いている彼の生活哲学から出ている信念のある授業であったが、形式主義と隠蔽《いんぺい》主義とに養われて来た日本の田舎学生たちは、それをマトモに受け入れる心がまえを持たなかった。

別な時間には、マッキンノンさんは、教壇の机の上に色々な形の西洋皿を十枚ほど積み上げ、それを順に並べ、ナイフとフォークを置いて、洋食の食べかたを教えた。彼の授業が、学問の形式にはまっていないことが、学生たちを楽にさせると同時に、彼の思想から学生を遠ざけた。

またマッキンノンさんは、黒板の上に"Oh my, march, march, care no thought"と書いて、これが分るか？　と言った。誰も分らなかった。最後にマッキンノンさんは、長い親指と中指とをヒネるようにして、パチンと鳴らし、「オ前、マーチ、マーチ、カヤノソート」と言った。私たちは腹をかかえて笑った。

またある特別に寒い朝、マッキンノンさんは"You might or more head, to-day's some fish"

と書いた。これも誰にも分らなかった。彼は慎重な顔で説明した。

「言ウマイト、思エド、今日ノ寒サカナ。」

この種の英語の日本的シャレは学生に伝染した。フランクという化学を教えるドイツ人の教師が、ある日、朝の授業にモーニング・コートを着て教室に現れた。岡田宣治という学生が「グッド・モーニング・コート」と言った。フランク教師はその頃、ドイツの学界雑誌に何か重大な研究を発表して非常に有名になったと、同僚の理科の教授小瀬さんがフランクのことを私たちに言っていた。フランク教師は英語が大変下手で、ドイツ人特有のガッチュラル・サウンドでたどたどしく授業する人であった。この時、彼は岡田宣治を英語のうまい学生とカンチガイしたらしく、ちょっと目をパチパチさせてから、そのたどたどしい英語で、「もし私が英語の教師であったら、君にフル・マークをあげる所だったが」と言って、大きな身体で、両手をちょっと拡げて笑った。

マッキンノンさんは、また次のような話をした。自分は学生時代に英作文が下手で、いつも悪い点ばかり取っていた。たった一回フル・マークを取ったことがあるから、その文章を教えよう。彼はそう言って、次の靴みがきの話をした。靴みがきはshoe-blackであり、靴をみがくという動詞もまたblackであり、また白人はwhiteと呼ばれ、黒人はblackと呼ばれる、ということが分らないと、このシャレは分らない。彼はその時、黒板に書かずに言った。

"A white shoe-black and a black shoe-black met on the way. They made a quarrel, and the white shoe-black blacked the black shoe-black. Then the blacked black shoe-black blacked the white shoe-black. And then the blacked white shoe-black blacked the blacked black shoe-black………"

生徒たちの爆笑の中に、ブラック、ブラック、ブラックという音が限りなく連続してマッキンノンさんの口から飛び出し、お終いにそのブラックという言葉も聞きとれなくなった。マッキンノンさんは、口ヒゲをつけた、キョトンとした顔で、笑いが納まった時にその話を終った。またマッキンノンさんは日本語にして同時に英語である典型的な言葉を知っているか、と言った。そして彼は、それが「アブナイ」であり、英語ではHave an eye!である、と説明した。またマッキンノン先生は、小樽の市政における欠点を指摘した。それは小樽に於ては、電信工夫がやって来て道路をdig upし、そのあとでpaveして行く。何日か経つと水道屋がやって来て、また同じ所をdig and paveする。今度は下水工事屋がやって来て、同じようにdig and paveする。道は悪くなり、金はかかる、無駄な骨折りだ。なぜみんな同時に工事をしないのか、理解できない、と言った。

マッキンノンさんと日本人の奥さんとの間には何人かの子供があったが、上のお嬢さんは小樽の女学校に行っていて、非常な美人で、かつ才媛だということであった。

マッキンノンさんは、生活の哲人であり、かつユーモリストであった。そのマッキンノンさんを、彼がそういう人であったに拘らず、と言うよりは、彼がそういう人であったが故に、生徒は彼を軽視し、外のあるクラスのものが、その時間に教室から出て雲がくれした。それが私のクラスにも伝染して、エスケープしよう、ということになった。学生たちは、自分が理解でき、自分の生活を豊かにする授業よりも、自分が理解できないような難かしい表現を持ったペダンチックな授業を尊重した。私もマッキンノン先生の時間を愛したとは言われないが、私はこの米人のプラクティカルな発想と我々の発想のちがいを理解しはしていた。私は三人ばかり外の連中と、最後まで教室に残っていたが、最後にはやっぱり逃げ出した。それはガラアキの教室に入って来るであろうマッキンノン先生の顔を見るのが辛かったからである。

マッキンノン先生が、彼自身の考案になるバンドつきのカーキ色の上着を着、その上着と一緒に二足作ったであろうズボンのうちの一足をはいた長い脚で、少し淋しげに学校から帰って行くのを私は図書館へ行く廊下の途中から見て、その善良な異邦人の心を私たちが傷つけたことを悲しんだ。彼を見送りながら、私は考えた。マッキンノンさんが、今もし、自分が嫌われたのでなく、生徒たちボーイズは、茶目をしやすいチャンスがあれば、どんなチャンスでも利用したがるだけのことだ、と気がついているだろうか？　それに気がついていればあの人はそう不幸ではないのだが、と。

英語の浜林生之助《はまばやしいくのすけ》教授という、私たちにスティーヴンスンの『驢馬《ろば》を連れての旅』や『洪水のオアズ河』などを教えた色の黒い、非常に出来ることでは何人も疑わなかった先生が、私たちのクラスへやって来て、マッキンノン先生の時間をエスケープしたことに対して訓戒した。

浜林教授は簡単に言った。「あの男は馬鹿じゃありませんよ。」この一言は利き目があった。「マッキンノン氏」でなく、「あの男」であることがよかった。また「よく出来る先生」とか「立派な人格者」などというものではなく、「馬鹿でない」と言うのがよかった。その一言で私たち学生はマッキンノンさんが隣人であることを発見した。私たちのエスケープは終りになった。

また浜林教授は、ある時、この町のある貿易商の所にいるイギリス人が、この学校の英語の教師になりたがって運動しているんだが、「日本の学校をあまり見そこなっちゃ困る」から、たってなりたいと言うなら、「僕が試験してやるつもりです」と言って、私たちを嬉しがらせた。その浜林教授はまた、私たちに「諸君と僕との違いと言えば、まあ字引きの引き方が違う、と言った所だね」と言った。

その浜林教授はまた、ある時、突然教室で、「女房というものは、かぶっている帽子みたいなもので」と言った。二十歳前後の青年ばかりの生徒はわっと笑った。浜林教授は、黒い顔をニコリともさせず、口の奥の方で軟かく発音する英語じみた関西系の発音で言いつづけた。

「新しいうちは、ハタ目はいいが、どうもしっくりしない。あちこち損《いた》んで中古ぐらいになった頃、ちょうどよくなるもんです。ハタから見ると、なぜあんな古い崩れた帽子をかぶってるかと思うわけだが、その頃に工合のよくなるものだ。覚えておきたまえ。」

彼が話し終えた時、生徒は笑わなかった。

6

二年生になった時から私は第二外国語としてフランス語を学んだ。二百人の同級生のうち百五十人は、教授たちが経済学や法律の授業の時にしばしば術語として使うドイツ語を第二外国語として選んだ。二十人位がフランス語を選んだ。十人位がロシア語を選み、更に十人位がシナ語を選んだ。外国語学校出の若い高橋助教授とデーゲンというスイス人の教師とが、私たち二十人にフランス語を教えた。

年の暮、雪が、町から学校まで登る地獄坂を白く埋め、生徒が雪の中の一本道を列を作って登校する頃、この学校では、毎年きまってする外国語劇が行われる。英語が三年と二年各一組、仏、独、露、支の三年生が各一組であった。講堂は早くから仮舞台になって、その稽古に使われていた。私は二年の英語劇に関係がなかった。私はこの外語劇を、派手好きな、気おくれという美徳を持たない連中のお祭騒ぎだ、と白眼視し、しかし内心妬ましく思っていた。町の女学生たちが大勢見に来るあの舞台で何かの役をやる連中を羨《うらや》ましく思いながら、私は自分が選ばれなかったことを無視しようと努力した。文学も分らない連中が、芝居をやるわけか、と。

ところがフランス語の高橋助教授が芝居の始まる二日前になって、突然、私にフランス語劇に出るように、と言った。二年生が参加する習慣でなかったが、「君がいいそうだ」と高橋助教授が言った。私は三年生のフランス語劇の楽屋にされている小さな教室へ連れて行かれた。

私が着るために、銀色の水玉のついた緑色の上着と半ズボンとが出来ていて、私はそれをシャツの上に着せられた。そしてそのメーテルリンクの『青い鳥』の森の場で、槲《かしわ》の大王になる、私と同じ中学出身の、茶谷豊彦と言う、痩せて背のひょろ高い三年生が、キラビヤカに金銀の紙キレを貼りつけたガウンを着、長い顎鬚をつけた姿で私を呼びつけて、

「おい、お前はおれの部下になるんだよ」と言い、私の縁無し眼鏡を取らせ、私の顔にペタペタと白粉をつけた。

「ふん、大分可愛らしくなって来たぞ」と彼は言った。

「どれどれ」と外の男がのぞいて見て「おい、おめえ、茶谷のチゴさんにされるなよ」と私に言った。

「よせやい」と茶谷が言って、その次に、鳩の半分位の大きさの、紙で作った鳥を持って来た。そして彼は説明した。木樵《きこり》の子のチルチルとミチルが犬をつれて森へ青い鳥をさがしに来る。森の木たちは、共通の敵なる木樵の子をいじめて、ひどい目に逢わせる。動物たちもそれに加勢する。チルチルとミチルの忠実な味方として戦うのは犬だけである。青い鳥は、原作では槲の大王の肩にとまっているのだが、どうしてもうまく肩にとまらせる装置ができない。それで二年生の中から私を選んで、槲の大王の侍童にし、その青い鳥を捧げ持たせることにしたのだ、と。

私には言うためのセリフが一言もなかった。しかし、私はこの芝居の仲間入りをするのが大

変うれしかった。ポプラだとか糸杉だとか牛だとか色々な動植物になる役者が二十人ほどいる中に、高浜年尾と小林多喜二が入っていた。高浜年尾が虚子の息子であって、何かの理由でこの学校に入っていて、校友会誌に俳句を出したり、学校内の俳句会を指導したりしていることを私は知っていた。彼は白いズボンをはき、赤い燕尾服のようなものを着、ムクムクした鬚を顔一杯生やして犬の扮装をしていた。

小林多喜二は、顔に白粉を塗り、褐色の服を着て、落ちつかぬさまで歩きまわっていたが、いよいよ舞台稽古が始まって見ると、山羊の大きな首を帽子のようにかぶっていた。彼は槲の大王のそばにしゃがんでいる侍童の私のそばに位置をとって、下手でチルチルとミチルを守って奮闘する犬を角でつつこうとしたり、また犬の攻撃におびえたりして、中々うまく演技した。槲の大王の茶谷は、ブルブルと身体をふるわせて杖にすがり、動物や植物たちに戦闘の命令を与えた。最後に寿原《としはら》という美しい青年が光に扮して出て、動植物の精たちを追い、チルチルとミチルを救うのであった。その間小林は、私の横にいて、鳥の足を持って支えている私に、鳥が傾いて見えては工合が悪い、と小声で注意した。私は片膝ついた形で身体を動かす機もなく、大王が槲の洞穴へ引っ込むまで、目立たぬようにじっとしていなければならなかったので、時々鳥を動かしたり、傾けたりしたのである。私の役の急所は、鳥が自然に私の手にとまっているように見せることだ、と私は、小林に言われて理解した。

そして、それまで同じ学校にいて、全く物を言い合うことのなかった小林と私は、楽屋や舞台裏で気軽にものを言い合うようになった。私はそれを喜んだ。私は彼に近づき、彼の下手に立つことは決して望まなかったが、彼や片岡亮一や蒔田栄一助教授がしばしばタムロしている喫煙火鉢や、図書館などで彼と顔を合わせる時、たがいに文学をやる人間でありながら、睨み合うように沈黙しているのを、息苦しいことだと思っていたのである。

ふだんは、生徒控室になっている講堂の入口から、本校舎に入るまでの階段廊下の辺一帯は、舞台稽古の日から、全く様子が変って、ヨーロッパやシナのオトギ話の世界とそっくりになった。私と同級の片岡亮一はロシア語をやっていて、特に選ばれて女になって出るということであった。彼のアゴは少し長すぎたが大変美男だから、ずいぶん美しい女になっているだろうと思って気をつけたが、英語劇にも女の扮装をしたのが何人か居り、その階段廊下ですれ違うのだが、誰だかほとんど識別がつかなかった。

階段廊下の上の楽屋になっている五つか六つの室から、階段の下の舞台裏にかけて、青竜刀や大槍をたずさえたシナの関羽のような扮装の男や、ドイツ語劇の『ウィリアム・テル』の騎士めいたドイツ人たちや、イギリスの女や、ロシアの農奴風の男や、私たちの組の牛や馬の首を手にした奇怪な役者たちが、往ったり来たりした。それはちょうど西条八十の『砂金』の中の詩に描かれたような森の妖精や動物たちの世界で、「幻の獣ども、綺羅《きら》びやかに、黄金の梯子を下りつ上《のぼ》りつ」している幻想の雰囲気を作り出した。

私は、この芝居に加わるまでは、学生の素人芝居なるこの外語劇を軽蔑していたことを忘れまいと、自分の内心の面目にかけて誓い、できるだけ周囲に無関心でいようと努力した。素人芝居に引っぱり出されて、浮わついてしまうのは、オレ自身がゆるさない。そう思って、私は扮装した役者たちとすれちがうとき、その安っぽい金紙を貼った衣裳を軽蔑し、ムキ出しの板の廊下の粗雑な印象に心を集中しようとした。それはちょうど、深い谷の上の細い橋を渡るものが、谷に目をやらず、橋板だけを見て心を静めようとする働きに似ていた。青い髯《ひげ》を顔一面につけたシナの武将が通り、イギリス劇の中のカツギをつけた美女が通り、私たちの楽屋には牛や馬の首が並んでいた。私は楽屋へ入って鏡をのぞいて見た。その時、そこに驚くほど美しい私自身が、後ろに並んでいる馬や山羊や牛の首の間に、黒々と光る目をして写っていた。私は、あっと思う間に、幻想の真空のような雰囲気の中に落ち込んだ。この白粉を塗り、頬紅をさし、水玉のついたチョッキを着た私自身が、森の精霊たちの仲間に加わっている侍童であり、本当に森に行き暮れて、樅の大王の住み家を捜しあぐねている、というナルシスム的な情感に私は溺れた。そして私はさからい難い力で、自分が一言も喋らない芝居の空気に没入し溺れた。

上演は二日あった。初日、舞台でチルチルとミチルと犬と猫の演技がある間、私たちは舞台裏で待たされた。やがて、木や動物の精は左右の袖から、私と樅の大王とは中央の樅の木の洞から、舞台に出た。客席に無用の視線を送ることは固く禁ぜられていた。しかし正面から出た私の目には、光まばゆい舞台の向う、フットライトの光が虹のように散らばる中に、講堂に一杯の客のいるのが、後ろの方では立っている人もあるのが、そして、その中に着かざった教授夫人たちらしい人や、生徒の知り合いや家庭の女たちが、半分以上を占めているのが見えた。私は、この舞台に出ることになったのが、二日前のことであり、根見子やその学友たちに私が出ることを言う折のなかったのを、後悔した。舞台では高浜年尾の犬が喋り、身振りし、戦闘して、盛んに活躍していた。その騒がしい舞台の動きに、私は何の関係もなかったので、また夢想をつづけた。しかも、私の名はプログラムに印刷されていない。あの可愛らしい侍童は誰だろう、とどこかの少女が考えて、ひそかにプログラムを見ても、私の名は印刷されていない。私はそのことに思い到って、はかなくなり、つまらなくなった。

7

外語劇がすんで、一月ほど経った翌年の正月に、学校の校友会誌は、その年の第二号、すなわち卒業する三年生にとっての最終号を出した。それには小林多喜二の「或る役割」という小説が載っていた。その小説は、私の出たフランス語劇に取材したものであった。その森の場では、豚は多少好色的に描かれていて、可愛らしい少女であるミチルを専ら狙い、犬に噛みつかれて悲鳴をあげることになっていた。小林は、その豚になった男を主人公にした。その男は自分の好いている少女をこの外語劇に招くのだが、その芝居を見た後、少女はその男によそよそしくする、という筋の小説を小林は書いていた。その最後に、彼は、これはあくまで小説であって、豚の役を現実にした某君には何の関係もない、と断り書きをしていた。

その小説は、菊池寛や久米正雄などが、その四五年前から好んで描いた所謂テーマ小説であって、久米正雄の『虎になった男』という役者小説を思わせるものであった。書き方は自然主義的で、テーマは近代個人主義的のものであった。私が小林の小説を、まともに読んだのは、それが初めてであった。彼の筆致には古風なところがあったが、しかし描写は念入りに行われていて、なかなかうまいものだ、と私は思わずにはいられなかった。しかし豚を演じた男はやっぱり不愉快にちがいない、と私は思った。間もなく彼は卒業して小樽の拓殖銀行に入り、私は三年生になった。

8

冬の季節になってから、私と重田根見子とは、待ち合せる場所や、一緒に歩く場所もなく、ほとんど別れてしまったような形になっていた。街はどこも雪に埋もれ、山も公園も、道路の外に立ちどまる場所もなくなった。私はスキーをしていたから、いつか重田根見子をスキーに誘い出そうと思った。彼女はスキーが出来ないようであった。ある日、夜十時頃に、ひどく混んだ遠距離の汽車の中で私と彼女は乗り合せた。通勤や通学の知人が乗っていず、遠い旅をする見知らぬ客ばかりの列車である。私は彼女と何とかして、どこかで逢いたいと思って相談した。根見子は、蕎麦屋へ行くことを提案した。蕎麦屋というのは、この地方で淫売屋の異名であり、町のある部分には蕎麦屋のノレンをかけた船員相手の淫売屋が何軒も続いていた。でも、そんな家でない本当の蕎麦屋もあるらしい、ということが彼女の話で分った。

次の日の午後、私と根見子と、そういう場所から離れた所にある蕎麦屋へ入った。そこは二階に座敷があり、注文したテンプラ蕎麦を持って来ると、そのあと店の者は私たちを放っておいてくれた。そして私たちは、時々そこで逢うことができるようになった。彼女がそんな食べもの屋の使い方を知っているということが私に少し不安を与えた。根見子の家は、余市の町の花街の中にあったので、彼女は、男や女がどういう店をどのように使っているかについての知識を持っているらしかった。しかし、その時は、ともかくも、そうして彼女と逢うことができることが嬉しかった。一度別れた恋人たちが再会したような喜びをもって私たちは逢った。私は、蕎麦屋の主人夫婦の、生活に疲れたような顔に、何か変った表情が現れはしないかとびくびくしながらも、その冬から春の雪どけ頃にかけて、しばしば彼女とそこへ行った。

しかし、その頃から、私と彼女との関係には、夏から秋にかけて自然の中で逢っていた時の、戦《おのの》くような新鮮さは失われた。また、自然の中で生きものが命を触れ合うような明るい感じは、もう戻って来なかった。古びた襖に仕切られた座敷の中で、人の気配、人の表情を怖れ、自分たちを汚れたもの、後暗いものと感じて、私は追われるような不安につきまとわれた。そういう場所で、そういうことをする自分を私は時々厭わしい、と思うようになった。

三　卒業期

1

私は数え年二十歳だった。私は高等商業学校の三年生であり、隣村の家から汽車で通学していた。私は金ボタンのついた粗いサージの制服を着、少し気取ったフチなしの眼鏡をかけ、白いズックの鞄に、教科書やノートの外、詩集か小説集のようなものを一二冊入れ、それをぶら下げて、少しのん気らしく、しかし恰好よく見えるように心がけながら歩いた。

朝の通学列車でその小樽に着く人の群の中には、三十人ほどの中学生、商業学校生徒、女学生などがいた。その中で高等商業学校の生徒である鈴木信と私とが、選ばれた人であり、中学生や女学生たちは私と鈴木には敬意を払った、鈴木信は高等商業学校の野球のショートで、名手と言われた。三年になってから彼はキャプテンをしていた。彼は中背で、いかにも敏捷な感じの歩きかたをした。判断の確かな落ちついた表情を、丸顔の細い目に浮かべて、彼は駅から群れて出て行く勤め人や学生たちの間を歩いて行った。彼は自分から騒ぎ立てる性格の青年ではなかったが、その出身学校である商業学校の後輩に取り巻かれ、いつも何か話しながら歩いた。

私は人と一緒に歩くのが好きでなかった。人と一緒に歩いている間じゅう、私はその人の気持をそこねることを言ってはならないと気をつかい、自分にとって面白いことでなくっても、その人の自慢話に相槌をうたねばならないと思っていたので、私には苦しかった。私がイエーツの『蘆間の風』や萩原朔太郎の『青猫』や上田敏や堀口大学の訳詩集から得た芸術の世界のイメージは、一緒に汽車で通う勤め人たちの魚釣りの自慢や、残酷な感じを私に与える猥談や、月賦の支払いを引きのばす策略の話などを聞く度に、傷ついた。私は心にもなく笑ったり、賛成したり、要するに彼等と同じ俗物だということを証明して、彼等を安心させなければならなかった。そういう話を聞く時の私の受け答えは、しばしばトンチンカンで、壺を外しがちになった。そしてそのようなとき、利口だと評判のある私がいかにも馬鹿に見えるらしいことを私は知っていた。それ故、私は勤め人や学生たちの群を離れて、白いズックの鞄をかかえてひとりで歩いている方を選んだ。私は人を怖れた。しかし私はそうして歩いている自分が、女学生たちの目に、またその女学生たちの中にいる私の恋人の目に、何となく一般の学生と違うよい印象を与えているように推定した。

だが私は、野球の名ショートとして、またキャプテンとして、中学生や女学生たちの目に華やかな存在として映っている同級生の鈴木信をねたんだ。私は友人の川崎昇と詩と歌の雑誌を出し、校友会誌に詩を発表していたが、それにはこの通学生たちは何の関心も払っていなかった。鈴木信は、中背の身体に似合わぬ幅の広い肩を持ち、時には褐色のズックの鞄を腋にかかえ込み、時には二本ほどのバットを、いかにも持ちなれたさまで軽く振りながら、年下の商業学校の生徒たちを見まわして話しかけ、時々、快活に笑った。私は彼の持っているスポーツマンの人気をねたんだが、それはさして深いねたみではなかった。野球の人気など、とそれを軽く見ることは、努力すれば私に出来ないことではなかった。しかし、彼は、商業学校にいた時に、ストライキを指導して校長を追い出した経歴があり、明らかにマルクス主義系の革命思想を抱いていた。彼は時々、その思想を理解できないものは現代人でない、という意味のことを、ぽつんと言った。私と川崎の雑誌「青空」に彼は短い評論を書いたが、それは、文章は粗雑であったが、芸術思想の革命を期待するという意味のものであった。その彼の思想が私を脅《おびや》かした。彼の言うとおりなのかも知れない、しかし私はそう信じ切ることができず、彼がそのことを話題にする度に不安を感じた。この青年は思想においても、スポーツにおいても、対人関係においても、いまその青春を十分に生きている。それなのに私は現実生活のどこにも取りつけない影のような存在ではないのか。そう思うと、私はいつも鈴木信がねたましかった。

私は二十歳になって、人にどう接すればいいのか、この田舎町での一般の社会人がとりかわす会話にどう受け答えすればいいのか見当つかなかった。私は誰かと話をするときにはドギマギし、自信のなさそうな態度をとるので次々に彼等が私を軽蔑して私から離れて行くように思った。雪が消え、道が乾いて五月になった。この北国に春が来て、桜が咲き、落葉松が緑の葉を萌え立たせた。毎朝私は、停車場を出てから、街角を曲り、陸橋を渡り、警察の前を通り、次第に学校のあるこの港町の背後の山への登り道にかかる。その間じゅう、私は誰かに追いつかれること、誰かに追いつくことを怖れ、早すぎも遅すぎもしないように気をつけて歩いていた。

坂の途中で左手の方へ町が一本伸びていて、そこを緑町と言った。その町にある私立の女学校へ通っている女学生が七八人いて、そのうち四五人は十八歳ぐらいで三年生か四年生になっており、二三人は下級生の子供じみたオチャッピイであった。その少女たちが、そこまで私たちと前後して歩いた。その大きい女学生の一人が私の恋人の重田根見子であった。私は数え年二十歳になり、恋人を持っているのだから、もっと自信を持って、大人として行動し、はっきりものを言ってもいいのだ、と時々考えた。しかし、私は友達や通勤の大人たちの目からすれば、おとなしい、勉強家の、気の弱そうな青年なのであった。その他人の設けた枠、私自身の他人に与えている印象から、私は抜け出したくないのだった。私は現に大胆な恋愛をしていて、いまそこに、目の前に私の恋人が歩いているのだ。恋人がある、ということは、公表されないうちは、無いというのと同様であった。自分にとっても不思議なことであったが、私は現実の自分よりも、人の目に写る自分のあり方の法則に従っていた。そしてその他人の目に写る私は臆病で、内気で、引っ込み思案なのであった。

その少女たちの群の中には、忍路から来ているあの絶子がいた。また鈴木信がたわむれに百万弗《ドル》の脚と呼んだ美しい脚を黒ストッキングに包んでいた蘭島村の旅館の娘がいた。また色白の丸顔で表情をほとんどしない私の村の先輩の妹の高子がいた。私は何度か彼女の家へ行ったことがあり、知っているのに、外で逢うと私は照れてしまい話しかけることがなかった。また私の村で、村役場の吏員であった私の父の同僚の娘である小柄で面長な、目の美しい少女もこの群の中にいた。ある少女たちは制服のセーラー服で、ある少女たちは、髪をお下げにし、黒い袴やエビ茶色の袴をつけ、白い足袋をはき、足袋と袴との間に、一寸ほどずつ足首の白い皮膚を見せながら、風呂敷包みを左の腕の上に支え、ゆらゆらと袴を動かして歩いた。私や鈴木信や、もっと年下で十七八歳になる商業学校の生徒の四五人は、この少女たちと前後して、上り坂になる街の家並の間を歩いて行った。その間じゅう私は、そして多分他の少年たちも、この少女たちが後から歩いて来るのを意識していた。彼女等の中の誰かが笑い声を立てると、それは、私たちの中の誰のことを笑っているのか、と考えた。少女たちは、いかにも私たちに聞かせたいように笑い声を立て、また私たちに見せようとするように押し合ったり追いかけっこをしたりした。

私は、その少女たちの中の一人と、現につながりを持っている。根見子と愛し合ってからは、私はその少女たちに近づく可能性が失われていた。少女たちは私と別な世界で、清らかに、悪戯《いたずら》っぽく、笑ったり、気取ったり、駆けたりして生きていた。彼女等に近づけなくなったことが私には苦しかった。私は今もなお、その外の少女たちの二三人に愛着を持ちつづけていた。

一人と恋愛しているために、外のそれぞれに違う魅力を持った少女たちと無縁になるということを、私は不合理だと思っていた。どの少女も魅力があり、どの少女も私はいとおしく、この世で逢いながら、彼女らにふれずに通りすぎてしまうということを、私は耐えがたく感じた。その心の衝動は、私には自然であったが、あまり大胆であったので、私はピューリタンの川崎昇に言うことは勿論できず、またやさしい抒情詩の形をとっていた自分の詩に書くこともできなかった。だが私は現実に、それぞれの少女の、異なる魅力の全部に愛着していた。

その少女たちに対しても、私は自分が別世界に住んでいる人間だという気持を抱いていた。女学生たちと男の学生たちの間には、公然とした交際は認められていなかったが、土地の色々な習慣や行事が、接触する機会を作った。お祭、盆の墓参り、海水浴、カルタ会、畑や漁場の仕事の手伝いなど。私の家は、この附近の村や町のそういう習慣や行事にあまり関心がなかった。私の父は広島県人で、この辺には親しく交際する同郷人がほとんどいなかったし、また軍人あがりの村役場の吏員であったから、畑や漁場の仕事に関係がなく、その上、父自身が孤独癖のある古風なインテリゲンチャだった。そういう家族の中で更に私は孤立していて、私と同じ汽車で去年まで勤めに通っていた姉や、この年からこの市の庁立の女学校に通い出した妹をも、家の中で白眼視しているような偏屈な青年であった。私は自分のその偏屈さが、よその人に知れるのを怖れて、他人と話をする時にはにこにこ笑い、一通りお愛想を言った。しかし私は、他人が自分の気分の中に踏み込むのを何よりも嫌った。しかも私は、村の少女たちや青年たちが、みだらな言葉を巧みに投げ合ったり、畑や漁場で親しくなって逢引きすることを前から知っていて、彼等をうらやましく思い、自分にそれができないことを大変辛いことに考え続けていたのだった。

そして私は絶えず考えていた。いまの所、根見子は私が好きだから、こうして私に逢っているけれども、彼女の自然な気持からすれば、やっぱりこの辺の少女たちのように、人の陰口を言ったり、盆踊りに出かけて土地の若い衆たちにからかわれたり、映画俳優の噂をしたりしたいのではないだろうか？　私と一緒にいて、話題のないのに困っている時の根見子は、無理をしているのではないだろうか？　この少女は私の世界につながりはないし、やがて当り前の俸給生活者か商人のところへお嫁に行くのであろう、と。そして私はおびえるように考えた。いつか自分はこの少女と別れることになる、と。

2

再び春が来、夏が来て、私と重田根見子は、公園や市の郊外などの自然の中に、自分たちの世界を見出せるようになった。その頃、私はふと、重田根見子の過去についての噂を聞いた。それは彼女がよその町で恋愛事件を起した結果、去年の春この土地の学校へ転校して来た、ということだった。私ははじめ、それを何でもないことと思った。しかしそれは私の心の中に沈み、それを変化させて行った。去年の夏、二人の恋愛が始まった時の、あの、愛情とセックスとをもって、自分を私に捧げる一人の少女と私が初めて触れ合った戦慄的な感じは戻って来なかった。前年の冬が近づき、雪が野や山や町を蔽った時、私はある警告の声が自分の中で呼ぶのを感じた。その声は、私の恋愛の終るべき時が来たのを私に告げているようであった。しかし、その声の正体が何であるか、それは道徳の声なのか、愛の倦怠の声なのか、私には分らなかった。いま、冬が去り、町の汚い蕎麦屋の部屋での出会いから解放されて、再び緑の木々の間を、草いきれの立ちのぼる真夏の山道を、着物に黒い袴をつけた重田根見子と並んで歩いているとき、私は前の年の冬のはじめに私の心の中に起った声を、もっとはっきりと聞いた。それは、もうこの恋愛には意味が失われている、という声であった。それは、もうこの恋愛には重い荷物という感じしかなくなっている、という自分の意識であった。私はその声を真実のものとして受け容れるのを躊っていた。しかし、秋のはじめのある日、私と彼女が緑町の郊外の山道を、右手に墓地の見える山合いの白い埃っぽい長い長い道を、暑い日に照らされて歩いていた時、私は、はっきりと、それが自分の真実の声であることを理解した。恋人を持っていて、ひそかに時々逢う、ということは、たしかに青年の誇りであり、愛という幸福の中に生きることの喜びでもある。しかしそれは言わば抽象的な幸福の形式にすぎない。その幸福の形式の中での実際は、いつも人目をさけて、裏街や田舎道を、おどおどして歩きまわっていることだ。彼女の身体は、熱っぽくむせるように私の衝動に訴えるが、もうそれには、あの初めの日の奇蹟のただ中に生きているような驚きもなく、新鮮さもない。私はもっと精神的な人間だった筈なのに、彼女と逢ってどこか人目につかない所へ行くと、まるで義務のように肉体の行為の中に自分を駆り立ててしまう。それは、私の精神の世界の否定であり、自分はただ動物のように女を求めていたのだという自己侮蔑の念をその度に私に押しつける。しかも私は、少しばかりの自由な時間を全部やりくりして彼女との出会いに使っている。だから、私の自由、私の精神的独立は、今はほとんど無くなっている。私は学校や友人附き合いの余りの総ての時間、総ての都合、すべての思考力を、彼女とのランデヴーのために消費している。それはほとんど自分の精神生活や自由意識の抹殺と言っていいものになっている。それを私は窒息するように感じはじめていた。

そして私は、ひそかに、重田根見子に飽いたように、いな女性の肉体に飽いたように感じはじめていた。この日も私と彼女は、その長い坂道をのぼった峠のあたりで、ひっそりとした林の中に坐り、抱擁し合った。はじめの、あの躇いと、怖れと、驚異とから来る感動は失われ、今では私たちはかなり習慣的な安易さでそれを扱っていた。それは、いくら続けても、何度くり返しても終りのない抱擁であった。幾度でも私は可能であったが、それが続くということの白々しい、あらわな、むごたらしさが、やがて私を茫然とさせ、自分をも彼女をも厭わしいものに感じさせた。喜びというよりも、倦怠した義務として続くその行為の中で、自分が駄目にならず、彼女も平然と続けているということが、私を耐えがたくさせた。突然、その林の草木の間を、大きな獣の走りまわる荒々しい物音がした。この山の奥の方は時々熊が出ると言われていたので、私も彼女もぎょっとなり、身を起しておびえて、そこにいた。一匹の大きな犬が笹の間から姿を現わし、私たちを見ると、また藪の中へ駆け去った。遠くで誰かが口笛を吹いた。誰かが銃猟にその辺を歩きまわっていたのだ。犬は私たちの気配を獲物と感ちがいしたのであった。私と根見子は、やっと笑い合ってその恐怖から抜け出し、同時に終りのない抱擁から抜け出した。そしてそこを去り、また長いその裏街道を歩いて行った。

その日、私たちは、私の村まで行かず、途中からまた小樽の西方の町端れに戻るために、市の背後の別な丘を越えて歩いた。その道は、畑や農家の散らばっている斜面を曲りくねって上り、やがてまた市の方に下りて行った。その下り道の斜面の、遠く港の水面の見える景色のいい場所に、私と彼女は坐って休んだ。私はその海の青い色をすら、自分に新鮮な感受性が失われたために、いきいきと眺められなくなっている、と思った。その海の青さを見ているうちに、私は、この女性といて、性にのみ引き入れられるこの荒涼とした倦怠感と感性の磨滅から抜け出し、孤独の青年としての精神力を恢復したいと、餓え渇くように切望しはじめた。学校道具の風呂敷包みをわきの草原に置き、黒い袴の膝を両手で抱いて郊外の家々や遠くの町の煙や青い港の水面に浮く船などを、うっとりと眺めていた根見子に向って、私は意地の悪いことを言いはじめた。いつか噂に聞いたこと、彼女が前の学校にいた時、誰か、多分家庭持ちらしい男に近づいたということは本当なのか、と私が言った。彼女はうなずいた。私はその時、この頃僕は自分を失った人間のような気がする、という独白めいたことを語り出した。この頃は詩も書けなくなり、いつもぼんやりしている。僕は心から君を愛そうと思うけれども、それが出来なくって苦しい、と私は言った。そして私は、その理由として、この恋愛は僕にとっては初めてのとても大切なものだけれども、君にとっては初めてじゃないんだ。それを考えると、僕は苦しくなるんだ、と言った。

すると突然根見子は、わーっと泣き出した。私は当惑した。私は、彼女の以前の経験をそんなに気にしていなかったのだ。ただ、今の自分の苛立たしい脱出慾を表現することが出来なかったために、喋っているうちにその事が自然に話の中に出たのであった。私は無口な根見子を、何となく自分よりも大人で、そんなことを言われても平気なのだと思っていた。しかしそれは明らかに彼女の急所であった。私は残酷なことを言ったと気がついた。しかし私は、いまそれを言いつくろって、彼女をなだめる気持にならなかった。彼女は泣きやまなかった。彼女が泣いたのは、これが初めてであり、その泣き方が激しく、いつまでも続くのに私は当惑した。愛慾の行為ではあんなに耐久力のあったこの少女が、その心の疵《きず》を突く私の短い言葉のために、その存在が壊れたように泣き出したのだ。言葉には、こんな怖ろしい力があるのだ、と思って私は茫然としていた。私の目にも涙が浮んで来た。そして私も涙声で「僕だって苦しいんだ」と繰り返して言っていた。

その時、そのつづら折れになった山の下り道を、上の方から下りて来る三四人の話声が聞えた。馬の口につけた鈴の音がシャンシャンと鳴っていた。私たちのいた場所は、その曲りくねった道を、三四間草原の方に入ったところであるから、上から下りて来るその人たちに私たちの泣いている姿が見えていたのだ。私たちのすぐ横を通る時、年とった女らしい声が、「おや、まあ泣いてるがね、可哀そうに」と言っているのが聞えた。しかしその人たちは、それ以上に私たちに干渉せず、荷物をつけた馬を馭して、その曲った坂道を下りて行った。女が二人、男が一人で、その山かげの農家の人たちのようであった。私はいま根見子と情死でもしそうになっていると見られるのを怖れ、その人たちが見えなくなってから、そこを去って、町の方へ急いで歩いて戻った。それ以上私たちは話をしなかったが、私はその日で、私と根見子の恋に終りが来たように漠然と感じ、彼女と逢う約束はしなくなった。

すると、朝ごとに汽車の中で、駅で、また登校する坂道で、私の目に、あの女学生たちが、急に生き生きと見えるようになった。それは私が驚くほどの変化であった。私が根見子と逢いつづけていた時は、すっかり別な世界にいて、全く私とは縁がないように見えていたあの少女たちが、今では、私と新しい関係を持つこともでき、自由に交際し、恋愛することも可能に見えはじめたのである。私は自由になったのだった。私は、自分が大胆になりさえすれば、どの少女に近づいてもいい立場になっていることが分った。私は大きく息することができるように思った。

しかし、その少女たちの群の中に、あの橙色の頰をした重田根見子がいた。そして私は、もう一度彼女を気にしなければならなくなった。私がもう重田根見子に飽きたと感じ出してから後、彼女の首が短かすぎ、その肩がいかつすぎ、その脚が短かすぎるように見えていたあの根見子がいた。彼女は今でもちらちらと私の方を見た。その眼の輝きはやっぱり美しく、力があった。そして、私は、重田根見子という存在を知りつくしたのだと思っていたのに、そうではなかった。自分と無関係になったと思うと、彼女の魅力は、他の少女たちを圧しているように見えて来た。他の少女たちは、美しかったり、可憐であったりしたが、まだ成熟していなかった。重田根見子だけがその中で完全に女であり、その目の動きだけで男たちを捕える力がある、と私は感じた。外の誰かが、きっとあの魅力に引きつけられる、と私は思った。すると私は不安になり、彼女を放っておくことが出来ないと感じはじめた。しかし私は、いま自分に戻って来た明るい、澄んだ自由さを愛していた。どの少女にも目をうつすことが出来、海も空も町も、再び私とつながりを持って、生き生きと見えはじめていた。この明るい自由さを、私は再びあの窒息するような肉体の世界で曇らしたくない、と思った。その重田根見子の魅力の新しい発見をすら私は、この自由によって得たものだと感じ、彼女の目の、顔の、身体の魅力に耐えていることに生き甲斐を感じて、孤立して生きていた。

3

学校では私は勤勉な生徒であった。私は教科書でも自分が読んだ詩集ででも、英語の分らないところはどこまでも追求した。私はスティーヴンスンの小説"Will o'the Mill"というのを、浜林生之助という、よく出来ることでは生徒たちが皆尊敬している教師に習っていたが、その中に"The river and the road shouldered down the valley."という文章があった。その部分を、色の黒い岡山辺の人らしい軟かな言葉づかいの浜林教授が教えた時、私はその訳を聞きのがした。その後でいくら考えても、辞書を引いても、私にはその意味が分らなかった。私は次の週のその時間に、そこを教授にたずねようと思った。しかし、私は躇った。浜林教授はひょっとしたら、ここがよく分らなかったのではないか？　私は英語の時間には特に注意深い生徒であった。その私が聞き洩らすように曖昧《あいまい》に早口に浜林先生はあの部分を訳したにちがいない、と私は考えた。私は浜林教授にそこを尋ねることを怖れた。もし教授が分らなかったらどうしよう。私は当惑した浜林教授の顔を見ることを怖れた。

私は、私たちにその年英文簿記を教えていた若いイギリス人のラウンズ教師の時間に、彼の机のそばに行ってその文章の意味をたずねた。彼は早口に何か言ったあと"Making the shape of a shoulder"と言って自分の左の肩を直角に撫でて見せた。つまり肩という字は、肩のように段をなして川と道路が谷を下りて行く、という意味であった。私は了解し、重っ苦しく私にのしかかっていたシコリが取れたように感じて、非常にうれしかった。そして私はありがとう、と彼に言った。私はその一字はイギリス人にも分らないにちがいない。多分著者の特殊な癖なのだろうと思っていたのだった。ラウンズが、お前の質問はそれっきりか、というような顔をした時、自分の嬉しさをもっと詳しくラウンズに述べたいと思った。しかしそれを詳しく言おうとすれば、私はきっとひどく恥かしく間違った英語を言うような気がしたので、それ以上私は言わなかった。そして、私は、その後でもあすこは浜さんは分っていなかったにちがいない、と独りぎめしていた。

ある時、私はイエーツの詩を自分と川崎昇とで出していた雑誌「青空」に訳してのせようとして"Light of step and heart was she."という行につき当った。私はそれを「彼女は歩みと心との明りであった」と訳した。しかし、それでは落ちつきが悪かった。どうもこれは誤訳だと思った。私は、学校の先生の中で、自分の学んだ小樽市の中学校の出身だということで、ときどき、中学出身の級友たちと遊びに行く習慣のあった小林象三教授の所へ持って行く決心をした。まだ二十七八歳の小林教授は、英詩と劇が好きで、しばしば私たちにシェレイやキーツの詩の話をし、英詩の韻律の構造を教室で説明した。それで私は、この一行は小林さんに責任がある、と思った。

小林教授がにこやかな親切な人であるにかかわらず、私は教授の家をかなり敷居高く感じていた。教授の家は、私たちの学校や公立の商業学校のある丘の下の緑町の、あの私立の女学校の近くにあった。教授たちの官舎が十戸ほどそこに並んでいるうちの一軒で、座敷が四間ぐらいある家であった。教授は京都大学の出身者であったが、小柄で丸顔の若々しい夫人もまた京都の人であった。小林夫人は、私がこの土地で聞いたこともないほど軟かな歌うような美しい言葉を使った。東北系統の言葉を使って育った私には、時として意味が聞きとれないこともあった。訪ねて行くと、出て来るのは十八九歳と思われる夫人の妹さんで、この人も同じ言葉を使った。私は初め訪ねた時、この妹さんの軟かい京都言葉にどぎまぎして、真赤になった。そしてそれ以来私は訪ねる度にこの教授夫人の妹さんの前では顔を赤くした。

その人の京都弁は私に、自分が日本の古い伝統から全く切り離された粗野な田舎の青年であること、多分坐り方や茶の飲み方やお菓子の食べかたに、いかに私が粗野な人間であるかが、ありありと現れているだろうこと、しかも私自身はそれに気がついていないことを絶えず感じさせた。教授の家の茶碗は、私たちがこの土地で見なれているものと違う華奢《きやしや》な感じのものであり、菓子もまた私たちが食べ慣れているものと形も味も違うように思われた。私は、この教授夫人の美しい妹さんに接するたびに、遠い国の見なれぬ少女に逢っているという感じを受けた。それはこの土地の少女たち、私がその言葉使いを下品だなあ、と時々思うあの通学組の少女たちと全く違うところの、ほとんど外国から来た少女という印象であった。私は自分の言葉や自分の態度が、その人の前で粗野に見えるのを怖れて、この人とは話をしたことがなかった。この人の方もまたひどく恥しがりやで、私の前にお茶とお菓子を出すと、すうっと引っ込んでしまった。

私はイエーツの詩の一行を持って、小林教授をはじめて一人で訪ねた。教授の家にはその頃三つか四つになる男の子がいて、隣室で泣き声がした。色の極端に白い、目のぱっちりしたその子供を、教授夫人が見てくれと言って抱いて来た。私はその時、自分がこの家庭で親しい人として扱われているのを感じて、今までこの家に来て感じたことのない安らかさを覚えた。それでも私はやっぱり、その妹さんがお茶をすすめた時ドギマギし、それを前に坐っている小林さんに見られているのを感じて、真赤になった。

私の持って行った英詩の一行は、小林教授が読んですぐ解決してくれた。Lightという字は「明るさ」でなく「軽い」であった。"She was light of step and light of heart."で「足も軽く心も軽く」と訳すべきだったのだ。ああ、と私は理解し、ちょうど難かしい数学の問題を考えあぐねた人が突然それを理解した時のような喜びに、一瞬間ひたった。その喜びは、私にとって一種の陶酔であった。私はしかし、それが小林教授の力で作られたことに不満を感じた。もう少しだったのだ、と私は思った。もう一歩か二歩、即ちLightを明るさと考えず軽さと考え、ofをhad the inclination ofと考えることができれば、オレは自分の力で陶酔感を味うことができたのだった。私は一瞬間、目の前の小林教授に感謝したが、次の瞬間には、それを自分でもう少し考えずに教授の所へ持って来たのを後悔した。

私は、教授もこれだけは分らないだろうと思っていた問題を、少し意地悪い気持でそこへ持ち出した。それはタウフニッツ版のイエーツ詩選の初めにある詩の一行で、"Down by the salley gardens, my love and I did meet"というのであった。そのうちのsalleyというのが、二度にわたって小文字で印刷されてあったから普通名詞にちがいないのだが、私はそれにふさわしい訳語を見つけることができなかった。その字は英語の辞書になかった。私がその本を出してたずねると、小林教授はだまって字引を引きはじめた。普通の辞書の外に、分冊になった大きな本を出してしらべ、次にブリタニカをしらべ、その次にベデカの旅行案内の索引らしい、と後で私が考えた赤い小型の本をしらべた。そして最後に教授は、「分りませんな」と言って浮かぬ顔をした。私は嬉しさに胸がムズムズするのを感じながら、慎重なつつましさを顔に浮べてひかえていた。そして、ひそかに、オレも相当なものだ、と思った。しかし、その時、小林教授が、その一字が分らないことについて、何の弁解もせず、また著者の気まぐれだと言ったりもしない態度は、私の注意を引いた。そこに私は、学者というものがこんな場合に取るべき態度の典型があるように感じて、これは自分も覚えておくべきだ、と思った。

私はその何日か後に、アメリカ人の教師マッキンノンの前にそれを持ち出した。彼は私のより大型の金のツルのついたフチ無し眼鏡のかげで目をしばたたいて、その詩をちょっと読み、すぐ説明をした。サリーというのは軍隊の攻撃に使う言葉で、櫓の上にいて城を守っている兵に対して、それの下部を襲い、その櫓をつき崩そうとする攻撃の仕方である、と言った。しかしそれではこの詩の意味の解釈にならなかった。私も前に辞書を引いた時、salleyに最も近い言葉としてsallyというのがあり、それが攻撃という意味だということを知っていた。それではsalleyとsallyは同じ言葉として使われているのかも知れない、という所まで分ったが、私の疑問は解決されなかった。もし誰かがsalleyとsを小文字で書いてあっても、それはサリー公園というような固有名詞なのだ、と言ってくれれば、オレは納得するんだがな、と思いながら、私はその文字の解釈はそれであきらめた。

4

それは大正十三年、一九二四年であった。その年の秋のある日、私は重田根見子にその過去のことを言ってひどく泣かせた。そしてその後、私は重田根見子とほとんど逢わなかった。私たちと一緒に村からその通勤列車で小樽のある銀行に通っていた岩木卓造は、前に根見子がその襟を直してやって、私にひどい嫉妬を感じさせた男であった。彼は小柄な細面の男で、妻帯者であったが、ヒョウキンな人間だと皆に思われ、自分でもそのように振舞っていた。銀行員らしい紳士然とした服装をし、鼻下に小さな髭をたくわえていた。彼は私たち学生の間に席を占めて、しばしば猥褻な話をして私たちを笑わせた。また彼は遠慮なく女学生たちの乗っている車へ入って行き、何か言って少女たちをキャッキャッと笑わせ、少女たちの身体をつついたり、押したりした。外の男たちがすればいやらしい事になるそんな行為が、彼がする時だけは、ユーモラスで愛嬌に見えたので、それを非難するものがなかった。ある日私が彼と一緒に街を歩いている時、美しい人妻風の女とすれちがった。すると岩木は、「ああいう女と一汗かきたいもんだな」と言って私の顔を見て、ほとんど無邪気な表情で笑った。私はその意味が分り、狼狽して、自分の中にある性の道徳感のようなものがひどく傷つけられたのを感じた。

私は、性を経験し、性を空想していながら、彼が口に出して言ったことをゆるせないと思った。男たち大人たちは、みなこういうことを考えて生きているのだろうか、と私はその言葉を聞いた時に思い、いま私の目に写っている人間の世界が、一皮剝けば修羅のようなものだ、という怖れに襲われた。これから後、自分がそういう大人たちの世界に混って生きて行くことが、私にはできないように思った。あんな汚れた人間にならなければ生きられないのか、と私は思った。

岩木はその子供っぽい無邪気さによって、私に大人たちの心の奥を、その生きる常識をのぞかせてくれたのである。私は岩木と一層親しくした。そして私は岩木の無邪気な多弁さを利用して大人たちの生活やその考え方を知ろうとした。それは私の中にあるエロチシズムの衝動でもあり、また私がこれまでどうしてもうまく接触できないでいる実社会の人間の生き方について出来るだけ知っておこうとする自然な衝動でもあった。

岩木はステッキを突いて歩き、またその生家が店を営んでいて豊かであったので、高価な写真器を買って持ち歩き、私たちに写真術の講義をした。ある日私は彼の家へ遊びに行った。彼は大型のアルバムを持ち出して、自分がこの頃写した写真を次々と説明して行った。何枚目かを彼がめくった時、そこに重田根見子の大きく引きのばした写真が、そのアルバムの頁一杯に貼りつけてあった。彼はちょっと声をひそめ、襖の方に気を配るようにしながら「我が恋人」と言った。何か、熱いものが、私の胸にぐさっと突き刺さるように思った。彼は私の方を見ようともせず、次を繰った。私の目はぼうっとかすんだ。そこに写っていた重田根見子は、いつもの黒い袴をはいて、横向きに坐り、その大きな口と、大きな眼とが、引きのばしのために少し醜いぐらいに拡大されていた。その背景になっているのは何処かの座敷である。重田根見子の写された場所が停車場や汽車の中や路上でなく、どこかの座敷だということが、私を悪く刺戟した。私は冬のあいだに重田根見子と時々蕎麦屋で逢っていた。それで、そこに写っているのも、そのような場所だとしか思われなかった。そして私は電光のように岩木のふだん口にする猥談や、私がずいぶんよく知るようになった彼の性についての考え方を思い浮べた。

その後、私は重田根見子に手紙を書かなくなり、手紙に返事をしなくなり、駅で逢っても目を見交わすことを避けるようにした。一度か二度、根見子から悲しそうな手紙が来て、それから後は手紙も来なくなった。すると私は、これまでに経験したことのない淋しさに襲われはじめた。そして私は、あれは何でもなかったのかも知れない、私の思いすごしだったかも知れない、と考え直したい誘惑を感じた。しかしそのままで日が経って行った。

5

その年の秋、前年から私と一緒に雑誌をやっていた川崎昇が、上京すると言い出して、私を驚かせた。私は三四人の友達と彼の送別会を開いた。彼の出発の二日ほど前になって、秋の雨が、この北国を訪れた。それは傘を持っている手をかじかむように思わせ、また誰かに人間の暖いいたわりを求めずにいられなくなるように感じさせ、怖ろしい冬のせまって来るのを予告するような秋の雨であった。その日私は川崎と二人で小樽の街を歩きまわったが、ずいぶんセンチメンタルになっていた。私が同じ通勤列車で小樽の貯金局に通っていた彼と特に親しくなったのは、二年ほど前からであった。この市にいま住んでいる人間で、私の書く詩をよいと言って認め、その詩を書く人間であるが故に私をよい心を持った人間にちがいないと決め、友人として私を受け入れた、唯一の人が彼であった。私より二つしか年上でないこの男は、ほとんど生れつきと言っていいような、暖い広い心を持っていた。この時の五年ほど前に、中学生の私に『藤村詩集』を読ませて私を詩というものの世界に引き入れた鈴木重道と、私はまだ文通していたが、彼は宇治山田市にある神宮皇学館を卒業して埼玉県の久喜の女学校の教師になっていた。私はこの市にいて、ほとんど川崎昇との交際を生きる甲斐にしていたので、恋人を失ったこと、その次に川崎を失うことをこの年の秋雨の中で考えて、本当に感傷的になった。彼は上京して、東京の貯金局に勤め、「もっと勉強もするのだ」と漠然と言っていた。私は彼に見棄てられたように感じた。

彼はその前から、郷里の余市からの通勤をやめて、小樽に下宿していたが、出発の二日ほど前に私がそこを訪ねた時、彼は私に泊って行ってくれと言い、私よりももっと心を痛めたような顔をしていた。坊主頭に鉄縁の眼鏡をかけて、絣の着物を着た彼は、長いことじっと坐っていた。胡坐《あぐら》をかいた膝に自分の大きな手をのせ、その手を眺めるようにしていたが、やがて遠まわしに曖昧な言い方で、彼は、自分は立つ前に逢いたい女の人がある、と言った。

「それは誰だ?」と私は、いまこの悲しげな友人のためにならば、どんな事でもしてやる、という気持になってたずねた。彼はまたゆっくりと、Sという女性の名をあげ、それが、前の年に、彼が通勤していた頃、毎朝のように駅へ彼を出迎えて私たちの目を見はらせたあの美しい少女であることを、まわりくどい言い方で私に分らせた。あんなにも彼を愛して、私たち通勤者や通学生の眼をも怖れなかったその少女の愛を、川崎は受け入れなかったのである。私は何日か続いてその少女が朝の駅に現れて川崎と一緒に歩いて行き、やがてその少女の顔が焦躁の表情を見せ、次に暗い表情に変り、遂には駅に現れなくなった経過を見知っていた。

それから一年たった今、川崎昇は、この小樽を去って東京へ行こうとする時になって、その少女を思い、悩んでいるのであった。

「だから言わないことじゃない」と私は危く口に出かかった言葉をのみ込んだ。その少女の川崎に対する愛着の姿を見ていたとき、私は未経験であったけれども、それが愛情の情熱の生む奇蹟のようなものであることを直感的に知っていた。朝の駅頭で、俗物的な考え方でしか男女のことを見れないような人々が、醜い好奇心でじろじろ見て過ぎる中を、その美しい、そしてあまり身なりのよくない少女は、神聖な情熱に駆られて毎日川崎に逢いに来ていた。円卓騎士物語や薔薇物語というようなヨーロッパの中世にあったとして描かれている恋の物語の人物が示した強い激しいものを、私はその少女の姿に見た。そしてそれを受け入れない川崎を、私は不可解な男だと思っていた。

「どうすれば逢えるの？」と私が言った。

「今日教会に行けば逢えるかも知れない」と彼が言った。そして裏街のひどいぬかるみの中を、小雨に降られながら、私は彼について、その教会というところへ行った。川崎は金光教の熱心な信者の叔母があって、彼もしばしば教会へ行っていたようであった。そしてその少女もまたその教会の信者であり、教会で彼と知り合ったらしいことを私は推定することができた。教会というのは裏町にある少し大き目な日本家屋にすぎなかった。その日がお参りの日であったらしいが、天気が悪いせいか、奥の方に祭壇のある古ぼけた畳敷きの広い室のあちこちに、五六人の人が坐っているきりで、その少女の姿は見えなかった。

川崎昇は型をきちんと守るようにお祈りをして、しばらく私と一緒にそこに坐っていたが、やがて私をうながして外へ出た。電燈を反射して光っている宵のぬかるみの道を、私たちはまた歩いて行った。

「あの人の家はどこにあるんだい？　その家へは行けないのか？」というようなことを私が言った。彼は悄気《しょげ》た形で、ほとんど私に答えなかったが、私のよく知らない裏町の方に歩いて行き、同じような所を何度も行ったり来たりした。そして私は、靴の中に水がしみ込むのを気味悪く感じながら、その辺に続いている見すぼらしい板壁の家のどれかがその少女の家だ、ということを理解した。

私は無言で、しかし忍耐強く、川崎が歩いているうちは何時間でもここを歩いてやろう、という気持で、一緒にそこを行ったり来たりした。私は自分の村やその市で知り合いになった青年たちと、心を開いて親しくなることが、たいていの場合できなかったけれども、皆で流行歌を歌う時だけは、心がほどけて彼等と一緒になることができた。流行歌は俗悪な歌詞が多かったけれども、たいていのものは抵抗しがたい甘いメロディーで私の心をとらえた。私は人の歌う流行歌の中に自分の感情を託して味わっていればいいので、他人の歌うのに小声で唱和しながら、自分の気持をそのメロディーの中に流し込む習わしを持っていた。いま私は川崎の悲しい焦躁の気持を知って、胸が痛むように感じながらも、その頃では少しすたれかかっていた流行歌を心の中で思い浮べていた。それは前年の末に結婚した私の姉が娘時代によく歌っていたものだった。

「とらえよとすればその手から／小鳥は空へ飛んでゆく／鳴いても鳴いても鳴ききれぬ／可愛い可愛い恋の鳥」

私は友人のこの事件を、自分の恋の経験の痛手と重ね合せて考え、彼の心の痛みを、自分の心の痛みとして味わっていた。しかし、どうしてもその日川崎は、その少女に逢う方法がなかった。私と彼は下宿の室に帰り、彼の蒲団で一緒に寝た。私は夜中に小便をしたくなって目を覚ました。その時私は、川崎がまだ眠れないらしく蒲団の中に顔を埋めて動いているのを知った。川崎は泣いているのではないか、と私は思った。私はだまって起き、彼の下駄をはいて外へ出、ぬかるみの露地のよその家の板壁に小便をかけた。黒い傾斜した屋根の上に、空が晴れて、星が一面に寒そうにまたたいていた。私は身ぶるいしてまた室に戻り、彼の目覚めていることに気づかない振りをして蒲団の横に入って眠った。

川崎はその少女に逢えないまま東京へ発った。

川崎が去って少し後に、私は重田根見子から別れの手紙を受けとった。

それは、血で半紙に書かれてあって、私をぎょっとさせた。その手紙に彼女は、別れなければならなくなった理由は詳しく書かなかった。ただ単純に「お別れしなければならなくなりました。私はいま指に疵をつけてその血でこれを書きました。気味悪くお思いにならないで下さい」ということが書いてあった。しかし私はその気味悪さを忘れることができず、自分が大変残酷なことをしたと思った。しかし私は、二三日経つと、女が血で手紙を書くということを極めて意地の悪い連想によって考えた。だがまた私は本当に彼女が血で指に疵をつけて書いたのだと考え直したりした。真実を突きとめられないことが人生にはあるのだ、と最後に私は思った。そして私は、彼女から手紙の来なかった一月ばかりの間に感じた頼りない淋しさから不思議に立ち直り、しばらくは安堵というに近い落ちついた気持でいることができた。

私はその後、自分の方はこれで片附いた、と思い、あの晩の川崎のことを気にしていた。私は彼の恋愛を激励するような手紙を書き、その少女に逢って気持を確かめてやると言ってやった。その事を私は、彼と同じ貯金局に勤めていた明地正三というヴァイオリンを弾く青年に打ちあけて、協力を求めた。川崎の手紙によって、その少女がある銀行の小樽支店に勤めていることが分った。私は明地と相談して、昼間その銀行へ訪ねて行くことにした。私にとって、それは極めて大胆な事であった。私と同じ年配の明地正三もまたそれを危ぶんで、大丈夫かな、と言った。明地は、銀行の裏口から入って小使にたのむとか、電話をかけて呼び出すという方法も考えた。しかし私は、どうせ未知の女性に逢うのならば、なるべく人目のある所でおおっぴらにした方がいい、と言った。

私と明地正三とは、銀行の正面入口から入り、入口のそばに腰かけている案内人にその少女の名を伝えて、逢いたいと宣言するように言った。案内人は高等商業学校の制服を着た私の方をちょっとの間じっと見たが、やがて黙って私たちを奥の小使室の土間に通した。その少女が紺サージの上っぱりを着てそこへ出て来た。私は興奮し、腹を立てたような口調で、川崎昇の気持を説明し、あなたの気持を聞きたいのだ、と言った。少女はその美しい面長な顔の表情を固くして、うなだれたまま私の話を聞いていたが、銀行がひけてから逢うと言った。日暮れに、公園の噴水のところで、私たちはその少女に逢った。彼女はなるべく言葉を多く使わないように気をつけながら、川崎さんはいい人だと思うが、あの人と結婚をする気持は今は持っていない、と言った。私は川崎に報告し、まだ見込みはある、と言って励ましておいて、またその少女に逢った。しかし彼女の返事は判で押したように同じであった。私は川崎のために焦り、哀願し、腹を立てた。しかし結果は同じことであった。

この事件の不成功は、オレや川崎のような人間は、この世の中では結局駄目なのかも知れない、という自分についての深い失望の念を私の心の中に植えつけた。

6

卒業の半年前になると、学生課長の村瀬玄《げん》教授が合併教室で私たちを訓戒し、実力以上の会社を志望するのは愚かだと説明した。また大会社よりも個人商店のような所でこそ本当の仕事ができるものだ、と言った。この学校は就職率の高い学校であったが、一二年前から欧州大戦時代の好況の反動として不況が深刻になって来ていた。私は自分がどんな所に勤めたいのか分らなかった。上の学校である東京の商科大学に入ることは、経済的な点で父がゆるさないことを知っていた。私はできれば外国勤務の希望の持てる横浜正金銀行か、三井物産か、三菱商事に勤めたかった。しかしそれ等の会社は、飛び抜けた二三の秀才でなければ入ることができなかった。私は、自分の成績があまりいいものとは推定できなかったので、特にどこを志望するということを学生課に申し出なかった。私の順はなかなか廻って来ないだろうと、不安な気持の中に諦めを抱いて日を送っていた。

クラスの中にアルバム編纂委員会が組織され、卒業する日の近づいたあわただしさが段々濃くなった。ある日、私は学生課に呼びつけられた。能面のように無表情な顔をした村瀬玄教授は、私に東京の村井銀行の口があるが行かないか、と言った。それは二流の銀行だが、しかしなかなか信用のある銀行で、決して悪い勤め先ではない、と教授は親切に説明した。私は気に入らなかったが、しかし東京に行く、というだけのことが一つの光明のように思われた。

私は家に帰って父にその話をした。その時、この頃胸を悪くしたらしく、しきりに咳をしていた父は、私にこれまで見せたことのないほど腹を立てた。「お前はもう親を棄てて東京へ行く気か？」と父は言った。オレが願って起った話ではない、と私も腹を立てたが、私の収入をあてにしている父の言い方が哀れであったので、黙って引きさがり、村瀬教授への返事は延ばしておいた。その数日後に、小林教授から手紙が来て、来年の四月からこの小樽市に市立中学校が出来るが、そこの英語の教師になる気はないか、と言って来た。その仕事は私の気に入った。父は私よりももっとそれが気に入ったようだった。私は学生課へ行って、村瀬教授にその話をし、村井銀行の口を断わった。今度は村瀬教授が腹を立てた。この不況時代にこんないい就職口を断わるのは馬鹿だ、と彼は言った。しかし私はその中学校の英語教師の口を選んだ。

四　職業の中で

1

私が数え年二十一歳で、三年制の小樽高等商業学校を卒業したのは、大正十四年、一九二五年の三月であった。学校生活をしている青年は、自分が社会に出て働く場所を色々と夢想する。働く場所がきまってからでも、それが現実のこととなる感じに慣れることは容易でない。私はしかし、あっと思う間に、その夢想から放り出されて、現実の職業と場所に縛りつけられていた。私の職場は、私が毎日のように学校に通う時にその前を通っていた稲穂男子小学校の中に、その時臨時に置かれていた新設の市立中学校の仮教員室であった。その頃人口十四万と言われていた海港の小樽市は、石狩湾という北に向った間口の大きな湾の西端にあって、東向きにその湾に面している町であった。町は海に沿って四つの谷に分れ、岡を越えて横につながっていたが、町の中央部は三段階になって、後方の山の中腹まで這い上っていた。私の学んだ高等商業学校はその山の中腹の一番高い所にあって港を見下していた。隣村の自家からそこへ通うために、私は、海から一段目に高まっている駅で下車し、公園や学校や住宅街のある二段目の高台を毎朝通って登って行った。その二段目の高台の道ばたに、この町の一番大きな小学校である稲穂学校というのが、男子校と女子校に分れてあった。それは冬期の石炭ストーヴの煤のために汚ならしく黒ずんで見える木造のコの字形の大きな校舎であった。その校舎の道路に面した三つの教室を借りて、私の勤める市立中学校が開設されたのだった。

この新設中学校は、多額納税議員をしているこの市の金持ちが、土地と建築費を寄附して創立され、校舎はこの春の雪解《ゆきどけ》を待って建て始める予定になっていた。まだ校長が決定していなかったので、市の教育課長が高等商業学校の小林象三教師に英語教師を捜す相談をし、小林教授が私を推薦したのであった。それで私は、公園の下にある市役所に、林田という教育課長を訪ねて面接しなければならなかった。外に競争者がいる訳ではなさそうであったが、私はかなり緊張してその教育課長を訪ねた。私の方は、自分が詩を書いていることを公式には秘しておくべき弱点だと感じている実業専門学校の卒業直前の生徒であった。私は筆で丹念に書いた履歴書を持って訪ねて行った。林田という教育課長は、中等学校の校長をして来た人らしく、髪を短く刈り込み、鼻の下にチョビ髭を生やし、古びた洋服を身ぎれいに着て、四五人の部下のいる室の上席に坐っている五十歳ぐらいの紳士であった。学生服を着た私は、身体を固くしてその人の前に腰かけた。

高等商業学校というのは英語の科目に力点を置いていたので、その系統の成績が八十五点以上あると英語科の教員の資格を与えられた。私はその資格があるらしかった。林田課長は、土地の道庁立の中学校を出て、官立の高等商業学校に学んだというだけの単純な私の履歴書を前にひろげて、父の職業とか兄弟の数などについて私にたずねた。それは、もう私の学校の成績を知っているこの課長が、ほんの形式的にか補足的にか出している質問にすぎなかった。しかし私は自分が屈辱的な立場に身をおいているように感じ、身体がカッと熱くなった。この髭を生やした中年の男が、採用することも拒否することも自由だという立場で私を目の前に引き据えている、ということが私には大きな侮辱に思われたのであった。機械的な入学試験のようなものなら我慢できるが、この男の機嫌如何で放り出されるかも知れない地位を自分が求めているというのは、実に情けないことのように思われた。本当はあなたなんかに僕のことを決定する資格はないんですよ、と私はかすかに心の中で言っていた。しかし現実には、神妙に、私は素直な青年らしく応答していた。

それでいて私はまた同時に、ほとんど反対なことも考えた。それは、若し自分の前にいるこの人物が、その職務に本当に忠実に私のことを調査すれば、私が教師として採用されるべき人間ではないことが分る筈だ、という気持であった。私は英語を熱心に学びはしたが、それを自由に話す力を持っていない。また英文を日本文のような自由さと判断力をもって書くこともできない。それればかりでない。私は女学生と逢引きしていたり、詩を書いたり、人間の汚れや悪徳に対する興味を持ちすぎたりしているのだ。そういうことをこの教育課長は、いまちっとも知らずにいる。オレはいま贋物《にせもの》なのに教師になることを志望している、という気持が私を苦しめた。

本当に私を教員として採用するのですか？　おやめになった方がいいのではないのですか？　と私は心の中で林田課長に呟いているように感じた。しかし私は、この就職口を失うことができなかった。学校の就職の世話を担当している村瀬玄教授が私にすすめた村井銀行の口を、東京へ行くことを父が嫌ったために、私が拒絶した後であった。それを断わる理由として、小林教授から話があって新設の市の中学校に勤めるつもりだと私が言ったところ、色の黒いいつもニガ虫をかみつぶしたような顔をしている村瀬教授は、明らかに機嫌をそこねて私に言ったのであった。

「村井銀行というのはですね、二流銀行ですが、決して悪い口じゃありませんよ。新設の学校の教員は、校長がきめるものでしてね。私も以前に新設の商業学校長になったことがありますが、その時私は、推薦されていた候補者を皆蹴って、自分が全部新しく採用した経験がありま す。」

村瀬玄という教授は、その頃四十五六歳に見えた。アメリカの留学から戻ったばかりの会計学の教授で、帰ると早々教務課長になり、それまでの三学期制をアメリカの大学並みの二学期制に変えたりして、この学校の実力者であった。しかし、生徒の成績順位を発表するという案を村瀬教授が出した時は、紳士気取りのこの学校の生徒たちは、猛烈に反対運動をしたので、それはやめになった。そのことで、教授は、ある時、教室で皮肉を言った。ひどく黒い顔で、無表情である上に、エッエッと絶えず空咳をする癖を持っていた村瀬教授は、その咳をしながら、言った。「諸君は、スポーツの時には勝負や順位を発表されても、少しも不平を言わんじゃないですか。スポーツより学業の方はもっとフェア・プレイであっていい筈ですがねえ。」

私はその時、この能面のような顔をした会計学の教授は、なるほど、なかなかの才物にちがいない、と思った。生徒たちは、そういう場合によくあるように、一人一人に責任はないのだし、我々の意志は通ったのだから、どう言われても平気だという雰囲気で笑い声を立てた。しかし私は、この時、その合併教室にいた二百人の生徒を相手にして、村瀬教授の方にたしかに勝目があった、と思った。あの論争の方法、あの比喩による反駁、あれはなかなかよく利いている。どういう思考方法であれが持ち出されるのかな、と私は、ちょっとの間だが、真剣に考えた。私に全く思いがけないそんな気の利いた日本語の表現方法を、会計学の教師に使われたのが私の気に食わなかったのだった。

その村瀬玄教授が、目の前で見れば見るほど能面じみた真黒い顔で、自分がその中学にやって来る校長なら君なんかを採用することを拒否するね、と言わんばかりのことを私に言った時、それは私にショックを与えた。あんな皮肉を私に言った以上、もし私がこの新設中学校で採用されなかったら、その後でまた教務課に就職の世話を頼みに行っても、きっと私を一層ひどい所へ世話するにちがいない、と私は思っていた。村瀬教授の話は、スポーツの順位発表の話も、校長になった人間は教師採用の職権を使いたがるものだという話も、いずれも人間の心の動きの急所を突いているものであった。新校長が村瀬教授のような人間なら、私は不採用になる、と私は、林田教育課長に逢った後も、しばらく悄気ていた。

しかし卒業式がすみ、送別会も終った頃、小林象三教授から呼び出しがあって、私が職員官舎へ行くと、色白の教授はにこにこと私を迎えて、

「あの、あれです」と、いつもの癖の言いかたをしてから、「林田君は、君のその髪をですね、もう少しきちんと撫でつけられないものか、と言うことでした。」

私の髪は縮れているので、油をつけなくても垂れ下って来なかった。そして二月ぐらい床屋に行かないでいると、髪は逆立って、もじゃもじゃに頭のまわりに拡がった。ちょうどそのような形になっていた髪にちょっと手をやって見てから、私は気をつけて床屋に行く旨を小林教授に述べ、自分が採用されたことを保証するその伝言に感謝した。中学校の教師になることは、銀行員になることよりも私には気持が楽であった。勤めを持たずにいるわけにゆかないとすれば、中学校の教師をいやだという訳にはいかなかった。自分が中学の上級生だった時に、同級生たちが若い教師や学力の足りない教師を虐《いじ》めたりからかったりするのを私は見なれていた。上級学校の受験準備しているよく出来る生徒に間違いを指摘されて、面目を失っても、職業にしがみついていなければならない中年の教師や、学力のないことを暴露されて仕事をやめた教師などを、私はしばしば恐怖感をもって見て来ていた。しかし、自分の勤め先が新設中学で、今年一年生を募集するのだ、という事に、私は何よりも心の安らかさを感じた。要するに数え

年十三四歳の子供たちを教えるということなのだったから。

小林教授は私が別れを告げた時、ちょっと遠慮がちに、しかし教師として言わずにはいれないという風に、英語のエルを発言する時のような口の構えをしながら言った。

「伊藤君、どんな簡単な文章でも、よく知っている単語でも、教科書に載っているものは全部辞書を引いて調べる、というのが語学教師の大切な心得ですから、これを忘れないように。」そう言ってから彼は笑顔になって私を祝福した。「まあ、しかし、きまってよかったですな。しっかりやって下さい。」

私は、自分の心を打ちあけて話をしたことがあった訳でもない教授が自分に示してくれた好意に対して、涙ぐむような気持になり、畳の上に丁寧に頭を下げて、教授の官舎を辞した。そして何となく教授をだましているような疚《やま》しさを感じた。

2

その新設の中学校は、小学校の教室を一つ借りて教員室兼事務室にしていた。四月の初め、私は大急ぎで作らせた黒サージの洋服を着て、そこへ訪ねて行って、自分の名を名乗った。私のことを知っていて迎えてくれたのは、この市の道庁立中学の古い卒業生で、小林象三教授と同級生だと自ら名乗った二十七八歳の山田という書記であった。彼は私の中学の先輩に当るわけであった。山田書記は、青森あたりの言葉に近い北海道の海岸地帯の訛りでものを言った。

それは私自身が使っている言葉と同じものであった。

その時、三つしかない事務机の一つに頭を伏せて、熱心に何か書いていた男が、ひょいと頭を挙げ、

「あっ、あんたが伊藤さんかね？」と、両手を身体から少し放して羽搏《はばた》くように立ち上った。彼は大跨に、何か用を足しに室を歩きながら、私の方をろくに見もしなかった。その男は三十四五歳に見え、色が白く、肉の薄い鼻と顎が出張っていて、その顎を心持ち突き出すようにして、甲高い声を出した。

「これで段々と揃った。山田さん、小使にそう言って、伊藤さんの机をオラがのと並べて、こんとこへ運ばせてくれ給え」と言って、人差し指でとんとんと突くように自分の机の横の床を指さして見せた。山田書記がその人を、この学校の教頭になる梅沢新一郎という人で、道庁立の小樽中学校から転任して来たばかりだ、と私に紹介した。そこは私の母校だった。私が卒業してから来ていた教師として、生徒を殴って事件を起したトンビという綽名《あだな》の、利かぬ気の梅沢という人がいるのを私は聞き知っていた。

なるほど実にトンビだ、何てうまい綽名をつけたものだ、と私は梅沢教諭の身のこなしを見ながら考えた。梅沢教諭は言葉は抑揚に富んでいたが、顔は無表情に近かった。初めから私は、これは怒りっぽい人かも知れない、と思って警戒し、この教頭に虐められることになりそうだなと思った。

「オラが教頭かどうか分るもんかね。吉田校長が誰を連れて来るか知れんからね」と梅沢教諭は言った。梅沢教諭は数学の教師で、広島高等師範学校の出身であった。

梅沢教諭の向側の机に、むっつりと難かしげな表情をした二十四五歳の、顎が角ばって目がくぼみ、いかにも精悍な感じの青年がいた。梅沢教諭は、藤原さんと言う体操学校の卒業生で、体操の先生に着任したばかりだ、と言って紹介した。その青年は、にやっと笑って私に挨拶した。

「伊藤さん、もう一人あんたの先輩が来ることになっとるがだ」と梅沢教諭は癖の強い新潟訛りで私に言った。それは新井豊太郎だ、ということであった。私が中学校の五年の時、同じ中学の先輩で高等商業学校を卒業したばかりの、頭の大きい背の低い、いかにもボヘミアンだという感じの投げやりな態度で歩く英語教師が来た。その教師は翌年、私が高等商業に入った時に、京都帝大の英文科に入学してその学校を去ったのであった。そして私が高等商業を卒業したこの年、彼も京都帝大を卒業して、郷里のこの新設中学へ来ることになったのだ。

その日、私は自分の机をもらい、入学試験の問題を作る手伝いをして過ごした。私の向側にいる藤原恵次郎教諭は、言い合わしたように私と同じ黒サージの新しい背広を着ていた。彼は旭川の近くの出身だということで、その地方に多い関西系の農業開拓民の子らしく、海岸育ちの私や山田書記と少し違う関西訛りの混った言葉を使った。彼は挨拶の時、一回私ににやっと笑って見せただけで、窪んだ目を難かしげに光らせ、取りつくシマがないという態度を持していた。しかし私は彼が額に手を挙げたりする時に、そのカフス・ボタンが表裏反対にはめられているのを見つけた。その頃のワイシャツはみな袖口をカフス・ボタンで留めてあり、学生服の下にそれを着る者はなかったので、私もその日か一日前ぐらいに洋服が出来て来た時、ネクタイの結び方とともに苦心してそれのはめ方を覚えたばかりであった。

この笑えば損をするという顔をしている体操学校の卒業生に、カフス・ボタンのはめ方の間違いを教えてやったものだろうか、どうだろう、と私は暫く思いまどっていた。私は念のために梅沢教諭と山田書記の洋服の袖口を観察した。そしてカフス・ボタンは私が考えたとおり、飾りになる部分を外側に出してはめるのが正しい、という事を確認した。それから私は、梅沢教諭と山田書記がそこにいなくなった機会を見はからって、小声で向側の藤原教諭に言った。

「藤原さん、そのカフス・ボタンのはめ方は違っているようですよ」と。

藤原青年は狼狽し、赤い顔になり、私の洋服の袖口を、その窪んだ目でしきりに見定めようとしながら言った。

「おやっ、そうだったかな。」そして彼はその正しいはめ方を発見し、頭をかきながら、ワイシャツの袖を引き出して、はめ直した。その時の彼の表情は、こりゃいかん、うまく着こなしていたつもりだったんだが、という意味のものだった。私は、自分と同じように、学校から世の中に出て来たばかりの不安な気持を懸命に押し隠そうとしている一青年を彼の中に見出して、気持が安らかになった。そしてそのことを藤原教諭と二人の内証ごとにしておけば、私は彼と仲よくやって行ける、と思った。

私はひどい人見知り屋であり、自分の本来の心の衝動は、卑屈さと傲慢さとの間を激しい勢で落ちたり昇ったりしているのだが、どうしても接近せずにいられない人に逢った時は、にこにこと愛想よくしながら警戒して自分を内輪に持しているのであった。その警戒している気持は、しばしば私を謙遜という美徳を持っているように他人に見せた。またにこにこしていることは、私を神経質でない人間に見せた。少年の頃、近所の人に、「ヒトシさん、道で逢えば、いつもにこにこしててね、いい子だ」と言われたことを私は忘れなかった。そして、生れて初めて得た職場であるこの新設中学の準備室とも言うべき臨時教員室に入った日、私は、この学校の教頭になるか、又は教頭になる可能性を持っているところの、癇癪《かんしやく》持ちとして知られている梅沢教諭に対して、自分の表情やものごしの最上の形において接するように努力した。何か彼の仕事の上での必要物があると、私はすぐ飛び出して行ってそれを捜して来るなり、借りて来るなり、買って来るなりしてやる身構えをしていた。私は世の中が恐しかったので、人に好意を持たれたいという気持で懸命になっていた。

その点では、カフス・ボタンその他において自己の尊厳を失うまいと緊張し切っている藤原教諭よりは、私の方がうまくやった。私は、用事そのものよりも、相手の顔や言葉に現れる表情に気を配った。人間は、用が足りるという事よりも他人に従われる事の方により多くの快感を見出すものだ、と私は漠然と感じていた。私は身軽に振舞い、しかもその校舎の附近は私の毎日通いなれたホーム・グラウンドであり、学校の前には私の弟と妹が養子に行っている親戚もあったので、この不備な中学校開設準備室で入用なものを見つけるのに、私はなかなか役に立ったようであった。一日、二日と経つうちに、私は自分が梅沢教諭の気に入られていることが分って来た。

しかし私は、自分は学生生活の延長として無邪気に上長に服従しているのだ、という態度に自分の温良さを限定しておいた。おもねっている、という感じを相手に与えないように気をつけた。しかも私は、自分がその気になれば、一緒に働く他人によい印象を与えることができる、という点で、梅沢教諭の気に入られたことに大きな救いを見出した。少年時代から学生時代にかけて、長い間私は、自分は世間の人に立ち混って生きてゆくだけの妥当さや機転を持っていないのではないか、という不安につきまとわれていたのだったから。

ある日、仕事のあと、私は学校を出て、その近くの妙見川という市街を貫いて流れる小川の橋を梅沢教諭と二人で渡って歩いていた。その時、梅沢教諭は私に、親しみを込めて、「今んとこ、あんたがこの学校では次席だがな」と言った。私は、君はなかなか役に立つね、と言われたような気がした。私の月給は林田課長の手もとで決められたのか、梅沢教諭の口添えがあって決められたのか分らなかったが、四月の二十五日になって受け取った時は、八十五円であった。八十五円という金額は、専門学校の卒業生の平均金額よりも少し多いものであった。私の父は村の収入役をしていて七十円位の月給であり、村長は八十円位の月給であった。

だから隣村の自家から通っていた私は、村で一番の月給取りだと言われた。私は新しい黒の合着の背広に、へりの反り返ったソフト帽子をかぶり、北海道の四月はまだ膚寒いので紺のレインコートを着、縁なし眼鏡をかけ、学生時代と少し違う気取った歩き方で、毎朝隣村の駅から通勤列車で通った。林田課長に髪のことを言われた後だったので、私は勤め先の稲穂学校の近くの床屋に入り、出来るだけ縮れ毛が目立たないように髪を短く刈ってくれ、と言った。若い、私と同年配ぐらいの刈り手が、「じゃ縮れたのを伸ばしてあげましょう」と言って、縮れた所を引っぱるようにコテをかけ、後の方へ揃えて撫で上げてくれた。髪の変化はすぐ梅沢教諭の目についた。

「伊藤さん、あんたあ、そうしてるとええがだよ」と彼は言った。

どうも伊藤というのはあの髪がいかん、というのが市の教育課から梅沢教諭までが一致し私に対して抱いていた意見のようだった。私が人の気に入るためには、元来の私を作り変えねばならないのだ、と私は思った。私は自分が紳士らしくしなければならぬと感じ、その紳士服である新しい背広を着て街を歩くとき、どういう表情をすればいいのかと考えるようになった。

その頃の私は多分、髪の毛を帽子で隠してさえいれば、学校を出たての、様子のいい青年に見えたのであろう。女たち、それも若い女でなく、中年の人妻らしい女たちが、すれちがう時に私の方をじっと見るようなことが何度かあった。ある時私は、丸井という百貨店で、大きな姿見に写った自分の姿を、そばに人がいない機会によく見ることができた。そして自分が、様子のいい青年紳士というべきものであることを確認した。だから、と私は推論した、オレは確信のある若い俳優のように、しかし「彼は自分の着ているすばらしい服装を忘れた時にその服を着こなしていた」というあのジュリアン・ソレルのように、自分の様子を忘れて歩けばいいんだと思った。私は、自分がいい様子をしていることを意識していながら、できるだけそれを忘れていようという心理的な努力をして、街を歩いた。その結果、私は固くなり、ひどく不自然な歩き方をしていたのにちがいなかった。私は街を歩くとき、妙に疲労した。向うから若い女が来ると思うと、膝が自然に曲らなくなり、自分が人造人間のように歩いているような気がした。

そしてある日、私はこの市の、もっとも上品な街である公園通りを歩いていた時、向うから二十二三歳の女が二人連れで来るのを感じ、いつものようにぎこちなくなり始め、心の中で困った、困った、と思った。学生時代には私は、若い女とすれ違うとき、きまって赤い顔になるのであったが、赤面癖は次第になくなっていた。しかし、今それが変化して、全身硬化癖というようなものになっていたのである。しかし、それは自分の心理内のことだから、赤面癖のように他人には気づかれないだろう、という小さな安心があった。しかし、そうではなかった。その時、私は、赤面癖と同じ順序で当惑しはじめた。即ち、向うから若い女が来るので、オレは気取って固くなりかかっているぞ、こんなに固くなっているのを気づかれては恥かしいから、楽な姿勢にならなければならん、という順序で一層固くなって、カッとのぼせたような気持で歩いていた。すれ違うときに、私のそばの側の方にいた女が、小さな独り語のような言い方で、「ずいぶん気取ってること」と言った。それは夢の中の恐怖が現実化したような感じで、私を打ちのめしてしまった。私は振りかえりざま、「何言ってやがる、このスベタ」と言ってやるべきだったろうか、と思いながら、しかし事実は振りかえる勇気も、恥じて駆け出す勇気もなく、同じ歩調で、それを聞かなかったならば歩いていたであろうという同じ歩調で歩き続けた。

しかし私の心の中は煮え湯がひっくり返って大火傷をしたのと同様な状態になっていた。

その言葉は、本当に自分に対して言われた言葉として受け取れば、私は恥じて駆け出さねばならないものだった。若い女性の目に、自分が軽蔑されるほど気取っているものに見えた、ということは、若い女を意識せずにいられない青年である私にとって、致死量の毒を飲まされたも同様のことであった。私はかすかに、しかしこんな事いずれオレは忘れるだろう、と自分を慰めた。また、あれは、紫組とか何とか言われている不良少女の仲間にちがいない、とも考えた。それにオレが誰であるかをあの女たちが知ってるわけでもない、オレさえ黙っていれば、起らなかったと同じことだ、とも考えた。そして私は、それから後、何日も、何カ月も、何年も、その場面を思い出す毎に悩んだ。その時は予想もつかなかったもっと大きな道徳的な悩みに苦しむようになっても、まだその時の記憶は私を苦悩させる力をもって時々甦《よみがえ》った。

しかし、年月は少しずつものの意味を変えた。私はその時、自分だけの恥のためにうろたえていて気がつかなかったが、本当は私は、着飾った若い女が、街上で男にそんな言葉を投げつけるだけの大胆さを持っていたことに、先ず打ちのめされたのだった。

　明治維新の頃に漁村であったこの町には、漁場の娘のような強い性格を持った女学生たちがいて、不良と言われるグループを作っていたのである。だが私がそういう女性にぶつかったのは初めてだった。もし、その時の私と同じ経験をして当惑し切った青年があって、私に心の安まる考え方はないか、と求めるようなことがあれば、私は次のように今は言うつもりである。

「それは、青年が着飾って固い表情をした女性とすれ違う時、『ショッてやがらあ』とか『めかしてやがる』などと口走るのと同じ現象であって、言う方でも少し照れているわけだよ」と。

その時の私は、責められるべきものは自分の中にある俗悪な虚栄心だと思ったので、屈辱感から脱出するために理論的にそれを考え抜こうとした。それは、人間が気取らずに街上を歩くことができるか、という問題になった。人は皆、ある形式の着物や洋服や帽子や表情や髭などをつけて歩いている。それ等は裸を隠蔽するというよりは、それぞれの効果を予定しているのだ。だからオレが特定の服を着、特定の表情をし、特定の歩き方をするということは、それ自体決して間違いでない、と私は判断した。しかし私は、青年として、この町で生きていた。その町の不良がかった娘たちに嘲弄《ちょうろう》されたことは、小樽という町全体に対する私の反感を目覚ませた。その反感は抜け道を見出した爆発力のように、大きな力でほとばしり、私を駆り立てた。

　それは言葉にすると、何だこんな、田舎町。オレがこんな町の女どもの尻を追いかける人間だと思っているのか、という反抗的な感情になった。その反抗心は、私を少し苦笑させた。なぜなら、私はこんな田舎町の女によく見られたいと思ったから公園通りを気取って歩いていたのだし、東京へ行けば条件がもっと悪いから、私の立場はもっと悪くなるにきまっていた。それにどうやら負け惜しみの匂いがした。しかしこの小事件の奇妙な結果として、私は目が覚めたように、この町に永久に閉じこめられていてはたまらない、と考え出した。

そして私は、胸を悪くしているらしい父の不機嫌を見たくないばかりに、この町で中学校の教師になったことを後悔しはじめた。中学校の教師なる職業そのものは悪くないらしい。しかし、いつ、どうしてその境遇から抜け出すかを考えずに教師になった、という点で私は自分を責めた。

3

新設の中学校は、たった一人の老練家である梅沢教諭が何もかも自分で飲み込んで引き受けるような形で努力した結果、小規模に、百名の一年生を募集し、二倍ほどの受験者に試験をして発足した。数え年十三と十四の可愛らしい少年たちが、黒の服に金ボタンのついた制服を着て揃い、五十名ずつ二つの教室に入れられた。その頃、中学校や高等商業学校で私の先輩であった新井豊太郎が京都から着任した。頭の大きい背の低い、ボヘミアンのような投げやりな彼の態度は、三年前に見たのと同じであった。彼はこの時、多分数え年で二十七歳であった。彼は若々しい声を立てて笑い、何か問題が起ると、「そんなことは」とか「そいつは」と言って、その後に続けて、寛大に、放任主義的に、自主判断に導きそうな意見を述べるのが癖であった。それは、「生徒だって、ひとりで分りますよ」とか、「さあ、どうかなあ。何とも言われないですなあ」というような種類の言葉であった。ストイックで、努力主義で、多分に一人合点であったが、現実にはその人の努力によってこの小さな中学校が校長不在のまま成立したと言っていい働き手だった梅沢教諭は、新井豊太郎の腰かけている前に、羽根をちょっと拡げた鳥のように両手を身体から離して立ったまま、目をパチパチさせていた。その両手を身体につけない習性は、白墨を使う人間にとっては自然な癖であることを、私は間もなく理解した。そして梅沢教諭の目をパチパチさせる瞬間は、後で分ったことであるが、せっかちな彼の癇の高ぶっている時なので、相手が生徒であるとその宙に浮いた右手がぴしゃっと頬に打ち当てられる危険のある時だった。

しかし梅沢教諭は、この快活な、反抗的でも嘲笑的でもない新井教論の解釈の前に立って自己を疑い、ためらい、爆発しそうになる癇癪を引っこめた。新井豊太郎の、白いカラーをつけた、髭あとの青い頬には、「自由なる京都学派」とも言うべき自由主義の雰囲気が、まだ京都の匂いがついているという感じで漂っていた。『象牙の塔を出て』や『近代の恋愛観』や『近代文学十講』で英文学者としてだけでなく、自由思想の紹介、解説者として広く知られていた白村厨川辰夫《はくそんくりやがわたつお》は、この年の二年前、大正十二年の関東大震災で死ぬまで京都帝大文学部の英文科の主任教授であったから、この年そこを卒業した新井豊太郎は一年あまり白村に学んでいたわけである。その外、京都大学には、哲学の西田幾多郎と経済学の河上肇《はじめ》がいて、それぞれの分野で、思想と学問とを切り離せないものと考えている青年たちの心を強く引きつけていた。この時代の京都大学には、東京大学の欠点になりかかっていたリゴリスムや出世主義や祖述主義と違うところの自由なる真実の学問の府という感じがあった。

そして「中央公論」や「改造」がジャーナリスティックに焦点を絞って見せていた新しい時代思想は、三四年前まで東京大学の吉野作造や商科大学の福田徳三が代表していたところのデモクラシーから、山川均、荒畑寒村、河上肇等の説く社会主義、マルクス主義へと移って行きつつある時で、社会主義の文芸雑誌「文芸戦線」が広く行われていることをも私は知っていた。

努力家であり、性急なところはあったが善良な人であった梅沢教諭は、新井教諭の表情の中に、そのような時代の勢を見てとったように私には感じられた。新井豊太郎は、自由な楽観的な感じのする意見を述べはしたが、梅沢教諭がどうしてもという顔を見せると、それに従った。そして、私がはじめに危惧したような争いも起らずに毎日の仕事は続いた。

新井豊太郎は頭のいいリベラリストだったので、間もなく梅沢教諭の性癖を飲み込んだ。そして私たち四人、新井、藤原、山田と私の四人は、この有能にして癇癪持ちの梅沢教諭に一目おきながら、梅沢教諭の努力のおかげで、割合に楽に、また争いも起さずに、小さな生徒を相手に授業を続けた。私と新井教諭が英語と国語を教え、梅沢教諭が数学を教え、歴史や地理や図画は、同系の市立高等女学校の教師に手助けしてもらった。私は自分が授業する時に、長い間の癖だった声が震えるとか赤くなるという欠点が出るかと気づかっていたが、全くその癖は出ず、読んだり話したりすることも割合に上手である、ということが分った。生徒が小さかったことが私の心を安らかにし、責任感が私を気強くさせたせいであった。

私と新井豊太郎とは特に自分の思想を語り合った訳ではないが、ある機会に何かを言いかけてやめる気配や、また教科書の選定などについて意見を述べているうちに、自分たちが同類の文学青年であることを認め合った。私と彼は二人きりになると居心地よく感じた。彼の生家は、この町の海岸に近い所にある小さな印刷屋だった。高等商業を出てから大学の英文科に入り直すというそのコースが示しているように、彼は私より古い文学青年で、この時はもう無くなっていた田山花袋の創刊した「文章世界」の投稿者であり、毎週一篇五円の懸賞金で募集していた「時事新報」の短篇小説に投書して当選した時の切り抜きを保存していて、あるとき、少し恥かしそうに、笑いながら私にそれを読ませた。

五月の中頃になって吉田惟孝《これたか》という校長が、熊本の県立第一高等女学校長から転任して来た。この校長は富山県の出身で、何冊かの著書もあり、外遊もしていて、中等学校長としては古手の著名な人物だということを私は梅沢教諭から聞いていた。吉田校長も広島高等師範の古い卒業生であった。梅沢教諭は高田市の師範学校の生徒の時に、吉田校長に習ったことがある、とのことだった。新井豊太郎は私に言った。

「ここは広島閥でねえ。いい所はメイケイ会（東京高等師範学校の会）が先に地の利を占めてしまっているものだから、広島は君、九州とか四国とか北海道、朝鮮なんかに根を張ってるんだよ。」

それは私にとって重要な職業教育であった。官立の高等商業学校はそういう地盤の問題とは直接関係がないらしいが、私は広島高師から京都大学に入った小林象三教授の世話で、同じ広島高師出身の林田課長に紹介された。その林田課長が校長としてここに招聘《しようへい》する人物もまた広島高等師範の出身である。なるほど、閥というものは存在するわけだ。現にいま自分もその閥の外縁の一部に外様としてつながっているらしい、と私は思った。

「吉田惟孝というのは、東京の成城学園の小原圀芳《おばらくによし》なんかの仲間で、ダルトン・プランの理論家としては、なかなか偉い人物らしいね」と新井豊太郎は私に言った。ダルトン・プランが何であるか私は知らなかった。

吉田惟孝という校長は、五十四五歳に見え、顎のよく張った丸顔で、頭の禿げ上ったところに片側の髪を撫でつけ、窪んだ眼で、部下の教員や生徒たちの顔をじっと見る癖があった。吉田惟孝は、肩が張っていて、ガニ股であり、背が少し前に屈んでいた。彼の洋服の上着はハッピのように肩から下って揺れ、ズボンは股引《ももひき》のようにくの字になっていた。しかし最初逢って、その窪んだ目でじっと顔を見られた時から、私は、生れてからこれまで逢った人間のうちで、この男が一番偉いかも知れないという、妙なことを考えた。学問とか地位とかいうものと別な、人間としての確かさとか、人間を見定める力の確かさとか言うべきものが、彼のその大工の棟梁じみた風貌に漂っていた。私は、その時数え年二十一歳であったが、十五歳の頃から、主として近代のイギリスやフランスの世紀末風の詩と、その影響を受けた日本の近代詩ばかり読みふけっていたので、古風な道徳意識に対する信頼を失っていた。そして、私たち学校生活をしか知らない青年というものは、専ら教壇の上に立つ教師たちを観察することで人間というものを見て来たのであった。私はそれを近代詩の主情的な精神で意味づけしたのだった。そして私は教師というものは、幾種かの旧式な道徳を器用に仮面としてかぶる偽善者でしかあり得ないと思っていた。あの教師たちの仮面生活でなく人間の心の動きに敏感に反応する実生活をすれば、人間は破滅するにきまっている、というのが私の漠然と抱いていた人間観であった。安全な人間とは、そんな道徳や教訓に関心を持たない科学や数学や語学の教師や学者たち、即ち善良な技術家たちだけである、と私は考えていた。しかし吉田惟孝という校長には、何かものを言い出す度に道徳主義の仮面をかぶるという古い教育家のようなところがなく、また教育を技術や事務として片づける技術家の性格も見えなかった。

吉田惟孝は、梅沢教諭や山田書記から色々な事務的なことを聞くあいだ二三日は、その机上に学籍簿のようなものを拡げたり、地図を開いて、チェックしたり、算盤《そろばん》をおいて計算したりしていたが、それがすむと二つしかない教室を時々見てまわった。吉田校長の専門は英語だということであったから、私は警戒し、固くなった。吉田校長は細かい批評をせず、一年生には簡単な英語会話を繰り返して教えるのがよいと私たちに言い、英語会話のレコードを売っている所をさがして、蓄音機とレコードを註文するように山田書記に言いつけた。ハロルド・パーマーという発音学の専門家がイギリスから招かれて、全国の英語教育の指導をしている時であったから、レコードはパーマーの吹き込んだもので、町の蓄音機屋が割合に早目にそれを揃えてくれた。日本人の英語教師の弱点が会話にあることはきまったことだった。私と新井豊太郎はその英語会話を自ら練習し、かつ教えるように、間接にこの校長に強要されたのであった。

その次に吉田校長は、生徒の家庭を次々と訪問してまわった。彼はイギリスで買ったという古ぼけたボルサリノの帽子をかぶり、穿《は》き口の両側に布ゴムのついた古風な靴の、ゴムがすっかり伸びてみっともなくなった靴をはいていた。その靴はよその家へ上るとき、手をかけるとすぐ脱げ、かつ穿かれるから、日本の生活に適しているというのが彼の意見であった。彼は日本の知識人のように、洋服の型に合せた身のこなしをする、という気配が全く無く、ハッピ型、股引型に洋服を無造作に身につけている、という風で、便利だから着ているという気持がはっきりしていた。私は何とかしてこの校長を軽蔑して気持を楽にしたいと思ったが、背広を着て固くなっていた私は、どうしても彼を尊敬しないでいるわけにはいかなかった。そして彼は毎日昼から外出して、二軒か三軒ずつ生徒の家庭を訪問した。家庭訪問というのは、小学校の教師のすることとであった。中学校では担任の教師もそういうことをしなかった。まして中学校の校長がそういう事をするという話は聞いたことがなかった。彼は私たち教師に訓戒じみたことは言わなかったが、毎日昼の弁当を教員室の隅に設けた応接用のテーブルで一緒に食べるように取りはからった。そして次第に日に焼けながら、彼が毎日続けていた家庭訪問の結果を私たちに話した。生徒の一人一人の家庭の様子を語ったり、この土地の人々の気風や特色を彼は語った。それだけで私たちは、完全にこの校長に支配されてしまったことを感じた。

この校長は、教育の方法があることを信じ、他人の子を教育してゆく自信を持っている、と私は感じた。教育ということを自信をもってやる人間のいることが私には意外だった。一体この校長は何をここでしようとしているのか、というのが私の疑問であった。それは少しずつ分って来た。彼は熊本県立第一高等女学校という専攻科のある大きな学校長の職を棄てて、この北国の市が建てようとしている小規模な、全部出来たとしても十学級にしかならない学校へやって来たのである。吉田惟孝は、彼の理想を実現する最上の条件をこの学校が持っていると考えたのであった。

広島高師の閥で固められた土地という条件をも、彼は積極的に利用したものと思う。林田教育課長も彼の後輩である。教頭として使い得るかも知れない梅沢新一郎は彼の教え子であり、かつ後輩である。あとは土地の出身者である英語教師二人と体操教師一人がいるだけで、今後集め得る教員は自分の思うままになる。生徒を百名ずつ取るという小規模の学校であることも、本当の教育をするには好都合であり、創立時代からの学風というものも自分の好みや方針で作ってゆくことができる。その上、北海道は進歩的な気風のある所で、新しい試みに対して好意的である。それ等の条件全部が彼の理想を実現させることに有利である。そう思って彼は進んでこの寒い国へやって来たもののようであった。若し日本の中等教育が公立や官立の形をとらず、私立寄宿学校の形式で行われ、その資金を手に入れることが出来れば、吉田惟孝は私立学校を経営したにちがいなかった。五十歳を幾つか過ぎた彼は、この学校を、そのダルトン・プランの系統の理想教育を実現し得る場所として選んだのであった。それ故、教育者を技術家型と思想家型に分けるとすれば、本当は彼は技術家型に属する人間であったのだ。そのことは少しずつ、それから二年ばかりの間に私が理解するようになった事であった。

吉田校長は二ヵ月ほどのうちに、私たち教員の誰よりも、小樽市の地理に通じるようになった。彼は、生徒たちの父や母を知り、教師たちを信服させ、学校全体を完全に掌握した。彼は昼の会食の折に、次のようなことを言った。

「岩淵正嘉というB組のあの小っちゃい子がいるが、あれの父親は、高等商業の前で喫茶店をやっとる。あの父親というのは、話して見るとコックをして長くイギリスにいたんじゃそうな。」

「梅野悦郎というあの色の白いにこにこした子は父も母もなくってお祖父さんに育てられとる可哀そうな子じゃ。」

「梅林という子の父は、警察医で、あれは母親がなかなかのしっかり者じゃね。」

そして私たちは、生徒の一人一人の肉親や経済状態や家の職業などについて彼に教えられ、教室にいても生徒の心の動きがよく分るような気持を抱くようになった。

どうも、オレは、今までどの教師にも教えられなかったことを、この吉田惟孝という校長に教えられる事になりそうだ、と私は思った。校長を軽蔑できたら、この教師という職業をもっとのん気にやることができたろうに、と思いながら、私は吉田校長の意志するとおりに自分が動くようになったことに気がついた。

初めしばらくの間、梅沢教諭は吉田校長の考え方が飲み込めず、不満らしく、浮かぬ顔をしていた。梅沢教諭は気骨のある律儀で勤勉な教師であったから、一般の中学教育の形式的な方法を好んでいた。しかし次第に校長のやり方が分り、やがて一変して、その意を汲むことにつとめ、すっかり信服して、事ごとに吉田校長を称讃し、校長がこう言ってるから、校長がこうしたから、と私たちを仕事にせき立てるようになった。私はこの職業が案外気に入り、また小雀のように教室で顔を揃えている生徒たちに対した時は、自分の中学生の初年級だった時のことを考えて、できるだけ親切にしてやろうと思い、彼等より七つしか年上でない自分は、脅えたり迷ったり投げやりになったりする少年の心の動きを、他のどの教師よりもよく知っている、という自覚で、出来の悪い子によく分るように、ゆっくり我慢強く教えた。それでいて、私は五十人ずついる二組の生徒の中から、それぞれ二三人の美しい少年に目をつけて、公平に選択なく教えるような顔をしながら、美しい子と問答する時には、その目の輝きや、唇の動かし方や、頬の赤らんだりする様子に、戦くような感覚的なものを感じて、それをひそかに楽しんでいた。

私は自分の持ち時間が二年位である、と漠然と感じていた。持ち時間というのは授業時間から得た考えであるが、この場合は、私が生徒や同僚に軽蔑されず、地位や収入の奴隷になっていない自由な人間として振るまっていられる期間、という意味であった。現在は現在のためにあるのでなく、次の何かの発展のためにあるべきなので、行きづまりだと分っている仕事をしていたくない、という気持を私はいつか抱いていた。その意味では、私は二十歳にして、抜け目ない立身出世意識を心の中に植えつけていた、と言っていいであろう。私においては、その意識は、学生生活をしている時は、その境遇に満足したり、それの許す幅一杯に生きることを嫌う、という形で現れた。文学青年でありながら、私は雑誌編纂部の委員となることや校内にグループを作るということを避け、もっと先にある何かを予期してひそかに努力するという生き方の方を選んだ。あいつは引っ込んでいるけれども、何かやりそうな奴だ、と見られる方を好んだ。

だから私は中学教師として自分が中々有能であり、校長の気に入ることもできそうだし、教頭に可愛がられることもできる、と気がついた時に、危いと思った。傍系の高等商業などを出て、英語が少し出来るなどということで気をよくしていたら、やがて、私は五円か十円の昇給を気にしながら、木乃伊のような、あの何人も何人も見て来た中学教師という型通りの俗物になるより仕方がない、と思った。私は卒業する時に「次の手」をうっておかなかったことを後悔した。いやそれは、もっと前からのことだった。私は父の経済力のないことを知っていたので、上の学校を受験し得ないものと決めていたのだった。それが私の、あれはあれっきりの人間だと見られたくない、という虚栄心にとって今では我慢ならないことになった。私は私の入り得る上の学校、即ち東京か神戸の商科大学、または東北大学か九州大学か京都大学の経済学部か文学部を受験して、入学しておけばよかったのである。入らなくてもいい。入る資格だけ取ってから中学の教師をして、金を作る用意をしておけばよかったのに、それをしておかなかったのだ。

新井豊太郎が京都大学を出て来て私の傍に坐っていることは私を刺戟した。私は中学の教師という状態にこれから十年、二十年、そして多分終生縛りつけられてゆく恐れから逃れるために、また未来のない人間であると見られる屈辱から逃れるために、そして、やっぱりこんな所にいる人間でなかった、と見られたい虚栄心のために、どこかの大学に入る決心をした。文科の大学に入りたいと思ったが、小林象三教授が出、新井豊太郎教諭がそこを出たということが私を京都大学に向かせなかった。あの二人で沢山だ、と私は思った。東北と九州は辺地であることで気に入らなかった。それに私は、詩人として世に容れられるかどうか分らないが、詩を書くことは続けるつもりであった。しかし大学の文科の教授が私に詩について教える可能性があるとは考えなかった。ただ教師とか銀行員とかいう職業に縛りつけられるのを避けておけば、私は詩人か何かになって、自由な仕事で生きて行ける可能性を手に入れられるかも知れない、と考えた。そして私は高等商業学校を出た者の当然のコースである東京の商科大学に入る決心をした。同級生のうち自信のあるものが、十名ほどそこを受験し、三四名がこの年そこへ入学していた。その大学には、高等学校と同じ課程の三年制の予科があったが、高等商業学校を出たものは、三倍ほどの率の入学試験を通ると、その学校の三年制の本科に入り、卒業すると商学士になるのであった。高等商業学校の教授たちの半分ぐらいはその商科大学の出身者であった。

私はその決心をした時、不用意にも、それを隣の机にいる新井豊太郎に洩らした。新井豊太郎は、言下に、

「それがいいよ、君。そして高商の教授になれば、それで一生いいじゃないか」と言った。高商の教授、そして詩を書いている、ということから、私は私の学んだ学校で経済原論を教え、短歌や詩を書き、イプセンを学生と一緒に読んでいる赤ら顔の長身のダンディーに見える大熊信行を思い浮かべた。しかし私は、経済学や商業学や簿記を教え得る人間になれるとは思わなかった。それに母校の教授になるものは在学中にそれ等の課目でいい成績を取っておかねばならなかったし、卒業するとすぐ商科大学に入っていなければならなかった。私たちは、卒業の時、第一席だった小原元の卒業証書番号と自分の卒業証書の番号を較べて成績順位を推定したが、それによると、私は百八十名ほどいた卒業生の中で十一番であった。私は原論や簿記や商品化学等は駄目だったから、主として英語や商業英語系の成績で点を得ていたものらしかった。それではとても見込みがなかった。

「いや、高商教授は見込みなしですよ」と私は言った。

とにかく、何ものにもならないという時間をできるだけ延長しておけばいい。そして商科大学生として東京に三年いるうちには、詩人か何か分らないが、何かになれる可能性があるわけだ、と私は思った。詩人になれないにしても、身分決定を延期しておくことができる。それに、身分決定の延期ならば、今年受験しなかったことだって悪くない、とも私は思った。

そして私は、中学教師としての生活が順調になりかけた時、それから逃れる方法として商科大学受験の準備をはじめる決心をした。それは私に大変楽な感じを与えた。私は、次第に重っ苦しく自分を絞めつけるに違いない中学教師を仮りの一時の殻として、その中から抜け出す可能性を持っている。私は、あなたが見る人間でなく、あなたに隷属する人間でなく、この土地に縛られる人間でなく、道徳的に教師の枠に閉じこめられる人間でない、と誰に向った時でも心の中で言う自由を持っていた。そして私は相かわらずにこにこ笑い、勤勉に働き、よき教員として暮した。

中学校の教員室には、洋服屋、生命保険の勧誘員、積立預金の勧誘員、本屋、万年筆屋などが出入りした。私は生命保険屋を退け、梅沢教諭が、「あんた貯金すんなら、今のうちだが」と言われたのを機会に銀行の積立預金に加わった。それは月二十五円ずつ掛けるものであった。

多分私は、来年の春一回では、簿記と経済学と英語とを課目にする商大の入学試験には通れないかも知れない、と私は思った。簿記は特に私には苦手であったし、経済学には自信がなかったからである。もし一回で入学したとしても、もう一年ここで働こう。そうすれば、学生生活に月四五十円かかるとして、二年間の生活費の半分ぐらいは自動的に貯金が出来る。その外はまた何とかなる、と私はタカをくくった。そして洋服はその春に作った黒のサージ一着で通すことにした。私は母に二十円補助し、あとの四十円の中から本を毎月十円ほど買っても三十円ばかり余裕があったから、楽な気持で暮すことができた。結核らしい父の咳はなかなか直らなかったから、父の病気がひどくなれば私の計画は危くなる、と私は思った。商業会議所に勤めている弟と、女学校に通っている妹の外に、小さい弟が二人、妹が二人いたから、父が死ねば、長男の私は今の職業に縛りつけられる訳であった。しかし私は、父は病気ではあるが急には死なないだろうという希望的な観測をした。父は役場の仕事をやめても二種類の恩給があるから、家族が食ってゆくことだけならどうにか出来るだろう、と私は考えたのだった。また恋愛はいいが結婚してはならない、と私は心をきめた。卒業の半年ほど前に、恋人であった重田根見子が岩木卓造と親しくしたのに気がついて私は別れた。彼女もこの春女学校を卒業していることを私は思い出した。そして私は、もし彼女とあの時別れていなかったら、きっと結婚する羽目に陥っていたかも知れない、と思い、これから後の生活のためには、実に危険なことをしていたわけだ、と考えた。私は自分が女の魅力に敏感すぎることをよく知っていたので、女性に縛りつけられないように気をつけて生きなければならない、と考えた。

4

私の警戒心とは関係なく、私の生活の幅はひろがって行った。私の勤める中学校の仮校舎のあった稲穂小学校に、夜間の補習学校が設けられ、私にそこで教えるように、林田教育課長から電話がかかって来た。その補習学校の校長は稲穂小学校の校長が兼任し、教員は多く市立の中学校と高等女学校の教師が兼任した。小柄で禿頭の、六十歳近い稲穂小学校の稲垣校長が開校式に挨拶して、最初の日の授業が始められた。私は英語の初歩を教えた。六十名ほど入る教室は一杯で、商店の小僧のような、中学校へ行けなかった少年が多く、中年の店主のような男も何人か混っていた。生徒はみな熱心だったが、昼間の労働の疲れで居眠りする少年もいた。一日おきに、その夜間補習学校に出ることは私にとっても過労であった。それで隣村の自家から汽車で通っていた私は、小樽市内に下宿しなければならなくなった。

私が下宿したのは、東雲町《しののめ》という、この町の中央に、海に向って突き出た水天宮という神社のある山の斜面にある町であった。私の下宿は、小さな店を営んでいる家で、その二階の廊下のつき当りの六畳間を私は借りた。二階は二間で、襖を隔てた隣室には、コックさん夫婦がいるから、夜遅くでなければ帰って来ない、だから勉強には邪魔になりません、と階下の歯の黒い主婦が、初めて階下で食事をしたとき、真赤に見える焙《ほう》じ茶を私にすすめながら言った。

夜、私は補習学校の勤めから帰って疲れて眠っていた。昼間の学校では生徒に一人ずつ当てて会話したり読ませたりするので授業は楽であったが、夜間の学校は生徒が不揃いであり、私よりも年上の大人が何人も混っていたので、私は自分が読んで、そのとおり続けて声を出して読ませた。教育の機会を失った人たちや、中学校へ入れない少年たちへの同情から、私はセンチメンタルなほど熱心にこの仕事をした。それで私は時間じゅう喋っていなければならず、疲労した。その上、相手が何者であるか分らない雑多な職業の、色々な年齢の人々の前に立っているという意識は、内にこもり勝ちな私の神経を乱し、気持が荒れて、私は落ちつきを失いがちになっていた。

夜中に私は突然女の叫ぶような声を聞いて目を覚ました。その声は私が目覚めてからも続いていた。それは、私が中学生の五年の頃に級友が持って来て読ませた猥本の中で、女性が発声するものとして描かれていたのと同じような性的興奮の時の叫び声であった。それは襖の向う側の室から聞えて来た。私は驚愕し、自分がその声の聞える所に目覚めているということを相手に気附かれはしないかと怖れ、息をころした。もの気配がすぐそばにあるように聞きとれた。しばらくしてその声はやみ、女が、

「ねえ、聞えたんじゃないかしら、お隣に」と言った。男の声で、

「そんなことはないよ。よく寝てるよ」と言った。私はそのまま寝入ろうとして眠れず、ちょっとでも動けば、向うの物音が聞えたように、こちらの起きていることも分ると思って、金縛りになったようになり、棄て鉢にわっと笑い出したくなった。

次の朝、起きると、隣室の女と廊下で逢った。三十二三歳の面長の、温和《おとな》しそうな、瘦せた、青白い顔をした女であった。彼女は私に丁寧に挨拶し、どうぞ宜しく、と言った。階下で食事をして戻ると、自炊生活をしているらしいその夫婦ものも朝食を終えたところで、廊下の障子を開け放っていた。室の中に色白の丸顔の、三十四五の男がいて、私に声をかけた。

「お隣の先生ですか。まあ、ちょっと、お入り下さい、さあ」と言って、彼は私を火鉢の前に坐らせ、自分は浅田というもので、ある料理店の板前をしている、と語った。浅田は、明るい性格の話好きの男で、それから後、私と顔を合わせると、色々なことを話した。料理の仕方、材料の選び方、ロシア人の女性と関係した話、客と板前の関係などについての尽きない話題を彼は持っていた。私は彼のその話に興味を持っているように装って、親しく交際する形を保っていたが、毎晩のように私は、板前と料理屋の通い女中であるこの夫婦の性行為を気にし、それに悩まされた。

少年時代から私に執拗にとりついていた疑問、人間は性に支配され、性によって存在していながら、性を隠蔽することで社交生活し、儀礼的に身づくろいをし、それを露出するものを罰し、それに言及することを下劣なこととして生きているのは何故だろう、という疑問が、絶えず私に解答を求めていた。性によってでなく生れ、性によってでなく愛し、性を気にすることなしに着たり歩いたりすることはできないのかという願いが、宗教の叫び声のように私に話しかけた。私は性に動かされる自分を許せないと思っただけでなく、性の花のような女性に動かされる自分をも許せない、と思った。しかも私は、浅田の細君が、昼間はしとやかな内気そうな女で、物音も立てないようにしているに拘らず、性の刺戟を受けた時には殺されでもするような叫び声や呻き声を抑制することが出来ないという事実を知って、自分自身が性的に刺戟されたばかりでなく、一種の絶望感に襲われた。それは、性以上に人間を根本から動揺させる力はない、という事実から来る絶望であった。人間がそんなものであっては何処に救いがあるのか、という疑問であった。そして街を歩いている女性がみな、彼女のあのような状態になり得る女性のセックスを、その下腹部に持っているという恐怖すべき認識が、無慚《むざん》なまなましさで私を襲った。私はその悪夢のような現実認識を心内に持ちながら、外面は紳士風な中学校の教諭として、気取りすぎもせず、下品な眼つきを女性の腰や胸にやりもせぬように気をつけて街を歩き、教室で英語を教え、儀式に出席し、夜学校で教えている。それは全部、嘘と形式と体裁の訓練をしているだけのことではないか、という疑問であった。

それはやり切れないことだった。それで私は青年教師らしい外形を保ちながら、一押し押せば放蕩者になるような所に来ていた。ある日私は花園町の第一大通りで、中学校時代からの親友で、高等商業学校では弓道部に一緒におり、一緒に卒業した崎井隆一に逢った。中学の三年頃私と崎井はともに子供っぽい少年で、一緒に腕を組んで歩いていて、二人は稚子《ちご》さん関係だ、と言われた。気分の上では随分そういう所があったが、二人とも肉体的な悪戯のし合いなどをしたことはなかった。そして私が文学少年になり、彼が妙に老成ぶる少年になっても、同じ高商へ入ったため、仲のよさは続いていた。彼は、高等商業に入ると急に身体が大きくなり、仲間の上に立つことを好み、弓道部の主将をした。学問もまんべんなく勉強していて、ずっといい成績をとっていた。彼は卒業の時は三番か四番という成績で出て、三菱銀行の小樽支店に入った。それは高等商業の卒業生の誰もが羨ましがる職場であった。卒業後の二三カ月、自分自分の職場のことに心をとられて、私は彼と逢っていなかった。街の人込みの中で逢った彼は、私のようなアン・トゥ・カ的な黒サージでない、薄色のいい仕立ての服を着ていた。肩幅のある体格、意志の強そうな鼻や顎、そして自信ありげな彼の歩き方や話し方に、私は気押されるような感じがした。

私は彼と並んでしばらく歩き、喫茶店に入った。そして同じ道庁立小樽中学を経て高商を出た五六人の仲間の噂をした。私と彼といつも一緒で三人組だった藤田小四郎は岩見沢の中学校の教師になって去った。偏屈者で努力家の小田春蔵は東京の商科大学に入った。中村拾は親父のあとをついで自家営業だそうだ、などと。中学出でなく、小樽の道庁立商業を出た顔見知りでは、片岡亮一が日本銀行に入ったとか、野球の名ショートで、私と同じ通学列車で通っていた鈴木信が秋田商業の教師になって行った、という話が出た。

そのあとで崎井は、突然、芸者の話をはじめた。旦那とか、水揚げとか、置屋とか、待合という言葉が出て、私によく分らないこともあったが、聞いていると、小樽で芸者遊びをするとすぐあちこちに知れてうるさいから、この頃は余市へ遊びに行く。素朴で、田舎風で中々面白い、と彼が言った。一緒に一度行かないか、と彼は私を誘った。うん、と私は言ったが、日をきめて彼と一緒に行く約束をする勇気は出なかった。崎井は、そのあとで、君なんかあまり長く学校の教師をしていると、段々気持がいじけて、人間が駄目になってしまうぞ、と言って、私を軽蔑するような顔をした。私は侮辱されたような気持で彼と別れた。しかし私は動揺した。彼は芸者遊びも出来ないような青年は一人前の男性でない、と言っているのだ。それが無関係な男なら私は笑って済ますことができただろう。しかし十五六歳の時から五六年の間、一番親しい学友として過ごして来た崎井がそういう人間になっていることは、私を不安にした。芸者遊び、それは何でもない事なのかも知れない。何を怖れているのだ？　あの俗物に見える崎井の方が自分を偽ることなく、独身の青年らしく性をまともに考えているのではないか？　そして自分の内心の声をたずねることを生き甲斐としている私の方が、無意味な旧道徳の殻に逃げ込んでいる、ということが私の不安であった。私は辛うじて、いまそんな事を始めたら、自分の未来の自由を犠牲にするようなものだ、という功利主義的な考えで、崎井の誘惑を押しやった。しかし、それが計算と功利主義でやったことであって、芸者遊びをしたいという自分の内部の声を納得させる理論が自分に無い、ということが私には口惜しかった。私は理論上自分の方が正しいと思うことさえ出来れば、外面上は相手に負けていることも、相手に頭を下げることも平気であった。そういう時は、相手を許してやればすむのだったから。崎井と別れた後では、私は形の上では傷ついていなかったが、芸者遊びに反対する本質的な理論を持っていない癖にそれを拒んだことが残念であった。そういう理論のない自分を許しておくことが難かしかったのだ。人身売買とか奴隷としての女を買うのだ、という理屈はあっても、二十歳の私自身の実感では、芸者の白い首筋やなまめかしい身振りや、男の遊びのために作られたような身のこなしから受ける感じは、抵抗できない魅力として十分に心を引かれていたのだから。

次の性への誘いは、結婚という形で突然私に突きつけられた。夜学の補習学校の校長をしている稲穂小学校の稲垣校長が、その数日後、私を校長室へ呼んだ。私はなにか夜学校の用件だと思って入って行った。小柄で、頭が大分禿げ、しかし少年じみた快活さを持っているこの小学校長は、少し不快に響くしゃがれ声で、私に腰かけるようにと椅子をすすめ、補習夜学校の講義で私をねぎらう言葉を述べてから、言い出した。

「伊藤君、君は結婚する気持はありませんか？」

校長室で聞くのにしては思いがけない話であったので、私は二三度瞬きをしてから、笑って言った。

「いやまだ、その問題は考えませんでした。」

そう言ってから私は、何か自分の不品行の噂でもこの校長の耳に入ったので、この年寄りは、それとなく私に忠告するつもりかも知れない、と思い、警戒して相手の顔色をうかがいながら考えた。しかし、学校を卒業して教師になってから、私には噂の種になるような行為をした覚えがなかった。

「どうですか、お嫁さんをもらう気はありませんか？　学を卒《お》え、地位が定まれば、早く家庭を持つことが人生の幸福というものです。」

「そうでしょうか？　早く家庭を持つことが人生の幸福でしょうか？」と私は、冗談のようにしながらも、この赤ら顔の禿頭の老校長に、本当の人生についての意見があるならば、聞いてもいい、と素直な気持で考えた。

「そうですとも、君。若いうちに結婚して、夫婦の生活を一年でも多く味うということは、男にとっても女にとっても幸福なことですよ。」

この小樽市には十あまりの小学校があったが、この稲穂男子校というのは、その中心になる代表的な学校で、その校長として、この老人は一種の名物男であった。そして、私はこの老人のこの言葉に、真実の人生体験から来た信念の響きがあることを感じた。一年でも多く夫婦生活を味うことが男にとっても女にとっても幸福だ、という言い方には、セックスの匂いがした。しかしセックスの匂いをも殺さぬように含ませて夫と妻の生活の幸福のことを、この短い言葉に盛る、ということは、言葉の技巧や型どおりの教訓癖でできることではなかった。私はその言葉にある真実さの前に脱帽したい気持になった。しかし、と私は心の中で言った。あなたのような善人にとってのみ、それは真実でしょう。だが、その長さをそのまま幸福の長さとすることができるのは、よっぽど善良な男と女でなければなりませんね。

彼の言葉にある真実な響きを尊重した印しとして、私は正直に、一二年働いてから上級の学校に行くつもりだ、という自分の希望を述べた。老人はまだ承服せず、私を征服しようとした。即ち、働いている細君を若し君が持つならば、学資の心配もいらなくなるものだ、という一転して功利主義の見解を彼は述べた。私は追いつめられたのを感じて、冗談にした。

「いや、まだ私は、自分の青春を楽しんだ覚えがありませんから、これから暫く、独身生活を楽しみます。」

「まあ、しかし、そう決定的に言わずに、また私の所へ時々遊びにお出でなさい」と言って老人はやっと私を釈放した。校長室を出て、板敷きの廊下を歩いているうちに、私は、何かに気がついたような感じがした。あの老人は、部下の女教員の誰かをオレの嫁にしてやりたがっているな、と私は思った。

この小学校では、朝毎に、大きな控室で全校の生徒職員と校長とが朝礼をする。その控室は講堂としても使われる大きなもので、戸内運動場とも言い、積雪期の長い北海道では全校の生徒を一度に収容するように必ず設けられてある。間借りの中学校の生徒や職員もその片隅に並び、一緒に朝礼をした。そしてその度に私たち中学校の教職員は、小学校の教職員と顔を合わせた。その中に六七人の女の教師がいて、その中に二三人、女学校を出たばかりの感じのする若い女教員がいた。女教員は和服に黒か茶色の長い袴をつけていた。そして私は、和服に袴をつけた若い美しい女性を見る度に、たいへん心が動いた。大正の末年までに青年期に達した青年たちの多くは、この魅力を知っていると思う。茶色のカシミヤの袴という言葉は、女学生の服装を象徴していた。着物は胸のところだけ出ているのだから、何を着ても大きな差にはならない。長い袴が全身の四分の三ぐらいを包むように、胸から足首まで届いていて、頸や顎や耳の白い皮膚が、足首から下にのぞいている白足袋と照応し、黒い目と黒い髪が袴の暗い色と照応している。本当は黒と白の配合だから、私には茶の袴より重田根見子のように黒の袴をつけた方が美しく見えた。その服装の魅力は、白と黒の対比がよく利いている点では、喪服をつけた女の魅力に似ていた。

そういう長い袴をつけて白足袋を穿いた若い女の教師が、私たちの小学生の頃から日本のどの学校にも一人か二人いた。そしてそういう女の教師は、少年の知識に対する憧れと、清らかな女性に対する憧れと、一般家庭の女性の姿にない洋風な形の美しさへの憬れとの混ざったものを少年たちの胸の中に育てた。中学生になると、自分たちの心理的な対象である女学生の服装がそれであった。そして、去年の秋まで私の恋人であった重田根見子は、いつも黒い長い袴に白い足袋をはいていた。そして、その魅力の中には、重田根見子に対する愛着と、小学生の時以来、袴をつけた女の教師に対して抱いていた愛着とが混ざっていた。それ故、その恋人と無縁になった後も、それと同じ身なりをした女性を見ると、私の心は動いた。私は、街を歩いていて、向うから色の白い女が黒い袴をつけ白い足袋をはいて歩いて来るのを見ると、その顔が全く見分けられない距離から、心臓が軽く鳴りはじめるのであった。大正の末年にはそういう身なりの女性には、女学生の外、銀行や会社に勤める女性、電話交換手、学校の女教師などがあった。そして稲穂小学校の朝礼の時、向うの方で生徒たちの前に立っている若い女教師が、着物に袴をつけているのを見ると、私の胸は軽く動悸を打った。小学生の頃美しい大きな女の教師に抱いた怖れと愛着の混ざった少年らしいエロチシズムが私の中でよみがえった。そして、私は、酒場の女や人妻や娘たちのように女性がじかに女性としての魅力を発散している姿よりも、智慧や教養や規律の中に閉じこめられながらも溢れ出ずにいられぬような形で女性の魅力が存在しているその姿に心を引かれた。

私はその朝毎に見る小学校の女教師の特定の人に心を引かれた記憶はなく、知ろうと思えば知ることの出来た彼女たちの名前も、私は覚えはしなかった。しかし一人か二人、その中にいつも私の目を引きつける女教師がいた。そして多分、私は自惚《うぬぼ》れから、自分の存在もその人の心を引いているように空想していた。そして女教員の一人が私の方をちらと見たりすることがあると、それはその日の授業中のどんな問題よりも強く私の心を占めつづけた。そういう女教員がいて、私が何となく心を引かれ、向うが何となく夢見がちになっているという状態は私の気に入っていた。それでいて、私は、女教員と廊下ですれちがっても知らぬふりをしていた。あれだな、と私は思った。

その日私に話しかけたその校長の話し方の中には、彼の摑んでいる人生の智慧があるような気がしたけれども、あの殺風景な校長室で、喘息《ぜんそく》持ちみたいな老人が仲人じみた役で私に臨み、私の恋愛や私のセックスに足を踏み入れようとしたということは私に我慢ならなかった。まして働いて私の大学の学資を貢ぐ教員の妻を持つなどということは、奴隷になるような感じを私に与えた。色情の薄くなった年寄りが、若い男女の取りもちをして、その女のセックスはオレが君に与えたんだ、などという顔で男と女の家庭に訪ねて来る。そんな間接色情感の満足を老人に与えるために、自分がどこかの女と夫婦になる、ということは屈辱的なことだ、と私は思った。間違いをしようが、姦淫をしようが、オレのセックスは放っておいてくれ、と私は言いたいところだった。私は廊下を歩き、中学校の教員室に戻り、机に肘をつき、顎を支えて考えているうちに、段々腹が立って来た。それは、自分が手頃な婿の候補者の一人としてしかあの老人の目に映らなかった、という考えから来ているようだった。

5

吉田惟孝は窓に肘をついて外を見ていたり、窓越しに人に話しかけることは無作法だ、と言って生徒に禁じた。またポケットに手を入れて歩くことを禁じた。それで私たち教員もその作法を守らねばならなかった。それは彼が外遊した時に参観したであろうところのイギリスのイートンかハロー学校のマナーにのっとっている気配がした。窓に肘をつかないとしても、窓から外の表通りを見ていることは、授業中の私の癖であったし、腕の下に教科書をはさんでその腕をズボンのポケットに入れて歩くのは、教室に入る前の緊張感、教室から出たあとの自己嫌悪から免かれるための生理的に必要な動作であったので、私はこの作法を不自由なものだと思った。

私が詩かなにかを書く人間だということを知った梅沢教諭は、吉田校長の思想や教育方針を私によく理解させるためか、本の書き方を私に教えようとする親切心かで、校長の外遊記を読めと言って私に渡した。私は、これを読んでまたオレは吉田惟孝なる人物に感心しなければならないのか、という厭な気持で、しばらくその四六判の白い枠のついた藍色の本を、机の上に置いたままでいた。素直に服従するのは、自分より地位や年齢の上の人間と接触する場合に摩擦を起さないでよい方法だけれども、それは限度を置きにくいという点で困ることであった。相手が満足するようによく気をつけて服従すると、相手は無限に服従することを期待する。そして、そうしないと侮辱されたように感ずるのだ、と私は推定した。私は仕事の上で、校長にも教頭にもよく服従し、従順で役に立つ、使いやすい青年として可愛がられていた。しかし自分の読む書物の選択にまで立ち入られることは予定していなかった。書物の世界は、何人も犯すことのできない私の選択と判断にまかされた私自身の領土でなければならない。その自由を確保する方便として、私は実生活では上のものに服従しているだけなのだった。特に、あの吉田惟孝という人物に対しては、手も足も出ないことが分っているのだから、その支配力を職業の範囲に限定しておきたい、と私は思った。

何日目かに、もう読んだかね、外の人にも廻さなければならないから、と梅沢教諭に催促を受けたので、私は実にいやな思いで、その初めの部分を読み出した。吉田惟孝は、島根県の師範学校の校長をしていた時、熊本県から県立第一高女の校長になるように招聘された。条件の一つに外遊の費用の半額を県から出す、ということがあった。吉田惟孝は半額自費で出して一年の外遊をした。その時吉田惟孝は五十歳になっていたのだった。彼は人々の賑やかな見送りを受けて横浜から出帆する時の感想を次のように述べていた。自分は五十歳になって世界旅行をする機会を得た。しかし自分は人々に見送られて船が埠頭を離れたとき、ちっとも興奮しなかった。もしこれが三十歳代か四十歳代であったら、自分は相当興奮したにちがいない。何等の興奮なしに世界旅行に船出したというのは、自分にとって淋しいことだった、と。

そら見ろ、と私はそこでもう先を読むことをやめて自分に言った。お前はもう感心してしまったじゃないか、と。そのとおりだった。二十歳の私は、五十歳の男の淋しさを実感として味うことはできなかったけれども、この言葉に盛られた人生の真実を、自分の遠い未来の運命のような予感で味い分けることができ、それ以後忘れることができなくなった。そしてこの感じを認識して書き記したこの教育家に敬意を払わずにいることができなかった。そして私は、それから先を読むことはやめ、大変面白かった、と言って梅沢教頭にそれを返した。

吉田惟孝はまた、昼の弁当持ち寄りの食卓で、次のようなことを言った。自分の考えでは大学というものは、年をとってから入るといいものだと思う。自分は停年になったら、どこかの大学に聴講生としてでも席をおいて、ゆっくりと何かを研究したいと思っている、と。それは私の耳には、彼が、世渡りや、地位や、名誉のために生きている人間でなく、現職にあるうちに為すべき仕事をしておきたい、という充実した生き方をしている人間であることを理解させた。彼は、広島高等師範の英文科の彼の後輩で、この土地の高等商業学校の教授をしている私の旧師の一人なる浜林生之助の学力を高く買っていた。浜林教授の学力については、すでに高等商業学校にいた時から、私は一つの伝説を聞いていた。高等師範学校の卒業生というものは普通には中等学校の教員が行きどまりで、高等学校や専門学校の教授にはなれないのであった。浜林教授が小樽の高等商業学校に招かれたのは、渡辺竜聖という初代の校長が実力主義で教授を全国から集めた時、苫米地英俊という外国語学校出の実力派の商業英語の教授に命じて、よい語学教師を捜す旅行をさせた。苫米地英俊が各地の中等学校を何十校も参観してやっと見つけ出したのが浜林教授だ、というのがその伝説であった。

吉田惟孝は、その伝説を裏書きするような、もう一つの浜林伝説を、昼食の座興に私たちに語った。それは、浜林生之助が高等師範学校の生徒だった時代、教師は浜林に訳読を宛てたときには、それでいいと言って、そのあと自分では講義しなかった、ということ。また、彼の仲間の学生たちは、試験の前になると、浜林を呼んで、その学期中に習ったところを、もう一度彼に講義させてそれを試験勉強とした、というような話であった。

吉田惟孝は英文科出身であったが、自分の英語会話の力については、それを笑い話にした。ロンドンに着いて、彼は出来るだけ正確な発音で用を足そうとしたけれども、それが通行人に通じなかった、と言った。英語会話は別に教えなければならん、と言うのが彼の意見であった。

浜林教授に週に一二回来てもらっては、という梅沢教頭の意見も彼は採用しなかった。いや、どんなに出来ても日本人はいかん、と彼は言った。彼は高等商業学校にイギリス人の教師がいれば、それを語学の講師として頼みたい意向であったが、私が高等商業学校で習ったラウンズという英人教師は、この春横浜の商業専門学校へ転任していて、後任がまだ来なかった。

その浜林教授から、ある日私に電話があった。話したいことがあるから、自宅まで来てくれないか、と彼は、英語の発音の癖でそうなったらしい、口蓋の奥の方でものを言うような変に軟い声で言った。私は土曜日の午後を選んで、稲穂小学校から坂を登り、公園の裏手の裁判所や監獄などのある一劃にある緑町の官舎へ訪ねて行った。浜林教授を私宅に訪うのは初めてであった。彼の官舎は、同じ敷地にある第四寄宿寮のすぐ隣であった。彼はそこの寮長を兼ねていたが、寮長としては、寮費の滞納をする学生に容赦のない辛辣《しんらつ》な皮肉を言うので嫌われていた。

浜林教授は頭を坊主刈りにして、鼻の下にチョビ髭を生やした面長で整った顔だちだったが、色が黒かった。私を玄関の脇の書斎に通して彼は用件を言った。それはこの町にいるイギリス人の木材商人で代理領事をしているドーズという男が日本語を習いたいと言っているから、教えに行ってくれということだった。週一回で報酬は十円だが、行く気はないか、と彼が言った。

イギリス人に日本語を教えるという話は、私の勉強心というよりは、私の虚栄心に訴えた。それとともに、この町に沢山いる高等商業の卒業生の中から、浜林教授が私を選んだということの方が、もっと私の虚栄心に訴えた。私は多分、私の書く詩が立派だと言われることが一番気に入ったであろう。しかし、もしこの町で誰かが私に面と向ってそんなことを言ったら、私はこそばゆく思うと同時に、言った人間を軽蔑しただろう。川崎昇という私の詩の魅力の発見者が前年の暮に東京へ去ってから後、私は私の詩を、当代の詩人たちとの比較において評価し得る人間はこの町にはいない。いれば、それは私より一年前に学校を出て、いま色内町の海寄りの角にある北海道拓殖銀行に勤めている小林多喜二ぐらいのものだ、と思っていたからである。だからこの時の私の弱点は、英語が出来ると言われると嬉しがる、ということにあった。小林教授が私を新設中学の教師に推薦してくれたのは、私の語学力を認めたというよりは、小樽中学の後輩としてよく遊びに行っていた私を知っていてくれたからだったかも知れないが、浜林教授が私を選択したのは、実力によった気配であった。それを私は嬉しく思った。それで私はふだんより少し大胆になって言って見た。

「どうして先生、僕が選み出されたんですか?」

「マッキンノン君とも相談したんだが、君が一番よく英語を聞き分ける、ということになったんだよ」と浜林教授は言った。

しかし、私の英語を聞き分ける力は実は頼りないものだった。ただ私はカンのよい所があったので、一語か二語を補足すると、前後の関係や話者の表情で、その人間の言おうとしていることを推定する力があった。マッキンノンはそれを私の聴き取りの力だと誤解し、私と英会話をしたことのない浜林教授は、私に訳読の力がかなりあることを知っていて、マッキンノンに同意したのであろう。

差し支えなかったらすぐ行こう、と言って浜林教授は、電話をかけてから私を連れて出かけた。彼と一緒に歩きながら、私は後悔に似た感じを味った。私は一年か二年で教師をやめて、この町から飛び出そうとしている。しかし中学校の教師になったことが、私を自動的に夜間補習学校の教師にした。また私はいま、少しばかりの好奇心と虚栄心に駆られて外人に日本語を教えることを引き受けてしまった。こんな風に、田舎町の日常生活の調子に乗せられて、他人の気に入るように、自分の虚栄心を満足させて暮していたら、オレは受験勉強をする時間を失って、この小さな町でちょっと名の知れた中学教師という地位に終生縛りつけられるかも知れない。

浜林教授は、私を、市の中央で港を見下している丘になっている水天宮山の、港寄りの斜面にある外国風な邸宅へ連れて行った。私は水天宮山にはよく散歩に行ったが、その斜面にこんな外人の邸のあるのに気がついたことがなかった。浜林教授は門を入ると、玄関でなく庭の方にまわって、広い居間の前に出た。その港を目の下に見るような位置にある居間には、六十歳ほどに見える髪の白くなりかけた老婦人が、居睡りするような恰好で編みものをしていた。婦人は足音に気づいて顔を上げると同時に早口に喋り出し、その編物を目を外さぬように気をつけてテーブルの上に置くために後向きになっている間も喋り続け、こちらへ歩いて来る間も喋りつづけ、浜林教授と握手する間も喋りつづけていた。それが私には一語も分らなかった。これは大変だ、オレには一ことも分らない、と私は自分に話しかけられることを怖れてカッとなり、そのために一層分らなくなった。

浜林教授は、私を、自分の教えたよい学生で、中学の教師をしている男だ、と言って紹介した。婦人は私に近づいて手を握り、私の顔を調べるような目つきで、じっと見た。その間だけ彼女は、喋らなかった。そして私に逢ってうれしい、と言って自分の坐っていた方へ私たちを招き寄せて椅子を勧めた。そのあと彼女は自分の編みものを片づけながら、足もとの辺で何か落しものを捜すようにした。そして、その間じゅう彼女は絶え間なく喋っていたが、それが、一言も私に分らなかった。私は言われた椅子に固くなって坐り、自分が無関心でいる訳ではないということを示すためにどういう顔をすればいいのか当惑し切っていた。しかし幸いなことには、そのドーズ夫人は、全然私の方を見もせず、私に話しかけもせず、ただ独り語のように喋りつづけながら、椅子の下やテーブルの下や室の隅を捜し、最後には庭の方へ行ってしまった。一体彼女が何を捜しているのか分らなかった。私は絶望的な気持になって行儀よく腰かけていた。

ちょっと間をおいてドーズ夫人が庭から戻って来た。その腕には三毛の小猫が抱かれていた。彼女が入って来たとたんに、浜林教授は"Found it?"と言った。言下にまた彼女はその猫の頭を撫でながら、自動機械のように喋り出した。やっと私は、さっきからドーズ夫人の言葉の中にプシ、プシという音の入っていたのに気がつき、小猫を捜していたのだと分った。話の中心が猫だったと分ると、今度は彼女の切れ目のない話しかたの中に、いくつか分る言葉が出て来た。しようのない猫で、いつでもすぐ見えなくって、私を心配させる、というようなことを彼女は言っているのだった。時々相槌を打つように口をはさむ浜林教授の言葉に合せて、私は、自分にもあなたの話が分っているという意味の表情を彼女に向けることができるようになった。

その日、主人のドーズ氏は留守だったが、今後毎週木曜日の三時から四時の間に来てくれるようにとのことであった。それはお茶の時間だからその時間にドーズ氏に日本語を教えるという約束で、私と浜林教授は外へ出た。

「全然何を捜してるのか分りませんでしたよ」と私は浜林教授に言った。教授は黒い顔でにやっと笑って、

「何処の国の婆あでも同じもんだね、君。分ろうが分るまいが、のべつ幕なしに喋ることが生理的に必要なんだよ」と言った。

次の週から私はイギリス代理領事ドーズ氏の日本語教師になった。細君は私と同じ位の背であったが、ドーズ氏は六尺に近い大男で、のろのろと、腹をつき出して歩き、言葉もまた緩慢に発音するので、彼の言おうとすることは私によく分り、私の生徒になるのは彼の方だったので、私はやっと心の落ちつきを見出した。時々細君が彼の前で、癇が立ったように喋り続けた。そういう時、ドーズ氏は、目立って細心になり、臆病になり、何とかして細君の申し立てを回

避しようと努力する様がよく分った。

　私は小学校の国語読本を使って、居間の片隅でドーズ氏に日本語を教えた。六十歳過ぎに見えるドーズ氏は実に悟りが悪く、次の週には先週に教えたことを全部忘れていて、またやり直さなければならなかった。ドーズ家には三十すぎの日本人の女中がいた。それが四時になると紅茶と菓子を出し、私はドーズ夫婦と一緒にお茶によばれた。私はドーズ家へ行く度に、主人に日本語を教える外に、この女中についての苦情を細君から聞いて、それを取りついでやらなければならなかった。女中は英語が分らず、細君は日本語が分らないので、女中のやり方に対する一週間分の苦情で、私が行くたびにドーズ夫人の胸は爆発しそうになっていた。彼女は初めの日に私と浜林教授を迎えた時のように、私の顔を見るや否や、早口で切れ目なく三十分ほど喋りつづけた。そして、今自分の言ったことを女中に話してやってくれと言って女中を呼んだ。しかし私にはドーズ夫人が女中のことを"Always standing like a log"だと悪口を言っている所が分るだけで、その指摘する具体的な話は聞きとれないのが常であった。それで私は女中に向って、一体何で君は叱られているんだい？　というように話しかけた。女中は、仕事の上でドーズ夫人と接触しているので、私よりもよく夫人の言い分が分っていた。しかも私にはよく分らないと見当をつけて、夫人が気まぐれで、買いものはひどくケチで困るとか、ひどい酒飲みで、昼間でも寝室に入ってはウィスキーを飲んでるんですよ、強いものですね西洋人は、というような話をした。

つまりドーズ夫人は、こんな遠い外国に来ていて、子供も女友達も親戚もいなくって淋しいので、ヒステリックになっているのに、夫はうるさがって相手になるのを避けようとし、女中は思うとおりに動かない。話の持って行き場がないので、誰でも英語の分るものに逢うと、喋りまくらずにいられなくなり、思うようにならない時は酒を飲む、という生活をしているのであった。

それで彼女はドーズ氏に対する私の授業が終り、夫が屋敷の門のそばにある事務所へ戻って、英人二人、日本人三人ほどを相手に仕事を始めてからも、中々私を帰さないようになった。彼女の夫も事務所にいる英人や日本人も、仕事を口実に、この口やかましいヒステリックな細君を避けているとしか思われなかった。私は彼女の相手をしているうちに、英語が分るようになったというよりは、彼女の生活の苦情が分るようになったため、何とか彼女の相手をすることが出来るようになった。自分の国の習慣のとおり外国で暮したい、というのが彼女の願いであった。底の薄くなった靴を持って彼女は私に一緒に行ってくれと街へ出かけ、釘を使わずに半皮を縫いつけるように靴屋に話してくれ、と言った。靴屋はその古い靴を引っくり返して見て、これは内側の台になる底皮も傷んでいるから縫うことはできない、と言った。ドーズ夫人は承知せずに、次の靴屋へ私を連れて行った。その靴屋も同じことを理由にして釘でなければ修理できない、と言った。しかしドーズ夫人は、そんな筈はない、と言ってその靴を家へ持って帰った。

その次の週に行くと、ドーズ夫人は、女中が暇を取ったから、英語の分る女中を募集する広告を新聞に出してくれ、と言った。私は小さな案内広告の原稿を書いて新聞社に持参し、その次の週に七八人の女中志願者の試験をした。そして女学校を出たという、いくらか英語の単語を知っている少女を雇うことにした。その次の週に行って見るとドーズ夫人は、今度の女中は前の女中より一層駄目で、自分の言うことを全く理解しないと言って、私の顔を見ると泣き出さんばかりに喋り続けた。私は次第に語学教師でなくって、ドーズ家の執事のような立場になって行った。ドーズ氏は語学教師という名目で、実は際限のない細君の苦情の聞き役として私を雇ったのであったかも知れなかった。

6

私は、中学校の教員という職業についてから三カ月ばかりの間に、学校を出た一青年が現実の社会で味うであろう三つ四つの事件にぶつかった。そして、七月の第一学期試験が近づいた頃は、私はそれ等の新しい条件に慣れ、夜の補習学校にも、隣室の板前夫婦にも、ドーズ夫人の泣きごとにも、昼食時の吉田惟孝校長の遠まわしの教師指導術にも、どうにか自分を失わずに対処できるようになった。

七月、数え年二十一歳の日本の青年全部がぶつかる運命である徴兵検査を、私は受けることになった。私は村の家に帰り、検査の前の日に、小学校友達の菊池良雄や輪島市三郎たちと一緒になって、私の村から函館寄りの二つ目の駅である余市駅に下り、そこの商人宿に、村の同年配の青年たち五十名ほどと一緒に泊った。小学校の同級生が半分、一年下のものが半分であり、何年ぶりかで逢った青年が多かった。彼等の多くは漁夫か農夫であった。札幌の大学に入っているものや、東京の私立大学に入っているものもおり、その集団は修学旅行のようでもあり、また村の祭りの晩のようでもあった。食事時にはすでによそで飲んで来ていて酔ってわめくもの、外を歩きまわっていて帰って来ないもの、悪戯する者など、宿屋中が殺気立った気配になっていた。村役場の兵事係りがついて来ていたが、その言うことを聞くものはなかった。私の育った村は鰊漁場の中心地帯で、気風の荒い村であったから、青年が集まればそんな風になるのは当然であった。菓子屋の息子の菊池良雄と、駅員をしている輪島市三郎と私とは、そういう漁夫の息子たちの暴力を怖れて片隅に集まるように小学生時代を過した弱虫の仲間であったが、いままた昔と同じように彼等の乱暴を怖れて、その晩も三人一緒にいた。食事がすんでからも、とても眠れそうもないので、私たちは外へ出て見ることにした。私はこの日、この町へ来たため、内心すっかり感傷的になっていたのである。この町は、私の恋人であった重田根見子の住んでいる町である。私は彼女の家のある場所も知っていた。去年の夏には、私はしばしば夕方の汽車でこの町へやって来て彼女と海岸で逢い、夜の九時頃の汽車で自分の家に帰った。「ほら、あの家、あの角から三軒目の家が私の家よ」と言って、彼女はある時、自分の家を私に教え、私と別れてその家へ入って行ったのを、私は半町ほど先の街角から見ていたことがあった。私と彼女とのことは友達の間にも殆んど知られていなかった。私の年上の友達で妻帯者の岩木卓造が、去年の秋頃、自分で撮った写真を貼りつけたアルバムを私に見せた時、その中に重田根見子の写真があった。その時から私は重田根見子を信用しなくなった。そして私は一月も二月も彼女に逢わなくなり、彼女の手紙に返事を出さず、最後に彼女から別れようという手紙が来たのであった。

そしてそのあとに北国の冬が来、積った雪が消えた頃、私は学校を卒業して、就職した。彼女も小樽の女学校を終えて自分の家にいることを私は知っていた。前年の暮に上京した私の文学上の友人の川崎昇もこの余市の人間であった。彼の妹の川崎愛子という十四歳の少女が、家から小樽の女学校に汽車通学をしていた。重田根見子の妹の留見子がその川崎愛子と毎日一緒に通っているのであった。私が就職した直後に汽車で通っていた頃、女学校の二年生になった川崎愛子に逢うと、私は彼女の兄の消息を話し合った。この少女は、ちょっとませた所があって、私が彼女の友達の留見子の姉の根見子の消息を聞きたがっているのを知っているように、何かにつけて、留見ちゃんのお姉さんが、ということを私に言った。それで私は、重田根見子が私と同じくこの春に女学校を卒業して以来自家にいることや、この頃の根見子は、妹の留見子や女友達の目には、あまり真面目な少女として映っていないらしいことを推測することが出来た。

いま、余市の街へ自分が来ているということ、あの街角から三軒目のあの家に、その重田根見子が、あの橙色の下ぶくれの頬をして、あの大きな目をして、現実にいるのだ、ということが、私の情感を強烈な力でかきまわした。あの重田根見子は、岩木卓造に蕎麦屋の二階かどこかで逢って写真を取らせ、「我が恋人」と彼に言わせるようなことをしたのかも知れない。またあの重田根見子は、私に別れの手紙をよこした以上、もう別な恋人を作っているのかも知れない。然し、どんなことが彼女の身の上に起きていようとも、現実に彼女はあの肉体を持ってこの町のあの家にいるのだ、と思うと、私は胸の中が温い血で満ちて来るように感じた。

私は菊池良雄と輪島市三郎と三人で、夜の余市町を歩いた。夏になりかかった宵の口で人が出さかっており、時々一緒に来た村の友人たちにも逢った。重田根見子の家は大通りからちょっと横に入った賑やかな通りにあったので、私は二人の友達を連れて、さりげなくその家の前を行き、また戻った。しかしその家は格子窓の奥の方が見えず、根見子もその妹の留見子の姿も表からは見えなかった。私は二人の友達と一緒に宿まで引き返してから、買いものがある、と言って、また一人で街へ出て行った。一人になると、私は重田根見子の家の前を通る勇気がなくなった。私はその家の前で、根見子に逢うことがあっても、また私と根見子のことに気づいているらしい留見子に逢うことがあっても、未練がましい情けない自分の姿を曝しものにすることになる、と思った。

私は海岸の方へ出て行った。海水浴が始まろうとする頃で、繁華街の裏側に当るその砂浜には、売店や脱衣場を設けるための小屋がけの骨組みが出来ていた。そして、子供たちが、その砂浜のあちこちに群れて騒いでおり、若い男女らしい人影が一人か二人で歩いているのもあった。海浜に近いところに塵埃を燃やしている火があって、そのまわりを、子供たちが走りまわっていた。私はその砂浜を更に町はずれの方へ、小学校が建っている淋しい場所へ歩いて行った。私は一人になってから、もうすっかり過去の情感の虜《とりこ》になっていて、根見子と逢ったと思う場所を歩いて見たくなったのだ。風はほとんど無かったが、波の音がし、十間ばかり先の渚のあたりに波の白く崩れるのがぼんやりと見えた。町はずれの大きな小学校の輪郭が、黒く大きく、海と反対側の空を区切っていた。私が根見子とよく逢ったのは、もっと町から離れた人気のない砂浜の端であった。そこへ私は歩いて行って見た。靴の中へ砂が入って、ざらざらして気持が悪くなった。しかし、その場所には砂浜と闇があるばかりで、私が求めている根見子と逢った時の思い出につながるものは何もなかった。夜の闇は、黒い大きな幕のように、その海岸を包んでいて、濡れて霧のように膚に感じられる空気が、歩きまわる私を抱くように包んでおり、私は全く孤独であった。

私は、その人気のない場所に一時間近くもいたらしい。さっきの、街に近い砂浜に戻って来て見ると、もう子供たちの遊んでいる姿もなく、焚き火のあたりに、二三人の大人の姿が黒く浮いて見えるだけであった。

私はその焚き火から大分離れた街の裏手の砂浜に腰を下ろした。もう帰らなければいけないと思っていた。その時私の前方を、一人の白い着物を着た女が砂浜から街の方へ通り過ぎようとした。私の後の方にある電柱についていた電燈が、私の方に近づいて来るその女の顔を照らした。そして私は、それが重田根見子であるのを認めた。一瞬間、私はためらった。しかしいま声をかけなければ、私は一生涯彼女に逢うことはもうないのだ、と思って、「根見ちゃんではないか？」と声をかけた。彼女はぎょっとした顔をこちらに見せて立ちどまった。「僕だよ」と私は坐ったまま、気持のたかぶって来るのを抑えるように言った。そして、私は、いまこの重田根見子は誰か男と逢って来た帰りだ、と思った。

彼女は私を認めた。しかし警戒するように私の前に立ったまま、黙っていた。私は彼女の警戒心をやわらげようとして、明日徴兵検査があるので村の友人とこの町へやって来ていることや、自分が学校を出て、中学校の教師になったことなどを、古い知り合いに近況を語るような調子で次々と喋っていた。彼女はやがて私のそばに蹲《しやが》んで、言葉少く私の話相手になっていた。私は、自分がいま、根見子に強い執着を持っていること、彼女と逢った頃の情感の思い出に溺れて海岸をさまよっていたことを、出来るだけ隠そうと思った。そして私は話の種子が無くなると、ドーズ夫人の滑稽な靴の修理の話や、彼女が酒を飲むことや、女中への不満を私に喋ることまで話題にした。根見子は警戒心をゆるめたように、私と並んで砂浜に坐り、時々笑い声を立て、片手で砂をすくっては落したりした。しかし、彼女の様子は、何とかして私との話を早く切り上げ、口実を見つけて、私から離れて行きたがっているように見えた。

私ののん気らしく見せている恰好も嘘であり、彼女のそれに応じているらしく見せている恰好も嘘であることが、次第にはっきりして来た。オレはこの女に嫌われ、煩《うる》さがられているのだ、ということを、私はまざまざと感じた。そして、私の話題はなくなった。私は焦って記憶の中を探したが、もう差し障りのない話題はなくなっていた。私の言い出したいことは、君は岩木卓造とどういう関係があって、いつあの写真を取らせたのか、とか、今夜何のために海岸へ出て来ているのか、というようなことだけであった。私はそれを口に出すのを怖れた。そして私は、出来ることなら、そんなことを言い出さず、二人の間のことを過ぎ去ったこととして、美しい過去として認め合った上で別れたい、と思った。

二人で黙っているのが息苦しくなったので、私は、話をそのように運ぼうとして、「僕は君を忘れることがどうしても出来なかった」と言った。重田根見子も小声で「私だってそうだったわ」と言った。そして彼女は白い着物の袂を目にあてた。彼女のその動作が、何とも言いようのないほど私の心を軟かくした。私も泣き出しそうになっていた。またしばらく黙っていてから彼女は、「私ね、近いうちにお嫁に行かなければならないの」と言った。「そうかい。どこへ行くんだい?」と私が言った。彼女はそれに答えなかった。「ねえ、どんなとこへ行くの?」と私はもう一度言った。しかし彼女は黙っていた。根見子は口数の少い少女で、説明しにくい話や言いたくない話は、どうしても言おうとしなかったので、私はそこで質問するのをやめた。そして私は、自分がひどく惨《みじ》めな立場になっているのを感じ、この少女を憎み軽蔑することが出来たら、どんなにいま気持が楽だろう、と思った。

やがて根見子は身じろぎをし、不安そうに「私、帰るわ、遅くなるから」と言った。私は彼女を帰したくなかった。もう逢えないかも知れないのだから、優しい言葉か、優しい接吻か、優しい握手かを私は彼女から得たいと思った。私は、「まだいいだろう？ もう少しは」と言った。彼女は「でも、遅くなるわ」と言って腰を浮かした。私は彼女の袂をとらえた。「ねえ、帰して」と彼女が言った。「いや、帰さない」と言って、私は彼女の襟に手をかけた。その時、私の方に向けた彼女の顔が後ろの電燈の光に照らされた。その顔には恐怖の表情が浮かんでいた。その恐怖の表情は、私がいま盲目的な衝動でこの女を殺すかも知れない、という恐怖を私の中に呼び覚ました。私は躇った。彼女は力一杯に私を押しのけ、私の腕を抜けて駆け出し、建物の暗い蔭の中に、その姿が少しの間見えていたが、角を曲って見えなくなった。

彼女の姿が見えなくなると、私は砂浜に坐り込んだ。私の身体は小刻みに震えていた。自分がたったいま何か危険なことをしそうな状態になっていたことが、私をぞっとさせた。私はこの町へ徴兵検査のことでやって来るまで、ほとんど重田根見子のことを考えないでいたのに、この海岸へ来た時から、急に彼女を恋しいと思うようになり、そして偶然のように彼女に逢った時には、彼女を放してやることが出来なくなっていたことを考え直した。この二三時間、私は全く別な人間になっていたのだった。私は、自分がどうしてそんなことになったのか分らなかった。

オレは彼女を殺そうとしたのではなかったろうか、と私はちょっとの間思い、まさか、と思い直した。私はそこに坐っている自分が本当の自分と違うものだと思われた。そして重田根見子が私を怖れて駆け出したように、私は、そこの砂浜に坐っているその奇怪な自分自身から一刻も早く逃げ出さねばならないと感じた。オレはたったいま、どんなことでもやりかねない人間だった、という恐怖が私を追いかけた。私は、足早にその明るい街の方へ出て行った。私はまだ身体が震えていた。もう大分夜が更けて、その街には電燈だけが明るくついていたが、たいていの店は硝子戸を閉め、カーテンを下ろしていた。家々の間の窪んだ場所に、白く白粉を塗った女たちが、あちこちにひそんでいて、通る男たちに声をかけていた。彼女等は急ぎ足で通る私をも呼んだ。私は、もう一人の気違いじみた自分がさっきの砂浜にまだ残っているように思い、一刻も早くその自分から逃げ出さなければならぬと思いながら、足早にそこを通り抜けた。

五　乙女たちの愛

1

夏が近づいた。私は七月の末頃に新潟高等学校で一週間開かれる英語教育講習会を受講するように、と吉田惟孝校長に言われた。校費による出張である。難かしい仕事のないこのような出張は、一種の公費による夏期旅行であるから、四人の専任教員の中で一番年下の私にそれが当ったのは優遇であった。私はひそかに、自分が吉田校長の気に入っているのだと考えた。そして私は、社会に出て働いて、自分を使う人の気に入られたという、年齢相応の単純な喜びを抱いた。しかも自分の目に立派な人間だと思われた吉田惟孝の気に入ったということに私は満足を感じた。またその旅行は、私にとっては、別な楽しさを伴うものであった。私は生れて初めて北海道を離れ、「内地」へ旅をすることになったのだ。

私たちが内地と言っていたのは、本州と四国と九州とを合わせた旧日本全体のことであった。私たち北海道に生れたものは、北海道を植民地だと感ずる気持を日常抱いてそう呼んでいたのでなく、本州とか四国とか九州と呼び分けることの煩わしさを避ける気持で「内地」と呼んでいたのだが、私の父のように広島県に郷里を持つ者にとっては、「内地」という言葉は、もっとはっきりした郷愁を帯びていたにちがいない。

私は、北海道ならば夏も冬も通して着れる合着の黒いセルを上着として間に合わせ、夏用として白いセルのズボンを穿き、白いズックの靴をはき、麦藁の堅いカンカン帽をかぶって、その旅行に出かけた。白ズボンに白靴をはき、麦藁のカンカン帽をかぶるのは、大正末年頃の中級の紳士の夏のイデタチとして、普通の形であった。私は新潟市が、高等商業をこの年の春一緒に出た池主隆治の郷里であることを思い出して、彼に手紙を書き、宿をたのんだ。池主は学生時代に親しくした文学好きな仲間の一人で、センチメンタルなところと律儀なところがあり、あまり上手ではないが七五調の詩を、私と川崎の編輯した雑誌「青空」に発表していた。池主は、新潟附近のどこかの町に教師として勤めていたが、私の手紙は届き、自分もその時は新潟の家に帰っている、と言う返事が来た。そして彼は宿の世話をしてくれた。

函館で私は、青函連絡船に乗った。停車場の三等待合室というものが、社会の縮図のような人間臭とわびしさと汚ならしさの立ちこめた場所であることを、私は数年間の汽車通学の間に知っていたが、連絡船の三等待合室は、もっと強くそれを私に感じさせた。広いタタキの上には、停車場によくある木のベンチが背中合せに何十脚も置かれてある。北海道の各地から、汽車で運ばれてこの港に集まった旅客は、みな疲れ果てており、顔も汚れている。持ち切れないほどの荷物をベンチに積み上げ、それにもたれかかって赤ん坊に乳を飲ませている母親、鉛筆をなめながら電報を書いている父親、そのそばに眠りこけている男の子の垢《あか》だらけの足の裏、カラーが汚れてネクタイが曲っている田舎風の紳士、漁場帰りと思われる漁夫が何人か組みになって、ボタンのちぎれたネルのシャツの胸をはだけ、秋田か青森の訛りで意味の分らないことを大声で言い合っては、荷物を肩にかついで出てゆく。僧侶のような男、背中に仏壇のような箱を背負った白い脚絆《きやはん》の巡礼風の乞食、鳥打帽子をかぶり、胴巻きからふくらんだ財布を引き出して若い者に金を渡している親方風の男。それ等の見知らぬ人々の間で、愁いないさまで追っかけっこをしている子供たち。彼等は、親たちの苦労に満ちた長い旅の間に、こういう場所に慣れてしまったのであろう。

そして、人間の労苦と悲しみとの渦巻いているようなこの汚ならしい三等客たちの群れた室の隅には、明るく電燈をつけた売店がある。そこには、絵本や、ブリキの玩具や、金米糖《こんぺいとう》の入ったガラス壜や、果物や、絵葉書や、菓子や、煙草や、時間表などが売られており、貧しそうな女の子が、その前に立って、脅えたような、羨ましいような目でじっと眺めている。そこだけが、この汚ならしい陰気な室の中で、不相応に明るく、美しく、魅惑的なのだった。旅費や宿泊費を考えて買うことをためらう三等客の親たちと、ものほしげなその子供たちの鼻さきに、見せびらかすように色々な商品が飾られてあるのは、残酷な感じを与えた。

三等客たちは、駅員の案内の声で、乗船の三十分ほど前に、改札口の前に行列した。どの客も重い荷を背負ったり、手にさげたり、子供を連れたりして、やっと動ける位になっていた。

彼等は、自分の人生はいつもこんなものであったというように、忍耐強く、諦め顔で改札を待っていた。その横の別な改札口には、一、二等の客たち、立派な身なりをした少数の紳士やその細君たちが、立派なトランクやハンドバッグを持ち、しゃれた服を着せた子供を連れて立っていた。彼等は荷物を赤帽にあずけ、ほんの手まわりの品をしか持っていなかった。そして、その人々は早目に改札され、段を上って船に入って行った。私はその時知らなかったが、三等客の中でも気の利いた人々は、船だけを二等にし、明るい上甲板の見晴らしのいい室で、航海をすますのであった。

しばらくして、私たち三等客の改札が始まり、船に乗った。大きな汽船の甲板に一度移ってから、三等客は一つ下の甲板に降りる。そこには船の横の方に沿って便所や洗面所がある。しかし客室はその甲板にはない。三等客たちはもう一つ下の、甲板と言うよりは船底のような室に降りなければならない。汚れて黒ずんだ、荷物をかかえ込んだナリフリ構わぬ三等客たちの入るのは、広い大きな室で、そこは通路でいくつにか仕切った畳敷きになっている。船底の形に斜めになったその船室の壁には、水面からいくらもない所に丸い窓がついている。客は争って居心地のいい片隅や柱のそばなどを占領して、四時間半の航海の間、身体を休めるために、また居場所を広くとるために、彼等はまず横になるのであった。子供連れや荷物の多い者ほど遅れるので、狭い、都合の悪い場所しか取ることができなかった。

頭の上で、ゴロゴロと鳴る音がしばらく続いていた。それが貨車を船尾からこの船の船腹に入れている音だということに、やがて私は気がついた。それ等のことは、私には珍しい経験であった。そして私は、汽車の二等三等の区別ではほとんど感ずることのなかった屈辱感のようなものを、この船の甲板による区別の仕方に感じた。上甲板に一、二等の室を置き、その下に貨車を入れ、更にその下に三等客を入れることは、埠頭のレールから貨車を押し入れるために、技術的にやむを得ないことなのだろう。しかし、それはいかにも、紳士淑女たちの次には貨物が大切であり、漁夫や移民たちを運ぶには船底でも十分だ、と言っているような感じがした。私自身は、先刻三等待合室の片隅に腰かけていた時から、他の三等客たちを汚ならしく哀れに思い、自分はその連中と違うものであるかのように、ひそかに思っていた。しかしいま、便所や洗面所よりも底の、息のつまるような、黒ずんだ三等室の畳に坐り、頭の上を重い貨車が響いて動くのを聞いた時、そのような自分の優越感が、全く無意味であったのを知った。自分は、ここにいなければならず、外の場所にいることが出来ず、彼等汚ない漁夫や移民たちと何の区別もないのだ、ということを私は屈辱的に思った。私は、それから後も、しばしばこの海峡を渡った。そして、少しの賃金の差で船だけを二等にし、青い切符を買うのが気の利いたやり方であることを知ったが、私はそれをする気持にはなれなかった。船だけを二等にして、見顕《みあら》わされることを怖れる贋物のように、落ちつきなく二等客の間に坐っているよりは、汚なさや息苦しさに腹を立て、惨めな思いをしながらも、三等の船室にいる方を私は選んだ。そしてそのために、私はこの連絡船に乗る前後は、いつも不愉快で、落ちつきを失った。

青森から汽車で新潟へ出る間に、私は、初めて見る「内地」の風景を飽かずに眺めた。奥羽地方の村や町は、関東や関西に較べると、ずいぶん貧しげで、またその風物も暗い印象のものであるが、北海道に見られない「内地」の特色が分った。私は杉の林というものを初めて見た。私は風にそよぐ竹林を初めて見た。北海道には熊笹の大きいので、雪のために根のところが曲っている根曲り竹というものしかなかったから。私はまた茅葺きや瓦葺きの家、庭を作り縁側のある日本風の家が一般的な家の形であることを珍しい気持で眺めた。茅葺き、瓦葺き、縁側のある家屋は、北海道にもあることはあったが、多くは柾板葺きかトタン葺きで、土壁をつけない板の二重張りの家が多かった。竹の林が風に吹き乱れて、日の光を照り反しているのは、私の目に何より美しいものに写った。私はいま、少年時代の教科書の挿絵や、また写真か絵の複製で見た純日本の風景の中に自分が現実にいることを、新鮮な印象をもって感じた。それ等の風景を私はよく知っていた。しかし私は文学作品や絵や写真を通して、類推や想像によって知っていたのみであった。現実に自分がその中にいるのであり、目の前に内地という古い日本の伝統的な風物があるということは、私には絵や写真の中に自分が歩み入った、という感じを与えた。

私は、新潟の駅で人力車に乗り、長い橋を渡って、池主隆治の指定した宿に落ちつき、高等学校へ行って受講の手続きをした。池主隆治に連絡すると、彼はすぐやって来た。彼は私と同じような痩せた男で、いつも顎を少しつき出すようにし、眼鏡の下縁のあたりから人を見るようにする癖を持っていた。彼はよく糊の利いた浴衣を着てきちんと帯を結んでいたが、身ぎれいで、物事を手軽に要領よく片づけるその人となりが、その身なりによく現れていた。彼は、早口に、要点だけを言い、あとは一人でのみ込んでいるように、この古い港町のことを私に説明した。彼は私に親切にしてくれたのであった。しかし、この初めての内地旅行に心細さを感じ、誰かにすがり着きたいような衝動に駆られていた私は、彼の割り切った要領のいい案内の仕方が冷たいものに感じられた。他人が自分に当り前の親切さを示すともの足りなく感じるというのは、この時だけでなく、それから後にしばしば私に現れる甘えた衝動で、むしろ冷たく扱われる場合に私はきっとなり、己れを保つことが容易にできるのであった。彼は、私たちの同級生がもう一人この講習を受けに来ている、と言った。それは山田容吉であった。山田は私や池主より三つほど年上で、英語のよく出来る男であったが、卒業後すぐ北海道の北見の中学校の教師になって行っていた。山田は短歌を作る男で、同級生の片岡亮一たちと短歌のグループの仲間になり、在学中に短歌の雑誌を出していた。同級生が三人一緒になったことは私を気強くした。私は池主と二人で山田の宿へ訪ねて行った。山田も私の宿に移ることに話がきまり、三人で夜の町の散歩に出た。ビールを少し飲んでから、池主は古町という繁華街の方へ歩いて行った。

その賑やかな町の続きに遊廓があった。その一劃の街角から見ると左右に格子戸のはまった家々が隙間なく続き、男たちが群れて歩いていた。池主の説明によると、新潟の遊廓は、長崎ともに全国でたった二つ、張見世の許されている所だから、一度は見ておいた方がいい、というのであった。張見世というのは、他の遊廓のように遊女の写真を入口に掲げておくのではなくって、遊女が格子の内側に並んでいるので、それが昔からの遊廓の形式なのだ。それの残存している珍しい例だから、見るだけの価値がある、と池主は言った。三人でそのことを話し合ったが、三人の中で一番年かさであり、ずんぐりとした身体で大人じみた蒼白い顔に聡明な目つきをしていた山田は、自分は遊廓で遊んだ経験があるから、見ることなんか何でもない、と淡泊に言った。くりくり刈りにして大きな眼鏡をかけた池主は、顎をつき出して、くっくっと笑い、俺は童貞だから、自分がついている限り君たちを登楼させるようなことはしない、と言った。私は、遊女たちの並んでいる前を通る、ということに怖れを感じたが、通って見るだけは見たかった。それで私は、古い小説や戯曲に描かれた形式の遊廓を見ないでおくのは残念だ、と言った。そして自分は売女を買ったことはない、と恥かしさを忍んで白状し、そのあとで、本当に通って見るだけだね、と二人の顔を見て念を押した。

そして、よく身体に合わない旅館の浴衣を着た私と山田と、いかにも良家の若旦那という風な身じまいの池主との三人はその町へ入って行った。池主は私たちをその表の格子戸の内側に連れて行った。そこは幅一間ほどのタタキの通路になっていて、その内側は赤く塗った細かい格子になっている。そこが座敷で、十人ほどの着飾った遊女が、鍵の手にその座敷に並んでいるのが、ぼうっと私の目に写った。私はその遊女たちの顔を一人ずつ見定める勇気はとても持てなかった。そして足早にそこを歩いて外へ出ようとした。だが、その一間幅の通路は、その遊女街の片側の店にずっと通っていて、外へ出ずに次の家の遊女の並んでいる格子の前へと続いていた。遊び客やひやかしの客たちが群れて歩いているので、私が心配していたような自分たちだけが並んだ遊女たちの目に曝されるという事はなかった。船員らしい男は立ちどまってその格子越しに遊女と話をしていた。二軒目、三軒目と歩くうちに、私は、遊女たちが揃って手でさげるような柄のついた煙草盆を膝の前に置いており、赤く塗った竹の長い煙管で煙草を吸っているものもいることが分った。そして少しずつ心が落ちつくと同時に、私は歌舞伎の、それに似た場面などを見たことがなかったにも拘らず、自分の中にある知識の寄せ集めによって、これが歌舞伎の世話ものの世界であり、多分江戸時代の吉原遊廓などの形を模したものであることを理解した。

私はその遊女たちが、東北地方の貧民の身売りをした子供で、教育のない哀れな娘たちであることを、考えるだけの余裕がなかった。私がその時気にしたことは、自分がセックスに餓えた青年として、そういうあらわな表情を顔に浮かべていることが、男を見なれ扱いなれている彼女等に一瞥《べつ》で見て取られるにちがいないということであった。吉田校長や梅沢教頭や同僚や知人たちは、私を真面目で熱心な若い教員で学問をしてゆきたい気持を多分に持っていると思っている。私はそういう人間として彼等に印象づけるように気をつけて生活している。しかし本当は、常に女性の優しさや愛情を心の中で求め、セックスへの抑えがたい好奇心と欲望を持っていることを、売女たちはすぐに見抜くだろう、と私は思った。彼女等の目からすれば、私は、ちょっとだけ上品そうな、学問のありそうな気取りを持っているだけで、実は性に渇した二十歳の薄汚い青年にすぎない。私はそれを見破られるのを心配し、また本当はそうでない部分が相当にあるのに、彼女等にそういう青年としてだけ見られるのを好まなかった。遊女たちの毎日の生活に使っている気づかいが、そんなものではないと、想像する余裕が私にはなかったのだ。あの女たちが、他人である私のことを、そんなに深く、立ち入って気にかけるものではなく、それぞれ自分の利益や自分の安全のみを絶えず考えているものだ、という風には私はそのころは考えなかった。私は女性に飢え、しかも自分の名誉や自分の感情にこだわりすぎていたから、必要以上に淋しがったり、必要以上に女たちの思わくを気にしたりしていたのである。

新潟高等学校の講堂で開かれた英語講習会そのものをも私は怖れていた。そこで質問や討論が行われて、私の無智や無学が暴露されるような羽目に自分が陥るのではないか、と私はひそかに気にし、しかもその怖れを誰に相談する勇気も持っていなかった。しかし講習会が始まってみて、私の心配は忽ち吹き消されてしまった。講師の中には各地の大学の教授や高等学校の教授がいたが、それ等の講師たちは、ただ演壇から自分の学問を発表しているだけのことであった。ある講師は英語の発音やイントネーションの注意すべき点を機械的に述べ、ある教師は英文学の自分の専門の研究の発表会に出たように、私にはほとんど分らない英文学史の通説を引用しては批判し、またある講師は、自分の読んだだけのイギリスの近代劇の筋書を話し、また明日その続きを述べると言って、私をうんざりさせた。女たちよりも学者たちの方が批判しやすかった。

私は最初の日の講義が終った時に、この講習会に見切りをつけ、講師たちを軽蔑して考えた。多分あれ等の大学や高等学校の教授たちは、文部省主催のこの講習会に一週間出て喋ることで、私の月給の三、四倍もの何百円という報酬を得るのだろう。そして喋ることと言えば何年も教室で喋って、自分自身が感激も興味もなくなったような講義の出しがらのようなものなのだ、と。その講習を受けに集まった中等学校教員は五十人ほどいた。三十歳代四十歳代と思われる古手の教員らしい容貌の人間が多く、中には講師たちよりも立派な髭を生やした男もいた。最初の日は、それでも緊張した空気が受講者の間にあったが、三日目あたりから全くだらけた雰囲気になった。講堂には空気の流れがなく、ひどい暑さであった。その暑さは、北海道で私の経験したことのないようなもので、机も椅子も扉の板も熱し切っているように思われた。そして話す方も聞く方も、ネクタイをきちんと結び、上着をつけて、二時間単位の講義が午前中に二つずつ続けられた。何人かが机に肘をついて眠っていた。三日目あたりから、受講者の出席が悪くなったのが分った。出席したものは、その日附けの所に印を押すだけであったから、次の日に二つ押してもいいのであった。私は、その講習会の内容を軽蔑した代償として、居眠りもせず、欠席もしないことにした。私は懸命になって目蓋のさがって来るのを我慢し、ハンカチを出して汗を拭いながら喋りつづける講師の、話の内容は分らなくなっても、その姿だけを見ていようとした。

そしてその間じゅう、私は今夜もまた池主と山田と三人で夕涼みに古町を歩き、あの遊廓を行ったり来たりし、そのあとでビールを飲むことを考えたり、自分のこれから先の人生を、どのように生きて行ったらいいだろうか、と考えたりした。窓の外に、日がかっと照りつけ、講堂の天井にはしみがあり、黒板の真中の辺は塗った墨が剝げて白っぽい板の生地が出ており、私の前で居眠りしているどこかの中学教員の白い上着の襟が汚れて摺り切れ、耳のあたりに蠅が一匹飛んだり、とまったりしている。そういうものが目に入る時、私は人生というのが、こんなものの連続なのだ、という感じがした。無意味な形式や礼儀を守って、面白くもない話に耳を傾けているという生命の空費の時間が、私をやりきれない気持にさせた。そして、こんな人生には生きる意味が何かあるだろうか、どこまで生きたって、常に摺り切れた服や、剝げた黒板や、しみのある天井や、こんな無駄な説教じみた話などが我々についてまわるのだ。こんな無意味な厭わしいものの連続が、四十年も五十年も続くとしたら、そんな生活の中で生きつづけることは愚劣なことではないのか？　そんな考えを追っているうちに、私の目蓋はまた垂れ下って来る。私は古町の遊廓を考え、遊女たちの並んでいるのを目に浮かべ、はっと目が覚めたように感ずるのであった。講習会の五日目頃には、出席者は半分もいなくなった。講師たちもまた出席者が多かろうが少なかろうが、自分は喋ってさえしまえば自分の責任は終り、報酬は受けとれる、というような態度をとった。

私は、おしまいには、この二、三十人いる受講者の中から、誰か一人が突然立ち上って、この講習の愚劣さを攻撃する演説をやり出しはしないかな、と空想した。彼の言うことは、多分次のようなことである。喋る方が中等教育についての何の知識も興味も持たずに、自分の学問の切り売りをし、聞く方が旅費をもらっての夏の遊行の附帯義務を果たすというつもりでいるこんな会には、全く意味がない。講師と受講者がもっと自分の問題を切実に話し合い、何が今の英語教育の欠点であり、それはどうすれば訂正できるかを論ずることが第一なのだ、と。そして席が騒然となり、講師は壇上に立往生し、受講者は甲論乙駁《こうろんおつばく》する。そうなるべきだ、誰もが、それをしない限り無意味だと思っている、と私は思った。しかしそんなことはついに起らなかった。

そして私は、その時、この会を途中から休んで昼寝をしているような連中こそ生活を生活らしくしている連中なのだ、ということに気がついた。しかし私は、やっぱり予定どおり最後まで忠実に出席した。私は、折角私に旅行と勉強の機会を与えてくれた吉田校長や梅沢教頭の信頼を裏切りたくない素直な衝動で頑張っていたのだろうが、自分では、軽蔑したからと言って欠席するのでは、自分の方が負い目になるからだ、と思っていた。そして私は毎晩、二人の友人と古町の遊廓に散歩に行くことを続けていた。

四日目の晩あたりから、遊女たちは、私たち三人を見覚えて、「また来たわ」とか、「その三人の方」とか言って呼びかけた。その中の一人が、「あなた方、まだ上らないのね」と言った。山田が、どうしてそれが分る？ と言った。するとその遊女は「上ると、その人はしばらく来なくなるものよ」と答えた。私は、思ったとおりだ、と考えた。彼女等は、漁師が魚の習性を理解しているように男性のセックスの働きを理解しているのだ。全然隠しようがない、と私は感じた。しかし私は、自分たち三人が遊女たちに見覚えられたと知った時から、彼女等を怖れなくなった。山田は、講習会がすんで出発する最後の晩には上ることにしようではないか、と言い出した。ピューリタンの池主は、自分はやめるが、君たちはそうしたまえと私に言った。私は胸がどきどきするのを覚えながら、そうしようかな、と言った。そして私は、この旅行に出発する一月ほど前に最後に逢った重田根見子の顔を突然思い出し、ほら、僕はすてばちなんだから女を買うことにしたんだよ、と胸の中で言い、少しセンチメンタルになった。しかし私は何となく、自分自身に言いわけをするために、重田根見子のイメージに話しかけているような後めたさを感じた。

そして私たちは、誘いかける遊女たちがあると、もう三日経てばあがるんだ、と返事をした。その時はきっと私の所に来てね、と遊女たちが次々と言い出し、私たちは、二、三人の遊女たちと友達のような話を交わすようになった。講習会が終った日の夜、私と山田は、そうして友達のようになった遊女のいる家へ上った。私を自分の客として初めから私のそばについていた女は、前に私が一、二度話をした女で、話をするに気易かったということから、自然にきまっていたのであった。二階の四畳半ほどの室に通されると、そこには箪笥や茶箪笥がおいてあって、普通の家の小さな茶の間のように作ってあった。私の相手になった女は小柄で色が黒く、どこか家庭の細君のような感じであった。女としての魅力を私が感じない型であった。彼女は、この遊廓を見に来る人は、たいてい次の日に来てあがるので、三日目まで持つ人はないと言った。一週間続けて見に来て上らない人って珍しいわ、と言った。彼女は私を初心の青年として、セックスのことを教える態度をとり、病気にならない為にはどういう注意が必要か、という話までしてくれた。またその遊女は、私を性的に普通の男よりはるかに強いタチらしいと言った。そうして私は色々なことを教えられたため、放蕩したという気持よりも、姉のような女に性の教育を受けたという気持がした。性が感情と結びつかず、食事のような単純さで扱われることは、私に新しい経験であった。次の日山田と顔を合せるのは工合悪いことであったが、年上の山田の方は、私の気持を察するように、淡泊な態度をとってくれたので、私はそれまでと同じように彼と話し合うことができた。

私と山田と池主は新潟で別れた。山田は東京へ去り、私は京都に向った。京都や大阪や奈良を一まわりしようと思ったのである。朝、私は京都の駅に下りた。京都については、私は何の予備知識も持っていず、友達もいなかった。遊覧バスというようなものもない時代だから、宿について案内人を頼むか、地図を頼りに名所旧蹟を歩きまわらなければ見物にならなかった。三方を木の繁った山に囲まれた京都は、電車道の白い敷石に日がかっと照りつけ、蔭のところを選んで人が少し歩いているのが見えるだけで、ひっそりと静まりかえっていた。熱した空気が街の上に垂れ下ったまま動かずにいるようだった。私はここで誰か知らぬ男に案内をたのみ、その男に自分の様子を横目でじろじろ見られながら、きまり切った名所案内の述べ口上を聞くぐらいなら、寺や神社などを見ない方がましだと思った。また私は宿屋について、身なりや携帯品の品定めをされ、飯の食いかたを女中に見られているぐらいなら、夜汽車に乗って汽車弁当を食べている方がましだと思った。私は他人の文学作品の判断には自信を持ち、講習会やその講師や中学の教員などについては、簡単に相手の弱点を見てとる自信があったけれども、給仕女とか宿屋の女中や番頭とか案内人などという知識階級以外の世俗人をいつも怖ろしいものに思っていた。彼等は私の服装や携帯品の貧弱さによって私を簡単に品定めし、私の言葉や態度によって、気の小さい、知識階級気取りの東北の田舎ものときめてしまうだろう。そしてひどい室に泊め、法外な宿料をふんだくり、面倒くさそうに私を寺や神社に連れまわり、その間じゅう、この田舎ものはチップをいくら出すだろうという推定ばかりし、それが予定より少いと私をケチだと言って腹を立て、多すぎると軽蔑して、私の後姿に向って舌を出すだろう。私は金を使いながら彼等の顔色を見、機嫌をとり、適当にだまされていなければならない。それ等のことの一切が私を億劫《おっくう》にした。

神社や仏閣や史蹟というものも、私は調べているわけではなかった。これまでに見た古い建築や仏像に美しさを感じて感動したことは、私には一度もなかった。名前や由来を一つ一つ知って、それを見たことがあるということで他人との話に相槌をうつためにそんなものがあるのだ、と私は思った。また寺や神社には色んな因縁話を種に賽銭の上りを胸算用し、お守りの売れ行きを計算している坊主や神主がいるということも、私にはいまいましいことだった。その上私は、京都という町が明治までの日本の全歴史を負うように自分の前に意味ありげにたっていることと、自分がみすぼらしい一中学教員として、その前で口をあいて見ているという形が気に入らなかった。私は、京都の駅の前に立っているのをいまいましいと感じた。結局私は、この日の昼間だけを京都のために使って、自分ひとりでのんびりと歩ける範囲で、この町を見ようと決心した。そして手荷物を駅に預け、電車で市の北端まで行き、そこから市の東側の山ぞいにある寺や神社を見てまわった。塔があったり、高い台の上には清水の寺らしい寺があったり、五百羅漢があったりした。私は誰にも、何も尋ねず、案内図のようなものも見なかった。そして京都というのは、こんな町なのだというぼんやりした気持を抱き、うどんを食べて腹を満たした。私はその日の午後に電車で奈良へ行った。

奈良でも私は、東大寺や二月堂や三笠山をまわり、春日神社と猿沢の池のあたりを、ぼんやりと歩くというだけで簡単に見物を終りにした。日が暮れかかり、私はどうしても宿をとらねばならなくなった。一軒の宿に入って、私は入浴し、食事をした。私は女中の前で飯を食うのを厄介なことだと思ったが、女中の方で私に話しかけた。あなたのお国はどちらですか、と二十七、八歳の女中が私に言った。分らないのか、と私が聞くと、分りません、と言った。女中に私の言葉の系統が分らないということは、私に安心を与えた。私は少年時代に、自分の育った北海道西海岸の漁村の言葉である青森と秋田辺の訛りの混合したひどい東北弁を使って育った。それは、初めて聞く人には聞き分けるのも難かしいような訛りの強い言葉であった。母も松前の人で、そういう言葉を使ったから、それはそのまま私の家庭の言葉であった。しかし父が広島県の三次《みよし》附近の出であったため、私はいつの間にか少しずつ広島の言葉づかいを覚え、それが学校で習う標準語と結びついて、私のよそ行きの言葉となっていた。だから、いま、私は全国から人間の集まる奈良で、その言葉の系統が分らないと言われたのだった。私は急にその女中が善良な女のような気がして来た。そして話し合って見ると、その女中には素朴な田舎ものじみたところがあった。私が怖れていたように宿屋の女中がみな人摺れのした欲深いものだということもないのだ、と私は考えた。

私は女中に北海道だ、と言った。女中が私の髪をじろじろ見ながら、でも北海道の人の言葉は違う、と言った。それで私は、父が広島県人だと言った。すると女中は、分った、という顔になり、しかも私の髪を盗み見るのをやめなかった。彼女はその素朴な考え方の中で、広島県人が北海道に行ってアイヌの女か、アイヌの血の混った女と結婚してこの人を産んだのだろうか、と思っているらしいことが分ったが、私はその考えを訂正してやるよりも、自分が秋田か青森県人だとは思われない言葉を使っており、女中に軽蔑されたわけでもない、という事実を知って、大きな得をしたように思った。そして、その事によって得た安心のためには、アイヌの血が混っていると思われる方の損害は我慢することにした。

次の日、私は大阪に行った。大きな都会だということが分るだけで、何を見るというあてもなかった。私は大阪城を見ようと思って人に道を尋ねながら行った。私がその大きな石垣の石を見てぼんやりと立っていた時、三十五、六歳の俥引きが寄って来て、乗らないかと言った。私は乗らないと答えた。すると俥引きは、私の身体をじろっと見まわして、私が腕にかけていたレインコートに目をつけ、それをよこせ、と言った。あたりに人の姿がなかった。私は脅迫されているのだと分ったが、殴り合いをしても相手の方が強そうであったので、黙っていた。俥引きも、それ以上乱暴なことをせず、私の方を睨んでいた。私はこの大きな都会の真中の真空のような場所でいま自分が孤立無援であることに、ぞっとした。私はいまレインコートを奪われ、トランクを奪われ、金を奪われるかも知れない。そして私が交番に駆けつけたとしても、逆に私のことを調べられるぐらいがオチだろう。私は、その俥引きに後を向けるのが怖ろしかったが、相手にならないさまで彼から遠ざかった。そして二十歩ほど遠ざかった所で振りかえると車夫は、同じ所に立って私を見ていた。もう三十歩ほど歩いてから振りかえると、彼の姿はそこに見えず、四、五人の見物人らしい男女がその場所にいるのが見えた。奈良の女中を相手にした時に抱いた私の自惚れ、自分が田舎ものには見えないという自惚れが、大阪の車夫によって完全に引っくり返されたことを知って、私は悄気た。

私は夜の汽車で発ち、東京駅で迎えに出た川崎昇に逢った。久しぶりに見る彼のなつかしさと、長い旅の心細さのために、私は彼の身体に抱きつきたいような気持になった。彼は私のために貯金局の勤務を一日休んで、私を自分の借りている目黒の郊外の室へ連れて行った。長いこと私は電車に乗り、それからまた檜葉の生け垣に囲まれた小さな住宅の間の道を彼に連れられて行った。檜葉の生け垣を、私が美しいものだね、と言うと、川崎昇は、東京の郊外では、普通の家がたいていこの木で垣根をしているのだ、と説明した。その垣根の中をのぞいて見ると、小さな、綺麗に手入れをした庭のある縁側つきの家で、どれも同じような三間ぐらいの家であった。細心に、小じんまりと、神経質に暮している人々の生活がそこにあるのが感じられた。そしてそのような生け垣と住宅が、歩いても歩いても、また曲り角の向うに続いているのに私が倦み疲れた頃、川崎昇は、その無数にある生け垣つきの小住宅の一軒の横手の、身体が一つ入るような側道を通って裏にまわり、そこの四畳半の離れに私を案内した。汚ない室で、隅に小さな本棚と坐り机があり、壁に川崎の着物が掛けてあった。この室が、私がしばしば彼に手紙を書き送ったところの、東京府下、中目黒何番地かの蜂谷方という彼の住所であったのだ、と私は知った。

その室に入った時、私は北海道を出発してから初めて安心して坐りかつ寝ころぶことの出来る場所に到着したのを感じた。それはちょうどその二年前の夏に、小樽市の繁華街である公園通りで、彼と私が高商石鹸と薔薇の花を売る露店を開き、彼の親戚の衣斐さんという家の二階に一緒に住んでいた時と同じような気持に私をさせた。川崎昇と一緒にいさえすれば、万事彼がやってくれる。私の心配することは一つもない、という気持を、その頃から私は抱いてしまったのであった。私はこれまでの長い旅のことを考えた。青函連絡船の印象、新潟の宿、遊廓、京都の電車、奈良の宿、大阪の車夫、長い時間のかかる夜汽車、それ等の旅の思い出は、今考えれば一つ一つが私を緊張させ、私に不慣れな面で私の注意力を奪い、寸刻も油断させなかった。そして、日本中のどこにも私にとっては心の落ちつく場所がなく、この東京の数限りなく続いている家々の大洋の中の、たった一つのこの室のみが、私の心をゆるめ、その畳の表に自分の室の畳のような感じで手を触れながら寝そべっていられる所であった。私はこの室からもうどこへも動きたくないと思い、川崎昇が私のために食べものを買いに出た時間が少し長くなっても心細く感じた。

川崎昇は、縁側の前で七輪に火を起し、それに直径五寸ほどの赤い素焼きの土釜をかけて飯を炊いてくれ、また小さなアルミニュウムの鍋で味噌汁を作り、色をつけたような真黄の沢庵漬けを切って小皿に並べた。土の釜で飯を炊いている彼の生活は、つつましく貧しげであった。私は涙がこぼれそうになった。このような生活こそ、あの詩壇に無視されている詩人奥栄一の詩の中に歌われた生活ではないか。

嘲りの声を背に浴びん
悲しみの思ひを胸に秘めん

一銭の草花を買ひ来たり
二銭の夕食をととのへて……

川崎昇が私のために支度してくれた食事は、宿屋の膳に載った食事よりも、汽車の弁当よりも、その中身は貧弱であったが、白い炊き立ての飯と、煮上ってすぐの味噌汁とは、私が旅に出てから食べたどの食事よりもうまかった。その味噌汁の味が身体にしみ込むように思い、私は食事のあと何時間かその室で昼寝をした。その昼寝はこの十数日、どこで眠っても解けることのなかった私の心の緊張を解きほぐすような眠りであった。

2

八月の中頃、私は村へ帰った。三方を山に囲まれて、日本海に面したその村は、正面が海水浴場になる砂浜で、両側に岬が出ていて、この近くでの美しい漁村であった。私は休暇で帰っている学生の旧友や、村にいる幼な友達に混って、海水浴をし、魚釣りをし、またその友人たちとテニスをし、野球をした。菓子屋を営んでいる菊池良雄の父は伊藤松宇《しょうう》系の俳人で、その家は、私たちのクラブのようになっていた。私はその同級生だった菊池良雄と、鉄道職員の輪島市三郎とが小学生時代からの仲間であった。私たちは酒を買って来て菊池の家の二階で飲んだり、流行歌を歌ったりした。村に暮している間は、村の青年の生活の仕方があって、それに混っていると中々楽しく時を過すことが出来た。私たちは、夜中に突然隣村の忍路まで二、三里の道を歩き出したり、また夕方の汽車で隣の小樽市へ出かけ、映画を見たり酒場でビールを飲んだり、稲穂町の淫売窟を通り抜けて見たりし、帰りの汽車がないので二時間ほどかかる夜道を歩いて帰った。私は、ハーモニカよりもいくらか高級だというので青年たちがその頃よく弾いていたマンドリンを買って稽古した。しかし私には全く音楽の才能がなく『庭の千草』とか「春高楼の」という唱歌を、どうにか弾ける程度で終った。私は村の青年たちと一緒になって、夏の間海水浴場になっている海岸の売店で娘たちをからかい、寝静まった深夜に村の老人たちの悪口を歌った流行歌の替え歌を、わざわざその家の前で合唱したり、月の夜に畑へ出かけて西瓜を盗んだり、要するに村の青年たちのやる事は一通りしたのである。しかし、輪島市三郎も菊池良雄も、私と同じように気の小さい人間であったので、本当の悪いこと、即ち女を買ったり、借金をつくるほど酒を飲んだり、賭博をしたりするようなことはなく、ただ若いものの自然な衝動で遊びまわっていたのである。

私の中に住んでいる気難かしい知識人、神経質な詩人、真面目な中学教師などは、夏の村の生活の間、姿を消してしまったようであった。時々私はそのことが心配になり、自分が村の青年の一人に過ぎない生活をつづけて結構それが気に入っているのは、どういう訳だろう、本当は自分は愚劣な平凡な人間にすぎないのではないか、と思った。しかし、村の青年の茶目気の多い生活がそのまま愚劣だと言うことはできない、といま私は思う。私自身の性質にしても、ひどく神経質で気難かしく意地悪な所があるとともに、ふざけたり、人をからかったり、戯談を言ったりする傾向を、少年時代から持っていたのだった。その傾向が小さい時からの友達と一緒にいると、村の青年らしい遊びという形で現れたのであった。私の中にあるこのような、ふざけたり、人をからかったりする傾向が自分の文学上の作品の中に現れるようになったのは、この時から三十年近くも経った後のことであった。小説か戯曲か戯文《げぶん》の形でなければ、私の中にあるそのような衝動を文学作品とすることはできなかった。

私は、時々、そのような村の青年としてののんきな生き方から脱落して、感傷的な憂愁にとらわれた。落葉松の奥で啼く山鳩の眠たそうな声が、わけの分らない焦躁と悲しみを私の心の中に呼びさました。そういう時、私は次のような詩句をノートに書いた。

もう私は　こんな濃い夏に厭きてしまつた。
藪の　ぜんまいやわらびは　せい一杯にのびて
その下を
甲虫や　蛙や青い小人などが歩くのだらう。
この海のやうな緑は
私の目つきをすつかり染めたに異ひない。
山鳩まで

あんな林の奥で
なんて眠たげに鳴くんだらう。
木々は白く葉をかへしてそよいで
馬車が　かたことと谷の上を行くのも見えない。
空はからりと晴れ切つても
胸ときめかす思出の一つもないうちに
すぐ
この夏もすぎてゆくし
ああ何時になつたら
私の世界を驚かすことが起るのか。
それまでは
幾年でも私はかうして
ありとも知れない夢を見つづけるだらう。
かつての女ともだちは
皆　恋を知つたり　蒼白い人妻になつたり。
さうして　十八のぼくも　十九のぼくも
独りぽつちの寂しい後姿で

あの落葉松の奥ふかく消えて行つたのだ。

そうして詩作の衝動が私を襲うと、私は家に引きこもり、三日も四日も昼寝をしては起きて何かを書き、読み、別人のように不機嫌になって、弟や妹たちに神経質な目を向けるのであった。家にこもっている時の私は、弟や妹たちにとっては意地の悪いおっかない兄であった。私は、毎日のんきに遊びほうけている自分に対して不機嫌になり、何か重大なことを忘れていたように苛立ち、重田根見子との恋愛事件で受けた自分の心の疵を思い出しては、それにフィクションを加えて、印象の濃い詩を作ろうとした。この年の春、汽車で通勤していた時に、川崎昇の妹の女学校の二年生の川崎愛子が、その友達の重田留見子の姉に当る根見子の噂を、無邪気そうに、しかし私の聞きたがっているのを知っているのではないかと思われるように、時々私に知らせてくれた。私はその事や、川崎昇の家の裏手の林檎園の花などを思い出し、重田根見子と最後に逢った晩の印象にそれ等のものを附け加えて、架空のシチュエーションを作り、次のような詩を作った。

林檎園は、ほうつと白く
りんごの花ざかり。
六月。

人気ない所に
蜘蛛は暇な巣を張り、
蓬や虎杖《どんぐい》は深く茂つて膝を埋める。

僕はすんなりと　かうして伸び上り
不思議な肉身と
あつい思ひの若者となつてから、
この春といふもの　なぜか
あの頬のやうな花にまですぐ涙を誘はれるのだ。

ああ十四の少女は
それを何ごともわきまへず、
肌明るい十八の乙女は
一夜の涙で脹れた目を　朝に冷たく見張つて
林檎園を棄てた。

ああ　ひとりよ

ほのぼのと白く花が空を埋め
霧も濃く六月の昼が深まれば、
また私はこの橙色の身をもてあまして
林檎園に来て　嘆いて　もだえるのだ。
ああ捕へがたく逃れて行つた
私の言葉をもう感じなくなつた姿。
冷たくて近寄れなかつた目よ。

この花が散れば
それで夢のやうに過した六月は経つてゆき
それから先の世界では
ただ狂ほしく私をめぐつて
緑へ緑へと季節が深まるばかり。

私はこのような詩を、思いついた時に大急ぎでノートに書きとめておいて、何日か後にゆっくり訂正する習慣であった。私は心に浮んだ詩句を書きとめた後では、自分の憂愁をそのなかに閉じこめてしまったように気が軽くなり、再び快活な青年に戻って、白い木綿の夏帽子をかぶり、白いズボンをはき、ラケットを持って海岸のテニスコートに出かけたり、菊池良雄の家の二階へ行って麻雀をしたり、夜歩きの仲間に加わったりした。

これまでの性の経験を私は特に大きな意味のあることだと考えていなかった。特に新潟での一娼婦との経験を私は何でもないと思っていたが、それは私を性の上で解放したのであった。突然近づいた女性とでも性的に触れ合うことを怖れはばかる気持を私は持てなくなっていた。私は女性に対して前よりも大胆になった。ロマンティックに言えば、私は思春期において決定的な永遠の女性というイメージを与える少女に逢わなかったのであろう。また心理的に言えば多情な型の青年であった。私はさまざまな少女の、さまざまな魅力に心をとらえられた。汽車で通学していた何年間のうちに、私はある少女の頬の形や色の白さに心をとらえられ、ある少女の目なざしに執着し、ある少女のスカートの下から出ている脚の形の美しさに目をやるのを抑制できなかった。もしその少女たちの誰かと近づく機会を与えられたら、私は重田根見子とそうなったような恋愛状態に陥ったことであろう。重田根見子には大胆なところがあり、彼女の方が少し意識して私に近づいたので、私は彼女と愛し合うようになったのであった。そうすると私は、その後では、彼女のグループであった通学している外の女学生たちの誰かに近づくことができなかった。しかし彼女等のそれぞれの魅力は、いつまでも私の心に残った。私は三四年間、朝夕に汽車で一緒になったその少女たちの一人一人を、心の中でいとおしみ愛したと言っていい。私は多情であったにちがいない。少女たちの一人一人は、それぞれに魅力があり、私は彼女等の特色の現れた笑いや、脚の運びや、包みの持ち方や、おくれ毛の襟にかかる様子などを見る毎に、彼女等が自分を待っているような気がした。私は彼女等の全部でないにしても、四人か五人とは、愛し合い、触れ合って見たいという夢想を抱きつづけていた。もしこれが二十歳の青年の夢想としてアブノーマルであるならば、私は色情狂的なまでに女性の魅力に敏感だったのであろう。私は勤めてからは、通学していた少女たちと逢う機会がなくなってからも、いつも彼女等を女性の原型として考え、外の女をそれに較べてみた。

内地の旅行から帰ってから後は、私は女性に近づく機会があると、抑制していることが難かしくなった。私はこの時期から後の一、二年の間に近づいた女性のことを、いまあからさまに書くことが出来ない。私が下手に書けばその人々を傷つけることになるだろう。ただ私が、はっきりと書いておけることは、私はこの時期に先輩や友人や知人の身辺の女性たちに、その先輩や友人たちを裏切るような形で近づいたことはない、ということだけである。

私はこの年の春中学校の教師になってから、一人の少女と少しずつ親しくなって来ていた。その少女は丸顔で、一重目蓋の下からちらと人を見上げる癖があり、ほっそりとした身体をし、髪をお下げに結っていたから、ちょっと見ると十五歳ぐらいの様子をしていた。そして彼女の言うことやすることにも幼い無邪気さがあって、私は妹に対するような気持でその少女と次第に親しくなったのであった。その時その少女は十七歳で、女学校の四年生であった。生家が貧しかったので、よそに養女にやられ、その家から女学校に通っていた。その少女は美しくはなかったが、新鮮な林檎のような、童女の清潔さがいつまでも残っているような、特殊な顔だちであった。だから彼女には、もし彼女が型どおりの美女であったら感じられない童女じみた魅力があった。私はその少女を本当に女性として恋したと言い切ることはできないが、その清らかさの純粋な印象に引きつけられたのであった。もし精神的な男女の愛というものが実在するものならば、その少女はそういう愛情で私を愛していたのだと思う。彼女は養女で一人娘であり、私は長男であったから、私と彼女は愛し合ったとしても結婚することはできなかった。

私はその少女と知り合ってから三月ほど経った夏の夜、彼女と逢う約束をして、夜、暗い場所で逢った。彼女は白い絣を着て約束の場所へやって来た。そして私たちは接吻した。私は彼女の性質の幼さを知っていたけれども、女性に対する観念が崩れて来ていたのと、真暗い所で少女と二人身を寄せ合っているときの雰囲気に駆られて、無理なことをしようとした。それがその少女を脅えさせてしまった。彼女の方は多分、その場所で、私に逢い、この世で実現できることでないにしても、永遠の愛というような約束をしよう、と心の中で思っていたのであった。彼女は私のすることを乱暴だと言い、あなたを嫌いだ、と言った。その言葉は私を打ちのめした。私は自分がこの清らかな少女に近づく資格を全く持っていない醜悪な青年であると思い、彼女の前にうなだれて沈黙した。そうして私は簡単にその少女と別れ、再び逢うことがなかった。私はその時のいやな屈辱的な気持から、その後何年も抜け出ることができなかった。しかし私は自分の苦しい気持をやがて解放し、自分をゆるした時に、その時健康な青年である私にとって、それが自然であったように、少女である彼女にとってもそれが自然であった、と思うようになった。求めたり拒んだり、言い争ったり、約束しなおしたりしながら、続いたであろうところの、当り前の恋愛が、その第一歩で、両方で感じたショックによって断ち切られたのだった。

この事件によって、私はその少女を本当に清純なひとだと改めて考えただけに、自分をこれまで感じたこともない汚ならしいものと思う結果になった。そして私は、どうせそんな男だ、と思い、その後、自分のセックスを棄鉢な投げやりな態度で扱うようになった。この事件のあった三ヵ月ほど後に、私の友人の一人が、私に逢いたがっている女性がいるのだが逢う気があるか、と言った。彼は、私がその二年前に川崎昇と一緒に出していた雑誌「青空」を持っていて、それを彼と同じ勤め先にいる文学少女であったその女性に読ませたのだった。彼女はそれに載っている私の詩を読んで私に逢いたいと言った、とその友人が言った。私の詩が賞讃されたということと、女性の友達ができるという、二つの喜びがあった。私は心がときめくのを感じた。しかし、女性というものについて、いくらか拗《す》ねた考え方をするようになっていた私は、そんなことを男の友達を介して私に伝えるその女性は、普通の少女にしては少し大胆すぎるから、警戒しなければならないのではないか、と思った。しかし、その話には、もう一つ私の心を引く点があった。その女性のIという字で始まる名前は、私が愛着していながら一ことも話をしたことのない少女と同じ名前であったことである。そのことが、躇う私を前の方へ押しやった。私は逢って見てもいい、と友人に言った。

友人の会社の退けどきに、その女性が小樽の本屋に寄るから、その時刻に私が友人とそこへ行っていよう、という話になった。私はその女性はきっと、自分でも詩を書いているので、詩を作る上で私に逢って話をしたいのだろうと想像した。また、そんな気持を男の前で口にすることから考えて、きっとその女性は、目の生き生きとした、頬の豊かな、女にしては大胆にものを考えたり書いたりする明るい性格を持っているにちがいない、と思った。そして私は友人と花園町第一大通りという一番賑やかで幅の狭い通りにある本屋の店先に行った。客が五、六人入っているその小さなよく流行る店の中に、着物に袴をつけた勤め人らしい女性が二人いて本をあさっていた。友人はその中の一人を、私に紹介した。そして私が知り合いになったその女性は、多分その頃、私よりも五つぐらい年上であった。色白で、目が黒く大きかったので、黒い袴がよく似合ってはいたが艶のない荒れた皮膚をしており、頬がとがって、もう娘らしさを全く失っている女性だった。彼女には何となく、一度結婚生活を経験したようなところがあった。だから、世なれて見える点に魅力があったけれども、その後彼女と散歩したりして話をしてみると、詩のことや文学のことを立ち入って知っているというところはなく、純文学の小説や歌集などを五、六冊読んでいる、という程度のことだった。それが分ると、私は彼女と文学の話をしないように気をつけた。

私は自分の方から女性の気に入るような話をうまくしてやったり、相手の気に入るような扱いかたをしてやる自信がなかったので、年上の女性との交際を気持が楽だと思った。彼女は私に、知人に逢いそうな街を一緒に歩く時は、適当の間隔をおいて、連れでないようにして歩くことを教えた。また、彼女の勤め先に電話をかける時のコツをも私に教えた。そして人目につかず、長い間坐っているのに都合のよい場所を、彼女はいくつか心得ていた。私は、こんな風にして、彼女はきっと前に、何人もの恋人と逢っていたにちがいない、と思い、ねたましく感じた。しかしそういう経験の多い女性が私と逢いたがることに誇らしいものをも感じた。私と彼女との間には、恋愛感情というものも湧かず、どちらもそういうことを口に出さなかった。そして暫く何事もなく過ぎたが、その逢いかたが忍び逢いの仕方であったことから、ある時、ほとんど戯れに接吻をし、それが刺戟になって、両方で性的なものを求め合うようになった。そしてその気分が二人の間でほぼ公然のものとなったある日、彼女は突然はげしく叫ぶような言葉でそれを私に今すぐと言って要求した。女性といる時は、抑制することにのみ気を使っていた私は、彼女が突然それを欲求して子供が菓子をねだるように同じ言葉を繰りかえしたとき、全く慌ててしまい、能力を失って、為すところを知らなかった。そして彼女の方も私も、ぶざまな気づまりな状態に陥った。私ははじめに、彼女のその欲求の言葉の激しさに脅やかされたため、その後も、彼女の欲求をうまく満たしてやることが出来なかった。私は新潟の遊女が保証してくれたことを思い出し、あの遊女の職業的な証言もいい加減なものだった、と気がついた。そして、私とこの女性との間は、何となく気まずくなり、やがて逢わなくなった。

この年の秋、哀れな気の狂った少女が私を愛した。彼女は私の幼な友達であった。私が七歳の頃彼女とその妹が六歳と五歳であった。この姉妹は両親がなく、酒飲みの乱暴な貧しい祖父と、気のやさしい祖母とに育てられていた。彼女等姉妹と祖父母とは、開拓小屋そのままの、笹で天井や壁を作った掘立小屋に住んでいた。その家の前の、きれいな水の湧く井戸のほとりの草原で、私と姉と彼女たち姉妹とは、ままごとをして遊んだ。それから何年か経って、私が小樽の中学校へ通っていたとき、ある晩、酒に酔った彼女の祖父が火を出して、その笹で出来た掘立小屋は燃えてしまった。やがて祖母は死に、貧しい家の娘によくありがちな順序で、この姉妹は女中奉公に行き、それから十七、八歳の頃酌婦に身を売って、私たちの目に触れなくなった。その姉の方に当る彼女が、気が狂って、村の親戚の家に引きとられたという話を、私はこの頃聞いていた。

ある日私が小樽から来て、駅から村の方へ出る坂道を下りた時、私は、彼女の親戚に当るその家の小柄な主婦が、村の娘にしては割合に身ぎれいにした一人の大柄な、桜色に燃えるように上気した頬の娘の手を引いて歩いているのに出会った。娘の目はきょろきょろして尋常でなく、私とすれ違う時も、私の方を見もしなかった。その二人とすれ違ってしまってから、私は前に聞いた噂話を考え、その娘が、十二、三歳の頃に別れたきりの彼女だ、と気がついた。多分彼女は酌婦という公然の淫売婦になっているうちに、客に病を移されて頭が狂ったにちがいない、と思い、私はままごと遊びの相手だった彼女を思い出して、胸をえぐられるような衝撃を受けた。もしそんな境遇に彼女がいなかったなら、いまの彼女は、中高の面長の艶のいい美しい娘なのだから、もっと人並みの生活を送ることも出来、気違いになることもなかったにちがいない。私は自分のセンチメンタルな気持のやり場がなかったので、ふだんは積極的な関心を持てなかったところの社会制度の悪というものを、このとき、本気になって考えた。

その次の朝、私は流し場で顔を洗っていた。すると家の裏手の井戸ばたで、派手な着物を着た彼女が、ツルベに口をつけて水を飲んでいるのを見た。その桃割れに結った豊かな髪は、がっくりと左に傾き、襟や耳の上に落ちかかっていた。見ていると水を飲んでしまった彼女は獣のように素早い動作で、何かに追われているようにそこを立ち去った。母が私に向って笑いながら、あの子はお前に惚れているのだ、と言った。この頃彼女は、毎日のように私の家の前を行ったり来たりして、私の母の悪口を言う、というのだ。家の前の庭に大根を吊って乾してあるのを、この家の婆あは、私をヒトシさんに見せまいと思って大根を吊して隠しているんだとか、私はヒトシさんの嫁になるんだ、などと大声で言って歩くので、可哀そうだけれども、本当に困ってしまう、と母が言った。彼女の私への愛着は、記憶の奥に眠っているままごと遊びの時に抱いた気持が、狂った心の隙間を通って湧き出て来たものにちがいなかった。彼女のその幼い時に抱いた衝動の現れを私はいとしいものに思った。そして、昔のその笹葺きの家の中の半分を占めていた馬小屋や、馬の大きな首や、彼女の祖父が酔って小川の中に寝そべって喚いていた時の怖ろしさや、私たち六、七歳の少年と少女が莚を敷いて遊んだ牧草の生えた草原や、そこを鍵形にめぐって井戸から溢れ出た水の流れていたきれいな溝を目に浮べた。その家のあとはいま、雑草がぼうぼうと茂って、人の立ち寄らない藪になっていた。あれも現実であったし、今の彼女の、性病に冒されて狂った美しい娘の姿も現実である。しかし、もうそれ等のものの違いを取りかえし、幼い少年や少女の夢を生かす道は、私たちの今の人生の中に残っていない。いま、彼女の不幸を見て過ぎる外ないということに、私は耐えがたい胸苦しさを感じた。

3

私の勤めていた市立中学校は、その年の秋、私の村寄りの小樽市の郊外に、十四、五室の教室や事務室を持った二階建ての校舎が出来上って引っ越した。そこは村の私の家から歩いて一時間ほどであったが、夜間の補習学校は小樽市の真中にあったから、私は自分の家から通うことが出来なかった。この中学校は教師が四人、書記が一人という職員の数なので、宿直が五日目にまわって来るのに皆が困っていた。その年の冬近くなった頃、私は希望してその宿直室に一人で暮すことにした。小使が二人いて、かわるがわる小使室に泊っていたから、私は飯をそこで炊いてもらい、副食物は自分で作った。そこは小樽市の端から一キロほど離れた谷間の狭まったところで、学校の下を国道が西方に私の村へ通じ、反対側の岡の斜面を鉄道が通っていた。校舎は、その谷をふさぐように南北に建っていて、国道から五、六間坂道を上ったところに玄関があり、左手に事務室、校長室、教員室、教室という風に続き、右手の角の室が八畳の畳敷きの宿直室であった。

十月、校舎の両側の山々は紅葉した。黄色と赤と褐色とのまざった山一面の紅葉は、冬の近づく前ぶれであった。私は冬のオーヴァーを作らず、再び学生生活に戻るつもりで、釣鐘《つりがね》マントを洋服屋に註文して作らせた。週に一日、私はドーズ氏に日本語を教え夜の補習学校に出講するために、ぬかるみの道を町まで行き来する外は、その宿直室で暮した。それは全く社会から離れた僧院風の生活であった。町に暮していると起りがちな女性問題や、それにつれて起る屈辱感や生活の破滅の危険から私は縁を切ろうと思った。また私は、村での生活にある私が拒み切れない麻雀遊びや酒飲みの会やたがいに相手の生活を腐らせることで安心するような遊び仲間の誘いからも、ここにいれば離れていられる、と思った。十一月になると、教室で使うのと同じ大きな石炭ストーヴが宿直室に据えつけられた。二重窓のついた八畳の室は暖く居心地よく、あたりはひっそりとして、時に上り坂をあえいで通り、また下り坂を小刻みな車の音を立てて通る汽車の音がするだけであった。北西の風が、谷間の奥の私の村の方から、この校舎に横なぐりに吹きつけ、がらんとした真暗な校舎のあちこちで、ヒューという音を立てた。そして雪が来た。国道は雪に埋れ、生徒の通る足あとと、馬橇のあととの細い道ができた。町からも、村からも離れたこの山間の宿直室の生活は、詩作や、勉強に一番都合のいい状態を私に与えた。

生徒たちや同僚以外に私が毎日逢うのは、食料品店の小僧であった。彼は私のために肉や罐詰などを届け、更に自分の店で扱っていない魚や野菜まで届けてくれた。彼の得意先は宿直室の私だけでなく、校舎から二、三分歩いた所に、校舎と並行に建っていた四、五軒の職員官舎の台所であった。一番下の道路に近いのが独立家屋の校長住宅で、その次の二戸建てが梅沢教頭と、それに隣り合せた結婚したばかりの新井豊太郎教諭の住宅であった。梅沢教頭は、私を何かと引き立ててくれたが、それは多分、私が教員として出世することを考える立場にないため、彼に使われる人間として素直に振舞っていたからだろうと思う。彼は色白の頬の肉のうすい、一重目蓋の目をパチパチさせながら、

「伊藤さん、あんたあ、勉強しなさいよ。今のうちだがな」と越後弁で言った。宿直室にいて風呂のないことが不自由だろうからと言って、毎週土曜日に私を風呂に呼んでくれた。そして、「うちの味噌汁は特別うまいがだ」と言って、きまってホウレン草の入った煮え立ったばかりの味噌汁を御馳走した。梅沢夫人は、色白で笑顔のいい三十五歳ぐらいの美しい人で、夫の部下である私を愛想よくもてなした。梅沢教頭はやかまし屋であったが、その人柄なりに部下には気を使い、生徒や部下たちに慕われることを何よりも好んでいるようであった。そして家庭からも友人からも離れた独りぽっちの生活をしている私は、梅沢家の十二歳を頭に、一郎、二郎、三郎、しづ子と数学の教師らしく割り切った名前をつけられた子供たちの相手をし、それが自分の心を和らげ、家族の中にいるようなうるおいになるのを感じた。

私は夜学に出かけた時に、時々沢田斉一という同じ村出身の同年の友人に逢った。彼は私と似た境遇で、その同じ年に函館師範学校を出て、小樽市の堺小学校の教師になっていた。また彼は中等教員の地理科の資格を得ようとして勉強していた。彼は大阪の大きな株屋である鈴木商店の代理店をしている小樽の株式取引所員の家に家庭教師として泊っており、その家の十四歳になる眼鏡をかけた丸顔の一人娘の指導をしていた。沢田斉一は快活な、努力型の青年で勉強することを苦にしなかった。また彼は話好きで生徒たちに童話を上手に話してやることが得意であったので、新任でありながら、学校で最も人気のある教員であった。

十二月に入っていよいよ雪になり、午後から吹雪になった日などは、生徒たちが帰ってしまうと、この学校と小樽市の交通はほとんど絶えてしまい、僅かに私の村まで通う馬橇が時折鈴の音をさせて校舎の下を通った。そういう日に沢田斉一が堺小学校の宿直に当っていると、私の所へ電話をかけてよこした。夜間は電話は宿直室に切りかえられて、私がそこへ椅子と一緒に持ち込んだテーブルの上にあった。

「寂しいなあ」と私が彼に言った。彼は人を元気づけることが上手であった。自分が困ったことにぶつかっている時でも、彼は、他人のそんな話を聞くと、突然快活になって、「しっかりやろう」とか「元気を出そう」とか言うのであった。

「寂しいか？ 今夜あたり、そこらは人も通らないからなあ」と彼が電話口で言った。そしてその後で彼流の励まし言葉を言うのであった。たとえば、「まあしかし、おたがいに、実社会に入った第一歩を印したところだ。頑張ろうぜ。人生はまだまだこの先長いんだからな。」

そして彼は、ある晩、私を元気づけようとして、口笛で「ホーム・スィート・ホーム」を電話口で歌った。彼は口笛がうまかった。

「待ってくれよ、それならオレだってマンドリンで弾けそうだよ」と私が言った。

「そうか、そうか、持って来いよ」と彼が言った。私はマンドリンで合奏したことなどはなかったし、人に聞いてもらうような腕でないことをよく知っていた。しかしいま沢田斉一が口笛を吹いているのに合せても誰も外に聞いているものはないのだから、恥かしがることはない、と思い、宿直室へ本や身のまわりのものと一緒に持って来ていたマンドリンを持ち出し、彼の口笛に合せて弾いた。それから「春高楼の」とか『庭の千草も』とか、私の稽古した限りの三、四曲を三十分あまりもの間、電話口で弾き、そのあと友人の噂をし、勉強の予定を尋ね合い、二人向い合っている調子で電話での会話をした。

彼とのそういう電話交際が、彼の宿直の度に多分二週間に一度ぐらいずつあった。ある夜、私は生徒の答案を見るので急がしかったので、彼と少しばかり話をし、口笛とマンドリンの合奏は今日はやめておこう、と話し合った。その時、その電話の中に女の声がした。その声は、「あら、今夜は音楽をなさらないんですか？　つまらないわ」と言った。

私は沢田斉一のそばに誰か女の人がいるのかと思った。沢田斉一の声が、

「えっ、君は誰だい？」と言った。すると女のくっくっと笑う声がしばらく続いた。それは一

人の笑い声でなく、二人か三人の笑い声のように聞えた。この郊外の雪に埋れた夜のしいんとした校舎の片隅で聞くと、その若い女の笑い声は、泉に日の光があたって、きらきらと反射しながら溢れ出しているような感じであった。私は全身に感電したような快さを感じた。それは電話交換手であったのだ。

「なあんだ、君たち交換手だろう?」と沢田斉一が言った。この思いがけない発見は、私を照れくさく感じさせるとともに、奇妙な幸福感を与えた。夜間に電話の交換台で仕事をしている彼女等にとっては、沢田斉一の口笛と村の青年の隠し芸じみた私のマンドリンの合奏ですら、慰めであったり、楽しみであったりしたのだ。そして、十何日目ごとかに行われた私と沢田斉一との合奏に彼女か彼女等は気づいており、それを単調な仕事の間の僅かな楽しみとして心待ちにしていた、ということであった。

冬になってから、私は来年の三月に商科大学の試験が行われるとすれば、こうしていられない、と思って、高等商業学校で習った学科のノートを揃えて見たり、簿記や経済学の参考書を集めたりした。もう、少し遅いな、と思ったが、実社会に出て色々な目まぐるしい経験をして、それに適応することに努力しているあいだに、夏と秋が過ぎ、冬になっていたのであった。学校ではどうにか及第点をとる程度にしておいた経済学や簿記を本式にやろうとして見ると、それは私に大きな抵抗を感じさせた。私はそれ等の学科が嫌いであったから、卒業して英語を教えていればいい今の身分になった時、心がずっと軽くなっていたのであった。それ等の嫌いな学科を改めて本式にやるというのは、高等商業学校の授業のいやな所に、また改めて頭を突っこむことだった。私は、いくら読み考えても頭に入らない銀行簿記の書物をテーブルに拡げ、この年の春の頃、夏の旅、秋の日々のことを頭に浮かべ、外の吹雪の音とストーヴの燃える音を聞いてうっとりと何時間も過し、思いつくとノートを引出しから取り出して詩を書いた。私は寝床に入ってからも思いつくと、枕もとのノートに書いた。あの少女たち、熱い唇を持った少女、私を悪い人だと言った少女、私を抱きしめた女たちは、いまどうしているだろう。そう思いながら私はいまの自分が孤独で、彼女等の誰からも切り離されているのを感じ、自分の夢想や過去の印象を文字でうまくとらえようとして詩句を書きつけた。

雪の降る夜毎に
ひとり私を訪ねて来る人がある。
夜更け
私は睡つてゐて知らないけれども
街ぢゆうに吹雪が吹きすさみ
家並が雪に埋まるときも
その人は
うすい歯の足駄をはき

紫の角巻《かくまき》に顔をかくして来て
指で私の窓の雪をおとし
夜すがら泣いて語つては
夜明けの雪あかりの中をさみしく帰つて行くのを
私は朝になつてからよく知つてゐるのだけれども。
かなしい私に結びつけられた人よ。
私が寝ついた時には来て
一日街の乙女らに目を燃やす私を
その人は　いつも泣いていさめて行くのだけれども。

私は自分の詩が幼稚であるように感じた。しかし私は、詩を言葉の芸だとは考えず、心に浮んだイメージを読みやすく、形をゆがめないように、そっとすくい上げるような、易しい言葉を並べる方法を取った。私は現象の形を追求することをせず、何かのイメージが、少しずつ形をなして、心の中に育つのを待つようにした。それ故、自分の詩が、イメージにおいては空想的で、字句においては平易であるような詩を私は好んで書いた。時々私は自分の詩を、その時の代表的な詩の雑誌であった「日本詩人」の本欄や推薦欄に載っている詩と比較してみた。そして私は、誰に言う為でもなく公平に考えて見て、自分の詩がその雑誌に月々載っている作品より甚だ劣る、とは思わなかった。私はその時すでに三、四冊、自分が読んですぐれていると思った詩や訳詩を書き写したノートを作っていた。そして私は、自分のそのノートに写した詩を書いた詩人たちに敬意を払い、その採用の程度を次第に点を辛くし、自分がこれではかなわない、と思う詩だけを書き写すことにした。雑誌や詩集に載っている詩人たちの才能の質、語《ご》彙《い》の癖などを私は知っていて、彼は進歩がないとか、この男は名前ばかり大家でぼんくらだとか、この人は歌い棄てたようなものも面白いとか、こいつは言葉の曲芸師にすぎないなどと批評した。そして、諸君はオレのノートにはそう易々と登場するわけに行かないんだ、と思っていた。そして、どうしても書き写さずにいられないような作品に逢うと、私は口惜しがり、その作風の急所がどういう所にあるかオレに分らない筈はない、と思って、何度でもそれを読み返し、最後に、いやいやながら敬意を払って、それをペンで写して行った。私は以前に二、三度雑誌に投稿したことがあったが、本欄には愚劣な作品が大きく組まれ、私の原稿が三段か四段に組まれることに腹を立てた。私はそれで「日本詩人」が新人の詩を募集していた時にも応募しなかった。

　私は自分の心内の自己批判では、自分の作品にかなり自信を持っていたけれども、しかし、自分の詩には、萩原朔太郎の持っているような決定的な力のないことも知っていた。そしてひそかにそれを苦にしていた。私は、新旧の詩人たちが大勢ひしめき合い、名前ばかりの大家がいつもよい発表舞台を占めている詩壇では、自分の納得するような地位を与えられるようなことは決してないだろう、と思った。おれは、いまのままで、たいていの若い詩人よりは確かだが、しかし、ここ三四年たって二十五歳になるまで決定的な力のある詩を書くようにならなければ、厳密な意味では二流詩人で終るかも知れない、と私は思った。それは残念なことであった。しかし私は、それでも仕方がないとも思った。もしそうだったとしても私は何とかして詩壇に四、五十人並んでいるあの詩人たちの席を一つ得て、生涯詩を書き、詩を発表して行こう、と思った。

この時の二年ほど前、私が川崎昇と知り合った頃には、私はもっと謙遜な気持で自分の作品のことを考えていた。その頃、私は詩壇とか詩人の席とかいうものを考えず、いつか誰かが読んでくれるかも知れないから、生涯に一冊だけ、自分の納得する詩集を残そう、と思っていた。それが今ではかなり現世的な、名誉慾の強い、小さくとも詩壇に席を得たいという希望に変っていたのであった。そして一流雑誌である「日本詩人」の本欄に作品が掲載されることはないとしても、二流雑誌の「太平洋詩人」とか、「詩壇」とか、「詩神」などという雑誌の本欄に、二月か三月に一篇ぐらい詩を発表する程度の詩壇的地位を得たい、と思った。

4

その冬のあいだ、学校の宿直室にいて、私はこれまでになく多くの詩を書いた。それは四、五十篇に達した。それを私は白い紙のノートに次々と書いた。そして一月ほど経ってから、古いものから順に、削ったり書き加えたりした。私はそれ等の詩を一度に無理に仕上げようとしなかった。もとのイメージを壊すほど文字の表現に凝っていると思うと、私は訂正するのをやめ、また別な時を待って、ノートを閉じた。そして絶えずどれかの詩句を思い浮べては、ぼんやりしていることが多かった。そのため、私は経済学や簿記の勉強に心を集中することができなかった。冬が過ぎ、就職してから一年目の大正十五年の三月になった。私は上京して川崎昇のところに泊り、試験を受けに神田一ツ橋にあった商科大学へ行った。東京商科大学は、その三年前の関東大震災に、本館の一部分と、赤い煉瓦建ての屋根の尖った図書館とを残して、大部分が焼けたので、校舎は一階建てのバラックの寄せ集めであった。この単科大学は、本科の入学生として、この学校に附属している予科からの入学者の外に、全国の高等商業学校や高等学校の卒業生から五十名ほど採るのであった。受験者は三倍ほどあり、自信のあるものだけが全国から集まるので、かなり難関だと言われた。私は、大きなバラック教室の机に向って配られた簿記の試験問題を見た時、そのほとんどが分らなかった。そして、小樽へ帰ってからしばらくして、川崎昇から落ちたという知らせを受けた。

私は相当に悄気た。そして、次の年には落ちることができない、と思った。私はどうしても、経済学の骨骼と簿記の数字のバランスの理論とを、本当に理解しなければならなくなった。その時代は、思想的な意味でのマルクス主義の研究が盛んであったが、純粋に経済学の学問としては、京都大学の河上肇の出していた雑誌「経済学研究」が最も権威があると言われた。そしてその河上肇に対立している自由主義的な経済学の権威と見られていたのが、東京商科大学教授の福田徳三であった。福田徳三の弟子は私の学んだ高等商業学校にもいた。福田徳三はオーソドックス経済学の最高の権威と目されていたが、傲慢で強気な人物らしく、色々な伝説があった。福田徳三は六カ国語を自由にあやつるとか、丸善に経済学関係の新しい洋書が入ると、福田徳三は一冊でなく、同じ本を全部を買ってしまう、というようなことであった。

私は福田徳三の代表的な著作とされた『国民経済学講話』という六百頁ぐらいもある正続二冊の本を買って来て、この年の春から、課業にして読んで行った。そして彼に特有の引用や傍証や、煩雑な知識の陳列のようなその本の内容を整理するために、要領をノートに書き写して行った。私が高等商業学校の生徒だった時、大熊信行とか、南亮三郎とか、室谷賢治郎という経済学原論や経済学史を教えていた二十歳代の若い教授たちは、みなマルクス主義を気にして、講義の間にそれに言及し、その構造の要所を説明した。そして大熊信行は「マルクスのロビンソン物語」という言い方でそれに対して批判的であり、学生時代に思想問題で検挙されたことのある南亮三郎はマルクス主義を支持する気配を示し、その時二十四、五歳で一番年若い室谷賢治郎は、自分の論文を河上肇が二、三行批判したことを、学徒として名誉であると教室で言った。それ等の若い教授たちの時折の論及から得た私の知識でも、マルクス主義経済学の考え方には、理解する手がかりになる骨組みがあった。しかし福田徳三の『国民経済学講話』を半年ぐらいかかってノート四冊に整理しても、私は彼の立論の骨骼を摑むことが出来なかった。

私の得た印象では、福田徳三は、資本主義経済はその利点を温存したままで計画経済または統制経済に移行する方が有利である、ということを、統計や実例や色々な学者の説を援用して複雑に分りにくく述べているように推定された。

私はそれがこの権威ある学者の結論だと考えた時、不満を感じた。その不満は、彼の学説には、引用や傍証のみが多くて、はっきりした理論の構造がないということであった。しかし、本当は、彼の学説に、青年を納得させるような善悪の型のはっきり分る倫理的な背景がないことが、私の不満の原因のようであった。

校長の吉田惟孝は、いつも昼食を校長室の長テーブルで皆と一緒にしながら、少しずつ会議して問題をまとめてゆく習慣であったが、その人員はこの年の春の新学期から多くなっていた。博物の教師として、広島高等師範学校出身の斎藤慎太郎という小柄な、博識な二十五、六歳の教師が来た。また早稲田大学の英文科を出た高岡徳太郎という目の大きなおっとりした性格の教師が来た。また小坂英次郎というでっぷり太った、鼻下に髭を生やした中年の教師が来た。小坂英次郎は、高田の師範学校で、吉田惟孝に学んだことがあり、そのときは梅沢教頭の下級生であった。卒業後彼は、小学校教員をしばらくして、校長になった。しかしその後志を立てて東京に出、国学院大学に入り、国漢文の中等教員の免状を得て、旧師が校長をしているこの学校に職を得たのであった。

小坂英次郎は、初めから私たちにユーモラスな人物だという印象を与えた。吉田校長と梅沢教頭の姿が見えないと、彼は、東京で妻子を連れて苦学していた時代の貧乏話を面白おかしく語った。納豆を売りに歩いたが、どうしても「ナットウ」という声が出なかったことや、おかずのない食事を続けたことや、若い学生たちの中心になって馬鹿騒ぎをしたことなど。外からこの学校に訪ねて来る教科書の販売員や初めての父兄などは、でっぷり太って鼻下に髭を生やした小坂英次郎を、校長か教頭だと思い、いつも彼に鄭重に挨拶するのだった。生やそうにも髭というもののほとんど無い梅沢教頭は、色白で痩せて若々しい顔をしていたので、そういう外来者には無視されがちであった。校長も髭を生やしていないのだから、君の髭は剃った方がいい、と教頭が小坂教諭に言ったそうだ、という話が私たちの間に伝えられた。出所は明かでなかったが、まずその髭のことで梅沢教頭と小坂教諭の間に対立する空気が生れたように私たちは思った。

「小坂さん、その髭を剃ったらいいんじゃないかね? そうすればこの学校が丸く納まるんだがな」と先任教員である新井豊太郎文学士は、校長や教頭のいない時に、冗談にまぎらして言った。小坂教諭は、やや猫背の肥満した身体に紺のセルの背広を着て、のしのしと教員室を歩きながら答えた。

「わしの髭は、苦学して納豆を売って歩いた時代にも剃らなかったのだから、たまたまこの学校の教頭に髭がないからと言って剃るわけには行かかん」と彼は真剣な顔で言った。彼がそういう顔をすると、七八人の教師を部下に持っていた小学校長だった時の威厳のある様子になり、

ウカツにからかうことの出来ないような風格があった。しかし彼は、ちょっとそうしていた後で、にやっと顔を崩して、

「うちの教頭はどうも朝鮮の系統じゃないのかな？　古来裏日本は大陸方面との交通が頻繁であったというのは、歴史の証明するところなんだから」と言って皆を笑わせた。

小坂教諭が梅沢教頭を重んじないという印象は、梅沢教頭を苛々させたようであった。二人の間にはいつも何となく不穏な気配が漂っていた。一学期に一度、教師たちは料理屋へ行って酒を飲む会をした。校長の吉田惟孝は昼の食事の時も宴会の時も、絶えず自分が教師たちに接触しているようにと気をつけていて、そういう会にも出た。校長は宴会の席でも、笑顔を作らず、歌を歌うこともないので、教員たちは気づまりで座が沸くことはなかったが、小坂英次郎だけは別であった。彼は学期末の宴会に、酒をぐいぐい飲んで大声を発した。ふだんの剽軽《ひょうきん》なところがなくなり、酒乱じみた性格を現した。彼は「やい梅沢新一郎、貴様は」という言い方で教頭を罵り、梅沢教頭は真蒼になっていきりたった。格闘が始まりそうになった。梅沢教頭は痩せてはいたが相撲自慢で、前の中学校に勤めていた時は、上級生の相撲の選手たちを相手にし稽古していたというのが自慢であったし、負けぬ気の強い精悍な人物であったから、部下に侮辱されて黙っていることは出来なかった。しかし、その騒ぎは校長の一喝で納まった。小坂教諭はその席で酔いつぶれ、正体がなかった。

次の朝、小坂教諭がどういう態度に出るか、という期待で、教員室に揃った教師たちは、し

ーんと自分の机の前にひそまりかえっていた。始業時間少し前にそこに現れた小坂教諭は、昨夜どこかで転んだのか、額になまなましい疵をつけていた。彼はまず校長室へ行って陳謝しているらしく、ちょっと時間がかかった。校長室の扉口から出て来ると、彼は教員室の上席で何かの事務に没頭している気配の梅沢教頭の前に立ち、極度の謹慎ぶりを示した低い声で、「梅沢先生、昨夜自分は酒に酔って前後をわきまえず」という言い方で、鄭重に陳謝した。そしてその時、小坂英次郎は本質的に無頼《ぶらい》の精神を持っていて、反抗者としての自己を貫くかも知れない、と思っていた私の心の中の彼のイメージは崩れた。そのあとに残ったのは、折角得た中学校の教員という地位を守り、妻子との生活を安らかに続けたいという中年の男の後姿であった。小坂教諭は心からの陳謝のしるしとして、伸ばしていた髪を短く刈ってしまった。しかし彼はその髭は落さなかった。小坂英次郎は、その後、梅沢教頭には絶対服従の態度をとった。しかし、彼の中にいる不安な心はそのままでいることができなかった。小坂英次郎は、彼と同時に赴任した小柄で善良そうな博物の若い教師斎藤慎太郎を敵視して食ってかかるようになった。斎藤慎太郎は、中々理論家で、ことごとに小坂英次郎を反駁し、小柄な身体から出るよく透る声で、二人の間の話のいきさつが誰にも分るように、教員室でも校長室の食事の時でも、皆の前でその議論を続けた。そして争いを二人の間だけに限定しようとする小坂英次郎を、その戦法で斎藤は手こずらせた。

二月ほど後に、私と同時に前年の春この学校に赴任した藤原恵次郎教諭が結婚をし、その披露が、同じ料理店で開かれた。今晩は彼はどうするだろう、と私たちは話し合った。彼は、初めは目の前で手を振って盃を受けるのを拒んでいたが、やがて少しずつ飲みはじめ、酔がまわって来た。山田書記が追分節を歌い、梅沢教頭が謡をうなった後で、小坂英次郎は、隠し芸をやると言い出した。「題して上野動物園」と彼は言った。彼は座敷の真中で四つ這いになり、動物の鳴き声を真似た。初めは獅子のほえるので、次は猿の啼き声であった。その次に鳶《とび》をしますと彼が言った。トンビという綽名の梅沢教頭は、一瞬きっとなったが、思い直したように笑顔になった。小坂教諭は、ピョロピョロという声をたて、両手をひろげて羽根を動かさずに輪を描く鳶の恰好で、ぐるぐるまわった。そしてしばらく皆を笑わせてから、彼は豚の声、犬の声、猫の声、鳥、雀とそれぞれ演技をつけて鳴き方を真似た。

皆はその度にわっと笑ったが、私には、彼がトンビの真似をした時から、彼が我々同僚の一人ずつを動物に見立てて、その鳴き声で、我々の日常生活や性格などを諷刺しているような気がして来た。この中で私が諷刺されているとすれば、それは何だろう、と思った。そして私は梅沢教頭にひいきにされ、土曜日毎に梅沢家の湯に入りに行っていることから、きっと犬に諷されているな、と思った。彼は犬を真似るとき、四つ這いになり、片手を尻の所にあてて、それを突き立てる恰好にして左右に振った。私は実にいやな感じがした。この髭を生やした立派な風采の中年の男は、人に厭な感じを与えるのでなければ、自分が生きているような気持になれない弱い心をその内側に持っていたのであった。

彼は最後に、「もう一度豚をやります」と言った。もうその頃は誰も笑わず、座が白けてしまった。それは婚礼の披露の席の隠し芸としてはあまりふさわしいものでなかったし、彼のその隠し芸には同僚へのあてこすりがあることが分ったからであった。彼はブーブーと四つ這いになって歩いてから、自席に戻って坐った。これは太っちょの馬鹿な自分のことですよ、と彼が言っているようであった。彼の顔は真赤に上気し、その目には涙が浮んでいた。

英語の主任教師である新井豊太郎は、以前に文学青年であった。彼は私が詩を書いていることを知っており、この学校で私が文学談をするたった一人の相手であった。彼の父は、小樽市の港町で印刷屋を営んでいた。彼は私に、君は大分詩を書きためたようだが、詩集を出したらどうだ、と言った。詩集を自費で出すことは大変金のかかることだと私は知っていた。新井豊太郎は、印刷や製本に注文をつければ大変だけれども、自分の親父の印刷屋で暇な時に少しずつ組んでゆけば、安く出来る、と言った。私はその気になり、東京にいる川崎昇にそのことを相談してやった。川崎がそれに賛成したので、私はこの年の夏から詩を整理して、三百篇ほどの中から百五十篇ばかりを選み出した。そしてそれを新井豊太郎に渡した。一月ほど経ってから、八頁ほどの校正刷りが出た。旧式な刷り減った五号活字で、「え」という活字は、みな「に」となっていた。それからまた十日ほど経って四頁、また半月後に六頁というように、緩慢な速度で私の詩は組まれて行った。それが全部組み上って本になることはあり得ないような感じがした。その間に、私は校正刷りをあまり直したので、新井豊太郎に苦情を言われた。しかしこの年の秋が深まり、二度目の冬が宿直室にいる私を訪れて来た頃は百五十頁ほどの校正が出ていた。新井豊太郎は百円ぐらいで詩集を作れる、と言った。私は月給が十円上って九十五円になっていた。年の暮が迫るにつれて、年に一度のボーナスがいくら出るかと職員たちは話し合った。十五割、つまり月給の一倍半ほど出るだろうと皆が予想した。私はその中から詩集の印刷費を払うことにした。

六　若い詩人の肖像

1

大正十五年の秋頃、私は近く出ることになっている自分の詩集の書名を考えていた。私は凍りついてほの明るい雪の夜道の感じを生かそうとして、『雪明りの道』という題にしようと思った。東京にいた川崎昇が、その年の秋に、少しの間帰って来た。私の村で、私は彼と逢った。秋雨のあとで泥んこになった道を、彼と私は並んで、水たまりを避けながら歩いていた。秋雨が冷たく降っていて、しかも外套にくるまった身体はほてっているような日であった。私はその年の春東京で逢って以来、半年目に逢うこの友達に、何か一番大切なことを語りたい、と考えていた。そして彼に詩集の題を相談するということに思いついた時、私は嬉しかった。二十歳頃の友情というものには、恋愛に似た心の動きがあった。

「その題はいい題だけれども、ミチは『道』か『路』か？」と川崎昇は反問した。私が「道」だというと、彼は「路」がいいと言った。私は道を路と書くことが、岡を丘と書くように、その頃の文学的な用字法の流行になっていて、センチメンタルな気配があると思い、それを避けて「道」にしていたのであったが、川崎昇が「路」がいいと言ったとき、それに同意した。そしてとにかく自分の詩集の題に、自分の詩の価値の発見者である川崎昇の考えた字を一字使うということに私は満足した。

「じゃ、路にしよう」と私が言った。そして、今それは決定してしまった、と思った。その時、彼と私は、私の村の中を流れる小川にかかっている卵橋という橋を、川上の方へ五六間通りすぎた場所を歩いていた。そして、いま私の記憶の闇の中では、ゴロゴロ石の埋った泥まみれの道の中ほどの様子が目に浮かぶだけで、彼が一体何の用で帰郷していたのか、私の村へいつ来て、いつまた東京へ去ったのかは、全く分らなくなっている。私は感傷的になっていて、その場面を心に刻み込もうとしたのであった。勤め先の中学校で、私は詩集を作りかけていることを、なるべく同僚に分らせないようにと気をつけた。

しかし隣の机にいる新井豊太郎の所へ、父親の印刷所の仕事を手伝っている彼の弟が時々校正刷を届けに来て、その校正刷が私の所にまわされた。そして私は学校の宿直室に住んでいたので、それを秘密にしておくことはできなかった。あらわに恋愛感情を描いた何篇もの詩が、その中にあった。夜、宿直室のストーヴのそばに据えたテーブルでそれを校正しながら、私は中学教師の出す本にしてはまずいな、と思った。しかし、それ等幾篇かの恋愛詩を抹殺するのは、その一冊の詩集の命を消し去るようなことであった。そして二百五十頁ほどの再校のゲラ刷がかなりの厚さとなってそのテーブルの上に置かれた時、私はこの詩集の著者となる責任を負わねばならないと覚悟した。それは、やがて学校をやめるつもりで同僚や生徒たちの目に自分の恋愛を曝すことであった。

私が詩を書き始めた大正十年頃創刊されて、それ以後この年まで新潮社から刊行されていた「日本詩人」は、その時の詩壇の代表的な雑誌であった。川路柳虹、萩原朔太郎、百田宗治、室生犀星、佐藤惣之助、福士幸次郎などがそれの編輯に責任を持っている「詩話会」のメンバーであり、定期的に書き、順番に編輯に当っていた。私は月々この雑誌をとっていて、この雑誌によって、現在の詩壇における一般的な詩の形式や表現法を学んだ。この雑誌の主流となっていた表現法は、多分近代の日本詩史の中で、もっとも散文に接近したもので、口語文の自由詩形式と言われ、韻律の支配を受けず、また意味の明白なことがその特色であった。そして私には、この二つの特色は素直に受け容れられるものであった。この雑誌に拠《よ》った詩人より少し前には、文語体系の詩や、晦渋《かいじゅう》な象徴派系の詩を得意とする三木露風、北原白秋、日夏耿之介、佐藤春夫、西条八十、堀口大学などがいた。私は文語体が苦手で、象徴的表現を操れなかった。ただ私は自由詩の粗大さを嫌って、できるだけ圧縮した、無駄のない表現で、散文そのものにならない強さを得ようとして努力した。それで私は、詩を書くことによって、平明な圧縮した口語文体の技術をこの数年間練習するという結果になったのであった。後に私が散文の仕事に移ってゆくきっかけは、すでにこの時にできていたのだった。

大正末年に、「日本詩人」と競争するような形で出ていた詩の雑誌には、白秋の「近代風景」があった。また内藤鋠策《しんさく》が出していた詩と短歌の雑誌「抒情詩」があり、また長谷川巳之吉が勤めていたらしい玄文社という書店から大藤《だいとう》治郎の編輯で出ていた「詩聖」があり、また渡辺渡《わたる》、小野十三郎《とおざぶろう》、野村吉哉、草野心平、菊田一夫、吉田一穂《いっすい》、神戸《かんべ》雄一などというこの頃二十三四歳であった無名に近い詩人がぎっしりと三段組の誌面に詩を書いていた「太平洋詩人」や「詩壇消息」という粗末で賑やかな詩文の雑誌もあった。また田中清一の編輯した「詩神」という雑誌もこのクラスの新しい詩人を多く集めていた。これ等の詩の雑誌が小樽の本屋の店頭に毎月並んでいたのだから、詩の雑誌の氾濫していた時代であった。

私は「日本詩人」を毎月買ったほか、特に「近代風景」や「詩聖」や「太平洋詩人」や「詩壇消息」などを時々買い、詩壇というもののあり方をかなりよく知っていた。たとえば「日本詩人」はちゃんとした稿料を出している雑誌であるが、「太平洋詩人」は渡辺渡か誰かが印刷屋を営んでいて、そこへ若い詩人たちが集まり、皆でこの貧弱で賑やかな雑誌を出しているらしいことは、その雑誌のゴシップ欄などを読むと分った。また「抒情詩」という雑誌が十年あまりも続いているのも、その編輯者の内藤鋠策が「抒情詩社」という印刷所を経営しているからであることも知っていた。田中清一というのは広島の地主か何かの金持ちであり、彼の編輯する「詩神」はその金の力で出されていることも、「詩壇消息」のゴシップ欄の記事で知った。だから詩の雑誌が盛んに発行されているのも、それ等の雑誌が採算が取れるからではなく、詩を書いて発表したい青年がいま無数に現れて来ているので、印刷の便宜のあるところ、金力のある所に、それ等青年たちの爆発するような発表慾が集中して渦巻いているのだった。その有様が、北海道の小樽の郊外の中学校の宿直室にいる私の胸の中に、すさまじいものとして描き出された。

それ等の詩誌に作品を発表するような若い詩人の中の一人に自分がなることがあるだろうか、という空想を、私は時々した。私は詩集を出す気持になってからは発表慾が強くなっていたので、できればどこかの雑誌に自分の詩をのせたい、と思っていた。しかし、「日本詩人」の新人募集に応ずる気持には私はなれなかった。それが最も権威ある詩壇の公器のような雑誌であったため、そこで下手な格づけされたり、そこで選に洩れたりするのは、ひどい屈辱的なことに思われた。私は十八九歳の頃、二三度詩を投書していやな気持を味わってから投書家の作品の発表される惨めな形に懲りていた。「詩神」、「太平洋詩人」、「詩聖」などには誰かの伝手《つて》がなければ、発表できそうもないと思われた。

私の詩集の校正が出はじめていたこの年の秋頃、室生犀星が「日本詩人」に、「驢馬」という雑誌の出ることを予告する短い文章を発表した。それは、自分の知っている若い詩人たちが雑誌を出す筈で、自分と芥川竜之介とがそれに力を貸してやることになっている、という趣旨のものだった。その同人として平木二六《じろう》、堀辰雄、窪川鶴次郎、宮木喜久雄、中野重治、西沢隆二、太田辰夫という名前が挙げられてあった。私は、平木二六の名を、どれかの詩の雑誌で見た覚えがあるだけで、この一群の若い詩人たちの名は初めて見るのであったが、彼等を強く年たちの幸福を考えると、私の胸は嫉妬心でうずいた。なぜ私がその仲間に入っていないのか？　それは「日本詩人」に投書して、弱輩扱いされることでもなく、また、いかにもその時の詩壇の序列に不平顔に、「太平洋詩人」という汚ない雑誌に集まって、押しっくらするように三段組で作品を発表するアナーキスト系らしい詩人たちのやり方とも違っていた。この七人の青年たちは、言わば室生とか芥川という当代の流行作家たちに保証されて、特別席を作ってもらっているようなものだ。この連中は、狭っ苦しい詩壇などを目標にしているのでなく、文壇というもっと広い世界を目標にして活動しはじめるつもりだろう、と私は直感した。そして羨ましさのため私はその七人の名前を覚えてしまった。

それと前後して、私は偶然読んだ「文章倶楽部」という新潮社発行の投書雑誌に、芥川竜之介が、この「驢馬」の仲間の堀辰雄の短い詩を挙げて賞讃している文章を読んだ。それは、私の虫歯の中に小人がいて、彼はそこで小さな燈をともして絶えずその白い壁を打ち砕いている、という意味の即興的な六七行の詩であった。芥川は、この作品にはたしかに新しい時代の感覚がある、とそれを批評していた。堀という青年は甘やかされている、と、私は思った。

このような、それまで名も知らなかった若い詩人たちが木に虫が一面にたかるような気配で出て来ていた。彼等の多くは私と同年か、二十四五歳ぐらいであろうと思われた。その青年たちが、「太平洋詩人」とか「詩神」という雑誌の頁をぎっしりと埋め、それに、突然若い詩人の一群が芥川や室生のような流行作家の庇護を受けて押し出される、という感じは、その二三年前の詩壇には見られないことであった。

そのような、若い詩人たちの群れて出る時代の感じや、六七人の若い詩人たちが日当りのいい特別席を与えられて公然と推薦されて出るということは、私を不安にした。私はその「驢馬」という雑誌に集まった連中を室生犀星が扱ったやり方は不公平であると感じ、その同人たちを、先輩に近づいていい子になり、うまくやってやがる、と思った。そしてそのような片手落ちなことが、文学の世界で公然と次々に行われるようであれば、自分たちはどうすればいいんだ、と叫びたいような気がし、この世界でも先輩にうまく近づくことが役に立ち、彼等がそれを力にして詩人や小説家として名を成すようであれば、それは芸術が情実に左右されることではないか、と思った。田舎に一人でいて大家たちに近づけない自分は、きっと損をするにちがいない、と私は感じた。

私は自分がこれから後詩壇でどう扱われ、どのような人々の中に入って行かねばならないかを苦にし、大変神経質になった。そうすると、これまで無縁なものとして遠景に小さく考えられていた詩人たちの現実の存在が、聳え立つように目の前に迫って来た。室生犀星、萩原朔太郎、千家元麿、佐藤惣之助、川路柳虹などというのは、巨木のような大家であり、そのまわりには多数の弟子たちが集まっていて、とても近づけそうもない。金子光晴や吉田一穂や尾崎喜八や平戸廉吉《ひらとれんきち》などという、その次の世代を形成しそうな三十歳前後らしい詩人たちもまた、思いがけない権威をもって存在しているように見えて来た。そして小野十三郎とか野村吉哉とかいう「太平洋詩人」の片隅に詩を発表したり雑文を書いたりしている連中もまた、私を後輩として軽く見下すにちがいなかった。いま私が詩集を出して、それから後どこかに発表場所を求めるとすれば、私はいやでもその連中にも先輩として接しなければならないだろう。そのような若い連中は何人ぐらいいるだろうか、と私は数えて見た。坂本遼とか伊藤和《やわら》とか草野心平とか伊藤信吉とか尾形亀之助とか高橋新吉とかいう名前は、五十数名に達した。私は絶望した。彼等の詩のぎっしりとつまった三段か四段組の詩の雑誌には私の割り込めそうな場所はないようだった。彼等は仲間ぼめやゴシップの短文を書いて、肩を叩き合うようにうまくやっているのだ、と私の目に写った。以前には私は、白秋、露風、惣之助、光太郎、朔太郎などの作品を傲然として批判し、点をつけ、その中から一二篇を僅かに自分のノートに写すという光栄を彼等に与えていた。今では私は、そのずっと下っ端の草野心平などという変な名前の男をも先輩と見なければならないのである。草野心平というのは全然誤魔化しかでたらめで人を驚かすような詩しか書いていない奴だ、と私は考えた。たとえば彼は、「詩壇消息」の四段組の一番下の欄に「冬眠」という題の詩を書いていた。題は「冬眠」で本文は●という黒丸一つである。蛙のことばかり詩に書く男だから、「冬眠」とは蛙の冬眠のことなのであろう。こんなハッタリが横行し、室生犀星がたまたま身辺に集まった若い者を天才の一群であるかのように身勝手に推薦するような詩壇では、情実や排斥や仲間ぼめや序列などということが横行しているにちがいない、と思い、私は詩壇というものを怖れた。しかも私は何とかして、その五十何人かいるドングリを並べたような若い詩人の仲間に一人として加わりたいと思った。

大正の末年のこの一二年、若い詩人たちの詩の書き方は、目立って変って来ていた。草野心平の「冬眠●」は例外だとしても、平戸廉吉は蛾の動く気配を全部ローマ字で現わし、Passassss-sushというような行が二三十行も続く作品を書いて「未来派」と称していた。しかし平戸はその頃死んで、それが最後の作品なのだから、多分それが本気なので、ハッタリではあるまい。萩原恭次郎や岡本潤などはアナーキストらしく、歌うというよりは、詩で人を脅かすような絶叫するような罵るような効果を出そうとしていた。私のやって来た抒情的な自由詩系統の作風は流行遅れになりかかっていた。若し詩壇というものが、ハッタリや絶叫がものを言い、情実の横行する場所であれば、私のセンチメンタルな抒情詩は片隅に押しやられて、日の目も見れないだろう。

私はその時の詩壇なるものが分るに従って、いよいよ絶望し、急速に自信を失った。私には、単純で透明な、自然と人間の混り合った詩を好む性質があった。その頃肺病で死にかけていた山村暮鳥の「雲」にある

おうい雲よ
ゆうゆうと

馬鹿にのんきさうぢやないか
どこまでゆくんだ
ずつと磐城平《いはきたひら》の方までゆくんか

という系列の短詩を私は好んだ。またその少し前に肺病で死んだ無名の八木重吉の詩が特別な待遇で「日本詩人」に載せられていた。その中の「故郷」という二行の詩を私は愛した。

心のくらい日に
ふるさとは祭のやうにあかるんでおもはれる

私なら、きっとこの後に何か説明を四五行つけて、この効果をこわしてしまうだろう。どのような確信で彼は二行で終え、それが効果を生かしているという自覚を持ったのだろう？　この単純な詩の不思議な澄んだ効果が一体どうしてとらえられたのだろう？　明晰であるだけに不可解なその力の構造を理解しようと、私は心を労した。それは流行遅れで単純かも知れないが、形が単純であるだけにその魅力の根源をとらえられないのが残念であった。しかしどうしても魅力は言葉の構成からはつきとめることが出来ず、私はそのことに自分の非力を感じ、情けなく思った。だがまた暫くすると私は、暮鳥や重吉の単純な詩の魅力を思い出し、それを読み、その力の働きの秘密が分らないのに失望した。それ等のものに較べれば、朔太郎や惣之助の作品の魅力は明らかに語法に根拠があって、理屈で分析できるものだった。

この年の夏のはじめ「抒情詩」が、新しい詩人を募るという広告を出した。それは四五人の選者を置き、投稿する方でその中の好む選者を決めること、また雑誌全体をその当選者に解放してそれ以外の詩人の作品を載せない、という規定であった。私はそれに応ずる気持になった。そして選者の中から尾崎喜八を選んで、五篇ほどの詩を送った。その二月ほど後に、その雑誌が私のところに送られて来た。そして私は自分の詩三篇が、その菊判より広い雑誌にゆっくりした二段組に印刷されて載っているのを見つけた。尾崎喜八が選み出したのは私の外に、更科《さらしな》源蔵、金井新作の二人でいずれも初めて見る名前であった。尾崎喜八はこの三人の新人を推して、人道主義的な表現の、少し感傷的な選評を書いていた。三人の人々の作品に自分は深い「アミチエ」を感じた、という趣旨の文章であった。何年もの間投書を嫌い怖れていた私が、そのような挙に出たことを、私はひそかに後悔していたが、その雑誌に書かれてあったその尾崎喜八の文章に、見下したような態度のないことを嬉しく思った。また五号活字で二段に自分の作品が三篇載っているというその掲載の仕方も私の気に入った。私はその雑誌を飽かずに何度もひろげて読んだ。そして更科源蔵というのが北海道の釧路の北方の弟子屈《てしかが》にいることが分ったので、更科に手紙を書き、返事をもらった。私は更科源蔵という詩を書く友人が一人出来たのを嬉しく思い、しかもそれを嬉しく思う自分を情けなく感じた。

2

そのように焦りながら確信を失い、しかも心の底では、いま組んでいる自分の詩集は詩壇のがさつな連中には認められないだろうが、本質的にはそう駄目なものでないという以前の自信のカケラのようなものを抱き温めながら、私は冬が近づく気配を感じて焦り出した。また私は受験勉強をしなければならないのであった。来年の春には面目上落ちることができない、という声が私を脅やかした。それは、自分自身に対してでなく、同僚に対してであった。中学校の教師という今の境遇を不満として上の学校に入り、もっとましな何かの地位を自分の将来に予定しながら勉強している男がそばにいる、というのは、同僚の教師たちにとって不愉快なことだ、と私は思った。こんな所にいつまでも居るつもりはないんだよ、という気配が、いくら気をつけていても私の態度に現われている筈であった。その上私は、教師を失格するような恋愛詩集を出そうとしていた。

オレはいつまでも君たちを気にしたり、君たちにおべっかを言わねばならないような人間ではないんだ、と私の横顔や背中が彼等の目に写っている。その私が落第することは、何と彼等に小気味のいい事だろう。そう思うと、私は背中の筋肉がぴくぴく震えるような気がした。私は軽蔑しようとして待ちかまえている同僚たちを満足させてはならないのであった。

私は詩集の校正をし、訂正をみる外、もう詩を書くまいと思い、夕方から宿直室にこもって経済学や簿記に熱中した。それ等の科目を嫌う気持を私は押し殺した。私は、詩集の最後の訂正と、受験勉強と、昼間の勤務という三つのものを、同時に、そつなくやらねばならなくなった。それは実に重荷だという事が分った。教えるという勤務そのものは頭を使わないものだとしても、時間数は週に二十二三時間あった。その頃中等学校の教師の持ち時間は、普通は一日三時間、週に十八時間であった。一日に四時間授業すると疲労するね、と私たちは言い合っていた。ところが、校長の吉田惟孝は、この年の九月から、彼自身の長年抱いていたダルトン・プランという教育理論の実践に取りかかったので、私の負担が重くなっていた。

彼の案では、五十人ずつ二組に分けていた二年生を、三十人ずつの三組に分けるのであった。そして、最も出来る子をA組に、普通の子をB組に、出来の悪い子をC組に、と区別した。そしてC組には教科書を普通よりも緩慢に、繰り返して教えて行き、B組は教科書をその学年で終らせる普通の速度で教え、A組はその外に課外の授業をして、出来るだけその学力を高めてゆく、というやり方であった。そのために、教師は三分の一ずつ持ち時間がふえた。

このダルトン・プランの実施を、吉田校長が、禿げかかった頭に僅かに髪を並べた顎の張った丸顔で、念入りにゆっくりした口調で説明した時、教員たちはしーんとなった。持ち時間のふえるのは気の毒じゃが、現在のやり方は、公平でなく、秀才と出来ない子と両方にとって不幸なのだから、今度のやり方によると、どの子にも納得の行く、無駄のない教育をすることになる、と彼は言った。そのプランを聞いたとき、冷酷なことをするものだ、と私は思った。この校長に信服していた梅沢教頭は、蒼白い肉の薄い顔の一重目蓋の目でぱちっと瞬いてから、改まったことを言う時の癖で、右腕を一回のばし、その次に、胸のところに折りまげてテーブルの上においた。そして彼は、持ち時間のふえるのは構いませんが、しかし父兄はきっと苦情を言うにちがいありません、と言った。父兄会を開いて、よく話せば分ることじゃ、と吉田校長が答えた。それで梅沢教頭は納得した。教師たちは、校長を尊敬していたので、批評がましいことを言わなかった。また梅沢教頭の威令は小坂教諭を屈服させて以来完全に行われていたので、父兄の苦情がなければその案を実施する、という事に決定した。その会議のあと、教頭がまだ校長室に残っているとき、教員室で教師たちは顔を見合わせて、えらい事になったね、と言い合った。下手をすると二十四時間も授業しなければならなくなる、と私たちは考えた。

ダルトン・プランなるものが一種の秀才教育であることを私は理解した。しかし、その案の実施のために父兄会が開かれた時、吉田惟孝は秀才教育だという感じを与えないように、鈍才教育に重点を置く方法だという印象を与えるように説明した。出来の悪い子は授業の進行について行けないから、結局何事も理解せずに学校を終える。そして可哀そうな事に、自分には何もやれないという気持を、世の中に出てから終生持ち続けることになる。だから、どのような事をしても自信を持てず、失敗者として生きる外なくなる。教育はそういうものであってはならないので、たとえどんな幼稚な事でも、それを十分に理解したと確信を持たせる事が大切だ。だから一冊の本を分らずに終りまで読むことでなく、三頁でも五頁でもこれだけは分る、と思わせるように、頭の働きと合うように教えてやりたい。決して出来ない子を区別して粗末にするのでなく、能力に合う教え方をするので、教師の方はそのために三分の一も仕事がふえるのを我慢するのだ、と吉田惟孝は黙りこんだ父親や母親の前で、ゆっくりした口調で、念を入れるように説明した。出来る子の父母は、上の学校に入るのに自分の子が有利になることをすぐさま理解し、出来ない子の父母は、悲しみをもって諦めた。そして、英語、数学、国漢、理科などの主要科目でこの案が実施され、教師の労働は加重された。その授業をしてみると、出来ないクラスでの、緩慢な、繰り返しの説明は苦労であった。また出来るクラスでの早い進め方や補助の教科書を使うのも苦労であった。しかし私は、以前のようにどこかに分らない子がおり、どこかに退屈している子がいる、というような気持から抜け出すことが出来た。私の授業時間に、吉田惟孝は上着の裾をはね上げて背中に手をまわし、教室に入って来て、生徒のノートを次々と見てまわり、ちっとも感情を現わさない顔でまた出て行ったが、彼がその顔で満足していることが私に分った。私は、これまでの普通の授業方法なら、自然に手を抜いた授業をしていることが出来たのに、この男の実施したシステムのために、自分が良心的に努力せざるを得ない羽目に陥らされているのを口惜しいと思った。

私は、出来るクラスの二年生には馬鹿にされないように、英語の作文や英会話を準備した。また出来ないクラスに出た時は、その子供たちを哀れに思う気持が自然に湧くので、その感情に従って、念を押し、繰り返し、ほんの少しの事を生徒が覚えると、本当に嬉しいと思うようになり、結局熱心な教師として働いた。しかも夜は、詩の訂正と経済学とが、私の全力を吸収した。私は夜学をやめたけれども疲労が重なった。そして風邪をこじらし、咳がとまらなかった。私は首に湿布を巻いて、ストーヴで自炊し、夕方にキャベツとコンビーフのシチュウを作り、朝は玉葱の味噌汁を作った。その同じ献立が何日も何日も続き、やり切れなくなると目刺しを焼いて食った。校長室でする昼の会食には出席しなければならないので、私は飯の入ったユキヒラと汁の入ったアルミニウムの鍋を校長室のテーブルの上に並べ、同僚が弁当を食べる時に、それから食べた。

「伊藤さん、あんた肺病になるがじゃないかね?」と梅沢教頭が言った。熱は出なかったが、若し肺病だと診断されると予定を変えねばならないので、私は医者に見てもらうことを怖れ、鎮咳剤のブロチンを薬局で作らせて長い間飲んだ。しかし咳はとまらなかった。

十月の「日本詩人」を買った時、私は、百田宗治が「椎の木」という同人雑誌を出すことを予告し、その同人を募っている文章を読んだ。「日本詩人」は、五年間続いた後、この十二月号で終刊になる、という消息も出ていた。この雑誌の有力なスタッフであった百田宗治は、「日本詩人」の廃刊に備えて自分のグループを作ろうとしているのだ、という印象を私は受けた。室生犀星がその雑誌を援助して、毎号何かを書き、俳句の選もする、ということであった。その頃詩人たちは弟子を集めて自分の雑誌を出していた。日夏耿之介は「奢灞都」を持ち、西条八十が「蠟人形」を持ち、白鳥省吾が「地上楽園」を持ち、川路柳虹が「炬火《たいまつ》」を持ち、生田春月が「詩と人生」を持っているのだから、百田宗治が「椎の木」を持つことは詩壇の常識に合ったことだった。この雑誌には、室生犀星が予め七人の青年の名を挙げて「驢馬」の発刊を予告したような、花々しさはなかった。民衆派詩人として出発し、この一二年前から急に俳句的な枯淡な詩を書いていた百田宗治の作品に私は心服していたわけではなかったが、私はこの雑誌に加わろう、と思った。その頃私は、誰かの仲間になるか、何かの結社に加わらなければ、「詩壇に出る」ことは出来ないことが分って来ていたので、これから出来るこの結社に加わった方がいいと判断した。私は東京府下中野上町二七五六番地の百田宗治に手紙を書き、詩集の校正刷の中から三四篇の詩を書き写して送った。すぐ返事があって、喜んで参加してもらう、と妙に四角な感じのするペン字で百田宗治から言って来た。私は自分が近く詩集を出そうとしていることを言ってやり、その発行所に椎の木社の名を借りたい、と言ってやった。それは少し厚かましい願いであったが、結構だ、という返事が来た。私は自分がこれで百田宗治の弟子だという風に見られることになるかも知れない、とそれを残念に思った。私は手紙は百田宗治先生と書かずに百田宗治様と書くように気をつけ、また逢っても、決して百田先生と言わず、百田さんと言って通そう。それには初めが大切だ、と思った。

私の詩集が出来る前に、その一九二六年の十月のはじめ、「椎の木」の創刊号が送られて来た。私は自分の詩が必ず同人の作品としては最初のところに載るものと思い込んでいた。しかし雑誌が着いて見ると、私は二番目に組まれていた。一番目に組まれていたのは、津田ますゑという女性であった。私はその女性の詩の出来があまりよくないので、不服であった。きっと百田宗治は、私の詩を巻頭に載せるのが当然だと思い、一度はそうしたのだが、思い直して目立たない女性に第一の席を与えたのだろう、と私は思った。そして私は、この四五年間、自分を時には才能があると思い、時には大正期の色々な詩人の巧妙な詩法の丹念な採集者にすぎないと思い、時には百年の後に、埋もれた自分の詩集が誰かに発見されることを夢想し、時には四段組の「太平洋詩人」の片隅にでも毎月の発表場所を得たいものだと思ったりしたその結果が、いま、百田宗治の弟子と見られても仕方のないこんな狭い雑誌の半頁分の詩を発表するような存在として決定されたのか、と自分を哀れに思った。

私は「椎の木」の創刊号で、私よりもうまいと思う詩人を一人発見した。百田宗治は、同人の詩を三組に分けて、この雑誌の初めと中頃と終りに一組ずつ編輯していた。百田宗治は大体において第一組に実力のありそうな人間を集め、第三組にいくらか書き慣れたものを集め、第二組に初心者をまとめる、という形で編輯した気配であった。私が、この初めて見る名前の男はオレより詩がうまいかも知れないと不安に思ったのは、津田ますゑや私と同じ第一組の中頃に載っている丸山薫の作品であった。その詩は「病める庭園《にわ》」という題であった。

静かな午さがりの庭さきに
父は肥つて風船玉の様に籐椅子に乗つかり

母は半ば老いてその傍に毛糸をば編む
いま春のぎようぎようしも来て啼《な》かない
此の富裕に病んだ懶い風景を
では誰れがさつきから泣かすのだ
オトウサンヲキリコロセ
オカアサンヲキリコロセ

それはつき山の奥に咲いてゐる
黄ろい薔薇の葩《はな》びらをむしりとり
又しても泣き濡れて叫ぶ
此処に見えない憂鬱の顫《ふる》へごゑであつた
オトウサンナンカキリコロセ!
オカアサンナンカキリコロセ!
ミンナキリコロセ!

百田宗治は詩の選択を過っている、と私は考えた。この雑誌の第一席はこの詩に与えられるべきであった。その次は私の「馬」である。そして多分その次は、第一群の終りに近いあたりに載っている三好達治というのが発表している短い三篇の詩の中の最後のものであろう。それは「消息」という題であった。

都には秋兆《きざ》しそめ
朝夕の空に人魚ら游ぎたなびけり　と
かくまことにしたためまゐらさば
父母もかなしうて泣き給はむものを
ふる郷よりの音信に
いくたびかわが返す文は怠る

丸山薫の詩は明らかに萩原朔太郎の影響があった。「題のない歌」や「さびしい来歴」で朔太郎が創始したイメージが使われていた。鳥の啼き声の擬人法だって、朔太郎の「とをてくう、とをるもう、とをるもう」というのがある。しかし真昼の空しい空虚感とよしきりの啼き声を「オトウサンヲキリコロセ」という言葉で示した効果は鋭かった。私はこの詩を作ったのが自分でないことが残念であった。この効果は、私が考えた詩句の効果の中には一度も思い浮かばなかったものだった。三好達治のは、室生犀星のふるさとを歌った「小景異情」の一連の作風を引いたものだ。しかし秋の空に人魚が游《およ》ぎたなびいているという都会に住む孤独な青年の幻想によってふるさとの思慕を現したロマンチシズムは、清潔で美しかった。私はしばらく考えた末、丸山のは自分のノートに写し、三好のは写すことをやめた。そして、丸山薫、こいつだけはオレの予定を狂わせた、と考え、きっとこの男は、痩せて、眼のぎょろぎょろした交際しにくい青年だろうと想像した。

年の暮に近く、大正天皇が亡くなった。そしてほぼ同じ頃、大正十五年の十二月の末になって、私の詩集が出来、宿直室に三百部積み上げられた。組版に取りかかってから五ヵ月目であった。白い切りはなしの表紙に五号四分の一という太目の枠を入れて、真中に、『雪明りの路』と一号活字で印刷してあった。糸かがりが下手で、製本は粗末であった。それは四六判で二百四十頁、約百二十篇の詩が印刷されてあった。奥附けの著者名の横に、私は自分の村の住所を入れた。発行所は東京府下中野上町二七五六番地の椎の木社となっていた。百田宗治は「椎の木」に一頁の広告を出してくれて、多少は売れそうだから、五十冊ほど送ってよこすように、と言って来た。五十冊売れそうだという百田宗治の言葉を、私は頭の上から光が射すような気持で受け取った。私は自分の詩集の価値を認められたように思い、そうなのか、という気持で詩集を初めから終りまで、何度目にか読み通し、なるほど悪くない、と思った。私は自分の作品に対する批評らしいものがあれば、どんなものでも非常に敏感になっていたのである。だから「椎の木」の裏表紙に大きく出た広告の百田宗治の推薦文の中に「その言葉がかくまでに作者自身と一致した詩人を私はあまり多く知らない。この作者は真に自分の言葉で語っている。真の自分の言葉で自分だけの世界を語っている。」とあるのを、この文章では百田宗治が本当に考えていることを書いている気配だが、いくらか水増しもしてるのかな、と思い、また言葉だけほめて作品の質のことは逃げたのかな、などと考えまどった。百田宗治のところへ五十冊を送ってから、私は何かの雑誌の附録の詩人住所録をしらべて、百五十名ほどの詩人たちに自分の詩集を贈ることにした。

私はハトロン紙の包み紙を買って来て、何日かかかって、少しずつそれを郵便局へ運んで行って送り出した。その途中で、私はこれは一体どういう意味の仕事だろう？　私の詩を認めてくれと言って、見も知らぬ先輩たちに懇願することではないか、と思った。一体何のために私は詩集を作ったのか？　と。無名の青年がはじめて詩集を自費で作るというのは、こういう風に、既に名を成している先輩の詩人や批評家たちに贈るのがその本当の目的である、ということに私は気がついた。贈るのは読んでもらうためだ、と分ると、それが情けないことに思われ、私はそれを無視しようとした。そして、とにかく、これはすべき事務として自分が決めたのだから、毎日十冊ずつ小包にして宛名を書こう、と目をつぶるような気持で考えた。それでもその情けない気持、一軒ずつ詩人たちの家に自分の作品を送り届けて、ここに哀れな青年がいます、詩を書いたので、それを読んでもらいたいのです。そして、若しも万一、君は天才だとか、素晴らしい詩人であると、間違ってでも言ってもらったら、私はどんなに嬉しいでしょう、と言ってまわるのと同じことだ。自分が川路柳虹だとか佐藤春夫だとか北原白秋だとか千家元麿などの家を一軒ずつ訪ねまわるようなものではないか？　そればかりでなく、私は、ひそかにその表現派じみたアナーキスト風の作品に反感を抱いているところの、「太平洋詩人」に詩を書いている私とあまり年の違わないような若い詩人たちも、住所の分るのには贈ることにしてあった。私は彼等の一群からすら、賞讃の言葉か、又は雑誌の半頁か一頁を与えられることがあり得ぬことではないと空想したのであった。

こんなこと、みんなやめてしまえ、と私は四五日目の頃、その物乞いするような屈辱感にやり切れなくなって、自分の心の汚ない所を裏がえしにして見せられたように、その仕事を投げ出した。しかし既に送り出した四五十冊のものは、もう汽車で運ばれているだろう。同じことじゃないか？　皆のやっている事だ、と私は思った。そしてまた、私は荷造りしては宛名を書いた。初めは、詩を書いている時はそうでなかったのだ。いつから一体こういう仕事になったのだろう、と私は思った。詩集を作ることを思い立った時からのようでもあり、「椎の木」に加わって詩壇に席を得ようと考え出した時からのようでもあり、詩人名簿から贈るべき人々を選み出して印しをつけた時からのようでもあった。何れにしても、私は詩人たちに贈ることに執着があり、しかもそれをいやらしい行為だ、と思った。それが早くから予定されていた終極の行為でありながら、いま私は、それをせずに済ましたいという火傷するような気持を抱いていた。

荷造りをし、宛名を書くことは、手さきの仕事として私はどうにか為し終えた。それを十冊ずつ五六町離れた郵便局に持って行くのを私はしないでいた。この百冊ほどはまだこの室から出て行かずにいる、と私は思った。この中学校の官舎と私のところを得意先の一つとして一日おきに離れた町の方からやって来る頬の赤い目の丸い十六七の食料品店の小僧が、壁に添って積み上げてあるその小包の山に目をつけて、先生、あれは何ですか、とある日言った。彼の店にある品物の外に、味噌醤油や魚や野菜を買って来ること、郵便を出すことなどを私は時々彼に頼んでいた。そして彼に紅茶やココアの相伴《しょうばん》をさせてやっていた。彼は私の宿直室のストーヴで身体を暖め、ゆっくりし休んで帰るのであった。私は彼にその本の小包を、御用籠に入れて何度かに分けて郵便局へ持って行ってもらうことにした。そして私は、自分の存在の仕方からやむを得ずに起るところのその厭らしい仕事を自分の手ですることを免れた。

しかし数日の後、私は寝床に入ろうとして、突然、自分の詩集の百冊ものものが昨日か一昨日あたり、東京やその周辺にいる詩人たちの室に、その机の上、火鉢のそばに置かれたり、開いて読まれたりしていることに気づいた。彼等は思うだろう、また一冊、名声慾にとりつかれた若者の性慾の匂いのむんむんするような甘ったるい下手な詩集が送られて来た、と。そして、この若者は百田宗治の子分か、と言われたりしている様を想像した。そして、私は、ああっ、と叫び出したいような居たたまらぬ恥かしさを感じた。今それを感じたって、どうにも取り返しようのないことであった。消えてなくなれ、というような言葉が自分の口から出そうなのを、私は我慢した。それは何人も何十人もの若い詩人たちがやっていることだ、と私は自分に言い聞かせた。そのあとで私は、まだ百冊ほど積み上げられている自分の白い表紙の詩集を見るのも厭になった。それはもの欲しげな、厭味ったらしい、気取りに満ちた言葉の、嫌悪すべき堆積であった。

同僚にその詩集を贈るべきかどうか、ということも、私の苦労であった。全然知らぬふりをしているのも失礼だろうし、また学校の教師として当を失する言葉が書かれている、などと言う者が出ないとも限らなかった。学校の教師が書いたものとして読まれると思うと、それは一層見苦しいものに思われた。女を追いかける感傷主義の甘ったるい青年の英語教師の姿が他人の目に浮び上るのが、私に分った。しかし、皆が私の本の出たのを既に知っていた。何とかしなければならなかった。あの校長にはやっても大丈夫だ、と私は判断した。大丈夫だというのは、詩が分る分らないに拘らず、人間が著作の中で自分の心を語ることの妥当さを、自ら著述し、その中でいくらかは自分の心を正直に書いている吉田惟孝なる人物は分っているにちがいなかった。とすれば誰かが私の詩を行儀よくないと考えて言い出しても、校長の所でせきとめることが出来る筈であった。新井豊太郎にはすでに序文で感謝の言葉を捧げて本を贈ってあったが、その外には校長と私をひいきにしている気配のある梅沢教頭と、それから国語、漢文、英語という文学に関係のある科目を受け持っている同僚にだけ贈ることにした。国語や漢文には、小坂英次郎の外に、沼田、中里という新任の教師が居た。英語は新井豊太郎の外は高岡忠道だけであった。

私は小坂英次郎に酒席で私の詩の何行かをひやかし半分に口にされる場面を想像して、それを何よりも怖れた。彼の目から私の詩集を隠しとおそうとしても、彼はその気になれば、どこかから捜し出して読むにちがいない。そして酒席で突然「愛して、愛でいっぱいになっている私自身であった、ですか、伊藤さん」などと言われ、皆がわっと笑い出す場面を想像した。そして私は彼に対しては、自分の作品の文学的価値をまともに突きつける方がいい、と考えた。彼は国語漢文の教師であり、自分の専門の仕事の中に文学的価値というものがあるのを知っている筈であった。その価値判断に自信がなくっても、判断力を持っている振りをしなければならない。そこが彼の急所であった。私は、国漢の教員たちに自分の詩集を贈るという考えがよかったと思い、署名して小坂英次郎に一冊渡し、それ以上余計なことを言わないようにした。

吉田惟孝校長は、鄭重に、北国人の私たちと違って初めの方にアクセントを置く言い方で「ありがとう」と言って私の詩集を受け取ったが、その次の日、昼食に皆が集まっている席で、私に、詩集はいくら金がかかったかとか、何年間も書いていたのかとか、と話しかけて、それを話題にした。私はどぎまぎし、真赤になり、オレの恋愛の現実や空想の場面を、この年寄りはみんな読んだのか、と思い、かーっとなった。私の詩集の内容を、内心では少し困ったものだと思っていたらしい旧派の教育家の梅沢教頭は、私の詩集の出版が校長に不愉快でないらしいのに気がついて、あんまり甘やかして、外の教師たちも見習うようでは、というような表情で校長の横顔を見ていた。皆が席を立った時、吉田惟孝は私を呼びとめて、

「君が折角本を出したんだから、知人に少し売ってやろうと思うんじゃが、十部か二十部私の所へ持って来たまえ」と言った。

それは私にとっての衝撃であった。校長先生、あなたは私の詩集を読んで本気でそう言うんですか？　あなたの欧米旅行記とは訳が違いますよ、という言葉が私の胸に湧いて来た。私がちょっと無言でいる間、吉田校長は、奇妙な優しい目で私の方を見ていた。そして私は理解した。この吉田惟孝という抜け目のない教育家は、文学が分るのだ、ということ。失恋詩や感傷詩の外形を持っている私の作品の中から、彼は何か著述というものの本質を見てとって、それで私を祝ってくれるつもりなのだ、と私は思った。彼はそれを十冊か二十冊買って、小原圀芳の本を私たちに売りつけたように、知人に売ってくれるか、いや多分、寄贈するつもりだろう。そして私は、僅かにその初めの所しか読まなかった彼の欧米旅行記に、五十歳になって世界旅行に出ようとして船に乗って自分がちっとも興奮しないのが淋しかった、と書いてあったことを思い出した。この男は、真実を述べる方法を知っている男だった、と私は気がついた。

そんなことが閃くように頭を過ぎる間、その正月で数え二十三歳になった私は、もじもじしながら彼の前に立っていた。そして私は、思い切って、

「それは辞退いたします」と言った。その言い方には、私がこれまでこの学校で校長や同僚に対して、若い者という意識で使っていた言葉と違い、何か傲慢な響きが出ているように私は感じた。私はその響きをうち消すように羞《はじ》らいの形で手をあげて頭を掻いた。そして、これ以上

説明することは難かしいが、この男は分る筈だ、と思った。私は彼の顔を見ないようにして校長室を出た。そして、自分の席に戻ってからも、顔がほてり、胸がどきどきいっていた。オレの独り芝居かも知れないぞ、と私は思いながら、いま吉田惟孝と自分との間に交わされた言葉にならなかった意味のやり取りを復習して見た。

——あれは君、なかなかいい仕事だ。君はものを書いて行くつもりらしい。まあ少し僕に祝福させてくれたまえ。ものを書くというのは立派な仕事なんだからな。

——しかし、僕はすでに中学の教師という立場を破っているのですから、これ以上あなたに祝福してもらう必要がありません。そっとしておいて頂く方が気持が楽です。あなたは、私の書き方があれでいいとお考えのようですが、専門の詩人たちがどう受け取るか分りません。私はそれに賭けるつもりです。しかしあなたの言葉は嬉しいものでした。

——なるほど、それもそうだろう。

私は吉田惟孝が、私のことを、センチメンタルな文学好きなにやけた英語教師として見ているのでないことを理解して、気持が楽になった。幸いこの中学校は、その時まだ創立二年目で、二年生と一年生しかいなかったから、吉田校長も私も、教師が甘ったるい恋愛詩を作って公刊してもいいのか、という非難が、父兄や同僚から起る心配をしなくてもよかった。四年生や五年生のいる中学校ならば、吉田惟孝も一応はそのことを考えなければならなかったであろうし、私は学校をやめる覚悟をもっとはっきり持たなければならなかったろう。

食料品店の小僧に頼んで詩集を送り出してから一週間目位に、私は日曜日に隣村の自家へ帰った。父はいよいよ咳が激しく続き、村役場にも出られなくなって床についていた。胸が悪いと医者が診断した、と言って、母は暗い顔をした。家には私あてに七八通、詩集を受け取った礼状が届いていた。私は、詩集の奥附けに村の自家の住所を書いておいたからであった。多くは若い詩人の礼状であった。私は、それ等の活字でのみ知っていた詩人たちが、本当に実在していたのだなという気持で読んで行った。大部分のものは、詩集を贈って頂いて感謝する、いずれよく拝見するつもりだ、という似たような文面であった。その中に一枚、高村光太郎と太い万年筆の字で書いた葉書があった。私は、珍しい歴史上の人物の書いた文書でも読むような気持でそれを裏がえして、本文を読んだ。そして私は、これは大変だ、高村光太郎がオレの詩集を読んで本気でほめているんだ、と気がついた。その葉書には「あなたの詩集を頂いてからもう二三度読み返しました。その度に或る名状しがたいパテチックな感情に満たされました。チエホフの感がありますね。この詩集そのものにもどこかチエホフの様な響きがありますね。」と書いてあった。これは現実なんだ、と私は思い直した。そして私は一瞬間、その事実が消え失せたら大変だ、と思い、もう一度その葉書を読んだ。それは確かに、あの高村光太郎が私の詩を読んでそれを賞讃している文面に違いなかった。

私は父の病気のことも、それをさっき母に聞いた時、ひょっとするとオレは東京へ行けなくなるかも知れない、という予感を抱いたことも忘れた。自分の身のまわりが暗くなって、その中で自分の身体だけが発光体のように眩しく光って存在しているような気がした。私は、改めて高村光太郎なる人物のことを考えた。高村光雲の息子、明治末期の耽美主義運動の一人、しかもその作品は筋骨の強い激しい気息のもので、大正の初め頃に『道程』という詩集を一冊出したきり、詩集を出していない。その『道程』は古典のような扱いを受け、生活的な詩を書く方法を最も早く確立した詩人と見なされていた。それ以後の口語詩の作者たち、特に民衆派の詩人たちの歌い方は、多分に高村の『道程』の影響を受けている。彼は「日本詩人」にはほんの時たまにしか作品を書かなかったが、「雨にうたるるカテドラル」は傑作と言われた。ほとんど隠者のように、彫刻家の生活を送っているらしかった。百田宗治はついこの頃、「自分がいま最も尊敬している詩人は高村光太郎である」と書いていた。

私は小樽の古本屋工藤書店や橋本書店に何年も通って、そこに現れる珍しい詩集を少しずつ買いためた。その中で、私は、よくも小樽にこんな本を持っている人間がいたものだと思い、大切にしていた本があった。それは伊良子清白の『孔雀船』と、横瀬夜雨の『二十八宿』と、高村光太郎の『道程』であった。私は病気の父に優しい言葉をかけるという気持もなくし、一晩泊る予定をやめて、その日すぐ小樽に帰った。私は自分が詩を書く人間になってから出会った一番大きな幸福の時間を一人で静かに味いたいと思った。また学校の宿直室にある自分の詩集を、もう一度初めから終りまで読んで見て、一体どんな所が高村光太郎を動かしたかを考えて見たいと思った。また私は、高村光太郎の『道程』を前に読んだとき、その強い表現と、骨組みの確かさに圧迫されるように感じて、自分の気質には、もっと線の細い感覚的な白秋や犀星や朔太郎が合うと思ったことを思い出した。そして、学校に置いてある『道程』を読んで見よう、と考えた。

私は宿直室に帰り、自分の詩集の山を見、また本立ての中に立ててある一冊を取り上げた。そして、私は、詩集を小包にして発送する時に感じたあの嫌悪感が自分に全くなくなっていることを知った。私は居心地よくするために、ストーヴをよく燃やしてから、自分の最もいとおしいものを手に取るような気持で詩集を取り上げ、初めから読んで行った。中頃のところで、私は自分自身の思い出にこだわって選択をゆるめ、感想文のような、私が最も駄目な作品だと思う形に近いものを書いていた。しかし詩集の初めと終りの部分とでは、一つ置きぐらいに、とにかく詩の実質を備えている作品が続いていた。私は、公平に言ってやっぱり自分の詩は悪くない、と思った。

しかし、私の詩がパテチックな感じを高村光太郎に与えたとすれば、それは嘘だ。私は自分の厭らしい性格を糊塗して、何となくパテチックな人間のイメージを作り上げる技術を持っているだけではないか、と私は不安になった。前々からその点が、私が自分の詩に嫌悪感を抱く時に、きまって最初に浮かんで来る印象であった。こいつを破って、しかも詩らしい詩を書けたら本当なんだが、と私は思った。しかし、折角高村光太郎がそう言ってくれたのを、いま自らぶちこわすこともない、と思って、私は自分を許した。

そして私は、赤土色のクロース装の『道程』を開いて、まばらに組まれてあるその詩を読んで行った。私の予想に反して、高村光太郎は文語体の詩を多く書き、口語体の詩は三分の一ほどしかなかった。私は読んでゆくに従って、その荒々しい詩法の中に、私と全く違う成人のにがい心、汚れを通り抜けて得た清潔さ、人間存在に対する皮肉などが十分に書かれているのに目を見張った。向うは大人なんだ、とても今のオレの年齢では敵《かな》わない、と私は思った。高村光太郎は書いていた。

わがこころはいま大風《おほかぜ》の如く君にむかへり
愛人よ
いまは青き魚の肌にしみたる寒き夜もふけ渡りたり
されば安らかに郊外の家に眠れかし
をさな児のまことこそ君のすべてなれ
あまりに清く透きとほりたれば
これを見るもの皆あしきこころをすてけり

そこには、私の持てない高い調子の、安定した把握があった。文語体だからかな、と私は思った。しかし口語体でも彼は書いていた。

太郎、太郎
犬吠《いぬぼう》の太郎、馬鹿の太郎

けふも海が鳴つてゐる
娘曲馬のびらを担いで
ブリキの鑵を棒千切《ちぎれ》で
ステテレカンカンとお前がたたけば
様子のいいお前がたたけば
海の波がごうと鳴つて歯をむき出すよ

そこにはユーモアと愛情とが同時に働いており、しかも写生の力が背後にあってイメージを強く統一している。私にはそういう複雑な効果を生む詩はとても書けなかった。私は段々不安になり、自分の非力を感じて、不愉快になって来た。なるほど時々は高村光太郎は性急に走りすぎて情感の盛り上るのを待っていられないという欠点を示す。しかし、ひょっとすると、彼は、私が何よりもこだわっている情感的なものを軽く見ているのかも知れない。力と諷刺と、一貫した強い観念というものが本当の詩をなすのだと彼は信じているように見える。私は何か大事な点で思いちがいをしているのかも知れない。高村光太郎は、オレを二十二三歳の青年だと詩の内容から見当つけて、甘やかして嬉しがらせただけかも知れない、と私は思った。

私は、もう少しで、自分の得た喜びを否定しそうなところまで来て、立ちどまった。思いすごしだ、と考え、私はその一枚の葉書の上に、あまり大きな夢想を築き上げようとしていたことに気がつき、自分の緊張感をゆるめて、ストーヴをかきまわし、ぼんやりと椅子の背によりかかった。一人では酒もビールも飲む勇気がなく、煙草を喫う習慣も持っていなかった私は、その一枚の葉書についてそれ以上考えることはやめて、近づいた試験のこと、そのために上京することなどを思い、どうしても理論がよく呑み込めない銀行簿記の勉強を始めようと思った。

一月の末頃、二月号の「椎の木」が届けられた。百田宗治はその三頁を費して、私の詩集の批評を載せてくれた。服部嘉香《よしか》という明治の終り頃からの古い詩人で、この頃、詩の批評家としてよく書いていた早稲田大学の教授が、六号活字二段組で一頁の批評を書き、外に同人の丸山薫と飯島貞《てい》と小西武と三好達治が批評を書いていた。服部嘉香は明らかに私を強く推していた。彼は「多くの人の処女詩集に見るようなアンビシァスな焦躁も誇衒《こげん》もなく、感覚建築の欺罔もなく、ありのままの素直さを以て一貫している」ことを私の作品の特色としていた。私は嬉しかったが、決して自分が「ありのままの素直」ではなく、その素直らしいものを技巧で作って、作品に統一感を出していることを知っていた。なるほど、オレの詩の与える印象はこれなのか、と私は高村光太郎の言葉も初めて分ったように思い、またしても、自分が詩の中で偽善者になっているように感じた。丸山薫は「末技的表現にのみはしってほんとうの詩をば失った、否始めからそんなものは有っていないと云うような顔をした新人とか云うものの間に、真に自分の郷土のの、す、た、る、じあの上に魂をばはぐくみ育てた」と書いていた。私は何となく丸山薫に軽くいなされたような気がした。三好達治は「君のロマンチシズムには、枝移りする夜鶯の羽音が聴える」というような美文的讃辞を書き、その後に「ややチエホフ先生式な厭世思想と（その為めに、君は屢々《しばしば》正しい憤怒を洩らしている）犀利な観察（それによって、ともすれば、忘られ勝ちな些細な出来事の美しさを、君は巧みにノートして呉れた）」と書いていた。お世辞があるとしても、書き方の分析的なところを見ると、三好というのは批評力を持っている男らしい、と私は感じた。その号の編輯後記に百田宗治は、三好と丸山は、「青空」と「新思潮」の同人でもある、とそのことを重視するように書いていた。東京の「青空」がどんな雑誌か知らないが、「新思潮」は東大系の雑誌だから、彼等は東大生なのだろう、と私は推定した。

私は自分の詩集の出版や発送や批評等のことで、前年の暮からこの年の一月末の頃まで、すっかり心をかき乱されていた。

私は慾深くなり、何かの詩の雑誌で自分の作品に誰かが言及して、少しでも軽く扱っている気配があると、ふん、とその人間を軽蔑し、不安を感じた。ほめてあると心が暖まり、それを繰り返して読んで、その文章がお座なりで書かれてあるか、本気で書いたものかを見分けようとした。そして私は自分の詩集が大体において好評であり、詩壇のいくつかの雑誌に自分の名と自分の詩集がその一二カ月の間時々挙げられていて、たいていの場合に賞讃されているのに気がついた。それは私が詩集を発送した時に感じた躇いや怖れから言えば、望外の幸福であり、私をぼうっとさせるようなことだった。しかし、その前の、孤独で高慢な気持でいた時から言えば、そんな風にほめられるのは当り前なことであり、それでもまだほめられ方が足りないのであった。

3

二月に入ってから私は、その心の騒ぎから自分を切り離して、どうしてもよく分らない銀行簿記の勉強に心を集中した。私は福田徳三の本によって商科大学的な経済学の大体を理解した。また商業簿記の理論も分った。銀行簿記を勉強しながら、私は、一体自分はこんなものをやる必要があるだろうか？　オレは詩人として既に認められている人間ではないか、何のためにこんな愚劣なものを勉強するのか、という考えに邪魔された。しかし私はどうしても上京しなければならず、そのためには今の職業をやめる理由を作らねばならないのだ、と思い直した。

三月のはじめ、私は銀行簿記が十分に分らないままで受験のために上京した。川崎昇は私を朝早い上野の駅に迎えた。雪が街をも、まわりの山をも埋めている北海道から来て、急にカラカラに乾いた敷石のつづく東京の街上に出て歩み出すと、私は日常生活の安定した感覚から突き放された。しかし、いま東京の街で、雪がなく、コンクリートの表面が乾いていることをぎごちなく思うのは、私ひとりなのだ。

「雪がないね」と私が言った。

「うん」と川崎昇は、眼鏡をきらりと光らせて、ちょっとの間郷愁を感じたような表情をした。

私は汽車に揺られている感じが残っているのと、寝不足とのために、自分の身体が重量のない張り子のように思われた。私に慣れっこになっている不安の念が、そのような時にきっと現れるのであった。それは、何のために自分はいま、こんな場所にいるのだろう？　という、目的の失われた気持であり、またもう何事も努力する必要はないのだ、生きていることは空しいことで、本当かどうかさえ分らないのだ、という気持でもあった。いま自分の存在がふっと消えて無くなっても、この世界はちっとも変りはしない、という吐いた後のような、身体の臓腑が空っぽになったような気持であった。その気持は、電車に乗り、朝早い勤め人たちの生気のない顔色や、自分は自分のことで一杯だ、他人はどうだって構わない、という都会の生活者の周囲への無関心な様子を見ているうちに、もう少し現世的なところまで浮かび上って来るのだった。なぜこの人たちはオレに無関心なのだろう？　まるでそれは、私がこの大都会にいま着いても、彼等やこの都会は何の意味も感じない、と言っているみたいだ。そう思うと私は空虚感のかわりに、今度は卑小感と劣等感を抱くのであった。自分も、そばにいる川崎も、この街の中では何ものでもない。自分と川崎が居ても居なくても同じことならば、彼等無数の人間は一体何なのだろう? そしてオレと川崎は何だろう?

私は人口二千ぐらいの村と、人口十五万ぐらいの小樽とで暮していた。その小樽では、村の生活ほど通る人がみな顔見知りでなくても、一二町行けば顔馴染の本屋や親戚や友人の家があり、賑やかな通りを歩けば時々知人に逢い、自分が生きており、それを他人が知っており、通りがかりに見る家はみな見覚えのあるものだった。そして、自分がいまそこに生きていることが、風景や建物や人間などから、いつも確実に帰納された。私は東京でその自分の存在を保証してくれる標識を失ったのであった。たがいに知らざる人間の限りない流れは、ちょうど海の上で、海水のひろがりが非人間的な巨大な量の怖ろしさを感じさせるように、私を恐怖させた。私と川崎が彼等にとって何でもないと思う怖ろしさは、いま私と川崎が海に溺れたように一文なしになってこの街上で飢えても、あの無数の東京市民は、行き暮れたものにかかわり合うことを怖れ、自分の内部にある人間感情を押し殺して、通り過ぎるだろう、という想念になった。彼等東京市民が電車の中で、小さく折り畳んだ新聞を読み、私に構わないでくれ、私もあなたに構わないのだから、というしみったれた冷酷な計算高い顔をして並んで腰かけているのは、人間の顔形をした冷酷な波が海の上に限りなく並んでいるのと同じことだ、と私は思った。

絣の着物に木綿の袴をつけた川崎昇は黒いサージの背広に釣鐘マントを羽織った私を連れて、神田の末広町辺で、小さな安食堂に入って、一食十五銭ぐらいの朝食を註文した。ドンブリ一杯の温かい飯と、もう少し小さいドンブリに一杯の味噌汁と、沢庵が二切れついていた。ドンブリの縁の厚ぼったさから来る残酷な人扱いの感じと、母の温かさに似た飯の匂いとが同時に感じとられて、私の落ちつきを失わせた。これは労働者、貧乏書生、安月給取りなどの朝食を食べに来る簡易食堂だよ、と彼が言った。私はトランクから、川崎が好きだと知って持って来た雲丹《うに》の壜詰を取り出した。それを二人で温かい飯に載せて食べた。我等の小さな生活は、この都会の片隅で、いまこうして営まれている、という感じで、その雲丹と飯の味がやっと私を人間らしい気持に落ちつかせた。川崎は私の詩集の出版が大成功であったと、私が実際感じているよりも大袈裟に祝福し、もう君は立派な地位を詩壇に得たのだから大丈夫だ、と言った。彼も「椎の木」に加わった筈なのに、一度も作品が載っていないね、と言うと、彼は、もう少し後で出すのだ、と言って、にが笑いした。それが、いまのところ詩法に確信を持てない、という意味であることが私に分った。また彼は、百田宗治に逢ったところ、伊藤君は詩集が出てから三カ月にもなるのに、新作がなくって、詩集に出したのばかりを「椎の木」の原稿として送ってよこすので心配だ、と言っていた、と私に伝えた。

そのあとで川崎昇は、ちょっと用事があって、君も知っている友人の所へ寄る、と言って神田の裏街のごみごみした路地に入り、ある家の勝手口から二階の一室へ私を連れて行った。そこには二人の青年がいた。若い方は、面長で顎の小さい工藤武であった。私が中学の五年で汽車通学していた時、工藤武は川崎と同じ町の余市から通っていた三年生で、無邪気な話好きの少年であった。その工藤が画家になる志を立てて東京にいるということを私は聞いていた。工藤は不精鬚を生やした大男になっていた。年上の、小柄で疲れた顔をしている方を、三田滋行という同郷の男で、やっぱり絵を描いている、と川崎が私に紹介した。

その二人は、妙に窓が高い所にあるその薄暗い室の、破れ目のある畳の上に、小さな板を一枚敷き、その上に螺旋のニクロム線が赤く目にしみるように熱している電熱器を置いて、その上でパンを焼き、紅茶をいれて飲んでいた。その電熱器は、いかにも家主に内証だという感じで頭上の電燈線から引いてあった。火鉢もなく座蒲団もなかった。ストーヴのある室に住みなれた私は、寒いので、釣鐘マントを羽織った。川崎はその二人に向って、何か頼まれたことがうまく行かないということを私に分らないような言い方で説明していた。工藤は、無作法にも無造作にも見える仕方で、私に茶飲み茶碗で紅茶をすすめ、砂糖の入った欠けた皿を押してよこした。

この二人の若い画家はいかにも貧しげで、しかし無法人のように生きている感じがした。室には小型のキャンヴァスが二三枚あるだけで、二人が仕事をし得る状態にあるとは思えなかった。彼等はこの都会の底で、言わば狼のように、飢えて、目を光らせて、何でも食べる方便があればそれを利用して生きようと構えているように思われた。私は、いまこの二人に狙われているのは私だ、と感じた。私はいま二三十円の旅費を持っており、すでに数百円の学資を貯金しており、また現に月百二十円という、かなりの高給を取っている。工藤も三田もそのことを川崎から聞いている筈だし、しかも彼等はほとんど飢えている。私はいま、この同郷人で、そして芸術をその生涯の仕事にしている二人に、五円ぐらいの金を渡してやって然るべきだ、と思った。川崎昇の話を聞いた後で、工藤も三田も沈黙していた。彼等は途方に暮れたようでもあり、何かを狙うようにも見える目を時々見交わした。私は、その二人の寒々とした行き暮れた画家生活の形に、自分の将来の東京の生活の原型を見るように感じた。「太平洋詩人」などに書いているあの無数の貧しげな詩人たちの東京での生活は、きっとこれと同じものだ、と私は信じた。自分はこんな生活をやって行けるだろうか、と私は怖ろしいように思った。

川崎昇は、伊藤君が疲れているから失敬する、と言って立った。二人は階段のところまで見送って来た。階段の下では、その家の家主らしい主婦が暗い小さな台所で、積み上げた茶碗を、急がしく拭いていて、私たちの方を見向きもしなかった。それは、この東京では、ちょっとの時間油断しても生活に追いつめられるんですからね、と言っているように見えた。勿論間代を払わない人なんか置いとくわけに行きません、という気配を、私はその三十過ぎの主婦の背中に感じた。私は階段を下りる時、そしてその主婦の背後を通り抜けるあいだじゅう、いま川崎に言って五円札を一枚彼等に渡させようか、それとも一旦外に出てから川崎を戻らせるか、と思い続けていた。

戸外に出た時、私はその五円を川崎に持たせてやらなくてもいい、と思うようになった。そしてその次に、川崎はぎりぎりになってあの二人のために金策が出来なくなればオレに言うだろう、と思い直した。偶然訪ねた先で友人が困っているからとその度に金を渡すようでは、オレの生活は成り立つわけがないのだ、と私は考えた。川崎昇は、そこから下目黒の室に着くまで、雪の話、雲丹の味、私の詩集の反響、百田さんはいい人だ、という話などを私に話した。私はそれに相槌を打っていた。しかし、やがて私は、そのような懐郷的な話題、芸術の話題を話しつづけているのが、そらぞらしいことに思われた。なぜ君は、あの二人がいま困っていて、そして君が彼等のために金策してやれなかったことを言わないのだ、と私は心の中で川崎に言い、段々不機嫌になり、下目黒の彼の室に着いた時は、むっつりして黙り込んでしまった。

「どうかしたのかい?」と彼が言った。

「ううん」と言って、私は畳の上に寝そべった。川崎昇は、話しかける時は人なつっこく丁寧であったが、不機嫌になるとその面長で大きな顔の口を結び、近よりがたい難かしい表情になるのであった。その顔には、彼が決して口に出して言わないところの、「勝手にしやがれ」というような言葉よりももっと冷酷で圧迫的な表情があった。彼のそういう表情を見ると、駄々をこねていたような私は、きまってすぐに屈服してしまうのであった。

「あの三田ってのはどういう人間なんだい?」と私は彼に話しかけた。

「うん」と川崎は口重く、少しずつ暗示的に三田滋行のことを話した。彼の癖で、川崎は知人の噂話をする時は、きっと、「いい人だ」とか、「可愛い娘だ」とか、「真面目な青年だ」などと、いい面を強調して言うのが常であった。彼の内部には、宗教的な戒律というよりは、他人を傷つける表現はしたくないという、彼自身も抵抗できない網を張りめぐらした検閲官が住んでいるようであった。彼は、たがいに分っている人物のことを「それは某方面に住んでいる紳士だがね」と言ったり「君も知っている某女性だがね」と言ったりした。また慾深いとか、色好みだとか、馬鹿だとか、悪人だなどという世間並みの非難の言葉は、決して彼の口から洩れることがなかった。慾深い人のことは、「用心する人なんでね」と言い、色好みの男のことは、「情熱家だからな」と言い、馬鹿だという意味のことを、「話が何ともていねいな人物でね」とか「いつも一つのことを言う人だよ」とか言った。それ等の間接表現は、うまく行くと、どれもがユーモラスな効果を産むのであった。そして彼が言っているうちに、聞いてる方が理解して吹き出すと、川崎昇は、口の横のあたりに淋しそうな微笑を浮かべた。それは、自分は決して笑い話になるような悪意の批評をしたのではないのだ。君にユーモラスに取られるのは決して僕の本意でない、と言っているように見えた。

彼はそのような言い方で、三田滋行のことを、遠まわしに飛び飛びに、謎のように私に語った。彼のその話し方では、今逢ったばかりで何も予備知識のない私には、分らない所が多かった。三田滋行はたしかに才能のある画家だ、と川崎が言った。私は私の才能のことを川崎が言う時の誇張法からおぼろに三田の才能を推定した。そして、その意味を、「三田自身は才能があると思っているのだ」と解した。そのような形で私が理解したことは、三田が情熱家であり、画家として極端な自信を持っており、ある女性を熱烈に愛していること、しかしその女性は三田の生活を不安がって一緒に暮すことをまだ拒んでいること、などであった。そして私は川崎昇の曖昧な言い方の中から、その女性が彼等の郷里余市町の女性であることが分った。そして川崎昇は、私には女性が誰であるかも分っている筈だというような態度で、何の説明もなく「妹の留見ちゃんがね、姉に向って言うんだそうだ。そんな考え方は純粋ではないでしょうって……」

私はその時、自分の顔が蒼ざめるのを覚えた。余市町、留見子、それは私の二年前の恋人重田根見子の妹のことなのだ。すると今の三田の恋人は、その重田根見子のことなのか？　私は聞き違いではないかと思った。もう一度位、川崎昇は言うだろう、いやきっと言うにちがいない、と私は思った。しかし彼はそれっきり固有名詞は言わなかった。ただ私に暗示的に言おうとしたのではないかと思われる言葉として、「嫁入り前の娘が三人も揃っている家だからね」と言った。そして私は、重田根見子には姉があって、その姉のことを彼女が何度も私に話したことを思い出した。彼女かも知れないし、その姉かも知れない。いずれにしてもいま女学校四年生の川崎の妹の川崎愛子の友達のあの重田留見子の姉のことだ、と私に分った。

私は、自分の全部を川崎昇に預けていると言ってもいいほど彼と親しくしていたけれども、重田根見子との恋愛のことを一度も彼に話したことはなかった。重田根見子との恋愛は、私の詩集の半分位を占めている恋愛詩になっていて、読む者には誰でもそこに一人の女主人公がいると分る筈であった。私は詩を大体作った時の順に編輯したので、それは一つの恋愛が始まり、変化し、終るまでの物語の筋をなしている、と言ってもいいほどであった。だからそれは、川崎昇には分っている筈であった。彼は他人の秘密に立ち入ろうとしなかったし、私もまた、自分が惨めになったり、剝き出しになったりするような恋愛の話をして、彼を同情者にしたくなかった。

しかしいま、私は、彼に聞きたかった。三田滋行の恋人ってのは、重田根見子か？　と。しかし私は、その問が、私の嫉妬、私の心に残っている愛着、私のセックスを、彼の目にあらわに写すことだ、と感じた。私はそんな思いをするよりは、別れてしまった重田根見子が三田滋行の恋人であるかも知れないという推定が、そのまま私の心の中に居心地悪く残っている方がいいと思った。しかし私は、その時、ひょっとすると先刻三田滋行は、私が彼の恋人のもとの愛人であったことを知っていたのかも知れない、と考えた。その考えは、私をひどく居心地悪くさせた。しかし、若しそうであればこの川崎昇が私を彼の目の前に坐らせておくというような惨酷なことをする筈がない、と私は気がついた。そして、どうしても、その女性は根見子の姉の方でなければならない、と私は漸く結論をつけた。そうすると、嫉妬のために歪《ゆが》みかけていた私の気持は急に変化した。私はあのバターなしのパンを電熱器の上で焼いて食べていた三田滋行が何となくなつかしい人間であるような気持になった。彼は重田根見子の姉と恋愛して、そして苦しみ、貧乏をし、絵を描いている。私は三田滋行と交際し、その恋愛が今後どういう変化をして行くかを知りたいものだ、そしてまた重田根見子のその後の身の上も知り得るかも知れない、と思った。

私は、しかし、川崎のした三田滋行の恋愛の話には、ちっとも反応を示さなかった。やっぱりそこにはまだ、三田が根見子の恋人であるという可能性も消えていないのだった。もしそうであっても自分は平気だという態度をこの話に対して持ち続けよう、と私は決心した。私は、三田滋行の話は分ったが、自分はそれに対して何の意見もない、という態度しか川崎昇に示さなかった。私はその間、極度の緊張をしていたが、自分の感情を顔や態度に露出させまいとした。そのことについての真実が分らないという苦しさよりも、心の中にむらがり起って渦巻いている感情のために、自分が割れはじけて、その醜悪な内容をだらしなく友人の前に撒きちらすことの恥かしさの方が私に耐えられなかったのだ。

川崎昇は、三田滋行の不幸な恋愛と絵の野心とを語るその話を終えた。彼が、三田のことを語るつもりであり、私に何かの暗示をするつもりでなかったことは明白だった。彼は私の心に与えた不安が分っているようではなかった。いま私は、羞恥《しゆうち》の念にはばまれさえしなければ、彼に言いたかった。僕は実は今でも重田根見子のことが忘れられないのだ、と。そして私は涙を流し、彼女に逢う機会があれば逢いたいのだと訴えたい衝動を感じていた。その感情を私は必死に押しかくした。そしてそれ以後も、私は絶対に、三田滋行の愛人が重田根見子かその姉かと尋ねることをしなかった。しかし私は三田滋行のことを気にし、せめてその点だけでもはっきり知りたい、と思った。そして私は、人生とはこんなものだろうか、こんな重大なことを曖昧に残していいのだろうか、という声が自分の中に湧くのを感じた。自分を保存するために、私は、他人に金をやる衝動を抑制しなければならず、目の前にいた男と自分の恋人との関係をたずねることも抑制しなければならなかった。生きることは、こういう事の連続らしい、と私は重い石に押しつぶされるような気持で考えた。

次の日から始まった商科大学の入学試験では、私は大体成功したと思った。銀行簿記は最後まで私に分らなかったが、その年の簿記の試験には銀行簿記の問題が出なかった。私は試験のあと、彼に連れられて、中野上町の百田宗治家を訪ねた。私は「日本詩人」や「椎の木」に発表された百田宗治の作品や、「文章倶楽部」に載っていたゴシップなどで、近年この詩人が妻と別れたこと、そして新しい妻をめとったことを知っていた。彼の前の妻は何かの理由で彼のところを去ったのであった。前の年、彼はそのことを、

鶴よ、
お前はどこへ行つたのか

という嘆息の調子で始まる詩で歌っていた。彼はその詩を書いた頃から、自由と解放を求める饒舌《じょうぜつ》な民衆詩系統の発想法をやめて、静かな諦念の中に住む俳句的な発想の詩を書いた。彼が室生犀星と親しくし、「椎の木」に毎号犀星の随筆を載せ、犀星の選で俳句をも載せていたのは、その傾向を一層はっきり示していることだった。百田宗治はこの前の月、「椎の木」の

第三号に、新妻が身ごもったことの喜びを、詩に書いていた。その「帰り花」というのは二行の短詩であった。

冬日のなかの帰り花のやうに、
妻よお前はみごもつたのだ。

また、それと同時に、彼は「夕暮の門」という六行の詩を書いていた。

どこからやつてきたのか、童子がひとり
ゆふかたの門に立ちつくしてゐる。
どこからやつてきたのか、童子がひとり
ゆふかたの門に胸をいだいてゐる。
どこからやつてきたのか、童子がひとり
ゆふかたの門にもの言はずゐる。

このような生れて来る子供への淋しげな愛情を、ひっそりと歌う形で書いているこの詩人は、いったい幾つなのだろう、と私は思い、彼の生年を詩人名簿で調べて見た。彼は明治二十六年の生れであった。私よりも十二歳年長だから、この昭和二年に彼は数え年三十五歳になってい る筈であった。私は考えた。三十五歳、なるほど、それは日本的寂寥感にひたっても許される年齢なのだな、と。三十五歳で初めて子供を持つとすれば、それは天上から、ある日の夕方、ひっそり子供が一人やって来て、門のあたりに立っている、というイメージになるのだろう、と私は思った。

川崎昇に附き添ってもらうようにして、田舎から出て来た二十三の私が百田宗治を訪ねるのは、どう見たって弟子という恰好だ、と私は思った。私と川崎昇は、新宿から青梅街道を西に走る小型の路面電車に二十分ほど乗ってから、檜葉の垣根をまわした小さな住宅の間を続いている細い路地をしばらく歩いた。一度来たことのある川崎昇は、矢を作る人の家が隣にあって、弓の矢の看板が出ている筈だと言い、やがて、その家の前に立った。それはいかにも小さい家で、北側の垣根の間に玄関の戸が出ていた。二間か三間の家らしかった。川崎が訪うと、「はあい」という明るい声がして、赤ん坊を抱いた瘦せた、丸顔の、大きな眼鏡をかけた女が出て来た。私はどぎまぎして鳥打ち帽を取った。川崎に向って、その百田宗治夫人は、「あら、いま出たとこなのよ」と言い、私の方を見て、川崎の説明を聞いてから、にこにこ笑って言った。

「あら、この人伊藤さんですか?」

その簡単な言葉の中に、私は、「これがこの頃評判の伊藤さんなの？」という意味か、または「これが椎の木のホープなる伊藤整なの？　もっと偉そうな顔してると思ったわ」というような響きがあるのを感じ、自負心が満足されるように思った。私はあらゆる機会にそのような自負心の満足だけをあさっているようなものだった。私はもじもじしていたが、しかしその女性の話しかたが、女学生じみた無邪気な明るさを帯びていることや、髪を小さく短かめにまとめてあるその女性の顔が明るい現代風につくってあるのを知って、百田宗治はなかなかハイカラな奥さんを持っているじゃないか、とても俳句じみた「帰り花」どころではない、と思った。そして私は百田宗治に逢わずに、勤め先の中学校が学年末で急がしい時なので、すぐ小樽に帰った。

十日ほど経って、教員室にいる私の所へ給仕が電報を持って来た。私は大きな吐息をついた。「ゴウカクオメデトウカワサキ」という電報であった。そして、隣の席にいる新井豊太郎に、「今度はパスしました」と言った。新井豊太郎は、「伊藤君、パスしたそうですよ」と、中央の奥の席にいる梅沢教頭に言った。そして皆がお目出度うと言って私を祝福した。

同僚の人たちにそう言われている最中に、私は、不安になった。大丈夫だろうか？　川崎は発表の番号を見誤ったのではないか、と私は考えた。万一にも間違いであれば、それを土台にして今後の生活を考えることは危険だ、と私は思った。

その日の午後、私は郵便局へ行って川崎昇に、その番号に該当する人間が私であるかどうかを、学校へ行って確かめてほしい、という意味の電報を打った。それを打つ時、私は川崎に対して恥かしい、と思った。大学に入ることが、そんなに大問題なのか、という彼の顔の表情が私の目に浮かび、私はそこにいない彼に対して赤面した。しかし、こんな妙な、偏執狂みたいな振舞をして君にいやな思いをさせることは、今後はないだろうから、今度だけやってくれ、と私はその彼の顔に対して言った。その日の夜になってから、合格間違いなし、という返電が来た。

「伊藤さん、あんた、すぐ大学へ行くがかね？　もう気が済んだろうが？　このまま勤めていた方がええじゃないかね……」と教頭は私に言った。やめるならば今のうちに言わなければならない、と私は思って、私は二三日考えさせてくれと言った。村へ帰って病床にいる父に相談した。父は、自分が病気なのだから、もう一年勤めていてくれ、と言った。もう一年田舎にいるのは、折角詩人として認められかけた機会を無駄にすることになりそうだ、と私は思った。しかし、私の学資はまだ東京での一年分の生活費にもなっていないことを私は考え、父に同意した。私の今の勤め先が父の気に入っており、またどういう訳かこの頃父が金に困っていて、私が毎月母に渡す三十円ほどの金も頼りにされていることに私は気がついていた。私はそれを無視して、一年だけ父の希望を容れることにし、一年後には是非上京する、と念を押した。私は吉田校長にもう一年働かせてくれと頼み、承諾を得た。そして、四月の初め、休学の手続きをするために私はまた上京した。

川崎昇は私に逢うと、合格を確かめた電報のことを口にし、「大学の事務員に笑われたよ」と言って、にやにや笑った。彼はその日、朝に合格発表を見に行った上に、夕方にまた確かめに商科大学まで行かなければならず、目黒から神田一ツ橋まで二往復したことを笑い話として言ったのだった。しかし、それは、私が彼と交際してから言われたうちで一番辛辣な言葉として私の耳に響いた。それが私の、ケチな、偏執的な、自分の立場の安全さばかりを何よりも前に考える厭らしい気持の露骨な現れであることを私は知っていた。私はそれを彼に笑われた、と思った。もう一年勤めて学資をためる、などという私の考えがまた、それと同じ心の現れとして見られることをも、私は知っていた。そして、私は、大学に入るために来たのでなく、休学する手続きをしに来たのだ、と彼に言い、彼が意外そうに黙り込んだ時、「それでも君は詩人かね」と彼が思っているように感じた。三年間働いて、金をためて商業学の大学に入る、という人間が、本質的な抒情詩人である筈がなかった。俺が贋物だという証拠を誰かが挙げようとすれば、これだけで十分だな、と私は思った。

四月十日、私は百田宗治の家を訪ねた。そこの家の庭に面した八畳間に、三人の先客がいた。眉の間へ皺のよりがちになる神経質な丸い顔だちで、度の強い眼鏡をかけた、早口の百田宗治は、私をその人々に紹介した。上体を真直にしていかつい顔だちで坐っている二十五六歳の青年は三好達治であった。顎の長い面長な顔で、私よりも二つほど若く見える学生服の東大生が阪本越郎《えつろう》であった。「親父さんは何とかいう貴族院議員で、漢詩人なんだが、何と言ったかね、サンノスケだったかね」と百田宗治は阪本越郎に話しかけた。阪本はその上、永井荷風の従弟に当るとかいうことであった。阪本越郎は良家の子弟らしく、そういう紹介にちっともこだわらない笑顔を浮かべていた。色の白い、太った大柄の青年が学生服を着て黙りがちに隅の方に坐っていた。それが丸山薫であった。三好と丸山はともに三高出身だが、三好は幼年学校を途中でやめ、丸山は商船学校を途中でやめて高等学校へ入ったという話が出た。丸山薫はいかにも大人という感じで、私の方を、少し斜視らしい大きな目でちらと見て軽く頭を下げた。私は行儀よく、なるべくものを言わないようにしていた。すると自分の身体がこわばって、いかにも田舎の中学教員という感じが自分の身体に現れるように思われ、私はそれを気にして更にぎごちなくなった。

三好達治は明るい強い語調で、はきはきとものを言った。丸山は何か考えごとをするようにゆっくりと言いかけてから、はにかむように口をつぐんだ。その丸山の態度はひどく内気にも見え、またいくらか傲慢にも見えた。三好達治は、私に話しかけ、いま池上の方にいるから、遊びに来るようにと言って、住所を知らせた。百田宗治はあの俳句風な詩の作者とは思われない早口の潑剌《はつらつ》とした話し方をし、一つの話題から別の話題と次々に移って、渋滞するところがない、という風であった。この人は淋しがりの人よりも才気煥発というべき人だ、と私は思った。私は予定に従って百田先生とは言わないように気をつけ、なるべく百田宗治に話しかけない方が安全だ、と思った。しかし、私のそのようなケチな抵抗に関係なく、私は百田宗治の話しかたに圧倒され、ボロの出るようなことを口にしないでいるのが精一杯であった。百田家を辞した時、私はほっとするとともに、自分が田舎ものらしく、けちな気持でいることを皆に見破られ、なあんだ、あんな奴だったのか、と思われたと考えて、意気悄沈した。三好達治は学生服に、頂上を平らにつぶした茶色のソフトをかぶり、生け垣に添って歩きながら、関西弁ではきはきとものを言い、いかにも自分の前途を確信している若い詩人という風であった。私は彼のものごしを羨んだ。

その一日か二日後の日曜日に、私は川崎昇を誘って三好達治をイケガミという場所に訪ねた。それは京浜線の大森の方で、彼は下宿しているのだった。川崎が下宿の女中に来意を告げると、女中は引っ込んで行ったが、また出て来て、「どうぞ」と先に立って案内した。玄関まで迎えに出ないとは、三好達治は威張っているな、と私は思った。廊下を曲って、奥の、池のある庭に面した離れのような室に、彼は足を投げ出して坐っていた。

「やあ、いらっしゃい。」彼はにこにこして、手をのばし、座蒲団をすすめようとしたが、投げ出してある脚のどこかが痛いのだ、という風に顔をしかめた。

「昨夜、実は、ちょっとやったんで、ここを痛めたんだ。失敬しました」と彼は言った。それは、昨夜酒を飲んで転んで怪我した、という風にも取れ、また、殴り合いをして怪我した、という風にも取れた。いずれにしても、その話は、三好達治の老成した風のあるいかつい顔に浮かべた笑いと、その明るい、少し甲高い声の出し方に似合った。なるほど、この若い詩人にはそういう生活があるのか、と私は思い、声を出して笑った。

4

私は小樽へ帰って勤めた。私は気持が楽になり、詩の雑誌だけでなく、一般の文学雑誌も読むようにした。「文芸春秋」や「中央公論」や「改造」の外、私は、新感覚派の機関雑誌である「文芸時代」を読み、またマルクス主義者たちの「文芸戦線」を読んだ。その頃「改造」では話らしい物語りの構造のあるのが本当の小説だという谷崎潤一郎と、話の目立たない詩のような効果のある小説を主張する芥川竜之介の論争が続いていて、注目を引いた。しかし、私は、「文芸時代」と「文芸戦線」とが大正期文学と別な新しい時代の文学を日本に作り出しかけ、横光利一や葉山嘉樹《よしき》や前田河《まえだこう》広一郎《ひろいちろう》などが、これまでと全く違う小説を書いている、という気配に注意した。若い詩人たちが表現主義やダダイズムの手法を使っているのは、新感覚派の運動と無関係でなかったし、若い詩人にアナーキストが何人もいるのは、「文芸戦線」の左翼文学の運動と似たような傾向だ、ということを私は知った。そして私は、文芸戦線派の新作家たちがブルジョア文学として大正期の既成作家を攻撃し、新感覚派の作家たちが自然主義的手法だと言って、やっぱり既成作家を否定しようとしていることを理解した。

詩の書き方も段々変って、平戸廉吉のような作風が多くなるのかも知れない、と私は思った。

しかし自分が詩を書こうとすると、私はこれまで書いて来たような、自由詩の形式の抒情詩しか書くことができなかった。私は時々外の雑誌にたのまれて詩を書くようになった。田中清一の編輯している「詩神」に依頼されて私は詩を一篇送った。すると稿料が五円送られて来た。それは私が自分の作品で得た最初の稿料であった。また時々思いがけない地方から私の詩集の註文があり、私は次々にそれを送った。詩集は二十部ぐらいしか残らなくなったので、そのあと私は註文があっても本がない、と言って断わった。

この年の初めから改造社が新聞に、半頁、一頁の大きな広告をしばしば出して『現代日本文学全集』というのを宣伝していた。学校に出入りする本屋が、その見本を教員室に持って来た。それは菊判三段組みで、細かな六号活字でぎっしりと組んであり、定価一円であった。明治以来の大家たちの代表作を網羅したもので、内容に較べて格段に安かった。国語の教員たちは是非これを揃えよう、と言った。私が東京から帰ってから一月ほど経った五月の二十日頃、その全集の宣伝講演会が稲穂男子小学校に開かれ、芥川竜之介と里見弴が出ることを私は知った。

私は新井豊太郎を誘った。稲穂男子小学校は一年前まで、私の勤めていた市立中学校が教室を三つ借りて授業していた学校で、町の中央にあった。芥川竜之介と里見弴の話を聞けるということは、この町にいてはほとんど予想されなかったことであった。私と新井豊太郎は、学校の用があって少し遅れたので、きっと満員になっているだろうと思い、稲穂学校の入口で脱いだ靴を手にして、講堂にも使われている大きな戸内運動場へ入って行った。その大きな板敷きの室に、前の方に半分ほど、聴衆が板の上に坐っているだけであった。私たちは、その後の方に坐り、靴をそばに置いた。五月の夜、北海道ではまだ寒いので、私は釣鐘マントを肩にかけていた。

小柄で健康そうな、三十四五歳の男が、背広をきちんと着て壇上で喋っていた。それが写真で知っている里見弴であった。里見弴の話は始まったばかりのようであった。十年ほど前に初めて北海道へ来て、狩太《かりぶと》に近い父の経営していた有島農場へ行った時の印象を彼は語っていた。その話しかたは座敷に坐って知人に話しているような尋常なもので、講演というものに人が期待する作った所がちっともなかった。里見弴は小説の名人と言われ、その小説は技巧を凝らし、余韻の効果を細心に生かしたものであったが、彼の話しかたには、その文章のような凝った感じは全くなく、その上北海道の農村の風物や人間を語るのを聞くことは、私には退屈であった。

里見弴がその話をしている間、この戸内運動場に続いている廊下の角のところに、着物に袴をつけた蒼白い顔の長髪の男が立っていて、ひっきりなしに煙草を喫い、髪をかき上げていた。一本喫うと、彼はすぐ袂から緑色のバットの箱を取り出して、次の煙草に火を点けた。それが芥川竜之介であった。その煙草を喫っている腕は、白く細く、華奢であった。私は自分の腕が細いので、着物を着た時には腕が人目につくのを恥じて、いつもそこが露出しないようにと気をつけていた。ところが芥川の白い腕は私と同じような細さであり、シャツを着ていない彼が煙草を喫うと、その腕が肘のところまで現れるのであった。私はそれを見て、芥川竜之介があんな細い腕を恥じずに出しているのなら、オレの腕だって別に恥かしがって隠す必要はない、と思い、気持が楽になり、得をしたように思った。そして、あんなにひっきりなしに煙草を喫うのは身体に悪いだろうが、彼はこの次に自分が喋ると考えて興奮しているにちがいない、と思った。

里見弴の話が終り、芥川が壇に上ると、彼はその白い細い腕を露出して、垂れ下る髪をかき上げ、よく透る落ちついた声で喋り出した。彼は、私の話の題は、「描かれたもの」というのです、と言い、描くというのは手扁に猫の字のツクリの方を書いた字で、描写の意味です、と註釈した。そして彼は、文学芸術とは描かれたものであればよいので、それ以上の条件は必要でないと理論的に喋って行った。私は聞いていて、その話題は、彼が「改造」で今年の春から谷崎潤一郎と論争している物語り性のない小説の方が純粋だというあの議論の延長だな、と思った。しかし聞いているうちに、芥川の話は、私の予想と違った方へ動いて行った。彼は、はっきりとは言わなかったが、階級問題や道徳問題を小説の根本要素だと主張する者がこの頃ある、と言い、それは文学芸術にとって本質上は無関係なものである。文学作品は何かがうまく描かれることだけで成立しているのだ、と主張した。

そこまで聞いた時、私は、これは「文芸戦線」のプロレタリア文学の理論、多分青野季吉《すえきち》の主張に対する反駁だ、と気がついた。それにしても芥川竜之介は随分プロレタリア文学を気にしているらしい、と私は推定した。彼は自分たちの文学がブルジョア文学としてプロレタリア文学側から攻撃されることに反駁しているのだ。なるほど、描かれてある、ということが文学の根本の要素かも知れない。もしそうであればオレも随分気が楽になる、と私は思った。しかし、果して「描かれたもの」だけが芸術の本質を形成していて、物語り性や道徳や階級問題などは余計なものであろうかと私は疑った。芥川の話は理論的にはっきりしていたが、私は、彼はああ言っているけれども、しかしやっぱり、道徳とか思想というものなしに文学は成立しない、と言う方が正当ではないだろうか、と思った。

講演がすむと、芥川はいかにもほっとしたさまで、室の隅に立ち、また次々とバットに火を点じては吸っていた。そのあと壇上に幕が張られて映画が写された。それは久米正雄の撮影したもの、という説明があって、文士たちの日常生活が次々に映し出された。徳田秋声というタイトルの次に、書斎の机の前に坐っている六十歳ぐらいの秋声が写された。そのカメラが横に動くと、突然画面に、白い花の咲いたような美女が現れた。それは徳田秋声の愛人山田順子だ、と言う説明があった。あっ、山田順子、と私は思った。

私が二年前に、高等商業学校の生徒だった時、この町の増川という弁護士の細君の増川順子というのが、徳田秋声の弟子になって、この町の一番立派な宿屋である北海ホテルに室を借り、そこで長篇小説を書いている、という記事が土地の新聞に出た。その後間もなく、その増川順子は夫を棄てて上京し、秋声の弟子になって『流るるままに』という長篇小説を山田順子という名で発表した。その小説は作品としては問題にされなかったが、その少し前に妻を失っていた秋声がその山田順子と恋愛し、同棲するようになった経過が秋声の小説に描かれた。その連作の一つである『元の枝へ』を、秋声と同じ自然主義以来の作家正宗白鳥が批評したことから、秋声と白鳥との間に論争が起ったこと、白鳥は秋声の生活を非難しながらも、その秋声の年老いてからの恋愛の告白小説の書き方には『キング・リア』を思わせる最も高い人間性の描写がある、と言ったことなどを、私はぼんやりと記憶していた。いま映画の中で秋声の横に坐っているのが山田順子なのか、と私は思った。そしてこの町の市役所の前に増川弁護士という看板のかかった文化住宅があって、その前を私が何度も通ったこと、またその増川弁護士が山田順子の上京した前後、何かの事に躓いて刑事事件の被告人となった、という噂をも私は思い出した。それにしても何という美しい女だろう、と思いながら、そばの机の上にある白い百合の花と並んで画面に現れたその女の顔に私は見入っていた。

映画の一番終りに、さっき講演した芥川竜之介が写されていた。彼は自分の家の縁側に立っていた。そして撮影がはじまると彼は何かものに憑《つ》かれたように、その縁側の前にある百日紅《さるすべり》の斜めに伸びた幹にのぼり、その幹から出ている枝に手をかけてこちらの方をじっと見ていた。私はいやな感じがした。そのいやな感じは、芥川竜之介が、撮影されることを意識してふざける意味で演技している、と見えたからのようでもあり、またその幹にのぼった姿が何となく無気味で妖怪じみて見えたからのようでもあった。

映画が済んでから外へ出ると、新井豊太郎は「芥川の話はつまらなかったね」と言った。私は黙っていた。私には芥川の話が面白かった。もし彼が詭弁じみた理論で言ったように、彼の描写即芸術論が正しければ、プロレタリア文学の理論は間違っているのだし、そうでなければ、彼はプロレタリア文学に追いつめられて立場を失うことになる。その息づまるような文学理論の対立のさまが分って私は面白いと思った。あれがいま、大正期の作家の中で一番頭がいいと言われている芥川竜之介の考えていることなのだ。とすると、あれが今の文学の最も問題になる点なのだ、と私は思った。

その二カ月後の七月二十四日、芥川竜之介が自殺したことを新聞は報じた。綜合雑誌の全部が彼の死を論じ、悼《いた》む記事を特輯した。私は小説家としての芥川竜之介をあまり好まなかったためか、その自殺には心を動かされなかった。文士が行きつまれば自殺する。当り前のことではないか、と思い、文壇全体がそんなに騒ぐのはどうかしている、と感じた。しかし彼が行きつまっていたとすれば、それは何においてだろう、と私は考えた。すると映画に写った時、木に登ってこちらを見た彼の顔がもう死人じみていたように私に思い出された。またあの描写即芸術という理論も随分苦しそうな無理な理論だったな、と私は思った。

七　詩人たちとの出会い

1

昭和二年の四月頃、私は自分の人生の一番幸福な時期を過していたように思われる。それから後に私を襲った暗い長い年月にさしかかる前の一刻、その時だけ、私は暖かい光に包まれて生きていた。柔かい光の射す春の草野を、私はまぶしさに眉をひそめながらも、長い旅に出ようとして、自分の身体に重さや疲労を感ぜずに、祝福されて歩み出したばかりであった。屈辱感、自己否定、罪悪感などというものが、羽虫のように私の存在の内と外を飛びまわっていたけれども、それから後に味わったものに較べれば、小さな模型のようなものに過ぎなかった。そして私は、それ等の小さい鬼どもが、間もなく自分の世界から消え去ることを予想していた。実はそれ等の鬼どもは、私の幸福感の暖かさの中で一挙に増殖して、全身の組織にひろがっていたのであるが、私はそれを覚らなかった。

私は数え年二十三歳の青年詩人であり、自分の詩集『雪明りの路』が賞讃の言葉で迎えられたのを知っていた。私は大学に入るための気の向かない学課の勉強から解放されていた。私は自分の住んでいる汚ならしい北国の田舎の町に束縛されなくてもよい身分になっていた。私を引き留めそうな厄介な恋愛めいたものもなくなっていた。父の病気がどうしても快方に向わないことを除けば、私の旅立ちを拘束しそうなものはなかった。あとの一年を私はのびのびとこの町で送れるのだ。そして、詩人としての自分がこの田舎町で無視されていることも、私はむしろ快く感じた。

「詩神」とか、「太平洋詩人」とか、「地上楽園」などという雑誌に現れた私の詩集の批評は、たいてい賞讃の言葉であり、「地上楽園」に書かれた中村恭二郎の批評などは、「これ程の詩人が静かに埋れて居たのだと思うと騒々しい今の若い詩壇が殊更嫌になる」というような大袈裟な讃辞に満ちたものであった。しかしそれ等は、社会とか日本の文壇というものから見れば、ほとんど無にひとしい小さな出来事であった。それは言わば、千部か二千部の発行部数を持つ詩の雑誌の片隅に、見るべき詩集が一冊出たという消息が載っただけのことである。それ等の雑誌に詩を書いている二三百人の詩人がその批評に気づいたということである。しかも、中央に出て来て自分たちの地位を脅やかすこともなさそうな、北海道の片田舎にいる一青年が、いま時代遅れになりかかっている自由詩の方法で、妙にイメージのはっきり分る詩を書いているが、おとなしそうな奴だから、少しぐらいほめても、つけ上りはしないだろう、という感じの評言が多かった。

私の勤め先の同僚は、私の詩の価値には無関心であった。彼等は単に私を、やっとこの春から商科大学に籍を置いた文学好きの臨時教員として見ていた。この四月で三年生になった第一期の生徒たち百人に対して、一番若い教員の私は、兄のような気持で接していたが、彼等は数え年で十五六歳になっていた。彼等は私が詩集を出版したのを知っていたらしいが、それよりも私が商科大学に入ったことに関心を示した。もう二年経てば彼等も高等学校の入学試験を受けなければならなかったのだから。その生徒の中には二三人の文学好きな少年がいて、先生である私の恋愛詩集をこっそり読んでいる気配であった。私が受け持っていた作文の時間に、自由詩めいたものを書いて出す少年が二三人いることから私はそれを推定した。しかし、生徒たちはそのことであらわに私に接近したり、私をからかうにはまだ幼なすぎた。また彼等の父親や母親がそれを問題にして吉田校長を困らせるというような、私が気に病んでいた事も起きなかった。

私の詩集の中の恋愛詩の女主人公であった重田根見子がまだ嫁に行かずに余市町にいることを、私は川崎昇の妹の愛子から聞いて知っていた。私は重田根見子に自分の詩集を贈るのは未練たらしいことだと思った。彼女との恋愛が物語りの筋のようになっているこの詩集を、自分の見栄と関係なく彼女に読ませるのが本当だ、という声が何度か自分の中に湧くのを感じた。しかし私にはその勇気がなかった。素人の彼女が読めば、いつまでも私が彼女を忘れ去ることが出来ず、未練たらしい気持でいると思うだろう。私は、重田根見子という女性が、動きやすい心を持っていることを知っていた。そして彼女が私に近づいたのも、その動きやすい心の衝動の現れであった、と信じていた。しかし、私の持っていたその時の自由詩の書き方では、そういう女として彼女を描き出すことが出来なかった。その技法の無力さのために、私は、ある曖昧な理由によって私が彼女と別れたこと、私も彼女もそれを嘆き悲しんでいる、というイメージの詩をいくつも書く結果になった。私の力では、そういう風にしか彼女との恋愛を描けなかった。「心動きやすい女性を忘れかねている惨めな自分を自ら笑う」という自分の心の本当の状態は私の詩に描かれていなかった。私は純真らしい青年として自分を描き、彼女をも純情らしい少女にして描いているのを読まれるのが気に入らなかった。その詩集を贈ったりすることは彼女に哀訴することになる、と私は思った。

川崎昇の妹の愛子は、その年十七歳で女学校の四年生になっていた。彼女は面長で目が細く、眼鏡をかけ、いつまでも少女のように胸が平べったく、制服に黒い木綿のストッキングをつけて、少し前屈みになって歩いた。私が村の家へ帰る用があって駅にいる時、また帰りに朝の汽車で小樽駅に下りる時、この少女は私を見つけると、十三歳の頃と同じような無邪気な態度で私のそばに寄って来た。私もまたこの女学生を自分の妹のように扱った。そういう時、重田根見子の妹の留見子がいつも彼女のそばにいた。留見子は姉の根見子に似た丸顔であったが、性格は反対で内気らしく、私にものを言いかけたことがなかった。重田留見子は、どこか内臓でも悪いように艶のない蒼い顔をしていた。まだ青春はこの二人の少女を訪れていないように見えた。ある時、川崎愛子は兄に甘えるような調子で私に言った。

「ねえ、伊藤さん、私に、私たちに『雪明りの路』を下さらない？　私も、それから留見ちゃんも、ほしいの。」

少し離れた所にいた重田留見子は、その話が分ったらしく、その蒼ざめた顔にぽうっと赤味がさした。私は二人あてに署名した本を贈った。そして私は、多分重田根見子は、妹の机の上に私の詩集を見つけて読む結果になるだろう、と思った。そして彼女がそういう形で私の詩集を読むのがちょうどいいような気持がした。その次に逢った時、川崎愛子は、私の心をよく知っているかのように、ほとんど私の問に答えるという調子で言った。

「根見子姉さんが留見ちゃんに詩集を見せてって言ったんですって。でも憎らしいから留見ちゃんは見せてやらなかったんだって。」

それは、あの人は悪い人だから、私たちは厭がらせてやっているんだわ、と言うかのようであった。私は、その一語一語を注意深く聞き取った。そして、さりげなく「ふーん」と答えたきり、それ以上訊ねなかった。しかし私は、川崎愛子が言っただけの言葉は、しっかり記憶して、その端々を調べ、それだけの又聞きの言葉を通して重田根見子の日常生活やその心の動きやその近況の全部を自分の心の中に描き出した。私が描き出した根見子は、内気な妹から見れば「憎らしい」と見えるように、豊かな頬をし、赤い唇をして、生き生きと生活し、妹から見てあまり好ましくない恋愛をしている気配だ。妹が「いやよ、見ちゃ」と言っても、彼女はうふっと笑っておいて、妹の留守にそれを開いて見る。そしてそこに、自分の姿が感傷的に美しく描かれてあるのにうっとりする。そして彼女は満足して少し涙ぐむ。しかしそれと同時に、伊藤整というセンチメンタルな中学校の教師を、過去の人よ、と思い直して、その本を妹の本箱の中に押し込んで知らぬふりをしている。

まあ、そんなところだ、と私は思った。そして軽くそれを忘れ去ろうとした。しかし、私は忘れることができなかった。妹の勉強机の前にある重田根見子が立ちふさがるようにして、「それを見せてよ」と言った時、彼女は私に関心を持って、そこに生きていたのだ。彼女のあの大きな目と唇、橙色の肉体の胸、腰、腕、脚の全部がなまなましく、妹が手で押さえている私の詩集の白い表紙を見下ろして、そこに立っていたのだ。川崎愛子のその言葉を思い出すごとに、その「見せて」の一語が、彼女の実在を私の手で触るような所へ連れて来た。それが私を息苦しくさせた。しかし、その「見せて」という言葉が川崎愛子の口を通して私に伝わったのを最後にして、彼女の生活を推定できるような話はどこからも私の耳に入らなくなった。

それは昭和二年の四月で、北海道には春が来ていた。小樽の町の周囲の山々には雪が残っていたが、郊外の中学校の窓から直線に見える道路は乾いて市街の方へ続いていた。私は今自由であり、しかも予期していたように若い詩人の一人に数えられる身になったと思った。学校の宿直室に泊っていながらも、私は自分が新しい生活を始めようとしているのを感じた。しかも私は、重田根見子のイメージにまだこだわっていた。その未練と、詩を作るためには、重田根見子のイメージにもたれかかっている必要があるという意識から、私が作る詩の中にはまだ彼女の思い出が尾を曳いていた。

夢のなかの不思議なめぐりあひに
お前はなにをみつめてゐる。
私の知らぬ出来ごとでこんなに蒼ざめてしまつて、
手はどこに置いてあるの。
——お前はみんな忘れたやうだ。
では　あれはながいながいむかしの事だつたといふのか。
もう二人に帰つては来ない。
さう　帰つてはこないと。
かうしてからりと晴れた春の朝に目覚めて歩けば
ああ雪は消えるし　草は萌え出て
その葉の鮮やかさにかがめば
ほんたうは　夢のとほりで
ほんたうは　今だつてどうしてゐるかと。
ああ　なんといふ夢をまたみたのだらう。
すつかり新らしい春が始まつてゐて

白い煙のあがる街へ
道が緑をつけてまつすぐ続いてゐるのに。

私の詩の発想法は、前よりも自由になっていた。私は風景の描写と感情との結びつきをかなり楽に支配することができた。しかし私はこの頃、このような書き方でならいくらでも詩を作れることに気がついた。すると私は、こんな方法と別なものを捜さなければ行きつまる、と漠然と感じた。私は少しずつ疑い、詩作の数を減らして行った。私は悲観はしなかった。上京するまでの一年間、考える時間は十分にあると思っていたからだった。

私の詩集についての批評らしいものが、一とおり出てしまった四月の末頃、私は雪が消えたばかりの小樽の花園町の第二大通りという狭い賑やかな坂道を歩いていた。いま小樽の街を通りすぎる人々は、新しい詩人である私に気がついていない。しかし私は自分に満足して幸福であった。私は書店に入った。私は色々な文芸雑誌を引っくり返して見て、いつもその一二冊を買うことにしていた。その頃、新潮社から出ていた投書家相手の「文章倶楽部」に似た「若草」という雑誌が宝文館から出ていた。竹久夢二が毎号その表紙を描いていた。私は夢二の絵をセンチメンタルだとは思っていたが、しかしその魅力にはどうしても抵抗できなかった。緑と黄で芭蕉の葉を乱暴に書いたらしい夢二の表紙のついたその「若草」の五月号を私は取り上げて目次を開いた。その目次の中に「雪明りの路」という活字があって、それが生きもののように私の目の中に飛び込んで来た。私はその頁を開いた。

それは、「詩壇消息」や「太平洋詩人」にアナーキストらしい詩を書いているので私が名前を知っている小野十三郎という詩人が書いた「『雪明りの路』の著者へ」という、三段組の二頁半ほどの文章であった。私よりも先に詩壇にその名前を登録したこの詩人が、興奮した調子で私の作品を推薦したその文章は、私をぼうっとさせ、私は暫くの間、自分の立っている場所が本屋の店頭であることも忘れた。小野十三郎は書いていた。「『雪明りの路』それは私を有頂天にさせた詩集の名です。著者伊藤整君と私は一面識もありません。この詩集によってはじめて、たった今、その人を知ったのです。だのに、彼はもうすつかり私を擒《とりこ》にしてしまつた。私はすぐ著者宛にお祝ひの私信をしたためようと思つたが、どうもそれだけでは物足らない気がする。私の喜びを、ひとりのものとしないで、もつとたくさんの人たちにも知つてもらひたい、と云ふ慾望を制しきれなくなつてしまつた。で私はこの『若草』の幾頁かをかりることに決心します。」

私は鳥打ち帽をかぶっている自分の顔が燃えるように赤くなり、その店にいる客たちも番頭も私の方を見守っているような気がした。小野十三郎は、私の詩集を読んですぐ、かっとなって書き出したため、先輩や同輩の作品の評価について、あとで自分が困ることになるなどという前後の見はからいもなく、また、書かれた方の人間を嫉視と白眼視の中に孤立させるという考慮もしていないのだった。批評された私の方がそれを読んで、小野の興奮に輪をかけた興奮に陥ったのも当然であった。小野の経歴をいましらべると、この時小野は数え年二十五歳で、その少し前に大阪から出て来て東洋大学に籍を置いている学生であった。私は、その文章を半分ほど読みかけた所で我に返り、これはこの店頭で読み続けるべきものでない、と思った。私は金を払ってその雑誌を買った。私は自分がここに書かれているその本人であり、そのために上気して取り乱しているのだということが番頭に分っている筈はない、と何度自分を納得させようとしても思うようにならず、番頭の目に自分が裸になって写ったように当惑し、その雑誌を持ってその店から逃げ出した。

私はその坂道を下り、一番低い所でその道を横切って海に注いでいる幅三間ほどの妙見川の角の、越路という洋品店の二階にその頃出来たばかりの同じ名前の喫茶店へ上って行った。そこは東京の喫茶店風で、気取ったところがあり、高等商業学校の生徒や銀行員などが集まるところであった。私はその隅に窓を背にして坐り、紅茶をたのんでおいて、その雑誌を白いテーブルクロスの上に開いた。小野十三郎は書き続けていた。「伊藤君、あなたの詩には何よりも先づ朗らかな健康な生命の力が満ち溢れてゐる。あなたは詩集の扉にイエツの詩を引用されてゐるが、そしてあなたは大変イエツがお好きなやうですが、それはあなたの詩、そしてあなたと云ふ人を理解するため、私にとつても最も都合のよい鍵《キー》になります。あなたの本質はやはり『抒情詩』でせう。あなたは全く純真な、そして純粋な曇りのない透明な性格の人です。あなたは誰よりもよく深く詩の本質を理解してゐる。あなたは深い大きな共感、そのむしろ潜行的な力強い伝播力を真底から把握してゐる。あなたのリアリスチックな表現、描写の中に、どれだけの沢山の夢がひそんでゐることか。おそらくあなた自身も気がつかない程だ。あなたの滋味で素直な表現の中に私はつねに大きな『特異性』を発見する。『特異性』それは決して、病的な意味においてではなく、末梢神経的な意味においてではなく、又一種の変態的な奇矯さに於けるところのものではない。それは実に、あなたをして、単なる『抒情詩人』としての安易さから、はるかに、あなた自身を隔絶せしめるもの、人生に対する真剣な態度です。即ち、あなたの視野は小つぽけな個性の複眼に映ずる風景ではない。あなたの眼は社会の眼だ。あなたの眼であつて、同時に、あなたを囲繞《いじよう》し、あなたを育成し、且つ絶えずあなたを見守つてゐるところのものの眼であります。」

そして小野十三郎は、そのあとに私の詩を三篇引用し、私の詩集の中にほんの数篇しかない社会意識を扱った「あいつら」という詩を最後に挙げて、それが私の今後の方向である、と結論づけてあった。その詩は私自身は気に入らないものであったが、小野はアナーキストらしいから仕方がない、と私は思った。私は一度読み、また読みかえした。そして女給仕が持って来た紅茶に角砂糖を入れて飲み、そのあとでまた読みかえした。小野十三郎の批評は私を恍惚とさせた。そして私は、詩集を発送する時に、大家たちばかりに贈らないで、住所の分っている限り、かけ出しのような詩人にも贈ることにした自分の方針が正しかった、と思った。私はこの批評の載ったのが投書雑誌とは言え、詩壇だけの狭い雑誌ではなく、現にこの号にも尾崎士郎、池谷信三郎、稲垣足穂《たるほ》、川端康成、片岡鉄兵という有力な若い小説家たちがものを書いている文壇の雑誌であるのが気に入った。

私はしばらく恍惚状態にいた。そして私は、色々な人の批評を読んで満足しなかった訳が今分った、と思った。私はこの小野十三郎の批評こそ、自分の受け取るべき当然の賞讃だ、と思った。小野が言うように私は「誰よりも深く詩の本質を理解している」と、何度も何度も自分で考えていたではないか。いま小野はその当然のことを私に言ってくれただけだ。少くともここに一人の詩人はオレの自信の正しさを認めてくれたのだから、オレはつまらぬ思いすごしをしていた訳ではなかったのだ。私はそう思って、心の奥の方で大変気持が安まるのを感じた。しかし私はまたしてもここで「全く純真な、そして純粋な曇りのない透明な」性格だと言われているのを気にした。オレは今の詩作法を続ける限り、純情な清潔な詩人という自分で作った仮面の中に閉じこめられてしまいそうだ、と私は思った。しかしこの仮面を外せば、オレは厭らしい青年としての自分を露出することになり、しかもその厭らしい自分を処理して作品に表現する方法を持っていないのだ。オレは崩れるとすればその部分から崩れそうだ、と私は思った。

そして私は、自分の気持の極く僅かな残りの部分で、小野十三郎のためにも心配した。この男は、こんな風に真正直に私の詩に対する感動をぶちまけたが、後で困ることになるのではないかな。こんな生一本の気持で暮すには、詩壇というところは、情実や嫉妬や目に見えない約束でガンジガラメになっているのじゃないか。でなければ、あんな下らない大家どもの詩が大きな雑誌にのさばるように掲げられている訳がないのだから。私は心の一部分で本気に小野のために心配した。しかしそのために自分の幸福が傷つくというところまでは行かなかった。

私はこの緑色の夢二の絵のついた雑誌「若草」を大切にしまっておいた。そしてそれを時々出して読み、尾崎士郎や池谷信三郎や川端康成の短い作品を読み、また雑文欄に春山行夫が「蜂の小舎の生活」という随筆を書いているのを読んだ。春山行夫は百田宗治と親しいらしく、特に寄稿という形で「椎の木」に雑文を連載していたが、私の詩集には一言も言及しないでいるのを私は心に留めていた。そんな詩集が出たかね、という態度で彼は自分の詩や自分の生活について書いていた。この「蜂の小舎の生活」という随筆は、それにも拘らず私には面白かった。彼は蜂の小舎という名をつけた小さな小屋で貧乏な生活をしているらしく、「僕が例のチンプンカンプンの恰好で煙草でも買ひに出ると、この辺の百姓の子供が『バカ、バカ』とドナつて駆け出したものだ。この辺の子供と来ては、恰で詩人を扱ふ礼儀を知らない。彼等は恐らく僕がダンテであつても、今の僕と同じやうに馬鹿扱ひをする。いまのところ詩を生噛りする大学教授と一緒に不愉快の存在の一つだ」と書いていた。またこの「若草」の編輯者は田辺耕一郎という小野十三郎と同年配の詩人であった。そのためか、渡辺渡、福富菁児《せいじ》、米沢順子、岡本潤、佐藤八郎などという詩人が詩や随筆を書き、田辺が詩の投書欄の選をもしていた。私は当然この雑誌から私の所に詩を書けと言って来るものと予期していたが、その註文は来なかった。それを私は小野十三郎の罪であるかのように感じた。小野があまりのぼせた書き方をしたものだから、田辺耕一郎は反感を抱いてオレに詩を書く機会を与えないんだ、と私は考えた。「若草」ばかりでなかった。私は、たとい狭い範囲にしても、詩人たちの中のある人々を驚かした証拠があったに拘らず、ちゃんとした雑誌から原稿を頼まれなかった。五円の稿料をもらった「詩神」も、田中清一という金持ちが出している金であろうから、稿料と言うよりは、この金持ちの詩人のお小遣のお裾分けにあずかったようなものだ、と私はひがんで考えた。また「森林」という、宮崎孝政の出していた雑誌は、原稿を載せたが稿料をくれなかった。「詩壇消息」、「太平洋詩人」というような、新人が目白押しに並んでいる雑誌は、私を白眼視したように頼んで来なかった。

この時、前年末の「日本詩人」の崩壊を期として、詩壇には大きな変化が現れかけていたのである。私は雑誌面での動きには気を配っていたが、田舎者だったので、その詩壇のほとんど政治的と言ってもいい裏面の動きには盲目であった。大正末期の三四年間、「日本詩人」に集まった自由詩派や民衆詩派を中心とする詩人たちが、新潮社という一流出版社から出たこの雑誌を舞台にして、活躍した。その結果三木露風と北原白秋という大正初期の唯美主義者や、その後に続く芸術至上主義的な日夏耿之介、堀口大学、西条八十等が詩壇の片隅に立ち退いた恰好になった。それだけでなく、「日本詩人」はその次の時代の詩人に対して門戸を開放する仕方が足りなかった。吉田一穂、佐藤一英《いちえい》等の唯美派の新人も目立たなかったし、平戸廉吉、萩原恭次郎、草野心平、岡本潤、高橋新吉等のアナーキストやダダイスト系の新人たちもよい発表場所がなかった。その感情は、民衆派の代表的な一詩人で「日本詩人」の中心になっていた某が、大正十三年に出た宮沢賢治の詩集『春と修羅』を読んで驚き、岩手県に行ったとき宮沢を訪ねたところ、宮沢は面会謝絶を喰らわした。そのゴシップがいかにも痛快だという調子で宮本吉次の編輯していた「詩壇消息」にこの頃書かれていた。私は宮沢賢治を立派だと思い、自分の顔が赤らむのを感じた。

そのような詩壇の若手の不満の気持が大正の末年には、爆発的に盛り上りかけていたのである。「日本詩人」がつぶれたことは、理想もエネルギーも失った詩話会同人の砦の崩壊を意味し、ちょうど尾崎紅葉の死による硯友社《けんゆうしや》の崩壊の時に、田山花袋や国木田独歩や島崎藤村が感じたような、我等の時来るという意識が、若い詩人たちの間にみなぎったのだった。「日本詩人」はつぶれたが、その主な同人たちは、自分のグループ雑誌を持っていた。白鳥省吾は「地上楽園」を、川路柳虹は「炬火」を、佐藤惣之助は「詩の家」を、そして最後には、民衆派的作風から逃れ去って俳句的静寂の詩境に移った百田宗治が「椎の木」を作った。昭和初年になるとともに、文壇の新流派である新感覚派やプロレタリア文学が地位を得たことの反映として、未来派、ダダイスム、超現実派という新風をもたらした新しい詩人たちが、詩壇の入口に押しよせていたのである。

それはその時代の直前に死んだ平戸廉吉であり、また宮沢賢治であり、萩原恭次郎であり、岡本潤であり、金子光晴であり、大手拓次であり、草野心平であり、小野十三郎であり、北川冬彦であり、安西冬衛《ふゆえ》であった。三好達治や丸山薫が「椎の木」に籍をおいたのは、そういう昭和の新詩壇の例外的な現象であった。そして旧詩話会同人の経営した雑誌に忠実な弟子という形で集まっていた人々の多くは、時代に置き去られ、これ等の、隷属するには個性とエネルギーの強すぎた若い詩人たちが、昭和の詩壇を形成することになる、ちょうどその直前に、旧自由詩派の詩法からエッセンスを抜き集めたような詩作法を持った私の詩集が出たのであった。静かな環境の中で、こっそりと書きつづけていた私は、詩人として、また散文家としての表現術においては奇妙に成熟していたが、この新時代の不安定な空気に応ずる詩法を持っていなかったのである。私が賞讃されながらも、新しい詩壇から無視されたことには、多分私が旧詩話会の詩人の雑誌に加わっていたということもあったであろうが、私の詩に新しさと言うべきものが無かったことも原因であった。芸術家にとっての新しい意匠は自分の属する時代への抵抗であり、それは思想からも形式からも湧き出るものである。そして多くの芸術家は、自ら作り出した抵抗としての意匠に埋められて芸術の本質を見失う。しかし時代の意匠を通ることなしにはその時代の新しい芸術が生れないということもまた真実なのだ。この時まだ私はそういうことを考えず、漠然と自分の詩法の行きつまりを感じて、それからの脱出を摸索していただけであった。

小野十三郎が「若草」に書いた私の詩集の賞讃は、この雑誌の数多い投書家たちに読まれたようであった。そして小野がその文章の末尾に、私の村の住所を書いておいたため、そのあと遠隔の地から私のところへ詩集の註文が何冊か続いて来た。詩集を送ってからあと、大阪と新潟にいる二人の少女が熱心な読後感を手紙にして送って来た。それは二十三歳の私にとっては、新鮮なロマンティックな事件であった。私は返事を書き、その少女たちの手紙が来るごとに中学校の宿直室にいる私は、軟かい暖かい空気に包まれるような幸福を感じた。新潟の少女は卑下的で、いつも内容のよく分らない苦悩を訴え、大阪の少女は明らさまに文学者志望であることを告げ、自分の容貌に自信を持ち、自分の夢を語る型であった。自分の作品によって女性の読者を得るということ、そしてまた詩人として著述家として、逢ったことのない少女に手紙を書くということは、私には初めての経験であった。それは、私に、自分の作品によって「女性の讃美者を得た若い詩人」になったような幻覚を与えた。私はその少女たちの夢想の中にある清純な詩人としての自分のイメージを壊さないように、しかも自分が味わっている甘美さを適当に混ぜた手紙を書くことに苦心をした。そして両方の少女とも、次第に親愛な感情を私に寄せるようになった。すると私は、二人の少女を同時にだましているような後ろめたさを感じた。私はそのうしろめたさを感じない所まで手紙の書き方を控え目にした。すると二人の少女とも、私の冷淡さを非難した。

その頃、別な少女が私に手紙をよこして、私の詩集を見たいと言って来た。その少女は函館の近くのある村にいた。川崎昇の従兄の川崎尚は、少年時代から、「潮音」派の歌を作り、札幌や小樽にいる地方の歌人たちと交際していたので、私や川崎昇に対して文学上の先輩という態度で接していた。彼はその頃、ある保険会社の札幌支社に勤めていた。私の詩集が出た時、川崎尚は、北海道出身の詩人として近来出色の業績であるという批評を土地の新聞に書いた。彼は私の詩の発想法が短歌系統のものであるということを挙げて、若干は彼の影響下にもあることを保留条件としてつけ加えた上で、私を賞揚した。川崎尚の賞揚には、かなり真実な響きがあったので歌を作っていたらしいその少女は、私の詩集を読みたいという手紙を私のところによこしたのであった。三人の少女のうちで、最後の少女が一番字がうまく、また自虐的でも自負的でもなく、頭のいい少女であるということが自然に分るような手紙を書いていた。私はこの少女に、残りが少くなってもう誰にもやるまいと思っていた詩集の一冊を贈り、手紙をやりとりした。そして私は前の二人の少女よりも次第にこの少女の方に重きをおいて手紙を書くようになった。私は小野十三郎に対しては、はにかみを感じて文通しなかったが、川崎尚とは時々逢う機会があった。しかし私は彼の批評文が新聞に載った結果として一人の少女と手紙をやり取りしていることを彼に言わなかった。やがて大阪の少女は、自分は詩にはもう関心を持たなくなった、自分は小説家になるつもりだ、という手紙をよこして、私への文通をうち切った。

2

この年の夏、父は借金の抵当に、家屋敷を他人の手に渡した。私たちの家族は、村の中の小さな三間の借家を借りて、そこへ移らねばならなくなった。この事件は、私をひどく惨めな気持にさせた。どのような借金を、どれほどの額で父がしていたのか私は何も知らされなかった。私は、六歳の時から、この時まで住んでいたその家に強い愛着を持っていた。その家は、村の真中を流れる小川に沿った国道に面し、三丈ほどの崖の下にあった。その小川は上の方で、村の家並の背後を流れて来て、その家を鍵の手にめぐって国道と並行して、海の方へ流れた。それでその家は昼も夜も小川のせせらぎの音に取り巻かれていた。私たちはその音を聞いて育ったのだった。崖の上にある一段歩ほどの畑と、隣家との間にある百坪ほどの菜園を別にして、三百坪ほどの屋敷で、正面と川の流れに面しない横手とに、父は四季咲の薔薇を植えて垣根にした。夏のはじめから秋にかけて、紅色と白と赤との薔薇が次々に咲いた。その垣根の内側に、父は花壇を作り、またトド松の苗木を沢山植えていた。父は村役場の収入の外に、軍人恩給と金鵄勲章の年金とを持っていたから、子供は多かったが、この家で安らかな生活を送れる、という計画を立てていた。その計画は多分安全なものであったのだ。しかし大正七年頃、第一次欧州大戦で物価が騰貴し、生活費が急に膨脹した時、父はこの生活計画を心もとなく思ったらしく、村役場の書記をやめて知人と一緒に駅前に運送店を営んだ。戦後、その事業は行きつまって、父は手を引き、また村役場に戻って収入役になったが、その運送業のためにかなりの借金をしていたものらしく、その数年後に破綻《はたん》が来たのであった。

いま父は五十七歳になり、私の姉は嫁いでいたから、私を頭にして八人の子供があった。私が勤めていた外に、私のすぐ下の弟は小樽の商業会議所に勤めていたので、私と弟とで四五十円の補助を家に出していた。その頃小学校の校長とか中学校の古手の教員は百二三十円で中流の下位の生活が出来たから、父の収入と私と弟の補助があれば家の生計は楽な筈であった。しかし母がいつも家計が苦しいと言っていたところを見れば、父の負っていた借金は相当大きなものであったらしい。自分たちの育った家を明け渡して、もっと川下の小さな家に引越すのは、惨めなことであった。その上病床にいる父は、人の手を借りて運ばれねばならなかった。父は気が小さいのに頑固な人間であったので、借金のことを一言も言わなかった。しかし、恩給証書が高利貸しの手に渡っていて、それの方は借金を返したのにいつまでも証書を返してよこさないので困っている、と母が私に愚痴を言った。その高利貸しの姓と同じ姓の人間が私の勤めている中学校にこの年の春新任教員として来ていた。ちょっと変った名前であったので、私は万一にと思ってその高利貸しの姓名を聞き出した。そして学校へ行って、その同僚にその名を言い、君の親戚ではないのか、と訊ねた。その同僚はそれは自分の叔父だ、と言った。その時、こいつは、取り返せる、と私は思った。

私はその同僚の帰りしなに町まで一緒に出かけ、越路の喫茶部で茶を飲み、自分の家の事情を話し、その恩給証書は当然返すべきものなのだ、と言った。彼は明らかに当惑し、そのうち叔父に話してみると言った。私はせっかちになってはいけない、と思った。一週間に一度ずつ、私は本屋へ行くという形でその同僚と一緒に町まで歩き、遠慮深くそれを催促した。彼は当惑し、腹を立てそうになった。しかし不正の高利貸しの叔父を持っているのは明らかに学校教員としての彼の弱点であった。彼は極めて不機嫌になりながらも、私に腹を立てることは出来なかった。何週間目かに彼はその叔父をとうとう説き伏せたらしく、恩給証書を返すことになった、と私に伝えた。

私は彼と一緒にその高利貸しなる叔父の家に行った。高利貸しというものは、どんな人間で、どんな生活をしているものか、私は好奇心を持った。また渡すと言って素直に渡すものかどうか、その場になるまで分らない、と私は思った。

その高利貸しの家は、私のよく通っていた電気館通りという賑やかな通りで、小間物商を営んでいた。品物を並べた店の奥に、四畳半ほどの暗い室があって六十歳近い痩せた男が坐っていた。その男の皺の深い顔は笑顔になることがなく、挨拶も用心深く、言葉が少かった。彼は「お父さんが御病気だそうでお気の毒です」と言い、それだから特別返してやる、という態度で金庫から証書らしいものをとり出した。彼がそれを私に渡そうとした時、突然彼は躊った。彼の手はその証書をしっかりと摑んだまま宙にしばらくとまっていた。それから彼は自分を強制するようにそれを私の方に押し出した。私はそれを自分の手に受け取り、上着の内ポケットに入れた時、彼に取り返されるのを怖れる衝動でボタンをかけた。

私は同僚と表に出た時、やっと安らかな呼吸をすることが出来た。私は同僚に、コンチクショウメと言ってやりたい衝動を強く感じたが、にこにこするのもこれが仕納めだと思って、彼に笑顔を見せて礼を言い、また越路へ行ってお茶を飲んだ。彼の方もまた、私に手玉に取られて利用され尽したと感じていたらしく、別れしなに私に向って、

「随分君にお茶やお菓子を御馳走になったが、一度もおいしいと思ったことはなかったよ」と言った。

それまでその相手を軽く見ていた私は、彼のこの言い方に、手ひどい皮肉を言われたことを感じたが、うまく言い返す言葉が咄嗟には出なかった。彼の身にすれば、確かにそのとおりに違いなかった。あんなのんびりした頭から、どうしてこんな鋭い皮肉が出たものだろう、と私は考え込んだ。極端に追いつめられると、どんな人間もひどい言葉を吐くものだ、と私は思った。それから後、私はこの同僚を見くびることをやめた。そして彼と私は、この奇妙な事件の秘密を抱き合って、毎日、他の同僚に分らない感じを持って顔を合せた。彼の方は、不当に他人の恩給証書を押さえるような悪徳高利貸しの甥であり、それを知っているのは私だけであった。私の方はまた、恩給証書を高利貸しに押さえられるような借金だらけの父親の息子であり、それを知っているのは彼だけであった。下手なことを言ったらぶちまけてやるぞ、という顔を私がすると、彼の方でもまた、似たような表情をした。

父は私が証書を持ち帰った時、大変喜び、私に向って「ありがとう」と言った。その言葉に真実の響きがあったので、私はパセチックになり、父の弱くなったのがありありと分って大変心細く感じた。そんな言葉を父に言われたのは私の生涯にないことであった。父にして見れば、恩給証書が戻ったことは、自分に若しものことがあっても、恩給額の半分か三分の一は家族に渡ることであり、その外に村役場の勤務からも恩給に類似した遺族扶助料のようなものが出ることが分っていたから、どうにか家族が生活できる見通しが立ったということであった。この時、自分の病気の重さを感じていた父は、そのことに本当に安心したようであった。そして父はこの時、息子が文字通り大人になったと感じたらしかった。それから後、父は目に見えて衰弱した。今までのように午前中は起きて鶯の餌を自分で磨ってやるというたった一つの仕事も出来なくなって、秋の頃から寝たきりになり、村役場にも辞表を出した。

恩給証書を自分の手で取り戻したことは、私に対しても妙な影響を与えた。高利貸しという、現世における最も怖るべき人間に対して、私は素手で立ち向って、相手を屈服させたようなものだった。それまで、私は中学校教員という、今まで二年半続けて来た仕事を、大人の仕事だと思わず、自分は学生生活の中途で臨時勤務をしているのだという気持でいた。だから、この恩給証書事件は現実の社会の大人を相手に初めて何かの事を成しとげた、という感じを私に与えた。高利貸しにそんな急所があるのに気づいたことは、自分が狡猾《こうかつ》な人間のようでもあり、またその男の親戚が同僚にいたことが偶然の幸いだったからのようでもあった。しかしまた、私は、案外オレは、いたる処に道を発見できる人間なのかも知れないぞという気持を抱くことがあった。

この年の秋、私は河原直一郎《かわはらなおいちろう》と知り合いになった。河原の父直孝は、北海道配電会社の小樽支店長であり、この町の実業家の中での人格者と言われていた。河原直一郎と私が知り合ったのは、間接に川崎昇の紹介によるものであった。川崎と小学校時代の友人で古川というのが東京の電気学校に行っていた。古川は前から小樽の電気会社に勤めていたが、その支店長の好意で東京の電気学校に遊学し、そこを終えて小樽支社に勤めていた。私は川崎の紹介で彼に逢ったことがあった。また彼の恩人の長男で私や彼と同年配の河原直一郎が詩を作っていることを知って、古川は河原直一郎を私に紹介した。私は河原と妙見川の角の越路で逢った。強い近眼の眼鏡をかけた、面長で顎の角ばった河原直一郎は、全く愛想のない青年で、初めは取りつくしまもないような印象を受けた。オレに逢いたいのなら、もっとものの言いようもあるだろうに、と詩人として先輩であるつもりの私は思った。しかし古川はそこを出たあとで、直一郎さんはあれでも、今日はとても機嫌よく話した方です。とてもはにかみ屋で変人なものですから、と私に取りなした。そして次の機会に古川は私を河原家へ連れて行った。

その家は小樽の港を見下ろす西方の山の中腹にある立派な邸宅であった。私はそれまでに、河原家のような正式の凝った住宅と言うものを見たことがなかった。大きな玄関の外に内玄関のついたその家の前に立った時、私は、圧迫されてまごついた。私は自分を支えるために、こんな家がなんだ、オレは日本の次の代の詩壇を代表する人間だ、という取っときのプライドを心の中から引き出して自分に言って聞かせなければならなかった。鳥打ち帽に黒サージの背広を着て、その上に釣鐘マントを羽織った私は、大きい方の玄関に向って真っすぐに歩いて行った。すると勝手口にまわって何か喋っていた古川が、急に笑い声を立てて走って来て、私をその側の内玄関の方へ連れて行った。その時古川の立てた笑い声が私の心に刺さった。こういう時、君のような人間は内玄関の方から入るべきなんだ、と彼の笑い声が言っているような気がした。河原直一郎の母親と妹とが出て来て、「よくいらして下さいました」と挨拶した。彼の妹は背広の上に着るにしては奇妙な私の釣鐘マントを、後ろにまわって取ってくれた。

河原は不愛想に、「やあ、いらっしゃい」と言って突っ立って私を迎えた。一間幅の光沢のある廊下のすぐ内側に、岩や松を配した池のある庭園があり、その庭園をめぐって廊下が曲って続いていた。片側は板戸や襖が続いていて、一カ所襖の開いていた所には、広い座敷があり、その向うに小樽の港が遠く見えた。大分歩いた所で階段を上った。二階のひっそりした洋間が河原直一郎の室であった。彼の室には、こんなに詩に関係した本を集めた人間がこの町にいたのかと私が驚くほど、本が揃っていた。私の貧弱な蔵書などは、ものの数でなかった。

私は彼と話をしているうちに、段々河原直一郎を理解した。彼は孤独な、人間嫌いの青年であるらしく、彼の父親が彼のためにかなり心を労して来ていたことが分った。彼は小樽中学で私の一年下にいたと言うが、私には見覚えがなかった。三年生か四年生の時に彼はひどい神経衰弱になり、中途退学した。その後で、彼の父と高等学校で同級生だった高等商業学校の伴校長の世話で、高等商業学校の図書館に二三年前まで勤めていた、と彼が言った。それじゃ、僕が学校にいた時に君は図書館にいたのか、全然知らなかった、と言うと、彼もその時は私を知らなかった、と言った。彼も私と同じように人の顔を見覚えられない内省型の人間らしかった。ボソボソとそんなことを言って、厚い近眼鏡のかげで目をしばたたいている彼を見ているうちに、私はこの贅沢な邸宅の奥の一室にいて、こっそり詩を書いているこの青年の気持が分るように感じた。彼は金持ちの坊っちゃんであり、生活の心配がないため、その神経を全部自分自身に向けて孤独地獄に陥っているような型の青年なのだ、と私は思った。

彼は独学でフランス語を学び、友達なしに数年間詩を書いて来た、と言って何篇かの原稿を私に見せた。彼の詩は、自由詩以来の文語体の詩で、形式は私の書いていた詩よりも一時代前のものであった。そして柔軟性がなく、表現が観念的であった。私の作っていた詩の形式がこの昭和二年に古いものになりかかっていたとすれば、彼の詩は、形式においては私より十年古いものに属していた。しかし、彼の詩は、私が心配していたほど救いがたいほどのものでなく、それぞれきちんと詩の形をなしていた。それは私の予期した以上のものだった。私はこの立派な邸宅の奥の、絨毯を敷いた贅沢な洋間の主人である河原直一郎に、あからさまに彼の詩の形式が時代遅れだと言うのがはばかられた。しかし、彼は私の気持を察して、自分は文語体の詩が好きなのだから、これでいいんだ、と言った。私は自分の気持を警戒し、金持ちの子なる河原直一郎に素直に接しようと思った。もし自分の前にいるのが川崎昇であったとしても自分が言ったであろうと同じ程度のいたわりをもって、私は彼の作品のよい所を拾い、無駄なところを指摘した。然し私は帰りに、オレはこの男と交際しているので、この立派な邸宅の息子と交際しているつもりではない、と改めて自分に念を押す必要を感じた。彼の母親と彼の妹とが、孤独な彼のために私という手頃な友人の出来たのを心から喜んでいる様子が私に分っていた。

この年の秋、私はしばしば河原直一郎と妙見川の越路で逢った。二人とも酒は飲まなかったので、茶を飲んで菓子を食べた。私は彼に「椎の木」に加わることをすすめた。彼は好き嫌いをはっきり言う男であった。ああいう結社の中に入るのは好きでない、と彼はそれを拒んだ。そして「椎の木」は、少し遅れて出たこの年の九月号で終刊になった。百田宗治は利口な人であったから、この結社を持続しても発展性がなく、負担になるのみだ、という事を、一年間の経営で見抜いたようであった。私は心細く感じたが、もしこの結社がいつまでも続いたら、自分には抜け出す機会がなくなったかも知れない、とも思った。河原直一郎は自分たちの雑誌を出そうと言った。私はそれを東京にいる川崎昇に相談してやり、「椎の木」の旧同人たちから何人かの同人を集めることにした。

私がそういう相談をしに河原直一郎に越路で逢っていた頃、小林多喜二がしばしばこの越路の二階の喫茶店に来ていた。その時彼はたいてい三四人の仲間らしい男とそこで逢っていたが、それがどういう仲間であるか、私には見当つかなかった。彼の勤めている北海道拓殖銀行小樽支店は、その妙見川を海の方に下って少し左に折れた色内町大通りの角にあったから、その頃若竹町という小樽市の東端の方に住んでいた彼の家へ帰る道筋にこの喫茶店はあった。そして小樽で落ちつきを感じることのできる喫茶店と言えば、この店しかないのであったから、彼がここへ来るのは当然でもあった。この時まで三年間ばかり、即ち彼が私より一年早く、大正十三年の四月に小樽高等商業学校を卒業して以来、私は彼に逢っていなかった。しかし、彼が卒業後も、仲間と同人雑誌「クラルテ」を出し、「北方文芸」という、札幌や小樽での、私より少し年上の文学青年たちの出していた雑誌にものを書いていたのを、私は知っていた。

小林多喜二は、年譜によると、私が高等商業学校の三年になった頃、庁立小樽商業出身の文学仲間なる島田正策《しょうさく》、蒔田栄一(この年から高等商業学校の助教授であった)、斎藤次郎、片岡亮一(高等商業で私の同級生であった)の外、戸塚新太郎(古い歌人で、石川啄木が小樽にいた時の弟子である)、武田暹(小樽中学で私の一年上級生であった)等と「クラルテ」を創刊し、学校を卒業して、北海道拓殖銀行小樽支店へ入った。この頃、彼は「白樺」派の作家、特に志賀直哉の影響を深く受けていた。この年の八月、彼は父を失った。この年の暮、彼は「不幸な境遇にあった田口タキ」と識った。「或る役割」という題の、メーテルリンクの『青い鳥』の森の場で豚を演ずる人物を小説にして校友会誌に発表したのは、この年の、卒業前の二月頃である。彼は「クラルテ」には「暴風雨もよひ」と「駄菓子屋」との二作をこの年発表している。

翌大正十四年の三月、即ち私が高等商業学校を卒業した時、彼は東京の商科大学の入学試験を受けて落ちているから、この頃彼も進学の志というよりは、東京へ出る手段として大学へ入ろうと考えたのであろう。私はこの春卒業して、翌大正十五年の春に商大を受験して落ちたのだから、彼は私より一年前に、ほぼ私と同じ形で上京することを考えていたように推定される。そして彼はこの大正十四年から本気で小説を書こうとしたらしい。小林の年譜作成者手塚英孝は「この頃から刻苦の努力をはじめる」と書いている。「文芸戦線」が創刊されてプロレタリア文学の形がはっきりしたのは、大正十三年であるから、その一年後には、彼はその影響下に自分の道を見出したのであろう。この年彼は、「クラルテ」と「北方文芸」と「極光」という雑誌に、それぞれ一つずつ小説を書いている。その次の大正十五年（昭和元年）には、二月に「クラルテ」の第五輯に「師走」という作品を書き、この号でこの雑誌を廃刊にした。彼はまたこの年、葉山嘉樹とゴーリキーの作品に「ふかい感銘」をうけている。

手塚英孝の年譜によると、昭和二年、即ち私が彼と越路の二階で逢った年の春頃から、彼は「マルクス・レーニン主義の著書を読みはじめた」となっている。このことは文科出身のものが初めてマルクス・レーニン主義の書物を読んだのとは少し違って、一通り経済学の知識を持ち、また大正十一年頃から四五年小説を書いて来て、数え年二十四歳になった小林が、改めてマルクス・レーニン主義の書物を、文芸活動のコースの一つとして読んだことを意味する。また年譜によると、この年の三月、彼は「磯野小作争議を応援した」となっている。磯野某というのはこの時小樽の商業会議所の会頭で、小樽の経済界の有力者であった。その磯野所有の石狩にある小作地の争議を、拓殖銀行員の小林多喜二が応援したことは、もし公然としたことであれば、彼の銀行での地位をすぐに失わせたであろう。

私は彼の日記を読んでいないが、小田切秀雄の『小林多喜二』によれば、この年の二月、彼は「社会主義者としての自分の進路が分っていながら、色々な点でグズグズしている自分である」と書いているそうである。また小田切秀雄によれば、彼がこの時、磯野小作争議を応援したのは、「一銀行員として、その入手し得た地主側についての情報をひそかに争議団側に提供する、というような特殊な性質」のものであった。そして六月には労農芸術家連盟が結成され、小林は小樽支部の幹事になっており、更に七月に小樽港湾労働者の大争議があったとき、「ゼネストにも参加してビラ書きなど」をしている。そして手塚年譜に戻ると、その翌月の八月、彼は「その出発を出発した女」という中篇小説を書き、九月には、「最後のもの」という小説を書いて郷利基というペンネームで、文芸春秋社から永井竜男の編輯で出ていた「創作月刊」に送った。(この雑誌は投書雑誌という形でなく、新しい作家を求めるという方針で、新人の原稿をのせた特殊な雑誌であった。そして小林のこの作品は翌年二月号に発表された）そして彼は、十月号の「文芸戦線」に戯曲「女囚徒」を発表している。この年の五月頃にあった芥川竜之介と里見弴の講演会も彼は聞いていたにちがいないと思う。

私が越路の二階で彼に出逢うようになったのは、多分この十月頃であった。そして、私はその時、彼が以上書いたような考え方をしていたことも、またひそかに二つの争議を応援していたことも、また「文芸戦線」に戯曲を発表していたことすらも知らなかった。しかし私は漠然とした噂を聞いていた。それは、小林はこの頃左翼活動をしているそうだが、銀行員としてはなかなか有能なので、銀行の方でも首を切れないでいる、という噂であった。それを誰から聞いたのか私は思い出せないが、あるいは河原直一郎から聞いたのではないかと思う。それとも湊静男という、小林や私の後輩で、私の村の出で高商を出てから拓殖銀行の向い側の第一銀行に勤めていた友人からであったかも知れない。その時「文芸戦線」に戯曲を発表することは、文壇に作家として出たとまでは言われないが、急激にこの頃から文壇ジャーナリズムの半分より大きい部分を占めるようになったプロレタリア文学の世界では、待望されている新人としての第一歩を印した、ということであった。彼は公然とではないにしても、すでに労働運動の一部に実践的に参加していたし、はっきりした意識でもって文学作品を書き、プロレタリア文学の作家として立つ準備がほぼ完成していたのである。

ある日、私は越路の二階で河原直一郎に逢った。河原は、階段を上ってすぐ右側の、二人向い合える席にいた。その時、向うの道路に面した窓のそばのテーブルに三四人の青年が坐っており、窓に背を向けてこちらを見ているのが小林だと私は気がついた。彼は「やあ」と言って私に声をかけた。私がそれに答えてから河原の前に坐って話していると、小林は立って来て、私のそばでしばらく立ち話をした。私が詩集を出したことを彼が知っていて、それを話題にしたのだったと思う。私は河原を彼に紹介しなかった。河原は学校の図書館にいたのだから、その頃図書館の虫のような存在であった小林を知っていたにちがいない。それに、私は、金持ちの坊っちゃんだと限定されても仕方のない河原と雑誌を出す相談をしていることを小林に言いたくなかった。小林も河原を知っていたのかも知れないが、話しかけなかった。小林は立ち入った話をしなかったが、それまで深く交際したことのない私に、一種の親愛の感情を示したことに私は気がついた。この時から九年後の昭和十一年に、私が『チャタレイ夫人の恋人』の削除版を出した時、出版社の主人とそこの顧問格であった武野藤介《たけのとうすけ》に連れられて、私は西銀座の順バーに行き、初めて山田順子に逢った。その時は、小林が死んでから三年経っていたが、小林は蒔田栄一と一緒に山田順子に逢ったことがあるようであった。多分、昭和六年か七年のことであろう。山田順子、小林、私は、それぞれ径路を別にしたが、言わば文学における小樽グループであったから、共通の話題があった。小林は私のことを、伊藤の奴は才能があるのに、あれぐらいしかやれないんだからなあ、と言ったと山田順子が言った。それを聞いた昭和十一年頃は、私は、不遇な文士であった、と言うよりは、特に自分の文学を進める方角を全く見失っていた時機であった。それは、私に才能があるなどという人間が一人もいない時のことであったから、それを聞いて私は苦笑をしたが、小林をなつかしく感じた。小林が私を才気のある奴だぐらいに思っていたらしいことを、私はこの昭和二年頃も漠然と感じていた。

その時その喫茶店に集まっていた小林の連れは、洋服をきちんと着た若い男たちであったので、私は、多分銀行の同僚だろうと思った。しかし、何となくそこへ近寄ってはいけないような空気があったので、私は帰りに遠くから挨拶しただけであった。そしてその後も、彼はその二階の喫茶店で、二人か三人の人間と逢っていたが、彼の坐る席は、いつも奥の方の窓硝子を背にした片隅であったように思う。私は時々、小説を書いているにちがいない彼と話をしたい衝動を感じたが、二度目か三度目から、彼について耳に入っていた噂を尊重して、彼の席へは近づかないようにした。

私はその頃、文学青年としての小林を、小説の書き方では、自然主義系の写実的な手法で書いて、かなりうまいけれども、書き方が少し時代遅れだ、と思っていた。彼の「クラルテ」の仲間では、武田暹が一番小説家としての才能があるように思われた。武田は、私の中学三年の時に四年生で、その仲間と「群像」という立派な紙を使った同人雑誌を出し、それに書いた彼の小説は、彼が私と同級生だった美少年との同性愛を描いていると、学校内の評判になり、詩を書き始めていた私は、それを読んで興奮した。そして、私は随分長い間彼が小説家になるものと思っていた。小林は、暗い写実主義の手法で、菊池寛が書いたような一種のテーマ小説を書いた。また彼は、色白で細面の小柄な男であったが、きっとなって人を見つめる癖があり、本質的に強気で、身体ごと物事にぶつかって行くという雰囲気を身のまわりに持ち歩いていた。彼が見栄の強い英雄意識というよりも、いつでも捨て身になれる、という性質を持っていた。彼が学校の雑誌に、芝居で豚になって女を襲う役をする男が、それがもとで恋人に見すてられるという話を書いた時、彼はその役をした某君をモデルにしたのでない、と断わり書きした。これは面白い、書こう、と思えば、彼は容赦をしなかったのである。だから、彼が左翼運動に入っているという噂を聞いた時、すぐ、それは本当だろうと私は思った。敢て何事かをする、ということなしには才能というものは生きないのかも知れない。小林を小林たらしめたのは、その敢て事をする気質と、それまでの四五年間にこねまわすようにして身につけていた写実主義の手法の確かさであった。この手法の確かさが、指導理論の無理な要請に応じた、乱暴な材料の取り入れ方や、書き方をし、また落ちつきのない潜行運動の中であわただしい仕事をしたにかかわらず、彼の作品の基調にいつも崩れてしまわないデッサンの力を持続させたのであった、と私は思っている。時には彼は、もっと巧妙に書ける自分の技術をわざと下手に見せることで、政治意識の強調を狙ったと思われた作品を書いた。彼の作品の粗末なところは、作った乱暴さの効果を狙った文章である。

彼は昭和元年「クラルテ」を廃刊にする頃までに、売笑の巷にいる女性に近づいていて、それを救おうとして苦しんだようである。その問題を解決できないことと、文学的野心とが、彼を実際運動の世界に、また、プロレタリア文学の世界に駆り立てたのであったらしい。私はその頃、小林の、少年時代から叔父のパン工場で働きながら通学したという経歴や、その女性問題を知らなかったから、小林はプロレタリア文学の潮に乗ろうとしているのだ、と彼の動きを文学的野心としてのみ考えていた。小樽は港町で、巷ごとに売笑窟があった。たとえば、河原直一郎の家のあった松ヶ枝町の山のすぐ下は遊廓であり、また市の北端の手宮には、それに対応した梅ヶ枝町という遊廓があったが、その外に小樽中央駅のすぐ下に、ホテル裏という私娼窟の一劃があり、そこから駅前通り即ち第二火防線を越えた広い一劃は電気館下と言われて、いくつもの路地が全部私娼窟であった。また花園町という住宅街の真中に一群があり、若竹町という、その頃小林の住んでいた町にも、かなり広い私娼窟、即ちゴケ屋町があった。私娼を置く家はみな蕎麦屋のノレンを下げていた。だから北海道では蕎麦屋と言えば娼家を意味した。

私は恋愛の体験よりも、新潟で遊廓にあがった経験のために、性的に自分を束縛しなくなっていたけれども、小樽では遊廓に行ったこともなく、私娼を買ったこともなかった。しかし私はしょっちゅう村の友人たちや、小樽の友人たちと私娼窟を歩きまわった。私はそのエロチシズムを楽しんでいたのである。私は友人と若竹町の私娼窟を見に行き、花園町の私娼窟をさがし、電気館下は駅に近いので、面白半分によく通り、帽子や眼鏡を取ろうとする女たちとふざけた。私は病気を怖れたのと、やっぱり心の中に、自分はこの町では教員だという気持から、その限度を越さなかった。

もし私が私娼にかかずらわり、その女性の中にちゃんとした人間を見出すことがあったとしても、私は小林のようにその女性の救済に身を入れることはできなかった。私は彼のように叔父の庇護を受けて、やっと学校にやらせてもらうというような屈辱感なしに少年時代を過した。そして、潜水夫の空気ポンプを押して金を得るというような、倦怠感で人間らしさをすりへらす労働をしたこともなかった。小林は社会的怨恨の感情というものを深く心の中に持って育った魂であったのだろう。私の村の人々の多くは、貧しい漁夫と農夫であり、米も麦もなくて蕎麦かきで食事をするような友達の家の生活を私は見ていたが、要するに私は、軍人恩給を持つ村役場吏員の子であった。私の父は常に多少でもその人たちを助けてやる立場にいた。私は、あんな風でなくてよかったと思い、また自分は漁夫や農夫と違う、という小さな優越感を持って育った。現に私はこの頃、電気館下の路地で、幼な友達の少女が、蕎麦と書いたノレンの下で客を呼んでいることを知った。その少女は、この前の年に、やっぱりそういうことをどこかの町でしていた揚句に頭が狂って村に戻っていた私の幼な友達の少女の二つ年下の妹であった。その少女が電気館下に出ているという噂が村の友人の間にあった。ある日、汽車を待ち合せる時間が余った時、私は、友人とそこを通った。

「この辺だ」と友人が囁いた。私たちは帽子を目深かにかぶり、離ればなれになって歩いた。何人かの女たちが軒で私に声をかけたあとで、眉の薄い丸顔というところに特徴のあるその女が私を呼んだ。そして私だと気がつき、顔をそむけた。その時になって、私は自分が残忍無道なことをした、ということを痛感した。私は、もうこんな場所を通るのをやめようと、自分の心に切り疵をつけるような痛さで決心した。私は考えた。社会組織の大きな裂け目に彼女は落ち込んで、もう浮かび上れなくなっている。しかしオレは違う。オレには、しかとは分らないにしても、未来の生活がある、と私は、いつもの通り考えようとした。しかし、私は、自分が父の病気如何にかかわらず来年の春には東京へ行く、という意志以外に何もないことに、次第にこの頃気がついていた。家は人手に渡り、父は病んで死にかけており、私は収入を失うのだ。弟や妹が七人いるのだが、父の恩給というものがいくらあり、また借金の残りがいくらあるかも私は知らなかったし、知ることを怖れた。不安に思えば、これから先の都会の生活にも田舎の生活にも、私の頼りになるものがなかった。ひょっとすると、父が死ねばオレは東京へ行けなくなる、と私は前よりもはっきりと考えるようになった。このままこの土地に中学校の教員として縛りつけられ、いじけた人間になり、少しばかりの昇給をあてにして一生を送るのではないか、と思った。その気持を私は詩に書いた。

雄鶏が啼きやんで羽搏きをする。
七月の緑とアカシアの白い花をつけた道を
行商の洋傘が下りて来るでもなく
村はただ忘れられて眠つてゐる。
砂丘を越えた所では　海がのつたりと静まり
魚等も人気ない岩陰を出入りするだけだ。
喧嘩の強い青年たちはみな街へ行つて
髪の毛を長くし　ナッパ服に油を滲ませ

大建築にたかる虱《しらみ》のやうに
女等の胸を悪くしてゐる。

意気地のない向ひの総領息子だけが
母親のいとしいばかりに
畑でピカピカ鋤を光らしてゐるのだ。
そして巴旦杏《アーモンド》みたいな少女たちは
思ふことも言はぬうちに売られて行つて
何処かの売春窟を出て来る頃は
紙のやうに魂がなくなり
行き倒れて慈恵院で死んでしまふ。
考へて甘い故郷なんか嘘だ。
頼り合ふには誰も彼も疲れ果ててゐる。
私なんか子供みたいな日向の老人の相手に
何時来るかも解らぬ世のことを語つたりしてゐるが
明日にでも売つた家は空けねばならないから
見も知らぬ街で　わびしい人の二階を借り

たつた一つの若さをせつせと擂りへらして働くのはいいとしても
それで父が心にかけた弟たちを
暖くし　飢ゑさせずに行ける見込もつかないのだ。
ああ　何かしらのしかかる灰色の怪物があつて
私たちを田園故郷から追ひ
遂には生きて行けない世の果てまで追ひつめるのだ。

私は、この詩法の方向へもう一歩行けば、プロレタリア詩の形になるのを感じた。そしてそうなりそうな叙述を辛くも抒情の衣で包んで引きとめたのを知った。そして私は、こんな題材に引っかかったら、詩を書けなくなると思った。いよいよ私の詩作の数は減った。私は父が死ぬであろう後の生活について、漠然とした怖れを感じてはいたが、それは自分や自分の家族の生活だけのことであった。私はこの年の夏、小樽市の港湾労働者がストライキをやっていたことを知っても、直接の関心を抱かなかった。自分の弟が勤めている商業会議所の磯野という会頭の土地で小作争議が起っていることを、ほとんど知らなかった。自分の生活の不安を怖れ、自分の身の安全を考え、詩人としての盛名を空想した。そして私は、いま気を弱くしては駄目だ、と身辺の条件に目をつぶるように考えた。

3

秋のある日、私の心配していたことが起った。私の姉の夫は、長兄をはじめ神官の一族で、義兄は小樽の住吉神社というのの禰宜(ねぎ)をしていた。日曜日に家へ帰っていた私を、義兄は、この村に隠居生活をしている彼の父母の家に呼んだ。彼は私に、来年大学へ行くのをやめて、中学校の教員を続けた方がいいのではないか、と言った。私は言下に、いやだ、と答えた。義兄は腹を立てたらしく白い顔を紅潮させたが、おだやかな言葉で、父の病気が重いこと、父にもしものことがあれば恩給の何割かに当る遺族扶助料だけでは、とても生活して弟や妹たちを教育してゆくことは出来ないことを言った。父が生きている間は、今の三つの恩給で暮して行けるのかと私は訊ねた。それはどうにか出来るらしい、と義兄が答えた。それでは、父が来年の春までに亡くなれば考えるが、今のままであれば東京へ行く、ということで私は義兄と妥協した。義兄が言い出したのは、多分母が姉と相談した結果頼んだからであった。しかし、母も姉も直接私には何も言わなかった。私は小心で用心深い人間だったが、自分がしたいと思うことを拒まれることには、非常に癇をたかぶらせる癖があったので、自然に我がままな生活をゆるされていたのである。そして次の年の夏父が死んでからは、私は、母や弟妹たちの世話を、主としてこの義兄と姉とにまかせる結果になった。

私は引っ越した小さな家で病人の父を見るのが辛いので、学校の宿直室にいて、たまにしか家へ帰らなくなった。私の二つ年下の弟は、身体の弱い、善良な人間で、私に逆らわなかった。用があれば、商業会議所から学校に弟が電話をかけて来た。私は将来のことを考えると、いつも不安を感じ、苛立つことが多くなった。そして私は、来年の春で勤めをやめるのなら、もう今の同僚たちを気にかけなくてもいいという気持になったり、いや何年も何年もこの連中の顔色をうかがってここで暮さなければならないのか、と考えたりした。そういう風に動揺している私の態度には、人の癇にさわる傲慢なところがあったらしい。冬のある夜、私は梅沢新一郎教頭の家に行っていた。酒が出て、隣家の新井豊太郎教諭と、その隣にいる小坂英次郎教諭と、その次の藤原恵次郎教諭と、つまり気づまりな吉田校長を除いて、その並びの官舎に住んでいる教師が全部そこに集まっていた。酒がすすみ、みんなの話が賑やかになった時、私はひとり不機嫌な気持でいた。私は、以前のように同僚の目から自分の気分を隠蔽しておくことが出来なくなっていた。話の継ぎ穂が切れて、私の不機嫌が皆の前に露出したような一瞬間に、酒癖の悪い小坂英次郎が、太った赤ら顔で、私をじっと見つめるようにしたが、突然、それまでの話と関係もなく、

「テメエのようなもんはな、東京へ行けば、掃くほど居らあ」と言った。

その言葉は、私が日常、そうかも知れないと不安に思っていたことの真中を言いあてたものであった。私は一瞬、胸のつかえが下りたような解放感を感じた。そして、その次の瞬間に私は、声を放って泣き出した。誰も何とも言わなかった。隣の室で寝る支度をしていた一郎、二

郎、三郎という三人の男の子が、寝巻姿のままで、不思議そうに襖のかげから私をのぞいていた。私は実に恥かしかったが、機械仕掛けのように私を襲ったその泣く衝動は、抑える隙が全く無かったのだ。こんな所を見られたこの連中を殺してしまいたい、と私は思った。しかし泣くのを抑制するのが急には出来なかった。いつも小坂教諭を抑える梅沢教諭も、その時は黙っていた。それが、何とも言えない冷酷さで、全くこの若造は少しいい気になってやがるからな、と言っているように見えた。そして彼等は互に盃に酒を注いで、無言で飲んでいた。皆が、新井豊太郎ですらが、白々しい他人の顔をしていた。小坂英次郎は、私から顔をそむけるようにして、梅沢教頭に注がれた酒を飲んでいた。屈辱感の次に、私は世の果てに、全く一人で放り出されて立っているような思いをした。私は、困ったようにして後方に坐っている梅沢夫人にだけ「失礼しました」と言って、一人で外に出、雪道を踏んで、坂をのぼり、学校の宿直室に帰った。人間はみんな敵だ。オレは親兄弟も棄てて行くんだ。誰に甘える権利もない。オレはオレ以外の誰でもあることができない、という絶望感に私は取りつかれた。

そういう事があった後も、私の日常生活は当り前に行われた。私は小坂英次郎とも、梅沢新一郎とも、藤原恵次郎とも、当り前に交際し、事務の打ち合せをやり、朝夕の挨拶をし、宴会にも出た。それは実に奇妙なことであった。それはまるで、怨恨も良心の声も絶望の意識も、日常生活の約束には敵しがたいのだ、という惨めな生活原理を私が体験でもって納得させられるようなものであった。仇討ちとか闇討ちとか逐電《ちくでん》などということのある方が人間性が救われるのではないか、という感じを私は抱いた。それなのに、小坂英次郎がエロティックな冗談を教員室で言うと、私は声を立てて笑っていた。そしてその度に私は、オレは人間の意地とか感情というものを磨り減らして、一日一日駄目になって行く、という怖れを感じた。その怖れすら、毎日繰り返される授業や冗談や挨拶の中に姿が薄れ、終いには、あの時オレが泣き出したのは、言わば夢の中で泣いたようなことであり、つまり起らなかったのと同じことと考えれば、日常生活が円満に行くわけなんだ、という奇怪な現実喪失感《そうしつかん》となって、時々ぼんやりと思い出されるだけであった。

河原直一郎と私が計画した詩の雑誌「信天翁《あほうどり》」は、昭和三年の一月に出た。それは前年の秋に廃刊された「椎の木」を北海道へ移したような内容になった。東京の原稿は川崎昇が集めた。百田宗治、三好達治、丸山薫、阪本越郎、安藤真澄、青木茂若《もじゃく》、小西武、半谷《はんや》三郎などの原稿が東京で集められ、私が、小樽にいる川崎昇の友人や自分の友人の原稿を集めた。川崎尚の外、私の同僚の新井豊太郎、高岡忠道、それに川崎昇の友人の佐藤実、泉栄吉、保坂貞正という青年が加わり、私と河原とで編輯した。新井豊太郎の父の印刷所で印刷し、創刊号の経費は河原直一郎が一人で負担した。私は金額を聞かなかったが、あとで彼はにが笑いして、「お小遣にしては少し使いすぎだって親父に言われてね」と言った。二号から同人費を集めることにしたが、そうすると、原稿も同人費も集まりが悪くなり、雑誌に力が失われた。

この雑誌の二号が出た頃、私も河原ももうこの雑誌に熱を失っていた。彼は突然四月からフランスへ行くと言い出した。冗談だろうと私が言うと、いや本当だ、と彼が答えた。私は三月で学校をやめ、上京する支度をしに村の家へ帰った。そして雑誌「信天翁」の仕事は東京の川崎昇の手に託された。その時川崎昇の住んでいたのは、京橋区月島東仲通九ノ四谷川安次郎方である。私が上京する少し前に、私と文通していた函館の近くの村にいた少女は、旭川にいる銀行員の兄の宅へ遊びに来ていると言って来た。私は上京する前に一度彼女と逢うことにした。一人の少女を青年が訪ねるのには、彼女の父母の家へ行くよりは、兄の家へ行く方が行きやすいような気がした。多分三月のはじめ頃のある日、私は汽車で五時間ほどかかる旭川へ行った。彼女の兄夫婦の家の番地はすぐ分った。私が訪ねた時、その家の茶の間にはストーヴの前に六つぐらいの女の子が一人きょとんとした顔で坐っていた。そしてお姉さんはいま買いものに出かけた、と言った。私はしばらく外を歩いてからまた来るつもりで、真中に雪が積み上げられて歩きにくい住宅地の間の道を歩いて行った。すると、積み上げた雪のかげに横町があって、その横町から十八九歳の小柄な少女が出て来て、私の方を見上げた。私はいま訪ねて来たその少女の写真を見たことがなかったけれども、その時見たその少女の顔が妙に暖かい表情をしていて、その感じが、私の文通していた少女のものの書き方とそっくりだ、と感じた。私がそう思った時、向うでも、兄の家から余り遠くない場所に立っているのが、今日訪ねて来る筈の私だと気がついたようであった。少女は腰をかがめて挨拶して、私に尋ねた。私は赤くなって、そうだと答え、帽子を取った。そして、その少女の、よく微笑を浮かべる卵形の橙色の顔を見ているうちに、私は何の理由もなく、オレはひょっとすると、この少女と一緒に暮らすことになるのではないかな、と感じた。私は彼女について、彼女の兄の家に戻り、ストーヴの前で一時間ほど話をしたが、彼女は文学のことはちっとも口に出さなかった。私は自分をぎごちなく感じ、自分自身を持てあますような応対しか出来なかった。私がぎごちない応対をしているあいだ、彼女の妹だという六歳ほどの美しい女の子は、真黒な目をきょとんとさせて、私の方を黙って見ていた。彼女の兄嫁は何かの都合で留守であったし、彼女の兄は勤めに出ていた。見も知らぬ人の家に来て、そこの家の留守番の娘と話ししているのは途方もないことではないか、と私は何度か思った。私は一時間ほどしてから、その日の汽車で小樽へ帰った。

この昭和三年の四月のはじめ、私は上京した。その時、私は数え年で二十四歳になっていた。私の上京については、母も父ももう諦めていて、何も言わなかった。母は私の蒲団や着物を支度してくれた。一年前に、私と一緒に尾崎喜八に選ばれて「抒情詩」に三篇の詩を発表した更科源蔵と、私は手紙のやりとりをしていたが、更科は私の上京するのを知って、自分もしばらく東京に滞在したいから、同行すると言って来た。私は彼と出発の日を打ち合わせ、私の家に彼が寄るのを待った。更科の家は、釧路から網走へ出る途中の摩周湖や屈斜路湖に近い弟子屈であった。彼はそこの開拓者の子であるらしかった。弟子屈から私の村まで、多分二十時間も彼は汽車に乗らなければならなかった。

私の出発予定の一日前の、約束した日に更科源蔵は私の家に着いた。彼は私と同じくらいの年齢で、名前ほどいかつい感じでなく、私よりもハイカラなところがあった。彼は真白い羊毛の毛皮外套を着ていた。それは自家産のもののように見えた。また登山帽めいた帽子を取ると、その髪を長く後ろへ垂れるほど伸ばしていた。彼は明るいこだわりのない茶色がかった眼をし、唇が少し肉感的なほど赤く、大きかったが、彼の眼の生き生きとした動きは、その唇の赤いのを救って、清潔な青年だという印象を与えた。私は、もとの家を人手に渡して移って来た今度の家の狭いことや小さいことをしきりに気にかけたが、彼はそんなことにちっともこだわらず、初めから私を旧知の友として話しかけ、私の母にも親しみのこもった話しかたをした。私は、自分が占領していた三畳間に彼を通した。私は楽に話そうと思うのだが、どうしても自分の言葉が他人行儀になりがちなのに当惑した。更科源蔵は「そういうわけにいかないんだよ」とか、「すっかり遅くなって困ったんだ」という友達言葉であった。北海道の私の住んでいる西部の方の海岸は、東北系の漁夫たちが古くから住みついていたので、私たちの日用語は、青森、岩手、秋田辺の訛りの混ざった言葉であったが、更科の言葉はもっと標準語に近く、訛りが少かった。多分彼は農業開拓民に多い関西地方の人間の子供だろうと私は思った。

私は、更科源蔵という人間について、前もって色々な想像をしていたが、結局私の前に現れるであろうこの北海道の詩人は、月並なサラリーマンのように、背広にオーヴァーという姿をしているのだろうと思っていた。だから彼の登山帽めいた洒落た帽子と、長髪と、真白い羊毛の毛皮外套とは、私の意表に出るものであった。それは、もう少しで気障《きざ》な恰好になるものであったが、彼の人柄にある素朴さがそれを救っていた。案外この男は、オシャレで自分の服装の効果を知っているのだな、と私は思った。彼のそのいでたちは、いかにも原始林の美しさなどを歌うところの、北海道の奥地から出て来た若い詩人という印象を人に与えた。私は川崎昇が、貧乏ななりに注意深く貧しい材料でオシャレをすることを知っていたが、更科は、また別の形のオシャレであった。多分彼の扮装は、スイスあたりの山小屋に住んでいる詩人、というような型から考え出されたものかも知れない、と私は思った。

低い格子窓のついた三畳間の机の前に坐って、更科源蔵は、自分たちの詩のことや、釧路で友人と一緒に出している雑誌のことなどを話した。それは彼に取っては、私とやり取りした手紙の内容の続きを語ることで、当然なことであったけれども、私は実に閉口した。私は父や母や妹たちのいる所で、詩や文学について話をしたことはなかった。私が本棚に詩集を集めていることや、自分でも書いているらしいことや、そればかりでなく、前々年の末にボーナスで詩集を作ったことを、勿論家族のものは知っていた。けれども、それ等のことについて、私は家族に何も話さなかったし、また家族からそのことで話しかけられるのを、私は極度に嫌った。家のものは、私がいやがることを知って私に対しては見ぬ振りをしてくれた。

しかしいま、この遠来の初対面の若い詩人が、善意に満ちた明るい声で、詩を語り、文学を語っているのと、私がやむを得ず彼に答えていることが、茶の間の向うの室に寝ている病気の父の耳に入るのを、私は我慢しなければならなかった。私が大学で勉強するためというよりも、その詩というもので名を成したいと思って東京に行くことを、父は知っているのだ。そしてそのことで安全な職業を棄てた息子の私の冷酷さを感じ、心細く思っている父の耳に、詩についての私の談笑が届くことを、私は残酷なことに感じた。私は更科に礼儀上返事をしていたが、せめて自分の返事だけでも父の耳に聞き取れない程度に低くしたいと気を使った。私にとって、詩を書くというのは、人間の心の内側をあばき立てるところの、厭らしい恥ずべき所業であった。私はいま、病んで失職し、家を人手に渡した五十八歳の父と幼い弟や妹たちを棄て、自分で働いて得た金を自分だけが使うという計算を立てながら上京するのである。しかし私はそれを説明して更科を黙らせることが出来なかった。その間じゅう母は、私のために支度をし、更科のもてなしをし、急がしく立ち働いていた。

次の日、私は更科と汽車に乗っていた。私は上野に着く汽車の時間を川崎昇に電報で知らせ、出迎えをたのんだ。汽車の中で更科と向い合って腰かけた時、私は急に気持が楽になった。父のこと、家のことは気にかかっていたけれども、いま自分は三年ぶりで学生生活という自由な生き方の中に解放され、いよいよこれから詩人としての生活を送れるのだ、と私は思った。私は詩のことを更科に語り、詩人たちを批評し、昨日とは別人のように快活になった。東京までの旅は長かった。私の村から函館まで八時間、青森への連絡船が五時間、上野までの急行が十八時間かかった。その長い時間を持ちこたえるために、私と更科は喋り、居睡りし、弁当を食い、また喋り、疲れると居睡りをした。

汽車は仙台を過ぎた時から、私たちの座席のそばの通路に人が立つほど混んで来た。私はうとうと眠っていた。誰かに肩を叩かれて、私は目を覚ました。すると私の目の前に、絣の着物を着て袴をつけ、浅黒い顔に眼鏡をかけた川崎昇が立っていた。私は、川崎が旅行中で、偶然いま私を見つけたのだと思った。しかし彼が、私を捜してこの列車の中を何度も行き来したのだと言った時、彼が私をここまで出迎えに来たことを悟った。彼は仙台まで来て、私の汽車に乗ったのであった。私は感傷的になり、涙が出そうになるのを我慢して、彼に笑いかけた。私は更科源蔵を川崎昇に紹介し、時々席を代り合った。そのうちに私は、川崎昇がその質素な着物に似合わない女持ちらしい小型の金側の腕時計をしているのに気がついた。君はその時計を誰かにもらったのか？ と私が言った。彼は、大人びた微笑で私の質問をそらし、何も答えなかった。私は、親戚の家に行くと言う更科と上野で別れ、川崎昇が少し前に移転したばかりの佐藤という家へ行った。

川崎昇の居るのは月島であった。私はあらかじめ地図で、東京湾の隅田川の河口に浮かんでいるその島を見、そこは漁師の家でも並んでいる田舎びた風景の場所だと予想していた。それなのに、私は、電車を二度ほど乗り変えると、せせっこましい場末のような街の中に下ろされた。そこが月島であった。川崎昇の借りていた室は二階の八畳間で、そこには、私が一年ほど前に紹介して上京させた前田徳太郎という、私の村から来た友人が同居していた。前田は話の賑やかなのんきな男で、文学などにはちっとも関心がないのに、以前から何となく私や川崎昇の身辺にいつも現れる傾向があり、この数カ月、川崎昇と同居していた。その家は階下で煙草や小間物の店を営んでいた。

茶目気の多い前田徳太郎は、川崎昇をしきりにからかっていた。聞いているうちに、川崎昇が隣の室に住んでいるこの家の娘から時計を借りて仙台まで出かけたのだ、ということが私に分った。川崎昇は大人びた顔に、しぶい表情を浮かべて、そんなつまらぬことを気にしているようでは、君は子供同様だ、という意味のことを、遠まわしに、しかし少し威圧的に言った。そのうちに、夕方になって、隣の室に、二十歳ぐらいの、きらきらと目の美しい、細面の、快活なものの言い方をする娘がいることや、その妹らしい少女もいることが分った。川崎昇に時計を貸したらしいその娘は、小学校の先生をしている、ということであった。

川崎昇は為替貯金局に勤め、前田徳太郎は市役所に勤めていた。私はその次の日、更科源蔵と落ち合って、尾崎喜八を訪ねる約束をしてあった。尾崎喜八を訪ねるのは気が重かった。更科と金井新作と三人、尾崎喜八に選ばれて「抒情詩」に詩を発表して以来、私は尾崎喜八にほとんど手紙も出していず、百田宗治の「椎の木」に加わっていたからである。しかし更科源蔵は、明るい調子で「行こうや」と言った。尾崎喜八の家は、永代橋の近くの、川か掘割りに近い下町にあった。その家は、彼の作品にあるフランスのアベイ派の匂いと全く別な、典型的な東京の下町の作りであった。私と更科の通された室は、庭が小さく、室内が暗かったが、埃一つ留めないような座敷で、家具の配置もよく気を配った感じであった。植民地の大まかでだらしない生活環境に育った私には、そのような神経の行き届いた室は、坐っているだけでも窮屈であった。その上、そこに出て来た主人の尾崎喜八は、小柄で痩せぎすで、大変神経質な顔をしていた。彼はその時数え年で三十七歳であったのだ。彼は顔の表情をちっとも変えず、静かに注意深くものを言った。その尾崎喜八の顔の表情の緊迫した印象が、私に伝わって来ると、私は少しずつ胸をしめつけられるように感じて来た。

尾崎夫人は、明治から大正にかけて、特有の美しい短文を書いたことで知られている水野葉《よう》舟《しゅう》の娘だということを私は聞いていた。丸顔の大柄な世話女房型の人で、遠い北国から来た二人の青年を、暖かくもてなしてくれる気配であった。尾崎喜八はフランスのユマニスム系統のヴィルドラックやジュール・ロマンの影響を受け、人間愛の思想をその詩で歌っていた。この時の彼の話にも、ヴィルドラックから来た手紙のことが出た。また彼は、彼自身の作品か、フランスの詩人の作品かの、作曲されたものがあると言って、その室の隅にあったオルガンを自分で弾きながら、あまり高くない声で歌って聞かせた。

尾崎喜八のその歌を聞いているうちに、私は胸苦しさがいよいよ強まり、その席に居たたまらないようになった。私は何かわっと叫んで、表へ駆け出したくなった。しかし私はこんな神経質らしい人の前では、何事も我慢していなければならないのであった。尾崎家を辞した時、私は、こんな風な都会的なものの一つ一つに苛立つようでは、人の家を訪ねたりすることはやめるべきだ、と思った。その頃、尾崎喜八は「東方」という雑誌を、高村光太郎と二人で出していた。その薄い雑誌を私たちに見せて、是非高村光太郎のところを訪ねたまえ、と彼は言った。高村光太郎の家を訪ねるのも億劫なことであったが、私は高村光太郎が自分の詩集を読んで書いてくれた葉書の文面を思い出し、自分には高村光太郎を訪ねる権利がある、という気持がした。

高村光太郎の家は、本郷の高台の、静かな屋敷町の中にあった。三間幅ほどの道路に面して、古風な屋根がアトリエ風に尖った洋館で、家の割合に小さな一枚扉が、引っ込んだ玄関についていた。その扉の左手の出張った壁に、小窓があった。私と更科源蔵がその家の前に立って呼び鈴を押すと、その左手の小窓が開いて、そこに丸顔で色白の三十歳位の女の人が顔を出した。高村夫人だ、と私は思った。私たちの姓名を聞いて、その女の人は言葉少なに引っ込んだが、間もなく私たちは、玄関から入って右手の広いアトリエに通された。

二十畳敷きほどの広さのアトリエは、天井が高いためか、その一隅に寄せてある椅子や卓が、玩具のように小さく見えた。石膏の像のようなものや、私に分らない作りかけの粘土の像などがあり、また面のようなものが棚に置かれていた。そこへ出て来た高村光太郎は、和服に白い上っぱりをつけていた。身体も大きい人だったが、その顔は普通の人間の一倍半ほどもある長さに見え、その手もまた大きかった。しかし高村光太郎は含み声の、軟かな音で、少し優しすぎると思われるような静かな話の仕方をした。顔の造作は大きかったが、その細い目つきには、不思議な甘さがあって、緊張しすぎていた私の警戒心を解いて行った。この時高村光太郎は四十六歳であったのだ。

私は、自分のはるか上の方から、大きな余裕を持って軽く話しかけるこの詩人の作り出す雰囲気の中で、少しずつ気持を楽にして行った。今ここで抵抗したり緊張したりすることには全然意味がないと私は感じた。高村光太郎の話題は、雷を嫌う話や、動物の話や、茶の種類の話などで、その一つ一つが具体的で、細かく、豊富であった。今日はこれ位で帰りたまえと言われるまでここにいてもいいのだという気持がした。高村家を出るとき、私は東京に生活することに多少の自信を持った。

更科源蔵は十日ぐらい東京にいたが、私と一緒に歩いたので始終月島の川崎昇の室にやって来た。ある晩更科が話し込んでいるうちに、大分夜が更けて来た。私は自分の狭い気質に従って、ひとりくよくよと気にしはじめた。川崎昇のところに前田徳太郎が同居している。そこへ更に私がやって来て、同居している。その上、今夜更科が泊ることになれば、川崎昇にはどんなに迷惑だろう、下の家に対しても川崎は気兼ねをしなければなるまい、と言うのが私の気遣いだった。

川崎昇が更科に「もう遅いから今夜泊って行けよ」と言った。その時、私は横から口を出して、「いや更科は親戚の家へ行くんだろ」と言った。ちょっと変な空気になったが、更科はいつもと変らぬ調子で、しばらく談笑してから別れを告げて去った。

そのあとで川崎昇が、私に向い、調子の変った声で言った。

「更科にどうして泊れと言わなかったんだい？　彼は今夜ここに泊るつもりらしかったぜ。」

私はそれを聞いた時、鞭で打たれたように感じた。そして自分を、何てケチないやな人間だろうと思った。これがまた長い間忘れることのできない私の自己嫌悪の一因になった。

4

その数日後、更科源蔵が北海道へ帰り、私は神田一ツ橋の商科大学へ通いはじめた。教授たちは、新学期の初めには出揃わなかったが、私は時間表を見たり、小樽から来ている顔見知りの学生たちに学校の様子を聞いたりして、少しずつ大学の組織を理解した。私と中学校から高等商業学校まで一緒だった小田春蔵という偏屈な青年がこの大学に入っていて、この時二年生であった。私は単位の取り方や教師の選び方について、彼の智慧を借りた。この時の少し前に、左翼運動への大がかりな検挙が行われた。私が大学で小樽出身の学生たちから聞いたニュースに、秋田商業学校の教師になって行っていた鈴木信が、教壇から拘引《こういん》されて行った、という話があった。

鈴木信は、川崎昇と小学校の同級生であり、郷里の余市町では模範生と言われた。私は汽車で通学していた時、毎朝彼と一緒であった。彼は庁立小樽商業学校の生徒の時に校長排斥運動のリーダーであった。その上、彼は野球選手で、名ショートと言われ、また座談がうまく、いつも後輩の中等学生の中心にいるような人物であった。私と川崎昇が出した「青空」に、彼は一種のマルクス主義芸術論のような論文を書いたことがあった。だが彼はスポーツマンであり、また社交性もあり、その人間としての正体がどこにあるのか分らぬような所があった。しかしいま、彼が拘引されたという知らせを聞いて、彼の人間的な本態はその思想にあったのがはじめて分ったような気がした。彼は教師になってから、学生時代に私たちと同じ汽車で通っていた彼の郷里の町の少女と結婚したことを私は知っていた。私は川崎昇にその消息を伝え、マコちゃんがそんな人だったとは知らなかったな、と語り合った。優秀な学生が次々と左傾して行く時であったので、友人の中の誰が党員になっていて、いつ拘引されるか分らぬ、という空気が私たちの中にあった。

もう一つ別なショッキングな知らせを私は聞いた。それは小田春蔵や私と一緒に中学校から高等商業に学んだ崎井隆一が、三菱銀行に勤めていて金を使い込み、刑事事件の被告になった、という事であった。私が中学校の教師になった年の春、学生時代に親友であった彼に街上で逢い、芸者買いの話を聞いたことがあった。その時の彼の話は、私を悪く刺戟した。しかし、あの時から彼自身がすでに危うかったのだ、と私は思った。私たち同級生は、学校を出て三年経っていた。以前には同じ立場にあった人間を分け隔てる色々な身の上の変化が起っていることを私は感じた。

四月の末頃、河原直一郎がフランスに行く準備が出来て、船を待つ間、上京し、洋風の生活に慣れる目的でホテル生活をしていた。彼は呉服橋近くの細長い八階建ての丸の内ホテルに小さい室を借りて住んでいた。それまで書いて来た詩をこの春、彼は急いでまとめ、『春影集』という詩集を刊行したばかりであった。金持ちの子弟であるがために、一層その孤独癖と無愛想な人柄が目立つ河原のために、私は百田宗治を動かし、「信天翁」に書いている人々を集めて会を開いた。百田宗治が日比谷の陶々亭《とうとうてい》というのは一流のシナ料理屋だと言って、そこに場所を決めた。人の集まりはよくなかったが、百田宗治、乾直恵《いぬいなおえ》、今野恵司、阪本越郎、半谷三郎、それに私と川崎と河原で、小さいなごやかな会が行われた。

その会がすんでから、私たちは、百田宗治を中心にして、宵の銀座の西側通りを歩いていた。二十七八歳に見える色白の青年が向うから歩いて来て、百田宗治と立ち話をした。頬が張り、強い眼鏡をかけているために目が細く見えるその青年を、

「この人が北川冬彦君だ」と言って百田宗治は私たちに紹介した。皆で、そばの森永菓子店の二階の喫茶室に上った。私には、東京に来てから逢う詩人たちの印象が、一人一人特色があるのが大変新鮮に感じられた。私は北川冬彦の作品を読んでいなかったが、彼は三高出で東大の法科の卒業生だと言うことであった。私よりも二三年前に『検温器と花』という新しい形式の詩を彼は出版していて、映画批評家でもあった。私が上京したばかりで、下宿を捜していると言うと、北川はすぐに、「僕のいる下宿に来ませんか？　こないだまで三好達治のいた室があいている。もっとも、その前には梶井基次郎がいたんだが、いま梶井と三好は一緒に伊豆に行っているんだから、ひょっとしたら帰って来るかも知れませんが、まあしばらくは、二人とも

来ないでしょう」と言って、その家の地図を書いてくれた。

その翌日か翌々日に、私は麻布の飯倉片町の堀口というその素人下宿へ引っ越した。増上寺の裏手から麻布六本木へ行く電車道の途中を左へ折れて狭い坂道を下り、一番低い場所に下ってからまた丘の斜面を昇ってゆくと、植え込みの中に隠れているような、五六間の二階家がそれであった。主人は植木職だと言うことであった。二階に四畳半が二つあり、押入れで仕切られて背中合せになっていた。空いている室というのは、その家をめぐって、裏手の丘をのぼって行く崖の道に面した四畳半で、日当りはよくないが、環境は静かであった。北川冬彦のいるのはその反対側の室で、そこの小さな谷の家々の屋根が一面に見渡された。私は川崎昇の世話で届けられた荷物を押入れにしまい、小さな机をおいて、崖に面した障子のかげに坐った。私は初めて東京に持った自分の室が気に入っていた。

毎朝、私はその堀口家の階下の室で食事をし、黒い制服を着て、電車で神田一ツ橋の商科大学に通った。北川冬彦は、彼の室から見下ろせるその谷底の一番低い所に、島崎藤村が住んでいる、と教えてくれた。その家は、私が堀口家を出て、電車道まで行く間に、一番道が低くなった場所で左方に入る路地がある。その路地の奥の二階家だということであった。通りがかりに、その低い場所で立ちどまって、左方を見ると、そのつき当りの左側に、いかにも日当りの悪そうな二階家があって、階下に格子窓のあるのが見えた。島崎藤村はこんな所に住んでいるのか、と私は思った。

島崎藤村という、明治から大正にかけての文壇の第一線の小説家、そして近代日本の詩の創始者のような大家が住む家として、その家が特に貧弱だとは私は思わなかった。しかし、私が偶然移り住んだこの飯倉一丁目の、私の下宿の鼻先に彼の家があるというのは、少し突然な感じがした。

島崎藤村は、その姪との事件があってフランスに去り、日本に戻って来て、その事件が片附いた大正七年頃から、その家に住んでいたのである。私が大正九年頃に読んだ『新生』は、その姪とのことを扱った作品だが、それはこの家で書かれた。また大正末年から昭和にかけて彼の手になった「伸び支度」、「分配」、「嵐」などの、すぐれた短篇の出来たのもその家であった。

五月の初めのよく晴れた日の十一時頃、大学の授業を怠けることを覚えた私は下宿を出て、坂を下りて行った一番低い所から登り坂にかかろうとした時、その坂の途中に、六つぐらいの男の子が二人立って言い争いをしているのが見えた。私は角帽をかぶり、制服を着、白いズックの鞄をさげて、その坂を登って行った。すると、上の方から、いま電車から下りたばかりだという風に、買いものの包みをさげた老人が、着物をきちんと着、日和下駄をはき、帽子なしで半白の髪を見せ、白い足袋をはいてコトコトと下りて来た。

その老人の方が私よりも少し早く、言い争いをしている男の子供のそばに着いた。二人の男の子は、言い争いに熱中して、今にも殴り合いを始めそうに見えた。老人はその子供たちのそばに立ちどまった。私は、そこの一間ほど手前まで来た時、突然その老人が島崎藤村であるのに気がついた。私の見ていた写真よりもずっと老けていたけれども、それはたしかに島崎藤村にちがいなかった。私は稲妻のような早さで、自分が十六歳の時に読んだ『藤村詩集』が私を詩の世界に引き込んだことを考え、その詩集の口絵写真にあった若々しい三十歳ぐらいの島崎藤村が、いま多分六十歳近くなって、自分の目の前に立っていることを考えた。そこにいるのが島崎藤村だということが、私には当り前のようにも思われ、またあり得べからざることのようにも思われた。これが島崎藤村だと思うと、私の背中を軽い戦きのようなものが走った。

島崎藤村は、その言い争っている男の子たちのそばに立って、黙って二人の様子を見ていた。それは、一人ずつの言い分を聞いてやるという風にも見え、またどちらでも手出しをしたら叱ってやる、という態度にも見えた。しかしその様子には、子供のケンカをとめようとする時に、普通の大人のとる態度と全く違った気配があった。普通の大人なら、とっくに、何か言葉をかけているところであった。彼は子供たちのすぐ目の前で黙って見ているだけなのであった。島崎藤村は、この時数え年で五十七歳であったのだ。身ぎれいにしている骨太の小柄な身体はしゃんとしていて、衰えは見えず、精神力が溢れているような感じがした。

私は、そこへ近づいて行きながら、自分が島崎藤村という人間に気づいていないという態度を取った。私は、言い争っている子供に気をとられている態度で、さりげなくそこへ近づいて行き、藤村と向い合うようにして、子供たちに目を注いだ。子供たちは、老人に黙って見られているのを気づまりに思いはじめたらしく、やがて黙り込み、別々にそこから立ち去った。島崎藤村はコトコトと下駄の音をさせて谷底の方へ下りて行き、私は電車道の方へ坂を上って行った。

ある日私が学校から帰ると、階段の下で逢った北川冬彦が、彼に特有の、もの静かな鄭重な言い方で私に言った。

「梶井が伊豆から帰って来ましたよ。」

「あ、そうですか」と私は答えた。

しかし、それがどういう意味なのかよく分らなかった。北川冬彦たち、三高出身の東大の学生や卒業生が出している雑誌「青空」のことを、私は何度か北川から聞き、その雑誌を見せてもらっていた。この雑誌はその時休刊しているようであったが、それまで何年間か続いていたものであった。その雑誌の同人には、梶井基次郎、三好達治、中谷孝雄、北川冬彦、忽那《くつな》吉之助、淀野隆三、外村《とのむら》繁、丸山清などがいた。雑誌自体は、校友会雑誌のようなやぼったい、仲間雑誌にすぎなかった。同人の中で、その「青空」以外の雑誌にものを発表しているのは、三好達治ぐらいのものだった。私は、三好はまあものになるだろうが、外の連中は無名作家で終る運命を持っているわけだ、と思った。どういう訳か、同じ三高出身でも、丸山清の兄である丸山薫だけは、この雑誌に加わらず、一高系の者の多いらしい第八次か九次の「新思潮」に加わっていた。北川冬彦のもの静かな言い方の中には、この雑誌に集まっているものがいかに優秀であるかを、私に説得する気配があった。多分北川はそれを意識していなかったのであろうが、それは彼が何度か繰り返したところの、「梶井基次郎がこの雑誌の中心で、こいつは凄い男なんです」という言い方から私にはすぐ感じとられたものであった。田舎の実業専門学校を出て、文学から言えば全然傍系の商科大学の学生である私には、北川のそれだけの言い方の中に自分の仲間が当然将来の文壇の中心を占める筈だという暗黙の自負があるように感じた。東大の学生に対するヒガミが私の心の中に巣食っていたからであろうか。梶井という男がこの雑誌の中心であろうが、凄かろうが、それが何だ、と言いたい所であったが、私は、「ああ、そうですか」と言ってにこにこ笑っていた。私には北川冬彦という人間が、実にニガテであった。もの静かで、上品な話しぶりだが、近眼鏡の中の細い鋭い目や、青白くふくれたような丸い大きな顔や、そのぼうっとした態度には、妙な圧迫感があった。彼の姿全体が、オレは重大な存在だ、それを認識しない奴は押しのけなければならん、という意志のようなものを、絶えず周囲に放射していた。彼の実在感は、その猫撫で声のような紳士風の言葉になく、沈黙の中に、自分の価値認識を強要するような、彼の身についている雰囲気にあった。

私にとっては、この北川冬彦自体が十分に怪物的であったのだ。その北川が「凄い」と言っている梶井とはどんな男か、北川の「大した奴です」とか「包容力があるんです」という言い方では分らなかったので、私は北川の身につけて歩いている雰囲気に対する抵抗感を、その梶井なる未知の人物に向けた。どうせそいつは高等学校型の豪傑風の文士の一人だろう、と私は思った。

北川の「梶井が帰って来ましたよ」と言う、重大な意味のありそうな囁き声は、梶井という人物に君も面会する機会を得た、ということなのか、梶井が来たから君の室を空けてくれということなのか分らなかった。北川はよく、そういう意味不明の重大らしいことを言ったし、彼の未来派じみた詩そのものがまた、意味不明の重大らしさを漂わせたものだった。私にとっては、梶井のために部屋を空けねばならないということの方が、はるかに重大であった。

にも拘らず、私は夕食に下の座敷へ下りて行く時、いよいよその梶井なる人物に逢うわけだ、と思ったら、北川の何度かの前ぶれが利いて来て、私はちょっと気持の改まる感じを抱いた。食事をする室には、北川の隣に、真黒く日に焼けた、醜いと言っていいぐらいの、ふくれ上ったような顔をした身体の大きな、胸の張った青年が、紺のカスリを着て、膝を折って膳の前に坐っていた。それが梶井だと言って紹介された。彼は重い肺病で、伊豆に転地して日光浴をしていたことを私は知っていた。

梶井はその真黒い顔をほころばし、白い歯を見せて笑い、ほとんど曇りの見えない快活さで話をした。給仕をする下宿の細君も、梶井に対しては、私に対した時より、何となく鄭重であった。梶井は、細君に、北川に、私に、伊豆の気候や食物のことを話したが、その態度には病人らしい所も、陰にこもった所もなかった。彼には、若い詩人や文学青年が共通して持っており、私もそれを人に見せるのではないかと気にしているところの性的な抑圧から来る陰鬱さがなかった。自分自身を整理し切っており、文学という魔術にもたれかかっていない大人、という感じがした。それが私を、おや、この男は違う、と思わせた。その落ちついた明かるさには、他人の考えを受け容れ、他人を頼らせるような余裕が感じられた。

梶井のその態度は、私が文学青年の中にこれまで見たこともなく、また見る予定もしていないものだった。私は北川の言ったとおりになるのを残念だと思いながらも、初めて逢ったその時から、この男に心を引かれた。北川が言っていたとおり、梶井は「包容力」があった。しかもそれは豪傑型の古風なものでなく、他人の性質や能力を理解してやる頭のよさから来る一種の寛大さと言うべきものであった。

梶井は私の部屋を明け渡させるようなことはせず、階下の室の一つに落ちついた。梶井が戻って来てから二三日目に、「青空」の同人たちが、首領の帰還を待っていたというように、この下宿に集まった。梶井を小型にしたような顔の中谷孝雄、若々しい学生の淀野隆三、鼻のとがった美青年の外村繁などであった。

この一群の青年は、自分の同時代の詩人や若い小説家のことを批評したが、その時一人が、春山行夫の詩はつまらない、と言い出した。すると梶井は、

「しかし春山君の、『花火を見るのはいいものだ』という詩はよかったな」と言った。彼はどんな人間についても、どんな話題についても、自分の判断を持っているように見えた。春山行夫というのは、よいにつけ悪いにつけ妙な癖のある人間らしい、と私は思った。

その一群が六本木へビールを飲みに出かける時、彼等は私を誘った。大部分のものは東大を

卒業するか中退するかして、私より三つ四つ年上らしかったが、淀野隆三はまだ仏文の学生であり、私と同年ぐらいであった。私はグループ外の人間でもあり、ビールを飲んで彼等が談笑している間、片隅で静かにしていた。梶井は、一緒にいる仲間の一人が悄気ていると思うと、その男の気を引き立ててやろうと心を配る男だった。その夜彼は私に対してその配慮をしたらしかった。

帰りに、人通りのほとんどなくなった電車道を、彼と私と北川とが下宿の方へ歩いて来た時、歩道の端のところに、赤い鼻緒のついた五つか六つぐらいの女の子の下駄が、脱いであった。それは三寸ほどの間隔を置いて、二つ揃っていた。梶井はそれを見て立ちどまった。「これ、女の子がここで泣いたんや。それで親がここから抱いて行ったんや」と大阪弁で言った。なるほど、それにちがいなかった。人間の状態についての判断がその時生き生きと彼の心の中で働いたのを私は見てとった。それに続けて彼は、そこから歩き去りながら、「あの女の子の下駄は、伊藤君の詩の感覚と同じだな」と独り言のように言った。彼が私をいたわろうとしている気持が分った。しかしその言葉には、慰めや励ましよりも、正確な判断のあることが、私の注意を引いた。「女の子が泣いた場所で、抱かれて行った。そのあと、夜が来て、暗い路上に、赤い鼻緒の下駄がひっそりと残されている、遠くを自動車が走る時、ちょっとだけその鼻緒が照らし出される」というような詩を、作れば作れるな、と私は思った。梶井がそう言ったとき私は、自分が理解されたと感じて、はじめ嬉しく思ったが、その次には不安に襲われた。この男は、オレが詩で扱っている感覚や情緒など、みんな分っていて、そのもっと先を読んでいるようだ、と私は思った。それは、下手な将棋さしが、段ちがいの棋士に、その考えていることを言いあてられた場合に似ていた。

それでは小説という梶井の考えている領域の仕事は何だろう、詩の領域とどうちがうのだろう、と私は考え出した。その技術、対象の違いはどこにあり、どう違うのだろう、と私は思った。そして、私は、こんなに簡単に梶井に見て取られるようなイメージを使うような詩を書き続けるのは、もうやめなければならないな、と思った。

私は、麻布の飯倉片町の素人下宿に梶井基次郎、北川冬彦と同宿しているあいだ、彼等二人とその仲間である一群の文学青年の生き方を、新鮮な興味で眺めた。それまで田舎に暮していた私は、東京の文学青年たちが、現実にどのようなことを考え、どのような言動をするものか、知らなかったのである。私がこの下宿で交際するようになったこの三高出身の東大系のグループは、その大部分は、後に小説家、詩人として一家をなした人々である。そして彼等の地位を作った作品のいくつかは、すでにこの時には書かれていたのであるから、彼等を単に文学青年と呼ぶのは、ふさわしくない。すでに彼等は、詩人であり、小説家であったが、文壇も世間的ジャーナリズムもまだ彼等を発見していなかっただけのことである。そういう時期に、私は彼等に接したのである。

北川冬彦は細い目に度の強い丸い眼鏡をかけ、頰のふくれた蒼白い顔をして、髪は乱れたままに伸ばし、ネクタイなしのスコッチ織りらしい洋服を無造作に着ていた。彼は大学の法科を卒業していた。彼は高等学校の時代には文学に興味を持たない柔道の選手であった。それが突然詩を面白いと思うようになって書き出し、法科を出てから仏文科に入り直したが、中途で退学した。北川の詩はダダイスム系統のもので、それ以前の日本の近代詩を無視したような傾向のものであった。彼はその色の蒼白い、夜ばかり仕事している人間らしいむくんだように見える顔で、髪をかき上げながら、その風采に似合わない、「なんです」という語尾のついた丁寧なものの言い方で、私に語った。彼はものの言い方が丁寧であったが、その動作には柔道の選手らしい構えが身についていて、それが私には圧迫的であった。

北川冬彦の詩は、私が書いていた自由詩系統の散文体のものと違って、唐突なイメージを対比させ、一種のドギツイ効果を出すものであったから、その詩集、『検温器と花』を一冊もらって読んでも、分りにくいところがあった。彼はフランスの超現実主義詩人マックス・ジャコブの詩を読んでいて、その影響があった。私には北川の詩は、奇妙な歪んだイメージの風景描写詩だと思われた。彼の『検温器と花』には「古風な街」という題で次のような詩があった。

青く澱んだ河に沿うて、「明治」といふ湯屋がある。
陶器の煙突が幾本も、空に烟管のやうに靠れてゐる。
暖簾の垂れた薄ぐらい店の奥に、

段梯子が黒檀のやうに耀《ひか》つてゐた。

言葉による造型というべきこういう詩の面白さは、私には縁の遠いものであった。私の持っていた詩のイメージは、写実的にはもっと単純で、その中に人間の生活感情が現れる性質のものであった。詩壇の傾向から言えば、私のものは大正期に自由詩という名で呼ばれた散文的傾向のものであり、北川のは自由詩系統の人間くささや説明過剰を避けた新しい傾向のもので、外部のイメージを利用してある観念を定着させようとするものであった。自由詩の書き方を通して私はいつの間にか散文系統の描写に移っていたので、北川のそのような詩を読まされても、賛成することができなかった。私はこのような北川の詩を、その三四年前から平戸廉吉や高橋新吉や萩原恭次郎の作品とともに未来派やダダイスム系統のものだと考えた。

この頃、北川冬彦は朝十時頃に起きると、階下の室で食事を済ませ、それから勤めている「キネマ旬報」社へ出かけた。彼が夜遅くまで起きて急がしそうに書いている原稿は、その映画雑誌のためのものだと思われた。彼は原稿や仕事の道具の入っているらしい女持ちのような革製の紐のついた手携げ袋をいつも持ち歩いていた。大学の法科を出たダダイストの詩人が映画雑誌の編輯をし、映画批評を書いて生活しているというその生活の形は、田舎にいた私には予想のつかないものであった。しかしその北川の経歴や仕事や生活形式は、ばらばらでありながら、彼の作る詩と奇妙に調和が取れていた。柔道家の身のこなし、法学士、度の強い近眼鏡、眠たそうな細い目、静かな丁寧な話しかた、革製のもの入れ袋、ネクタイなしの洋服、映画批評の原稿。そういう印象の集まりの上に、その時の北川冬彦という詩人は存在していた。

私は大学の新入学者であるから、はじめは真面目に学校に行っていたが、大学の授業は休講が多く、またそこで習うものが大部分、私が田舎の高等商業学校で学んだものの反復にすぎないことに私は気がついた。私は学校を怠け、梶井基次郎と話をしたり、散歩したりして日を送るようになった。梶井はこの時、数え年で二十七歳であった。彼は高等学校時代から胸を患っていて、卒業が遅れていた。大正十三年に東大の英文科に入ったが、それから満五年経ったこの時には、大学は中途で放棄したままになっていた。彼が北川や外村や中谷たちと、同人雑誌「青空」を創刊したのは大正十四年一月で、三年後のこの昭和三年には、その雑誌は休刊になっていたが、彼はその文学についての理解の深さとその人柄にある明るさの点で、このグループの中心的な存在になっていた。彼は明敏で、話し好きで、ユーモラスなところもあり、他人をいたわる暖かさもあり、また自ら狡猾だと言い、仲間が自分を狸穴《まみあな》（この附近の地名）の狸だと言ってる、と語って笑った。

梶井は、それまでに同人雑誌「青空」に書いた自分の何篇かの作品については、強い自信を持っていて、それが現在の文壇の水準を抜くものがあると信じていた。また彼は、自分の生命があまり長くないことをも予感していた。彼の人柄の明るさは、その二つの認識の上に築かれていた。彼は湯ヶ島で日光浴をして来たと言って、真黒な顔をしていた。その頃の結核治療法では、重患のものにも日光浴が奨励されていた。彼はいかつい、醜いほどの容貌で、かつ胸が張っていた。しかし鳩胸というそのような張った胸廓は、結核に弱いものだったのだ。そのような姿形の彼は、咳もあまりしなかったので、ちょっと見ると至極健康な青年に見えた。彼は大阪にいる兄から学資、というよりも生活費を送ってもらっていたようであるが、その生活は奇妙に贅沢なものであった。彼は化粧石鹼は丸善で舶来の上等の品物を買って来て使った。また夜更かしは平気でした。また彼はパーコレーターを持っていて、自分で気に入るようにコーヒーを入れて飲んだ。彼は筆墨も極く上等のものを使い、その手紙は、そのまま後に出版されてもよいほど文章に気を配った念入りのものであった。

私の得た印象では、梶井基次郎は、生きる自分の一日一日を最上の状態で過ごし、かつ自分の残すものは、作品も手紙も十分に気をつけ、他人に与える印象もまた明るさや労りや真心に満ちたものにしようという覚悟をして、その時間の総てを充実したものにしたいと心を決めている人間のようであった。

彼は北川冬彦のいない時、私に言った。

「北川って変な奴や。彼は詩を書いていながら、島崎藤村の詩のことが話に出たら、藤村が詩を書いていたのか？　って言いやがる。」私は笑った。この下宿屋の前の坂を下りた飯倉片町の谷底に当る日当りのよくない路地に、島崎藤村の住んでいる二階家があった。その家の屋根が、その谷を見下ろすような北川の室の窓から、すぐ見えるぐらいの距離にあった。私が笑うと、梶井基次郎も笑った。私と梶井の間にとり交わされたユーモラスな感じは『破戒』、『家』、『新生』等によって第一流の小説家になった島崎藤村が、その前に、日本の近代詩の事実上の創始者であることを、北川冬彦が本当に知らないのであれば、それはいかにも新しい傾向の詩人らしくって面白いし、またそのことを知っていながらそう言っているのであれば、その強情なとぼけ方が面白い、ということであった。しかし、ひょっとしたら、北川冬彦というのは、明治時代の日本の詩なんか読んでいないのかも知れない、と私は考えた。

「太郎を眠らせ、太郎の屋根に雪ふりつむ。次郎を眠らせ、次郎の屋根に雪ふりつむ、か。よく出来てる」と梶井がひとりごとのように言った。それは、私が見た「青空」のバック・ナンバーに載っている三好達治の詩であった。三好は梶井の行っていた湯ヶ島で梶井と一緒にいて、まだそこに残っているのだった。

「それは三好君の傑作ですね」と私は、その韻律的な詩句の中に漂っている甘美なノスタルジアの力を羨ましく思いながら言った。私には、散文的な描写をする力はあったが、散文形式の中に韻律を生かす術は持っていなかった。自然に人の口にのぼって愛誦されるような韻律を身につけている点で、私は三好達治の中に本質的な詩人がいるように感じていた。

風のない、日の照った日の午後、私は梶井に誘われて散歩に出た。下宿の裏は小高い丘になっていて、崖ぶちに沿った道が住宅地の前を通っていた。一軒の住宅の前に半ズボンを穿いた七八歳の西洋人の少年がいて、道の小石を拾っては投げていた。そのとき、その家の門に、四十歳ぐらいの西洋人が出て来て、日の光に顔をしかめるようにして立ちどまった。彼は石を投げている少年に向って言った。

“George, what are you throwing the stone at?”

少年は石を投げるのをやめた。

細い紺絣の着物を着て、きちんと帯を締めた梶井に並んで、私はそこを通りすぎた。五六歩過ぎてから梶井は、その西洋人の言葉をそっくり真似て言った。

「ジョージ、ホワット・アー・ユー・スロウイング・ザ・ストーン・アット? か」

それは、耳にはさんだ英語を真似ているというよりは、日の当るひっそりとした住宅街で、西洋人の子供が石を投げているのを、中年の父親が強く叱るというのでなく、軽い質問の形でやめさせたところの、その生活の形を、梶井が心の中で描き直している気配であって、そのことが私に分った。いまこの男は一つのイメージを摑んだのだ、と思いながら、私は黙って彼と並んで歩いて行った。

私は、北川の生活に興味を持ったと同じように、この梶井という肺病患者の無名の小説家の持っている絶望感と明るさとの奇妙に結びついた生き方に強い興味を持っていたので、この男は、どういう所へ今日自分を連れて散歩に行くのか、という好奇心を抱いてついて行った。その丘を下ったところが麻布十番という繁華街になっていた。梶井はそこをぶらぶらと歩いて行き、喫茶店に入った。彼はそこで自分と私のために苺クリームを註文した。それを食べながら、私は、いま我々が食べるものとしては苺クリームが最も似合っている、と思った。その苺クリームは、結核患者で清潔好きの梶井という若い小説家と、詩人である大学生の私とが五月の晴れた日に街を歩き、子供の石を投げるのをやめさせた西洋人の前を通った後で、ちょっと腰かけて食べるものとしては、実に似合っていて、それ以外の何ものでもふさわしいものに思われなかった。私はそう感じて、ほっとした。私は梶井とのこの日の散歩の明るい感じが損《そこな》われずに終ったことを喜んだ。「伊藤君、君は志賀直哉の小説を読んだことがありますか」と彼が言った。

私は志賀直哉の作品を殆んど読んでいなかった。私は、それまで小説には興味を持たなかったので、小説を読む場合にも、佐藤春夫や室生犀星などの詩人出の小説家の作品を多く読んでいた。また谷崎潤一郎のような感覚的なイメージを使う作家のものは分りやすいので読んでいた。志賀直哉や武者小路実篤の作品は、意味だけをドライな形で伝えようとするもので、詩的な発想には無関係だと私は思っていた。私は答えた。

「いや、読んでいません。」

「君、志賀直哉を読みたまえ。志賀直哉はいいですよ」と梶井が言った。それは志賀という作家を尊敬しているというよりも、志賀という作家の良さを自分が認めて、保証してやる、というような言い方であった。

「伊藤君、文章というものはね、我々はいつも活字で読んでるだろう？　活字というものは魔物でね。あれで読んでいると、書いている時の息づかい、力の入りかたが分らないんだね。僕は志賀直哉のものを原稿用紙に書き写して見たんだ。するとね、書いてる人の息づかいが、よく分るんだ。ここで力が尽きて文章を切ったとか、ここで余力があって次へ伸びて行っている、というようなことが分るんだ。」

彼が、志賀直哉のものを書き写している、と言った時、私はすぐ、オレなら他人のものを書き写すようなことはしないぞ、と思った。それが屈辱的なことに思われたのだった。しかし、私は、自分も同じようなことをしていることに気がついた。私は三四年前から、読んだ詩で感心したものは有名な詩人のでも、無名な投書家のでもノートに書き写す習慣を持っていた。そして私は、詩壇の有名さということと私の感心する詩とが、ほとんど関係がないこと、同人雑誌や投書の詩に案外にいい作品があり、著名な詩人の作品には取るべきものが少いことに気がついていた。オレが選んでやるのだ、という気持で私は書き写していた。それは書き方を習うというよりは、オレの鑑賞眼に及第したものを取ってやるのだ、という誇りを感ずる仕事であった。あれと同じことかも知れない、と私は考え直した。しかし梶井の言った言葉の後半分を聞いたとき、梶井の言っていることは、それとも違うことが分った。

彼の言っているのは、屈辱とか誇りということではないのであった。感心した作品を、原稿用紙に写して見ると、その作品が書かれる時の、書く人の心の動きそのものが具体的に分る、という技術的なことであった。書くことの技術、その字配りの中にある気息というものを理解しなければ何を言っても駄目だ、だからやって見るのだ、という技術的真剣さが彼の言葉に漂っていた。この男は、書くことそのことの実質をとらえようとしている、と思った時、私は自分の心の中に湧き出しかけていた「そんなことは僕はしませんよ」という言葉を押し戻さねばならなくなった。そして私は梶井が言うのだから、志賀直哉はいい作家かも知れない、と思った。

梶井はある日、下宿の窓によりかかって、ボードレールの作品の話を私にした。彼の言っているのはボードレールの散文詩のことであった。私はそれを読んでいなかった。その頃その訳はなく、彼はそれを英訳で読んでいたのだった。ボードレールの散文詩がいかに素晴らしいものであるかを、彼は、その中の一篇である硝子売りの話を引いて喋った。

パリの街の三階か四階の室に住んでいる一人の詩人が、生きることの倦怠感に取り憑かれている、と彼は語った。何か変ったことが起らないだろうか、何かこの人生を驚かす素晴らしいことが起らないだろうか？ 何事も起らず、無為の退屈な日が続くばかりだ。ある日、詩人は硝子売りが街を歩いて来るのを見た。彼は窓から硝子売りを呼んだ。硝子売りが上って来た。その背に負った硝子には、無色のもの、赤いもの、青いもの、黄いろいもの等、色々な種類のものがあった。詩人はそれを見てから、いらない、と言って硝子屋を帰した。硝子屋は不満そうに階段を下りて行った。詩人は窓に乗り出して、硝子売りがその建物の階下の扉口を出るのを狙い、インキ壺を落した。インキ壺は硝子売りの背中に当り、硝子は飛び散った。赤や黄や青の硝子が花のように割れて散るのを見た時、詩人は初めて生きる喜びを感じた。

梶井の語ったそのボードレールの散文詩は私を魅惑した。さまざまな色の硝子が飛び散るというのは、素晴らしいイメージだ、と私は思った。後で私はボードレールの散文詩を丸善で見つけ、先ず硝子売りの話を捜して読んだ。ボードレールは、梶井が言ったようには書いていなかった。硝子売りが持っていたのは、普通の透明硝子だけで、その透明硝子が飛び散った、という話にすぎなかった。私は本物のボードレールよりも梶井の語ったボードレールの作品の方が美しいのに気がついた。そしてボードレールがつまらないように思われた。

夜になって北川冬彦が戻って来ると、梶井は北川の室でよく話をしていた。ある晩私は呼ばれて彼等の話に加わった。梶井が主な話し手で、私たちは十二時すぎまで喋っていた。腹がすいて来た、と梶井が言った。近くには店もなく、それにもう夜中であった。私は自分の所に来た荷物の行李の中にスルメがあるのを思い出して、それを持って来た。スルメを食べ水を飲みながら、私たちは話しつづけた。

梶井は伊豆で考えた空想的な作品のテーマを話し出した。北川が気にして、君は喋ってしまうとまた書くのをやめるんじゃないか、と言った。梶井は話が実に面白いが、作品のテーマを話してしまうと書くのをやめる癖があって困るんです、と北川が前に私に言っていた。いま北川は、そのことを気にして梶井に注意したのである。梶井は、いや大丈夫だ、と言ってその話をした。

湯ヶ島で、春に桜の花が素晴らしく美しく咲いている。桜の花は、野外では本当に匂いがあたり一面に漂うものだ。その花を見ていると、自分は奇妙な幻想に襲われた。それは、桜の花の根や幹が透明になって、地面の下まで透いて見える、ということだ。桜の幹の中にある数限りない細い管を、樹液が根の方から登って行くのが分る。そして桜の根元の地下には、色々な動物の死骸が埋まっている。それは鹿や犬や猫や猿や鼠や、色々な動物である。その動物の腐敗した身体の方に、桜の根が生きもののように伸びて行って、毛細管がその死骸にからまっている。そしてその腐った死骸から養分を吸いとっては上の幹から枝へ、枝から花へと送っているのだ。

「でなければ、あんなに桜の花が美しいわけはないんだ。それだから桜の花はあんなに美しいんだよ」と梶井が言った。私は聞いていて、彼の話に感嘆した。すばらしい話だ、と私は思った。梶井のその話を聞いていると、桜の花が私の見て来たのよりもずっと美しく思われ、それ自体が生命の爆発であるように思われて来るのであった。北川も感動したように、そいつは、熱のさめないうちに、是非書いておけ、と梶井に言った。

そうして一月ばかり梶井基次郎と一緒にいるうちに、私はこの男の心の働きが次第に分るようになった。彼の詩人的な傾向のある作品がどのようにして発想され、それがどうして発展するか、そして彼がものを書くということを技術的にどう考えて、どのように実践しているか、その大体が分って来た。桜の花の幻想は、彼の着想が生れる時の見事な一つの例であり、ボードレールの散文詩のヴァリエーションを自ら気附かずして作っているのは、彼が一つのイメージを養い育てる経過を示すものであった。三好達治の詩を口にして見たり、通りすがりの西洋人の言葉を口にして見たりする形で、彼はさまざまなイメージを取り入れ、描き直し、消化して自分のものにしているのであった。そのようにして、彼は心内にイメージを花園の花のように絶えず培養し、豊かにし、育てている。それが作家としての彼の生活だったのだ。

私のこの生活は、六月の中頃に突然断ち切られた。私の父は二三年前から胸を患っていて、私が東京に立つ前には大分悪化していたのだが、いよいよ危険だ、という電報が来た。私は室や荷物をそのままにして、夜汽車で上野を発った。私は青春期に入ってから父とうまく話をすることができなくなっていた。言い争いをすることはほとんど無かったが、私にとっては肉親の父親というものは、肉のつながりの故にうとましいものであった。私の身にあるいやらしいものは、みな父から伝わり、私の自己嫌悪の気持がみな父のせいであるような気がしていた。

私は夜汽車の三等席の窓際の席に身を寄せて、もう父が危篤であり、生きているうちに逢えないかも知れない、と考えた。父は下士官から昇進して少尉になって退官し、戦争に二度出ていたので、軍人としてささやかな恩給を取っていた。また村役場に二十年近く勤め、その恩給ももらっていた。しかし若し父が死ねば、それ等の恩給は三分の一ほどに減らされた遺族扶助料になる。それだけでは、母や弟や妹たちが暮して行くのに足りなかった。私は学校をやめて働かねばならないかも知れなかった。学校をやめるのはいいとしても、私は学校を口実にして東京での詩人としての生活を始めたばかりであったので、その生活をやめることになるのを何よりも怖れた。私は父が生きていてくれることを願った。私は自分が父の犠牲になり、七人もいる弟や妹たちを養うためにだけ働かねばならなくなるのをいまいましいと思った。父の死を悲しむよりも、私は自分のために父がもう少し、もう二年か三年でも生きていることを願った。その考えは自分勝手なものであったので、私はそんな考え方をする自分を厭らしいと思った。そのために私の憂い、私の悲しみは、不透明な汚れたものになり、自分が一層いやらしく忌々しく思われた。

私は座席に坐っていて居心地が悪く不愉快であった。

仙台で客が大分下車し、新しい客が乗り込んで来た。私と向い合って中年の女が坐り、その隣に僧侶じみた口髭のある男が坐った。私の隣の席も中年の女で、三人は連れであった。男は説教じみた言い方で、新興宗教の教理のようなことを喋っていた。聞く人の関心を寄せ集めるように、ことさら声を高くして言っているその男の話に、私はいつか耳を傾けていた。

その男は中年の、色の白い、よく太った、自信ありげな態度の、新興宗教の説教師で、二人の女はその信者であることが分った。説教師の話は肉親の死んだ時に、遺族のものが死者の霊をどう感じたか、どんな悪い人間が死者の霊に導かれて心を改めたか、ということになった。その話し方には、一度耳を傾けたものの心の弱い所を摑み、引きずりまわし、自分の膝下に引き据えてしまうような奇妙な力があった。「どんな悪い心がけの人間でも」と彼は言い続けた。

「その本来の素直な心の働きに目覚めるとですよ、自分の父、自分の母、自分の兄弟というものの愛情なしでは、人間は一日も生きて行けないことがあります。その人が死んでごらんなさい。どんなにその人が自分にとって大切な人であったか、それが分って来ます。死んでしまってから分るというのが馬鹿の特徴です。しかし……」

彼がそう言った時、私は突然、いま自分の父が死にかけていること、そしてその父が一度も息子の自分に愛されたという記憶を持たずに死ぬことをさとった。その男は、広島県の山奥の三次の近くから近衛師団に入り、日清戦争に出た。戦争が終って二十五歳になった頃、燈台看守兵というロマンティックな地位を志願して、北海道南端の白神岬の村に住んだ。彼は隠遁的な性格を持っていたのだが、その小さな漁村で一人の少女と愛し合い、結婚した。そして最初の女の子が生れて一年あまり経った時、また、新しい戦争が起った。彼は再び妊娠した妻を残してロシアとの戦争に出かけ、重傷を負って戻った。その時二番目の子として、私が生れたのだ。彼は戦争後更に隠遁的な生活を欲して、小学校の教員になり、山間の分教場を一つ預って暮した。次々と子供が生れた。それで彼は子供の教育のために大きな村に移り住み、家を建て、村役場の吏員になった。更に三度目に大きな戦争が外国に起り、インフレーションのために、手固かった彼の経済生活は破綻した。彼は九人の子供を擁えて借金をし、家を差押えられ、病気になり、追い立てを食い、家族の生活も見れなくなって、いま六十歳にもう二年ある年齢で死のうとしている。その男、それが私の父だ。私はその男の二番目の子だ。たった今も自分は、自分の都合のために父の早く死ぬことをいまいましいと思っていた。私は「お父さん、ゆるして下さい」と叫び出したくなった。私は歯を食いしばった。しかし涙が目から溢れ出した。大学の角帽をかぶり、制服を着た二十四歳の青年がいま汽車の中で泣くのはみっともない、と私は思った。しかし私の感情はもう溢れ出していて、自分の意志で涙を留めることができなかった。涙は次々と溢れて滴り落ちた。私はハンカチを取り出して涙を拭った。

二人の女と、その説教師がじろじろと私の方を見た。男はすぐさま、自分の説教の効果を覚ったようであった。彼は、ちょっと沈黙した後で、声を高めて言った。

「人というものは、みな善心を持っているもので、よい話を聞けばよい心が動くものです。私どもは、何の説明を聞かなくても、人が何を苦しんでいるかが、顔を見ただけで分ります。」

私はためらった。自分はいま、この男の説教によって改心したと思われている、と私は思った。それが私にやり切れない思いをさせた。「私は悪い人間でございます。いまお話をうかがってそれがよく分りました」と言ってこの男の前に跪《ひざまず》くことを、この男は予期しているのだ、と思うと、私は居たたまらない屈辱感に襲われた。私は自分自身の心の働きで泣き出したのだ。私の心の破れ目が、この男の話で刺戟されたのは事実である。しかしその働きは、本来の私のものだ。父親というものを生理的に忌み嫌う青年の苦しさなんかお前に分るものか、と私は思った。

私は涙の溢れている目で、その説教師に向って言った。

「私のことは何もあなたの話とは、何の関係もありません。私に構わないで下さい。」

そう言ったときの自分の声が泣声であったことを私は残念に思った。しかしそう言ってから、私は少しずつ落ちついた。私は窓の方に顔をそらしてじっと涙の発作の鎮まるのを待った。私の隣にいた女が、その説教師に向って、

「強情な人には、中々お救いが下らないものですからね」と言った。説教師は、何か短い言葉で答えてから黙り込んだ。

私は前にも、中学校の教師をしていた時、酒席で意地の悪いことを同僚の中年の教師に言われた時に泣き出したことがあった。発作的に泣くという経験はこれが二度目であった。馬鹿なことだ、恥かしいことだ、と思いながら、私には、ある簡単な言葉で突かれると自己を抑えられなくなる泣き所があるらしかった。一体それは何だろう。二度とも、自分が軽蔑している人間の単純な言葉使いで私は自己抑制を失ったのだ。一体それは何だろう？　どういうことが私を破れさせることだろう。それが分らない。単純な嘲弄に、それから型どおりの偽善的な説教の形式に、そういうものに私は破られたのだ。それを考えて見よう。泣き出すなどということは、案外機械的な単純なことなのかも知れない。少くとも私の経験では、泣くということは、本当の苦しみや本当の感動とは関係がなかった。それはある特定の場所に鍵をさし込まれると、涙の溜っていた室の扉がかちりと開くのに似ていた。それを考えて見よう。それが分らなければ自分が文学をやっているのは何のためだか分らなくなる、と私は思った。

自分の心の内側の働きはまだオレに分っていない。そこには闇の中に閉じこめられた複雑な機械のようなものがある。そしてそれがオレにはまだ分っていない。そこをのぞいて見るのは怖ろしいことで、今のオレには出来そうもない、と私は思った。

あとがき

『若い詩人の肖像』は著者の青年時代を描いた自伝小説である、多少伏せたところや作ったところもあり、人名も仮りの名にしたものがあるが、大部分は事実に即している。人を傷つける危険を避けながら、環境と心理上のバランスの上での真実を描き出すためには、この種の自伝小説には特殊の技術が必要である。露骨に書くこと自体が真実を伝えるとは限らない。しかし、現実の持っている明るさと暗さの比重は生かさねばならないので、結果として、主人公についてのみ露悪的になる傾向が生れる。しかし、著述家というものは、本能的に自分をいたわるものであるから、本人が考えているほど自己否定をしているとは思わないが、ただ自己を客観化することが、この作品の根柢になっていることだけは確かである。

この作品に書かれているのと同じ時期又は同じ場所を扱った作品としては、外に『青春』や『幽鬼の街』がある。『青春』は勿論フィクションであるが、『幽鬼の街』は事件や筋がフィクションであり、雰囲気においてはリアリズムを意図しているから、その点で『若い詩人の肖像』と関係がある。この作品は、自己曝露なところもあるが、かなり抒情的な部分もあって、著者としてもいやな気分を抱かずに書くことができた。読者に楽な感じを与える可能性もそこにあると思う。
この作品の各章は、次に原題と発表雑誌とを示したごとく、諸雑誌に断続的に掲載されたものである。

「海の見える町」（一九五四年三月「新潮」掲載）
「雪の来るとき」（一九五四年五月「中央公論」掲載）
「卒　業　期」（一九五五年一月「文芸春秋」掲載）
「職業の中で」（一九五五年九月「中央公論」掲載の「若い詩人の肖像」のⅠ）
「乙女たちの愛」（一九五五年十月「中央公論」掲載の「若い詩人の肖像」のⅡ）
「若い詩人の肖像」（一九五五年十一月「中央公論」掲載の「若い詩人の肖像」のⅢ）
「詩人たちとの出会い」（一九五五年十二月「中央公論」掲載の「若い詩人の肖像」のⅣ、一九五四年十月「別冊文芸春秋」掲載の「詩人との出逢い」、一九五六年一月「世界」掲載の「父の死まで」）

一九五八年三月二十八日

伊藤　整

（お断り）

本書は1958年に新潮社より発刊された文庫を底本としております。あきらかに間違いと思われるものについては訂正いたしましたが、基本的には底本にしたがっております。また、一部の固有名詞や難読漢字には編集部で振り仮名を振っています。

本文中には牢屋番人、内地、配達夫、漁夫、漁師、土方、浮浪者、唖、女中、傭女、女給、売女、女工、女給士、部落、農民、漁民、芸者、朝鮮人、半帰化人、工夫、シナ語、農奴、小使、スベタ、印刷屋、朝鮮、小僧、女学生、女教師、喘息持ち、外人、農夫、乞食、遊女、給士女、番頭、貧民、俥引き、車夫、淫売窟、酌婦、淫売婦、気違い、裏日本、片手落、父兄、父兄会、物乞い、百姓、小作、売笑の巷、私娼、植民地、シナ料理などの言葉や人種・身分・職業・身体等に関する表現で、現在からみれば、不当、不適切と思われる箇所がありますが、著者に差別的意図のないこと、時代背景と作品価値とを鑑み、著者が故人でもあるため、原文のままにしております。

差別や侮蔑の助長、温存を意図するものでないことをご理解ください。

伊藤 整（いとう せい）

1905年（明治38年）1月17日―1969年（昭和44年）11月15日、享年64。北海道出身。本名は（いとう ひとし）。1963年『日本文壇史』で第11回菊池寛賞受賞。代表作に『氾濫』『若い詩人の肖像』など。

P+D BOOKS とは

P+D BOOKS（ピー プラス ディー ブックス）とは
P+Dとはペーパーバックとデジタルの略称です。
後世に受け継がれるべき名作でありながら、現在入手困難となっている作品を、
B6判ペーパーバック書籍と電子書籍を、同時かつ同価格で発売・発信する、
小学館のまったく新しいスタイルのブックレーベルです。

若い詩人の肖像

2021年12月14日　初版第1刷発行
2024年9月11日　第3刷発行

著者　伊藤 整
発行人　五十嵐佳世
発行所　株式会社　小学館
〒101-8001
東京都千代田区一ツ橋2-3-1
電話　編集 03-3230-9355
販売 03-5281-3555
印刷所　大日本印刷株式会社
製本所　大日本印刷株式会社
装丁　おおうちおさむ（ナノナノグラフィックス）

ISBN978-4-09-352429-2

P+D BOOKS